人生元本一首诗

鲁原 著

唐诗故事

東方出版中心

缘起：读诗与读人

这是一本关于诗的书，又是一本关于人的书，确切地说，是关于诗人的书。诗是人之诗，是生命的呼吸和呐喊，是人在特定情境下的情绪、感受、心理、人格的闪现，或者说，是人的灵魂的闪现。人们爱读诗，也是向诗中寻找自己的心灵投影。

人们尤其爱读唐诗，唐诗成了中国文化的集中展现，它影响着中国人的文化人格。然而，我们过去往往只是读诗，而没有读人，或者说没有很好地读人，这样就失掉了诗歌最有价值、最有活力的那一部分——人的情感和品格。虽然读诗也潜移默化地影响人们的思想情感，但没有进入诗人的世界，就缺少灵魂的碰撞，缺少人性的深入，也就减弱了诗歌塑造人的力量。这本书想通过诗引入诗人的故事，揭示诗人的生活，走进诗人的心灵，从而更好地理解诗，实现读者与诗人的心灵沟通。

唐诗是中国人的启蒙读物。我常常看到这样的情景：早晨迎着阳光，一位教授拉着他的孙女上幼儿园，一边走一边教她背唐诗；晚上披着霞光，一位妈妈接孩子回家，在汽车上和孩子一起背诵唐诗。从咿呀学语，到幼儿园，到小学，到中学，再到大学，直至鬓发斑白的退休老人练习书法，人们口头上、笔下边满是唐诗，唐诗成了中国人毕生的重要功课。唐诗是中国文化的重要载体，是中国人文化人格的重要体现，研究唐诗可以深入理解中国文化和中国人的文化人格。过去我们没有这样做，因为我们只是读诗，没有读人，即使在课堂上讲授唐诗，也是作者简介、思想内容、写作方法“三段式”教学，很少走进诗人的世界，更难触及读者的灵魂。人生元本一首诗，诗元本就是人，人的命运、遭际、情感、精神，最光彩、最有戏剧性的闪现是诗。只有读懂了人，才算读懂了诗；也只有读懂了人之诗，才使诗在精神上丰富人。因此我们从诗引入故事，从故事引入诗人，从诗人理解生活，理解历史。

读人，谈何容易！人生活在社会历史之中，除了人的本性之外，更有社会性，也就是说社会历史形成人的思想意识和文化心理，这决定着他对事物的感受、认知和评价。诗人也不例外。诗人在社会中感受生活，体味物象，宣泄诗情，诗除了是诗人情绪感受的外化，也熔铸了社会历史内容。因此读人，读诗人，也就是读社会，读历史。本书叙述了唐初至唐末50余位诗人的故事，回过头来一看，它几乎是一部唐代的诗歌史、社会史、文人心态史，当然，这只是一个“简装本”。虽然简约，也勾勒出一个历史轮廓。诗人是敏感的一个群体，他们敏锐地感知着社会，也敏锐地表达着自我。我们在走进诗人情感的时候，也走进他的文化心理和他所感知的社会情境。人生百态，诗人百态，他们与现实碰撞，产生百态感受、百态心理，诗是他们人格、灵魂的闪现，也是中国诗人/士人文化心理的闪现。通过诗歌的灵魂闪现，我们走进诗人的人生，也走进中国的社会，中国的文化。

中国诗人/士人是在中国文化的土壤里孕育出来的，诗歌是他们文化心理的展现。在描述众多诗人的创作故事时，我们发现社会历史主宰着他们的命运，他们也以自己的思想性格与社会历史碰撞，产生各种各样的诗。唐朝由盛到衰，唐朝诗人的文化心理也发生着微妙的变化，既有儒家文化的基因，又有个人性格的差异，更有社会变化带来的文化心理的变异，中国文化的优长和弊端在其中显现。唐诗的历史也是中国诗人/士人文化心理的历史，这一切蕴含在唐诗故事里。诗歌背后的故事是人生的舞台、社会的活剧，也是文化的闪现。抓住诗歌创作的瞬间按下快门，留住一个个活生生的人，一个个活生生的历史画面，能透视中国文化的优长和弊端。通过唐诗故事展现诗人百态，人生百态，从而探寻中国诗人/士人的生存状态和文化心理，也是对中国传统文化的继承和批判。读诗——读人——读历史，从而扩展人们的审美能力、精神世界、社会阅历以及批判自觉，也是本书的写作原意。

读人不易，读诗又谈何容易。唐代距今一千余年，语言文字是一个障碍，本书力求对诗歌进行现代语言的诠释。不过即使是现代语言写成的作品，不同的人、不同的时期也会有不同的理解，所谓“一千个读者，有一千个哈姆雷特”，按着中国的说法，是“作者未必然，读者未必不然”。文学批评学提出两个概念：话语、语境，是它们决定着对作品的理解和阐释。话语是一个时代的思想意识和文化意识的语言表达，语境则是形成这种思想意识和文化意识的历史背景。作者无法摆脱一定的话语和语境，读者也无法摆脱一定的话语和语境，这样对作品就难免产生“误读”。我们不一般地反对“误读”，而正是这些“误读”产生新的阐释。优秀的文学作品总是不断地被“误读”被阐释，正是这些“误读”和阐释，使文学作品变成读者的，变成当代的，变成鲜活的，从而保持着它无限的生命力。作品在读者的理解和阐释中获得新的生命，也使批评获得新的生命。唐诗被历代人所诵读，所喜爱，也不断产生新的理解和阐释，这是唐诗生命力的体现。从这个角度上说，阐释永远是必要的。今天的社会思想变了，读者的文化意识变了，一句话，当今的文化语境变了，也就有必要对古人的作品进行新的阐释，这是阅读、批评生命力的体现。因此，我们在读诗和读人的过程中，不排斥对诗对人做一些新的历史阐释，尤其是结合诗人生平和文化意识做一些新的理解和阐释。这也是我们重读唐诗的理由。

唐诗被人千万次地阅读着阐释着，唐诗欣赏的读物历来汗牛充栋，但仍有新的阐释空间，也应该开辟新的阐释空间。几年前，我的一位研究生毕业后进了北京的中华书局，编辑《中华活页文选》时，她要我为刊物写点古诗欣赏的文章。古诗欣赏的文章人们已经写得太多了，怎样才能写出一点新意呢？我想，第一必须结合当代的文化语境做出新的阐释，第二必须结合今人的生活写出新的审美体验。本着这个精神，我写了几篇“古诗今读”，算是这本书的萌芽。结合当代文化所做的新的理解和阐释，是文学批评的生命所在。为此，我不惮前人和今人的诠释唐诗的种种著作存在，努力写出自己的理解。

启功先生说：“诗品论诗之语，吾将持以观人。”（见启功墨宝）诗乃人之诗，诗品也是人之诗品。这本书对我来说，也是人生元本一首诗。

20世纪60年代我在北京大学中文系读书，经常逛旧书店。一次在隆福寺中国书店，看到上海古典文学出版社出版的“中国文学参考资料小丛书”，其中有《唐才子传》、《唐摭言》等书，随意翻阅，爱不释手，尽管经济拮据，还是买了下来。书中唐代诗人的故事生动有趣，促我探究诗和人生。半生半世过去了，退休以后我又捡起了它。这既是对诗的热爱，也是对人的探求。于是我以“人之诗”的观点，写起了“人之诗评”。

近年社会掀起消费历史的热潮，其中不乏今说、戏说，乃至妄说。对此我不一般地反对，谁让我们碰上一个解构的时代呢。历史观念也遭到了解构。我的历史观念是，历史是一种言说，一种描述，它不是“事实”本身，但以接近事实为指归。因此既要阐释历史，又要尊重历史，不把历史打扮成袒胸露背的小姑娘以取媚时尚。因此，我既不采取重构故事的写法，也不采取文献评点的写法，而采取类似评传的写法。这样就要做到人生有史料，故事有来历，诗篇有依据，阐释有道理。至于叙事，我运用散文随笔的文字，攫取诗人的生活片断，引入诗人的相应诗篇。虽然难免“管中窥豹”，也可见出诗人的一生，唐诗的一世，文化的一代，留下我所看到的诗人的心灵史，唐代的社会史，中国的文化史。

这本书不是研究性著作，而是批评性著作、鉴赏性著作。它偏重于说诗，论人，评述历史：诗有审美欣赏，人有性格评说，史有得失鉴戒。选材的标准：诗是好诗，人有故事，事可评说，史有可鉴。这难免有“以偏概全”之嫌，但历史永远没有“全面”，阐释永远没有“尽头”，只要言之有据，就是尊重历史了。

尊重历史，就要尊重史料，《唐才子传》依然是我的主要依据。当代著名学者傅璇琮先生主持编纂了《唐才子传校笺》对此书进行了详细的考辨与丰赡的注释，为我提供了极大的方便。在此我要感谢这位学长和曾经的同事，同时感谢为这本书的出版付出心力的编辑和各位朋友。

目录

无功而返：王绩

讲唐诗故事，王绩应该算是第一人。

按时间排序，他是唐诗第一人：王绩生活于隋唐之间；以身份而论，他是唐诗第一人：唐代诗人大都是世家出身的文化官员，王绩出身于官宦世家，当过秘书正字；以性格而论，他是唐诗第一人：王绩纵情诗酒，浪漫旷达。以诗歌成就而论，他却不是唐诗第一人：王绩身处隋唐交际的动荡时期，他虽有诗才，却无诗心，只放达为生，饮酒无度，终于在诗坛上无功而返。不过，这也反映了时代特点。唐代诗人的经历大都体现了时代特点，唐诗故事大都反映当时的文化意识，这方面王绩无愧于唐诗第一人。所以，唐代诗人的故事还是从他说起。

王绩，字无功，号东皋子。哪个积极向上的人会给自己取"无功"这样一个窝囊名字？古人的名和字常采用同义词或反义词，绩，应该是业绩辉煌，无功，虽是反义词，却碌碌无为，倒霉晦气，他偏要无功。《自作墓志文并序》表现出他一副游戏人生的"无厘头"面目："王绩者，有父母，无朋友，自为之字曰无功焉。人或问之，箕踞不对。盖以有道于己，无功于时也。"这表明他的生活态度，放达性情，无所追求；也概括了他的诗歌人生，放达豪迈，不求业绩。如果说没有父母，那是对自己最大的作践，但说不交朋友，则是一种骄傲放任。人家问他为什么取字无功，他叉开双腿很不恭敬地对着人家，不予回答。他只求不违背自己的生活意志，不求于时于世有什么建树。这是一种消极的人生哲学，但是那个时代决定的。隋唐之交的社会动乱，促成了他消极的生活态度；魏晋世风，老庄哲学，促成了他放诞的个人性格。“无功”二字，锁定了王绩的一生。

王绩生于官宦世家，少年聪慧，人称“神仙童子”。他15岁随哥哥王度（唐宋传奇《古镜记》的作者）拜谒越公杨素。杨素府上高朋满座，尽皆贤达，他看到王绩投来的刺（名片）很是不屑：无名之辈、黄口小儿，何来这里搅局！王绩不惧高官显宦，他说，周公礼贤纳士，吐哺握发，明公若要表明自己高贵显耀，就不应该傲视天下的士人。杨素听了甚是不快。在座的有个叫贺若弼的人站起来说，这位公子莫非是王度御史的弟弟？只看这精神气度，就知道有其兄必有其弟了。原来王绩的哥哥王度在朝任御史，与贺若弼相识。贺若弼把王绩拉到杨素身边说，从前李司隶善待小儿孔融，今天越公也会因接纳王绩而传为佳话。杨素这才改变脸色，以礼相待。杨素与王绩谈论文章、时务，王绩对答娴雅，论辩清晰，一座显贵皆大为惊讶，称他为“神仙童子”。少年王绩才高气盛，不惧高官，曾想积极入世，获得官职。他出身豪门，又才华横溢，隋朝大业年间，被举孝廉，授秘书正字。这是个掌管文化典籍、起草诏告文书的官职，为他诗歌写作提供了很好的条件。

王绩当官以后，不求建功立业，但以饮酒为好。吕才《王无功文集序》说：绩性简放，饮酒至数斗不醉，常说，我怎么没有碰上酒仙刘伶啊，要是跟他同时代，闭门狂饮，摒除万念，那才是人生的享受呢。陶渊明写《五柳先生传》，王绩写《五斗先生传》，表明自己狂放不羁的性格。他又写《醉乡记》，颂扬饮酒的妙处，“可以全身，杜明塞志”，喝了酒神志模糊，万念俱灰，这样就可以保全自身了。有人说中国诗酒不分，有酒就有诗，也未必尽然。李白斗酒诗百篇，因为他有飞扬的人生理想；杜甫常酒后作诗，因为他对世事感慨无限；也有酒后唱出淫词滥调的，如

《红楼梦》里的薛蟠；更有不少酒囊饭袋，胸无点墨，酒后打油，仅此而已。关键看你有无一颗诗心，有怎样的诗心。没有诗心，诗心不美，情怀不雅，附庸风雅也只能顺口打油。王绩嗜酒，却无好诗，喝酒只是动荡的年代消极避世的一种生活方式。

喝酒、退隐是王绩诗歌的两大题材，一种人生的两面。《全唐诗》存诗一卷，多是这种人生的书写。初春万物复苏、生命勃发，本该激起乐观向上、积极进取的生命情感，王绩的《初春》却是另一番景象：

春来日渐长，醉客喜年光。
稍觉池亭好，偏宜酒瓮香。

春日白天渐渐加长了，多么适合人生活啊。他这个“醉客”也喜欢春天的到来，但亭台花木只使他“稍觉”开心，让他更高兴的是暖和的天气适合酿酒，可以开坛喷香了。他开坛《尝春酒》：“但令千日醉，何惜两三春。”我就想一醉不醒，哪怕两三个春天过去。王绩既不珍惜春天，也不珍惜生命，唯求一醉，这种生活态度，难有杰出诗篇。

王绩疏离社会，摒弃功名，与其说是看破红尘，不如说是放逐人生。他这样《独酌》：

浮生知几日？无状逐空名。
不如多酿酒，时向竹林倾。

王绩独酌，李白也独酌。李白独酌问天问地，探问宇宙奥秘，探问生存价值，神采飞扬；王绩独酌不问天地社会，只叹人生短暂、生活虚无，是消极避世。酒可以激发诗的灵感，但产生什么样的诗，要看他的诗心了。

王绩当了秘书正字，不愿冠冕朝服，处理政事，他嗜酒如命，妨碍公务，惹人非议，于是称病辞职，放了外官，到扬州六合县当了个县丞。到任后他仍旧狂饮无度，不理政事，朝廷整饬法度，王绩又遭到弹劾。一天晚上，他把俸禄银钱摆在衙门口上，自己趁着夜色坐小船逃遁了。临走留下一首诗：

彭泽有田惟种黍，步兵从宦岂论钱。
但愿朝朝长得醉，何辞夜夜瓮间眠。

陶潜（曾任彭泽令）种田只是为了收获点粟米，阮籍（步兵校尉）当官也不是为了获取金钱，我但愿天天长醉，哪怕夜夜抱着酒坛子睡也不在乎。王绩不贪钱财，辞官归隐，临走还把俸禄钱放在衙门口，无功不受禄嘛。不像有的官，不但买醉，而且贪财，酒席桌上权钱交易，酒席桌下美女陪伴，是狂饮、狂欢、狂赌的三狂官员，他们只能是社会渣滓。王绩虽然嗜酒，但不贪财，也还算是有点良心。当然，他比陶潜、阮籍那样对抗腐朽官场的诗人，要低一个档次。王绩饮酒无度，只是消极放达，无所事事。

如果说王绩辞官归隐，是他消极避祸的无奈选择，那么他嗜酒如命，则是一种性格缺陷，这种性格缺陷决定了他一生“无功”。隋末他辞官回乡，感叹“网罗在天，吾将安之”！唐朝建立以后，王绩被召又出来做官，武德年间高祖授予他待诏门下省，在皇宫门前做个听候咨询的参议官。按照当时的朝官待遇，待诏门下每天可以供给好酒三升。王绩的弟弟王静也在朝中当个小官，他问王绩：“待诏可乐否?”王绩回答：“待诏俸禄很少，又冷清萧瑟，只有每天三升好酒，还算可以留恋。”这话传到主管待诏的侍中、江国公陈叔达那里，他说：“三升酒就能留住王先生吗？还是一天给他一斗酒吧。”陈叔达也算是惜才，重视这个知识分子，而王绩依旧只是傲物了。

王绩当官为了酒，不当官也是为了酒。唐贞观初年，王绩称病辞官回家，因为家贫无酒，又出去应选求官。这次他竞争的职位是太乐丞，一个管理乐府艺人的头目。招聘的官员说，你竞争的这个职位是匠人、艺人干的，非干部待遇，你堂堂的士人、诗人能屈尊干这个吗？王绩说：此中奥妙，你解不透。士人和庶民谁清谁浊、谁高谁低，天下自有公断，你没听说庄周不愿意当漆园吏、老聃不愿意做柱下史的故事吗！我竞选太乐丞是因为太乐府有个小官叫焦革，酿得一手好酒，我王绩不是冲着官去的，是冲着酒去的。选官的人同意他到太乐府任职，他有酒喝了。不久焦革去世，焦妻仍不时送他好酒。一年多以后，焦妻又去世了，王绩长叹一声："天不作美，不让我饱饮美酒啊！"他挂冠归里，躬耕东皋，自号"东皋子"。春种黍稷，秋酿美酒，养凫雁，采草药，别无用心。床头放着《老子》《庄子》《周易》，其他的书都不读。

隐居东皋，王绩写了一首诗总结他的人生，《晚年叙志示翟处士》：

弱龄慕奇调，无事不兼修。望气登重阁，占星上小楼。
明经思待诏，学剑觅封侯。弃繻频北上，怀刺几西游。
中年逢丧乱，非复昔追求。失路青门隐，藏名白社游。
风云私所爱，屠博暗为俦。解纷曾霸越，释难颇存周。
晚岁聊长想，生涯太若浮。归来南亩上，更坐北溪头。
古岸多磐石，春泉足细流。东隅诚已谢，西景惧难收。
无谓退耕近，伏念已经秋。庚桑逢处跪，陶潜见人羞。
三晨宁举火，五月镇披裘。自有居长乐，谁知身世忧。

翟处士是隐居的高人，王绩向他吐露心曲：少年时也曾志向高远，博学广修，登高阁望天象，上小楼占星宿。苦读经书以期入仕，学剑习武期待建功。抛掉短衣屡次北上，怀揣名片几度进京。但是中年碰到战乱，改变了原来的追求。无路进入官府，只好遁入乡间。我也曾喜欢风起云涌，与拼搏冲杀相伴为伍。排难解纷，遵循古制。世道弃我，壮志难酬；晚年思考，人生无常。所以我归园田居，看山石嶒崚，听泉水淙淙。已经失之东隅，更难收之桑榆。只是三餐举火做饭，五月收起皮衣，享受春种秋收的自然生活，管什么生前身后的忧虑。经历隋唐之交乱世的王绩，已经完全丧失生活的朝气，变成一个无所事事的庸人。这样的人怎能成为诗人！

积极入世与消极避世，是中国士人的生活两极，是为“达则兼善天下，穷则独善其身”。中国出隐士，春秋战国以来就出现了伯夷、叔齐，魏晋又有竹林七贤，历朝历代隐士层出不穷。隐士有不同的理由、不同的个性：有的自命高洁，有的故作放达，有的沽名钓誉，有的待价而沽，但如王绩者不多。他混迹官场，无所作为，疏离社会，唯酒是从，放弃责任，自号“无功”，这样的人不会有诗人的情怀。没有诗人的情怀，即或有官，有酒，也没有诗，更没有好诗。王绩在诗坛上无功而返，就是自然的了。人生在世，总有所追求，否则便没有生活动力，更没有诗歌激情。他晚年归隐乡里，也觉空虚无奈，写了首《野望》：

东皋薄暮望，徙倚欲何依？树树皆秋色，山山唯落晖。
牧人驱犊返，猎马带禽归。相顾无相识，长歌怀采薇。

面对乡村的恬静生活，放眼山间的美好景色，他不禁觉得孤苦无聊。农民都各有所归，自己却无所依傍，白白效仿“采薇”而隐居，却难以找到灵魂的归宿。人是需要一个生存价值支撑的，诗更需要一个生存价值支撑，尽管是隐居。陶渊明有，他参加劳动，融入自然，在对大自然的审美中追求生命的自由；苏轼有，他屡遭贬斥，生活艰窘，也能在对大自然的审美中获得心灵的解脱。王绩沉溺美酒，没有追求，既无诗功，也无事功，这也是必然的了。这与诗人情怀有关，也与所处时代有关。王绩的晚辈王勃，则是另一种人生。他积极向上，气冲牛斗，留下许多著名的诗文，与王绩形成鲜明对比。

气冲牛斗：王勃

隋末唐初的动荡出了一个不求上进的王绩，欣欣向荣的初唐则出了一个气冲牛斗的王勃。

盛世人才辈出，盛世人才早慧，唐初四杰就是这样的体现。他们是王勃、杨炯、卢照邻、骆宾王，王勃是最为显示初唐气象的一位诗人。

王勃生于官宦世家、书香门第。他的家乡是中国文化发祥地区的绛州龙门，祖父王通是隋末大儒，父亲王福峙曾任太常博士、雍州司功、交趾县令、齐州长史。王通的弟弟王绩，即前文介绍的嗜酒如命的诗人王绩。如此说来，王勃是王绩的侄孙。两人虽血脉相通，性格却截然相反：王绩沉溺美酒，消极退隐，王勃年轻气盛，积极入世。不同时代形成人的不同性格，但人的生活道路如何，还靠个人性格与历史机遇的撞击。

生长于书香人家的王勃既有聪慧的天赋，又有良好的教育，兄弟三人被人称为王家三棵好苗子。《旧唐书》说："勃六岁解属文，构思无滞，词情英迈，与兄勔、勮才藻相类。父友杜易简常称之曰：此王氏三珠树也。"王勃尤其出色，九岁读颜师古注的《汉书》，就敢于挑大师的毛病，集成一本《指瑕》。麟德年间，王勃上书当时的显官、时任右相的太常伯刘祥道："借如勃者，渺小之一书生耳……未尝降身摧气，逡巡于列相之门；窃誉干时，匍匐于群公之室。所以慷慨于君侯者，有气存于心耳。"

王勃说，我虽一介书生，没有低声下气行走于官宦门前，没有沽名钓誉清谈于公侯之家，之所以慷慨昂扬，是因为心中有股豪情壮志罢了。一位少年，刚要入世，走的不是巴结权贵的道路，而是“指点江山，激扬文字”的慷慨之途。刘祥道也果然慧眼识珠，见王勃气度非凡，赞扬他“此神童也”，推荐给皇上，拜为朝散郎。

王勃14岁就当了朝散郎，在宫廷里行走。朝散郎是闲职，一可为皇上起草文件，写应制诗文；二可为皇上拾遗补阙，当参谋顾问。王勃这两种事都干过，且干得不错。唐高宗登泰山封禅，王勃作《宸游东岳颂》，歌功颂德，文采飞扬，受到皇帝的赞赏。然而要干预世事，救补时弊，那得看皇帝高兴不高兴了。唐朝宫廷时兴斗鸡，王勃写了《檄英王鸡》，对皇族搞笑了一把，高宗皇帝不高兴了：黄口小儿，敢对王子说长道短，真是太不知道尊卑高低了。唐高宗把王勃赶出宫廷。王勃受了一次打击，但初生牛犊不怕虎的锐气并未挫伤。

有才气的人往往被人嫉妒，王勃被逐出宫廷，又有人落井下石。当时一位官宦的奴隶犯了罪，王勃把他藏匿起来，后怕事泄，又杀了官奴。这件事论罪当死，但逢高宗改换年号为上元，大赦天下，王勃得以幸免。前人考证说，王勃恃才傲物，轻蔑地方官员，藏匿官奴是地方官给他构制的陷阱。任何时候，惜才爱才者有之，嫉妒他人者有之，与人为善者有之，落井下石者有之，这几类人王勃都遇到过。

王勃虽屡遭挫折，但锐气不减，这锐气在《滕王阁序》的写作中发挥到极致。对此《唐摭言》做了详细的描写：王勃的父亲因王勃获罪，贬到西南边疆的交趾县任县令，王勃前去看望父亲。走到南昌，正逢江西都督阎公修成滕王阁，重阳节大宴宾客，要请人写一篇记述文章以夸赞盛事。阎都督事先已经请他的女婿孟学士写好，单等盛会上拿出来，逞其才华。宴会上阎公命人拿出纸笔，虚情假意地请座上宾客写文章。参与盛会的人很识相，自称才疏学浅不肯动笔，唯有王勃不谦让，接过笔来就要书写。阎公大怒，拂袖而去，暗中让人窥伺王勃，看他写些什么。一会下人前来报告，王勃写下“南昌故郡，洪都新府”。阎都督说：“不过老生常谈！”一会下人又报：“星分翼轸，地接衡庐。”都督听了沉吟不语。接着三报：“落霞与孤鹜齐飞，秋水共长天一色。”阎都督霍然而起说：“此真天才，当垂不朽矣！”遂把王勃奉为上宾，欢宴畅饮。王勃在都督宴会上，没有腐儒的谦恭，没有懦夫的卑怯，而是英气勃发，激情四射，挥笔写下文学史上这个名篇。自信是成就事业的重要条件，充分的自信碰到合适的机遇，就可以撞击出生命的火花。如果王勃在宴会上像其他人那样世故，那样谦恭，文学史上也许就没了这个名篇。

自信固然是成功的条件，但生命的激情和人格的力量，更显示成功的高度。《滕王阁序》并诗固然展现了王勃的英气和豪气，更展现了王勃的胸怀和激情。“南昌故郡，洪都新府。星分翼轸，地接衡庐。襟三江而带五湖，控蛮荆而引瓯越。物华天宝，龙光射牛斗之墟；人杰地灵，徐孺下陈蕃之榻。”序文的开始，上至天文，下至地理，远有历史，近有现实，是一种怎样的阔大胸怀和丰富学识。接着他铺叙眼前景象：“披绣闼，俯雕甍。山原旷其盈视，川泽纡其骇瞩。闾阎扑地，钟鸣鼎食之家；舸舰迷津，青龙黄雀之舳。云销雨霁，彩彻区明。落霞与孤鹜齐飞，秋水共长天一色。渔舟唱晚，响穷彭蠡之滨；雁阵惊寒，声断衡阳之浦。”又是一番怎样的激情倾泻与诗意挥洒：由远及近，山峦河流尽收眼底；由低到高，人文天象荡然于胸。王勃铺陈滕王阁之美景，描述阎公宴之盛况，酣畅淋漓，有一泻千里之势。这种恢宏气势和壮阔景象，显示了王勃的豪气、王勃的诗情。这也是大唐的气象。

序文铺陈扬厉，汪洋恣肆，是汉赋的余风，更是王勃的情怀。王勃把自己的生活经验和生命感悟融于滕王阁的情境中，即时即地表达自我的人生看法，使这篇“应景文章”有了人生内容和诗意发现。他屡遭打击，仕途坎坷，写到“时运不济，命途多舛”，在感发自己应该如何面对这生活的坎坷，他列出那么多有高洁志向而不能实现者——冯唐、李广、贾谊、梁鸿，发出“老当益壮，宁移白首之心；穷且益坚，不坠青云之志”的感慨。这哪里是在为滕王阁作序，简直就在写自己情怀。王勃历数了这些怀才不遇的人之后，声言“不坠青云之志”“岂效穷途之哭”。一个屡遭挫折，仍旧意志旺盛、襟怀豪迈的诗人站在我们面前。王勃最后以诗收束全文：

滕王高阁临江渚，佩玉鸣鸾罢歌舞。画栋朝飞南浦云，珠帘暮卷西山雨。

闲云潭影日悠悠，物换星移几度秋。阁中帝子今何在？槛外长江空自流。

礼赞的是滕王阁，站起的是一个人，这就是《滕王阁序》的文学价值。滕王阁矗立在赣江边上，江水浩荡，沙洲浮沉，飞檐斗拱，流云飘舞，能以如椽之笔挥洒它景色的是诗人，能以豪迈襟怀托物寄情的是诗人。王勃以气冲牛斗的豪气感受滕王阁，也以气冲牛斗的豪气写人生，江边立起一个雄奇而豪迈的诗人。从此滕王阁与王勃结缘，江边双峰并峙。

滕王阁上王勃英气勃发，胸怀大展，实现了一次生命的闪光，《滕王阁序》并诗也成为千古绝唱。离开南昌，王勃乘船去交趾看望父亲，“渡南海，堕水而卒”。生命虽然短暂，文采却光辉照人。

王勃诗文现存《王子安集》，诗大多以送别、乡居、记游为题材，送别诗写得尤为情真意切。《送杜少府之任蜀州》也显出豁达的情怀：

城阙辅三秦，风烟望五津。与君离别意，同是宦游人。

海内存知己，天涯若比邻。无为在歧路，儿女共沾巾。

诗写送别，但格调昂扬，境界开阔，同样有王勃积极向上的精神印记。“海内存知己，天涯若比邻”，表达了友谊的真诚和胸怀的宽广，名句一旦被创造出来，就成为国人共同的精神财富。

王勃才思敏捷，文辞绮丽，求文者甚多。他常常“先磨墨数升，则酣饮，引被覆面而卧，及寤，援笔成篇，不易一字，人谓之腹稿”。这个文学天才就这样写诗写字，留下种种佳话。然而如何对待天才，于自己、于他人、于社会，都是一个重要课题。盲目谦恭，不能施展才能；恃才傲物，又易遭人忌妒；指点江山，或可改造现实；针砭时弊，或为权者不容——所有这些既有人性的弱点，又有社会的缺陷。这些在唐代诗人、唐代社会中都出现过。唐初四杰都是文学天才，他们的遭遇从不同的侧面诠释着这个问题。

揭麒麟皮：杨炯

杨炯，唐初四杰之一。和王勃一样，杨炯也是个神童，“炯幼聪敏，博学，善属文。神童举，拜校书郎”。(《旧唐书》)因为是神童被举荐为校书郎，后放外官，到婺州盈川当县令，他的诗文称《盈川集》。

“才自聪明志自高，生于末世运偏消。”曹雪芹给探春的这支曲子，道出了人生的哲理。其实又何止末世，盛世也常如此，才子往往不融于世，也不见容于世，王勃如此，杨炯也如此。不过王勃更多地表现为自信，杨炯更多地表现为自高。自信与自高一字之差，是两种生活态度，也有两种人生结果。杨炯自高，低估他人，低估现实，所谓恃才傲物，因此不容于世。

《太平广记》把杨炯纳入《轻薄》门：“唐衢州盈川县令杨炯，词学优长，恃才简倨，不容于时。每见朝官，目为麒麟楦。忤怨。人问其故，杨曰：‘今脯乐假弄麒麟者，刻画头角，修饰皮毛，覆之驴上，巡场而走，乃脱皮褐，还是驴马。无德而衣朱紫者，与驴覆麟皮何别矣！’”他见了朝官就骂人家“麒麟楦”，这可把人骂得不轻。楦者，用填充物把外壳撑起来，麒麟楦就是披着麒麟皮的驴。有人问杨炯，你为什么管人家叫麒麟楦？杨炯说，你没看到现在歌舞饮宴时有种麒麟舞，雕刻上麒麟头，描画上麒麟皮，披在驴身上在那里装模作样，其实剥了它的皮还是头驴。骂人家“麒麟楦”，如同骂人家“人面兽心”“披着羊皮的狼”。杨炯就这样揭麒麟皮，自然遭到“忤怨”，陷入“轻薄”门。

不过杨炯提出的“麒麟楦”却揭出人类社会的一个重大缺陷。人进入社会以后，往往有两副面孔：一副是本真的面目，一副是角色的伪装。在朝廷上，文官穿朝服，武官着甲胄，这都是身份地位或工作需要的“包装”。人在社会中总要担任一定的角色，人一旦进入社会角色，往往就失去其本真，说的是角色应该说的话，做的是角色应该做的事，于是官话、套话、假话出来了，于是阿谀逢迎、吹牛拍马、阴谋权术出来了。这是社会的弊病，也是人性的缺陷。杨炯骂这些人是“麒麟楦”，倒也显示了他的见识和胆量。人们也早就不满这些，于是有了《皇帝的新衣》，让天真无邪的孩子揭去那层虚假的外衣；于是有了《大脚皇后》，考验满朝文武敢不敢于说出皇后是大脚。当今社会的“包装”就更广泛，更讲究，“包装”不再成为贬义，而成为时尚。商品要包装，以求更广的市场销路；歌星要包装，以获得更多的粉丝；模特要包装，推销的就是那一张皮；官员要包装，以免暴露他的内心世界……社会的人都在包装，社会活动成了一个假面舞会。角色是社会赐予人类的一个怪物，包装成了人的假面，甚至连家庭人伦之间也有了假面。张艺谋的电影《千里走单骑》就表现了人类摘除面具的渴望：父子之间因为角色不同而产生了严重的隔阂，看了贵州的假面舞剧(傩舞)，父亲才悟出要摘除面具的道理，千方百计寻求与儿子的沟通。社会的角色定位，让人们把自己厚厚地包裹起来，但作为诗人，期待显示人的本真。杨炯在一千多年前就看出这种社会弊病和人性弱点，大胆予以揭露，体现了人期待恢复本真的历史要求，也体现了诗人坦荡率真的人格素质。“指鹿为马”是两千年前赵高制造假面的一项“世界纪录”，它让下属在权势面前必须披上一张“马皮”；一千年前杨炯又创下一项“世界纪录”，他揭下官场人们伪装的“麒麟皮”，让官员露出他的本来面目。“麒麟楦”是一个了不起的发现，只有期待人的本真、呼唤人的本真的诗人，才能这样大胆放言。

历史上发现真理的人，往往被视为“疯子”“异类”，他骂官员是“麒麟楦”，也必然遭到官员的排斥。杨炯只能被贬出朝廷，去当一个小小的县令。

杨炯在朝为官，蔑视同僚，遭到嫉恨；在外为官，苛责下级，也行不通。深谙官场、老于世故的宰相张说知道杨炯的性格，在他放外官时曾予规劝。《新唐书》中说：“（杨炯）迁盈川令。张说以箴赠行，戒其苛。至官果以严酷称，吏稍忤意，搒杀之，不为人所多。”张说是宰相，又是诗人，他理解诗人的性格，他写了《赠别杨盈川炯箴》：“杳杳深谷，深深乔木。天与之才，或鲜或禄。君服六艺，道德为尊。君居百里，风化之源。才勿骄汰，政勿烦政。明神是福，而小人无冤，畏其不畏，存其不存。作诰之酒，成败之根；勒铭其口，祸福之门。虽有韶夏，勿弃系辕。岂无车马，敢赠一言。”张说的劝诫，说得非常清楚：峡谷有其深，深不可测；乔木有其高，高入云天。上天赐予你才能，或者是福或者是祸。你熟读经书，要想着道德第一。你管辖百里，关乎当地风化。有才气不要骄纵，搞改革勿伤根本。酒为礼仪而制，能成事也能败事；口笔为表情达意，能成名也能招祸。虽然有高雅的音乐，不要忘记民间的礼俗。不是没有侍奉你的人，我还是啰嗦几句，作为临别赠言。张说不愧为政治家，深知为政之道；张说不愧为诗人，深知诗人弱点。他的话概括起来说就是“水至清则无鱼，人至察则无徒”。张说语重心长，千叮咛万嘱咐，杨炯还是改不了他的性格。到任以后，他疾恶如仇，为政苛刻，下属稍不如意则搒杀之，所以跟随他的人很少。杨炯自恃个人能力强，而不宽容于人，“麒麟楦”的卓越见识变成待人处世的负面力量。

杨炯还有一个缺点，到处题词，这也是自负的表现。《旧唐书》本传说，杨炯到任以后，“所居府舍多进士亭台，皆书榜额，为之美名，大为远近所笑”。杨炯管辖的地方有不少名人建筑，他恃才傲物，到处书写匾额，给予命名。言多必失，书多有误，杨炯自命风雅，反落下不少笑柄。

杨炯的教训，是人戒自高。

杨炯存诗不多，有33首。《从军行》最为有名：

烽火照西京，心中自不平。牙璋辞凤阙，铁骑绕龙城。
雪暗凋旗画，风多杂鼓声。宁为百夫长，胜作一书生。

唐初盛世，诗人们多有投笔从戎、英勇报国的志向。杨炯虚拟这样一位“从军”的勇士：京城忽报边疆有战事，激发起勇士的豪气。他拿到虎符军令，飞驰到边塞雄关。一场天昏地暗的激战，施展了建功立业的抱负，所以说宁肯当个“连长”，也不愿当个书生。这是杨炯壮志豪情的写照，他虽然没到战场，但写战场气氛有声有色，意象鲜明，传战士气概英勇豪壮，朴实明朗，开了唐代边塞诗的先河。

初唐诗人的豪情，多以从军出塞、激烈征战表现出来，杨炯也写了《战城南》：

塞北途辽远，城南战苦辛。幡旗如鸟翼，甲胄似鱼鳞。
冻水寒伤马，悲风愁杀人。寸心明白日，千里暗黄尘。

沙场征战艰苦凄厉，悲风怒吼，但战士决心形同日月，感天动地。这样的豪迈，已经有了唐代边塞诗的雏形。

战争就有征人，有思妇，杨炯的闺怨诗也见人性深度，如《梅花落》：

窗外一枝梅，寒花五处开。影随朝日远，香逐便风来。
泣对铜钩帐，愁看玉镜台。行人断消息，春恨几裴回。

最是春天闲情苦，一花一木动幽思。诗歌写了这样一个思妇，早春的梅花已经开了，闺中的少妇却孤苦无依，远方征人没有消息，怎不激起缕缕愁思！

作为唐初四杰之一，杨炯有慷慨豪情，有坦荡直率，这在他的诗风中都有所表现。但诗作进入个人生活领域较少，较少动人心魄之处。

贫病悲歌：卢照邻

唐初四杰中王勃、杨炯、骆宾王都聪颖早慧，豪气冲天，虽仕途坎坷，年寿不长，但都跌宕起伏地度过了豪壮的人生，唯卢照邻贫病交加，晚景凄凉。他们的人生都充满戏剧性，可是卢照邻的人生是悲剧性的。

卢照邻，幽州范阳人，即今京畿燕山脚下，安禄山起兵造反的地方。燕赵多慷慨悲歌之士，卢照邻却未能慷慨，只有悲歌。不过说卢照邻未能慷慨也不完全准确，年轻时代的卢照邻和唐初四杰里的其他人一样，也有报国之志、沙场情怀。他写过一些豪壮的边塞诗，曾以《紫骝马》自喻：

骝马照金鞍，转战入皋兰。塞门风稍急，长城水正寒。
雪暗鸣珂重，山长喷玉难。不辞横绝漠，流血几时干！

在风急山高的塞外，汗血马的笼头配饰被雪压得格外沉重，喷吐的热气凝成水雾连呼吸都困难。戍边的将士就像这汗血马一样不怕艰苦，英勇豪迈，宁可将血汗流干，也不辞在风雪中驰骋。热情豪迈的边塞诗表达了诗人驰骋沙场英勇报国的豪情壮志，这是大唐气象在卢照邻身上的体现。卢照邻早期有不少这样的边塞诗，《战城南》描写将军决一死战的场面，非常悲壮："雕弓夜宛转，铁骑晓参潭。应须驻白日，为待战方酣。”深夜里，雕弓的弓弦不断鸣响，战阵的马蹄不断蹬踏，将士早已枕戈以待，准备决一死战。他们要用长戈把太阳拦住，为了继续这正在进行的酣战。青年卢照邻有着沙场酣战的激情和马革裹尸的悲壮，在王、杨、卢、骆四杰中他诗才卓越，杨炯说，“吾愧在卢前，耻于王后”，表明了卢照邻在诗坛的突出地位。卢照邻存诗两卷，105 首，数量不少，成就很高。

卢照邻才华出众，却命途多舛。

卢照邻少年聪慧，博学多能，“弱冠，拜邓王府典签，王府书记，一以委之。王有书十二车，照邻总披览，略能记忆”。《朝野佥载》记述了卢照邻少年时代的博学多才。他在邓王李元裕府内做幕僚，颇得邓王的喜爱和器重，邓王常对人说：“此吾之相如也。”以司马相如来赞誉他的文才。卢照邻掌管王府中的文书、典籍，苦心阅读，研究古代文字学及经史。“后迁新都尉”，做了成都附近一个县的小官。

县官任期届满以后，卢照邻一度“婆娑蜀中，放旷诗酒”，后因感染“风疾”，北归洛阳，自此以后生活每况愈下。

卢照邻在成都期间，与一市井歌女郭氏相恋，成为情人。作为一个诗人，生活在繁华的都会，与郭氏女子痴心相爱，也算是对世俗的一个挑战。诗人艺人歌舞相从，诗书酬答，有几多浪漫几多恩爱！友人们想撮合他们成家，囿于世俗观念，两人终未结婚。卢照邻北归洛阳之时，两人执手泪眼，生离死别，有情人难成眷属，只能演出凄婉动人的悲剧。卢照邻北归以后，许多诗歌书写他的寂寞孤独、凄切相思，表达了他的真挚爱情。

卢照邻不止一次以失群孤雁自喻，感叹漂泊离散，如《同临津纪明府孤雁》：

三秋违北地，万里向南翔。河州花稍白，关塞叶初霜。

避缴风霜劲，怀书道路长。水流疑箭动，月照似弓伤。
横天无有阵，度海不成行。会刷能鸣羽，还赴上林乡。

这天，卢照邻与朋友纪明府一起喝酒，天上飞过秋雁，一只大雁掉了队，艰难前行，发出凄凉的叫声。两个人指秋雁为题写诗，纪明府写了一首，卢照邻和了一首，是为《同临津纪明府孤雁》。卢照邻把自己脱离恋人、孤苦无依的悲怆全部灌注到孤雁身上：深秋离开北方，开始了茫茫的远征。沙洲上芦花放白，边塞上红叶经霜。风霜已经使他难以展翅，还要躲避猎人射来的箭；本来想捎封书信，哪里想到道路如此漫长。孤身一人，流水的影子好像射来的飞箭，弯弯的月亮好似张开的长弓。长天飞翔离开雁阵，大海飞渡没有旅伴。多么想扇动有力的翅膀，飞向那幸福的园林，可在这孤苦的远方，只能以孤雁寄托自己的情伤。卢照邻完全进入孤雁的角色，表达失去同伴的凄苦。这已不是第一次了，此前他写过《失群雁》："惆怅惊思悲未已，裴回自怜中罔极。传闻有鸟集朝阳，讵胜仙凫迩帝乡！"惆怅徘徊，悲思无限，多么希望与群鸟集于阳光灿烂的树林，这胜过仙凫在帝都环绕！卢照邻回到长安以后这样排遣自己的苦闷。

与情人离别的忧伤萦绕心怀，虽然闲居，却无闲情，孤独之感萦绕于心。庭院的孤树双飞的鸟儿落在上边，自己却是孤苦一人。他提笔写下《望宅中树有所思》：

我家有庭树，秋叶正离离。上舞双栖鸟，中秀合欢枝。
劳思复劳望，相见不相知。何当共攀折，歌笑此堂垂。

合欢枝，双飞鸟，歌笑堂前。这只是梦，眨眼阳光下形单影只，孤苦无依。

夜深人静，更加凄苦，只能提笔写诗，述说情怀，《秋夜有所思》：

寂寂南轩夜，悠然怀所知。长河落雁苑，明月下鲸池。
凤台有清曲，此曲何人吹？丹唇间玉齿，妙响入云涯。
穷巷秋风叶，空庭寒露枝。劳歌欲有和，星鬓已将垂。

秋夜推开南窗，相思绵绵无尽。长河落下孤雁，更觉形单影只；水池投下月影，有谁共享此时？宫苑里隐约传来管弦清曲，那是谁在演唱呢？我听不到你的温润歌声，看不到你的明眸皓齿。只有窄巷里秋风扫落叶，庭院里寒气摇枯枝。想有个鸾凤和鸣的人，这个人又在哪里呢？只有秋霜风冷月照着斑白的头发。

卢照邻与郭氏劳燕分飞，天隔南北，但割不断情思绵绵！听到宫苑里传来的歌唱，勾起了与情人琴瑟和鸣的情景，更增加了凄婉的相思，然而只能忍受天各一方的痛苦。

卢照邻为什么离开蜀中北归，出于贫病？出于俗念？不得而知。但他与郭氏的爱情却是刻骨铭心的。在封建时代里，一个士人敢于和歌女结为情人关系，是对世俗观念的挑战，但离她而去，又受世俗观念的牵制。这给他造成无尽的痛苦，也给郭氏造成无尽的痛苦。郭氏不会写诗，骆宾王代她写了一首《艳情代郭氏答卢照邻》，表达了郭氏坚贞的爱情和相思的凄苦。全诗洋洋洒洒64句，充分表达了绵绵无尽的相思和天隔南北的痛苦："迢迢芊路望芝田，眇眇函关限蜀川。归云已落涪江外，还雁应过洛水瀍。"劳燕分飞，佳人孤守，函关阻隔，洛水盘绕，一朵白云漂泊在蜀中，那只大雁已经到达洛水边。"妾向双流窥石镜，君住三川守玉人。此时离别那堪道，此日空床对芳沼。芳沼徒游比目鱼，幽径还生拔心草。"我在双流凄苦垂泪，你在三川已有新欢，孤苦伶仃的凄凉怎么言说呀，只有像那卷施草，拔心不死。面对郭氏刻骨铭心的相思，骆宾王对卢照邻的离去也有所批评，他代郭氏表达自己的怨愤：

离前吉梦成兰兆，别后啼痕上竹生。别日分明相约束，已取宜家成诫勖。

当时拟弄掌中珠，岂谓先摧庭际玉。悲鸣五里无人问，肠断三声谁为续？

思君欲上望夫台，端居懒听将雏曲。沉沉落日向山低，檐前归燕并头栖。

抱膝当窗看夕兔，侧耳空房听晓鸡。

离别前总梦见有好日子，离别后泪痕染成斑竹。分别的时候相约不再嫁娶，现在你有了贤惠的家室。离别前你待我如掌上明珠，哪想到如今先折断了庭院的绿树。恸哭失声无人劝解，柔肠寸断你不抚慰。思念你愿化为望夫台上的石头，在家里不忍听唱阖家团圆的歌曲。望着日落西山、燕子归巢，我怎么能够入睡呢！只能在冷窗前对着月亮发呆，空房中等待公鸡报晓。诗歌声声泣血，字字滴泪，既是郭氏的不平，也是骆宾王的不平。卢照邻到洛阳后是否另有新欢，不得而知。无论如何，卢照邻离弃郭氏是犯了一个错误。在男权社会里，卢照邻以我为主，轻易抛弃郭氏，不管他是执着爱情，还是朝秦暮楚，终究造成一个巨大的爱情悲剧。这给郭氏造成无尽的痛苦，也给自己造成无尽的痛苦。人生道路上有许多岔路口，走错一步将形成另一种人生。

卢照邻离开郭氏，自己也非常凄凉，贫病日益加重。他只能向荒山野坡、黄老思想寻求解脱。他住进太白草阁，炼丹服药，“会父丧，号恸，因呕，丹辄出，疾愈甚”。家贫，常靠官宦周济衣食药物。卢照邻后来在茨山下买了一块田园，将颍水引入周围，也算得到田园之乐，但无法慰藉他失去恋人、孤苦无依的心。他为自己修好墓穴，常躺进墓穴，觉得生不如死。他在悲叹人生的坎坷？他在品味失恋的孤苦？他在哀叹才情的夭折？他在感慨仕途的穷通？也许都有，恐怕只有设身处地，才能体验到这“活进坟墓”的痛苦。此时他只有忧，只有悲，他自号“幽忧子”，作《五悲文》——悲才难，悲穷通，悲昔游，悲今日，悲人生，昧尽人间苦涩。个人的生活经历，变为人生的情感体验，自序“以申万物之情，传之好事耳”。他又写了《释疾文》，昧尽人生凄苦：“东郊绝其麒麟笔，西山秘此凤凰柯。死去死去今如此，生兮生兮奈汝何！”丢弃了描龙画凤的神笔，藏起了砍斫桂树的斧头，满腹的才学无法施展，真挚的爱情成为绝唱，死去吧死去吧，今已如此，活着呢活着呢，又有何用！活进棺材的悲怆他已体验够，不久他投颍水而死，结束了40岁的生命。

悲悠悠，恨悠悠，卢照邻北归后的日子，只剩贫病悲歌。他昧尽人间的痛苦：才华的摧残，爱情的夭折，丧父的悲痛，疾病的折磨，人能经历的痛苦他都经历了。但他毕竟是一个诗人，他将这种痛苦体验加以书写，留给人们的是情感体验和生活启迪。

蝉声震耳：骆宾王

骆宾王像只蝉，总是在天气酷热时叫，而且叫得特别响。他自己也以蝉自喻，《在狱咏蝉》：

西陆蝉声唱，南冠客思侵。那堪玄鬓影，来对白头吟。
露重飞难尽，风多响易沉。无人信高洁，谁为表予心？

窗外的蝉声急促地叫着，激起监狱里囚徒的哀思。怎么受得了，一个黑头的秋蝉，对着我这白头的人儿歌唱！已经入秋，露水打湿翅膀，蝉也飞不了几天了；秋风呼啸，蝉的歌声很容易被淹没。没人相信高洁，谁来表达我的心志？骆宾王在狱中触景生情，写了一首蝉之歌。这是骆宾王当时的处境，也成了他此后的人生写照。

唐高宗仪凤三年(678)，武则天已经临朝当政，骆宾王时任侍御史。身为谏官，他履行职责，上书讽谏，反对武后专权。当时武则天如日中天、炙手可热，骆宾王的叫声不合时宜，他被诬以贪赃罪下狱。骆宾王在狱中听蝉思己，写下这首情境交融、意象鲜明、感情真挚、幽愤深长的诗。诗前还有一段长长的序文：

每至夕照低阴，秋蝉疏引，发声幽息，有切尝闻。岂人心异于囊时，将虫响悲于前听？嗟乎！声以动容，德以象贤。故洁其身也，禀君子达人之高行；蜕其皮也，有仙都羽化之灵姿。候时而来，顺阴阳之术；应节为变，审藏用之机。有目斯开，不以昏道而昧其视；有翼自薄，不以俗厚而易其真。吟乔树之微风，韵姿天纵；饮高秋之坠露，清畏人知。……庶情沿物应，哀弱羽之飘零；道寄人知，悯余声之寂寞。非为文墨，取代幽忧云尔。

骆宾王认为武则天当政是牝鸡司晨，祸乱朝纲。他被关在监狱里，伏天酷热，牢房肮脏，更加重了他的愤懑。外面树上，蝉声凄切，骆宾王想到自己：过去也曾听到蝉声，今天为什么听来不一样呢？原来是心境不同了，眼下我多么像这只蝉。于是他以蝉表露心迹，咏蝉以明高洁，自己也变成一只蝉，诗和序就成了一段绝妙的寓言文学：蝉的声音之所以打动我的心，是因为他的品格像是贤人：洁身自好，有君子的德行；适时蜕皮，似仙人的羽化；顺阴阳之变，应天地之时序；随节气而来，知藏用之玄机；眼睛总张着，不因朝政昏乱视而不见；羽翼很透明，不因世俗浑浊改变纯真。站在高高的树上鸣唱，这是履行自己的天职；饮秋天晶莹的露珠，它的高洁令人敬畏。我和蝉心心相印，它的品格启迪着我。我写这篇诗文，不是为了舞文弄墨，而是抒发我的幽愤。

在骆宾王眼里，蝉就是自己的象征，《在狱咏蝉》表达了他的处境和心境，成为他呕心沥血的自我写照。

诗不是谶语，不是预言，却是灵魂的展现，性格的体现。骆宾王的一生，就像蝉一样，不停地鸣唱，然而又聒噪得不得人心。它不得不叫，这是生命的呐喊；它的鸣叫，又招当令者讨厌。它的鸣叫不是求偶，不是哀时，而是燥热季节里的一种解脱；它的歌唱不是颂歌，不是悲歌，而是对闷热天气的一种抗争；然而它也终于在这呼号声中葬送了自己。骆宾王的人生是蝉一样的人生，他在中国诗人、士人中间，颇有一点典型的味道。

骆宾王小时候就喜欢唱歌，那是天真的歌，欢乐的歌。他七岁即能赋诗：

鹅，鹅，鹅，
曲项向天歌。
白毛浮绿水，
红掌拨清波。

鹅的天地是青天绿水，鹅的歌声是欢欣快乐，孩童眼里五颜六色，天地如此美好，如同顾城的诗一样："我希望/每一个时刻/都像彩色蜡笔那样美丽/我希望/能在心爱的白纸上画画/画出笨拙的自由/画下一个永远不会/流泪的眼睛。"孩童的心充满美丽的色彩和悦耳的歌声，然而步入成年，步入社会，人就不像鹅那样悠然自得、欢乐戏水了，社会里充满矛盾斗争。

骆宾王年轻时因才名屡次被王府招募"表掌书奏"，但他胸怀大志，不甘当幕僚。后来做了长安主簿，有长诗《帝京篇》，极写其京城的繁华、王侯的奢靡，此诗意象繁密，气势壮阔，为时人广为传诵。但骆宾王也看到官场的险恶，人生的浮沉："久留郎署终难遇，空扫相门谁见知？当时一旦擅繁华，自言千载长骄奢。倏忽抟风生羽翼，须臾失浪委泥沙。"官场斗争瞬息万变，耿直的人、有才学的人难以适应。骆宾王耿介为人，不贪恋富贵、不随波逐流，这样的人在权力斗争中怎能不屡遭挫折！

骆宾王有首长诗《畴昔篇》，讲述自己为官的经历和体验："适离京兆谤，还从御史弹。炎威资夏景，平曲况秋翰。……紫禁终难叫，朱门不易排。惊魂闻叶落，危魄逐轮埋。"在朝为官遭人诽谤，御史岗位上又受到弹劾，冤屈无处可申。权臣炎炎威势如同夏日的骄阳，世间冷暖犹如临秋逢霜，无法叩开权力的大门，只能失魂落魄，被车轮碾轧。这就是骆宾王仕途的写照。

骆宾王出狱以后，做了个临海丞的小官，他郁郁失志，弃官而去。后徐敬业起兵反武则天，骆宾王的政见与之正相契合，他被征召为艺文令，掌管军中书记。骆宾王早已不满武则天专权，此时更陷入战争的对立面。骆宾王掌管了反武则天军队的文书之职，他的观点得到充分表达，写下那篇有名的《讨武后檄》。

这篇檄文，先揭露武后之罪恶，哀叹王祚之不兴，再高标敬业之义举，张扬义军之雄威，后号召朝臣归顺义军，承续宗室之大业。这篇讨伐武则天的檄文写得热情洋溢，事理充盈，丝丝相扣，入情入理，显出诗人的本色。檄文最后高呼："请看今日之域中，竟是谁家之天下！"可谓气吞山河，激情澎湃，成为千古奇文。

骆宾王声讨武后气吞山河，没想到碰上一个比他更为大气的对象——武则天。《讨武后檄》淋漓尽致地揭露了武则天的丑行，包括那些男女私情、宫闱秘事："洎乎晚节，秽乱春宫。密隐先帝之私，阴图后庭之嬖。"说武则天作为唐太宗的嫔妃，就与时为太子的高宗(太子居东宫即春宫)淫乱。唐太宗死后她去当了尼姑，以淡化作为唐太宗才人的身份，图谋高宗即位之后再做皇后。骆宾王揭露武则天在皇宫里面与父子两代乱伦，这够让一个女人无地自容了。武则天却胆识非凡，她似乎觉得宫廷秽乱不算什么罪行，而是她成功的权谋；媚惑高宗无非是一个后妃的追求，这是女人的天性。看了檄文，武则天轻轻一笑，没当回事。当看到"蛾眉不肯让人，狐媚偏能惑主"，武则天笑得更加厉害了：谁有我这样的姿色，谁有我这样的魅力？再读到"一抔之土未干，六尺之孤安在"，武则天稍有不悦，不过还是说："有如此才不用，宰相之过也。"宰相肚里能撑船，武则天的肚量比宰相还大。

武则天正如日中天，只把骆宾王的声讨当作夏蝉聒噪，无关大局，只是招人讨厌罢了。对待《讨武后檄》，武则天表现了她超越常人的襟怀和超越世俗的见识。骆宾王以封建正统观念激情澎湃地声讨武则天，偏偏碰上一个不信封建伦理的女皇上。在骆宾王那里，檄文是生命的呐喊；在武则天那里，檄文是夏蝉的聒噪。是非标准不同，诗文评价不同。骆宾王的旷世奇文没有搭上政治的列车，满腔的才情化为当政的笑谈，这是骆宾王的悲剧。

骆宾王的一生是悲剧性的，然而也由于人们价值取向的不同，赋予了他不同的结局。骆宾王的结局有“伏诛”“逃亡”“投水”三说。“伏诛”，就是被武则天杀了。这符合封建王朝的法度，却不合武则天的大度，造反的人该杀，但史无记载。“投水”，就是投河自杀。这符合骆宾王的性格，却不合人们惜才的心理。《朝野佥载》持此说，认为骆宾王有诗句“倏忽抟风生羽翼，须臾失浪委泥沙”，“此其谶也”，但是，光凭骆宾王早年的一首诗也不能决定他的结局。于是就剩下“逃亡”说了，这是民间的传说，却反映了世人的期待。《本事诗·征异》记载，骆宾王在造反失败后逃到东南海边，隐匿灵隐寺为僧。宋之问贬官过钱塘，游灵隐，月夜行吟长廊之下，得句“鹫岭郁岧峣，龙宫隐寂寥”，之后庭院漫步，搜尽枯肠，再也想不出好的第二联。一个老僧端坐禅床，问：“少年不寐，吟讽甚苦，何也？”宋之问说我想了两句好诗，却怎么也无法再写下去。老僧说道，何不写成“楼观沧海日，门对浙江潮”？宋之问得到老僧的指点，终于写成全诗。宋之问拿诗给别人看，人家只称赞“楼观沧海日，门对浙江潮”一联为警句。宋之问益觉老僧神奇，“迟明访之，已不见。老僧即骆宾王也，传闻桴海而去矣”。这个记述显然带有传奇色彩，所以放在奇闻轶事里面。作为诗歌写作，得人指点成就佳句，这是常事；作为历史叙述，则未必真有其事。传说骆宾王灵隐寺为僧，后又乘船出海，反映了人们爱才、惜才的心理，也反映了人们对骆宾王声讨武则天的勇气的肯定。

骆宾王去向之谜，留给人们的不仅是他人生结局的思考，更是诗人如何参与历史创造的思考：才学符合历史要求，可以发挥巨大的作用；才学违背历史方向，将是巨大的悲剧——个人的悲剧，也是社会的悲剧。

大象独步：陈子昂

大学时学文学史，陈子昂有突出地位，他的《登幽州台歌》也备受推崇。我常有些不解：这首诗既无新颖意象，又无奇崛词句，不过直抒胸臆罢了，何以推崇备至？后来慢慢悟出，这是只读诗而不读人的缘故。如果深入人生，就知道《登幽州台歌》是一首生命之歌。陈子昂的一生就是这样悲怆，人类生存也会遭遇这样的困境。

前不见古人，后不见来者。
念天地之悠悠，独怆然而涕下。

此诗既没写景，又没状物，语句直白，脱口而出，以诗艺而论，无可推崇，但沸腾着生命的呼号，也跃动着诗人的自我形象：驰骋边塞，独登古台，面向悲风，思接千载；有报国的雄心壮志，却遭奸佞的屡次陷害，怎不忧愤满腔，慷慨悲歌！诗歌似有难言之言，历史似有未书之书，我们就慢慢揭开陈子昂尘封的人生，揭开封建腐朽政治的黑幕。

陈子昂，梓州射洪人（今属四川），出身官宦人家，祖上就侠义豪爽，乐善好施。陈子昂为父亲作墓志铭，这样描写他的父亲："公河目海口，燕颔虎头，性英雄而志尚玄默，群书秘学，无所不览。""时有讼讼，不取州郡之命，而信公之言。"说他父亲相貌伟岸，气度豪壮，有英雄之气，无张扬之心，有好学之风，无求官之意。虽不为官，但威信很高，地方上有矛盾纷争，不找官府，而听从他的调解。陈子昂继承了父辈的性格，“貌柔雅，为性褊躁，轻财好施，笃朋友之义”。“初年十八，未知书，以富家子，任侠尚气弋博。后入乡校感悔，即于州东南金华山观读书，痛自修饬，精穷坟典，耽爱黄、老、易、象”。《唐才子传》记述，陈子昂相貌儒雅，性情固执，轻财好义，爱交朋友。年纪十八了，还不好好读书，后来悔悟，痛改前非，刻苦研修，精通典籍，武后时考中进士。适逢高宗驾崩，要归葬乾陵，陈子昂上书说，东都洛阳地形好，可以安置灵寝，关中荒僻，灵驾不宜西行。武则天召见了他，见他应对自如，见识非凡，赞扬他“地藉英华，文称晖晔”，封为麟台正字，后迁右拾遗。

陈子昂做了谏官，屡次上书言事。武后征询国家何以调元气，陈子昂力主兴文化、罢战争，特别反对征讨西南羌人，认为那只对“奸臣”“贪夫”有利。武氏家族把握朝政，利用战争谋取私利，陈子昂坚决反对，故而得罪了当权的武氏家族，辞官回乡。在家乡又遭当地县令段简诬告，将他下狱。陈子昂在狱中忧愤而死。

关于陈子昂下狱致死的案情，史家有诸多怀疑和考证，疑与武则天时期武氏专权和酷吏制度有关。现代学者岑仲勉《陈子昂及其文集之事迹》说，《陈氏别传》“叙子昂之死，虽若甚详细，而疑问滋多。按《新唐书·来俊臣传》，‘始王庆诜女适段简而美，俊臣矫诏强娶之……妻亦惭自杀。简有美妾，俊臣遣人示风旨，简惧，以妾归之’。则简一无骨气人。以武后、周、来之淫威，子昂未之惧，何畏夫县令段简，可疑一。子昂居朝，尝陷狱年余，铁窗风味，固饱尝之，何对一县令而自馁若此，可疑二。子昂虽退居林下，犹是省官，唐人重内职，固足与县令对抗，何以急须纳贿，且贿纳二十万，数不为少，何以仍敢诛求无已，可疑三。余由此推想，谓子昂家居时，如非有反抗武氏之计划，即必有诛讨武氏之文字……惟如是，斯简之敢于数曳就吏，子昂之何以惧，何以贿，均可释然。及不堪其逼，遂一死谢之”。

武则天重用酷吏来俊臣，鼓励人们写谤书，互相揭发。来俊臣掌握生杀大权，严刑苛法，屈死于酷吏手下者千余家。来俊臣权重，权力无限膨胀又无法度限制，便为所欲为，贪赃枉法，强夺民女，从一个执法者变成违法乱纪者。来俊臣好色，见美女便垂涎三尺，必欲夺之。县官段简的妻子，颇有姿色，来俊臣假传圣旨，强娶豪夺。段简妻不从而自杀。段简还有一个美妾，来俊臣又看中了，着人带去口风，想要这个妾。段简将美妾送上。段简对来俊臣有杀妻之恨，夺妾之仇，不思报复，反而谄媚。陈子昂一个好侠尚义之人，却屈从于一个无耻之徒，不合情理。虽奉上重金，终难免一死，内中必有原由。史家认为，陈子昂有反对武后及家族的把柄攥在武三思、武承嗣手里，他们让来俊臣、段简诬陷陈子昂，必将他置之死地。陈子昂作为朝官，家人又纳贿二十万，仍无法免死。陈子昂在狱中感叹地说：“天命不祐，吾殆死乎！”这个感叹，似有冤情。刚直、豪爽的陈子昂被害死在狱中，死时才四十几岁。陈子昂没有像骆宾王那样，参与起兵反武则天，却因诗人的性格相同而走了与骆宾王一样的人生之路。这样的人生，他怎不唱出《登幽州台歌》，“念天地之悠悠，独怆然而涕下”。

封建专制制度之下，刚正、有才之士遭权臣陷害，实属必然。陈子昂作为谏官，屡次上书言事，早已遭到武氏家族的厌烦。他郁郁不得志，写了不少《感遇》诗，成为文学史上的名作。

陈子昂的《感遇》诗有30余首。唐朝初年，诗歌承袭六朝绮靡文风，内容空虚，但求辞采。陈子昂感慨兴废，言之有物，干预时政，深沉有力，继承了《诗经》以来的优良传统，被视为“海内文宗”。古文运动的创始者柳宗元说：“能极著述，克备比兴，唐兴以来，子昂而已。”称赞他既能作文，又能写诗，有唐以来，独步文坛。他的《感遇》诗之五是这样的：

朔风吹海树，萧条边已秋。亭上谁家子，哀哀明月楼。
自言幽燕客，结发事远游。赤丸杀公吏，白刃报私仇。
避仇至海上，被役此边州。故乡三千里，辽水复悠悠。
每愤胡兵入，常为汉国羞。何知七十战，白首未封侯。

诗歌描写了一个戍边老兵，为报家仇，杀了公吏，逃亡在外，投军戍边。他身经百战，慷慨杀敌，虽战功赫赫，却不得封赏。这既是为老兵鸣不平，也有自我状况的感叹。陈子昂在描写这个老兵时，不回避他杀人的经历，又写出他豪壮的性格，表现了对“真实”的人的尊重。他驰骋沙场，却白首无功，暗示了朝政黑暗，赏罚不公。

陈子昂作为谏官，对此早有批评。《新唐书》本传记述了陈子昂永昌元年(689)的上书：“臣闻劳臣不赏，不可劝功；死士不赏，不可劝勇。今或勤劳死难，名爵不及；偷荣尸禄，宠秩妄加，非所以表庸厉行者也。愿表显徇节，厉勉百僚。”武氏家族掌握大权，大搞裙带关系，任人唯亲，勤勉事功的人不加封赏，尸位素餐的人倍受嘉奖，陈子昂上书慷慨指斥朝廷是非颠倒、赏罚不明，触到武氏家族的痛处。这样的诗人被逐出朝廷，并陷害致死，那就是合乎逻辑的了。但陈子昂作为“拾遗”，履行了他的职责，实践了诗人品格，乃是一个伟岸的人。

陈子昂在朝中屡遭贬斥，被放逐在外，随武攸宜出征蓟北。他登上燕山脚下的古台，放眼望去，山峦起伏、树木萧森、人声寂寥，时有战死者的幽魂随塞风呼号，历史的陈迹随朔风扑面而来。这样天空高远、大地苍茫的塞北，怎不引起他对人的生存价值的思考，怎不引起他对腐朽政治的愤慨。陈子昂有远大抱负，有宏才大略，但在势利短见的朝廷中，在利益纠葛的臣辅中，他的才能抱负无法施展，愤懑不平郁结心中。面对这苍茫浩渺的宇宙，面对绵绵无尽的历史，人是多么渺小，成败又多么轻飘，于是他喊出：“前不见古人，后不见来者。念天地之悠悠，独怆然而涕下。”

人生元本一首诗。《登幽州台歌》凝聚了陈子昂的一生经历，一世感慨。它没有具体描写，也难于具体描写，因为它上升到超现实的历史层次，上升到超事象的人生层次，表达人的生存困惑。陈子昂登上幽州台，思接千古，气吞宇宙，立于无限的时间、无限的空间，感慨人的生存坎坷，感悟人的生存价值。它超越了个人的成败荣辱，超越了社会的是是非非，进入了人在无限时间与空间中的生命感悟。杰出的诗人不少从现实生活进入苍茫宇宙，他们仰望星空，思考自己的位置，从天地宇宙中思考人的位置与价值。屈原是这样，李白是这样，郭小川是这样，当今有的政治家也是这样，这是超越现实功利的一种高远境界。陈子昂的《登幽州台歌》实现了超越现实的人生思考，体现了大气磅礴的生命力量。

陈子昂是独步天地之间的大象，他没有鸟类的美丽羽毛，却有着震动大地的浩然正气。初唐时期，六朝文学绮靡之风未除，北门学士阿谀之气盛行，陈子昂大气凛然，蔑视武氏专权，对抗酷吏政治，抒发豪迈情怀，开了唐诗的浩大气象。《唐才子传》评论说，“古来材大或难为用。象以有齿，卒焚其身。信哉，子昂之谓欤！”《唐才子传》的作者辛文房把陈子昂比作大象，因其有宝贵的象牙，所以被人射杀、焚身。陈子昂是一头大象，独步文坛，气宇轩昂。陈子昂在幽州台上，长衫飘舞、临风感叹的形象长留于文学史上，也启迪着后世的人生。大象毕竟是大象，苍蝇毕竟是苍蝇，大象的脚步轰然有声；北门学士的诗歌嗡嗡作响，却是一些蝇营狗苟的人的投机钻营。

北门学士：沈佺期

唐代诗人大多依附封建王朝而生存，这既是诗人衣食的物质基础，又是诗人功名的心理追求。依存有多种态度、多种方式：有杜甫的“致君尧舜上，再使风俗淳”的忠君爱国；有陈子昂的“何知七十战，白首未封侯”的不平进谏；有王昌龄的“不才明主弃，多病故人疏”的牢骚无奈；有白居易“剥我身上帛，夺我口中粟”的为民请命等，这些都不失诗人的品格。还有一类是应制诗人，他们直接为宫廷服务，或执掌文书写作，或主持音乐歌舞，或随行歌功颂德，甚至为皇上插科打诨，武则天时期还有一批特殊文人——“北门学士”，是与女皇有暧昧关系的宫廷诗人。沈佺期、宋之问就是这类诗人。应制诗人的角色，使他们难有杰出的诗歌创作，但作为中国诗人/士人的生存状态和文化心理却值得探究。他们对封建皇权的依附，到了出卖精神乃至肉体的地步，表明了中国文人人身依附的悲剧。

唐高宗时，武则天召集文学之士万元顷、刘祎之等编撰《列女传》《臣轨》等书，这些文人被特许从北门进入宫廷。本来朝廷奏议、百官表疏、密令参决等政务，都得经过中书门下（正门、南门）的官衙上达，武则天却特许少数文人从北门出入，这就有了“北门学士”。“北门学士”是可以走女皇后门的文人。武则天设北门学士，从朝政管理上来说，是为了削弱宰相的权力，许多消息可以从“地下”渠道抵达武后，不少政务可以由她自行掌握；从个人生活上来说，她是为了笼络一帮宠臣，为“面首”提供出入宫闱的方便。于是，一些宫廷诗人也争当“北门学士”，沈佺期、宋之问就是这类人。他们因巴结武后而得到诗名，也因结交内廷而遭人遗弃。

沈佺期相州内黄（今属河南）人，上元二年（675）进士，新旧《唐书》有传。《旧唐书》说：“长安中，累迁通事舍人，预修《三教珠英》。……再转考功员外郎，坐赃配流岭表。”《新唐书》说：“及进士第，由协律郎累迁给事中，考功收赇，会张易之败，遂长流驩州。”记述略有差异，基本事实相同。圣历年间，武则天召张昌宗、沈佺期等人编撰《三教珠英》，沈佺期官授通事舍人，有了自由出入于宫廷，直接面向武后的特权。武后让他主管科举取士、考察官员，后授给事中，进入内阁，直接参与廷前议事。沈佺期是个典型的北门学士。武后宠信，给他掌管人事大权，这是个容易收受贿赂的官位，他果然忘乎所以，主管考核官员和科举取士时收受贿赂，终于被弹劾入狱。

沈佺期在狱中得到消息，自己少年的好友王赦去世了。他写了一首诗《伤王学士》，序文说：“昔同为人，今先鬼录。恨吾非所，阙尔桑梓。退而赋诗以哀命。”所谓“非所”，意为呆在不应该呆的地方，即监狱，自己在监狱里不能回乡参加王赦的葬礼，只好写诗哀悼：“闭囚断外事，昧坐半余期。有言颖叔子（王赦），亡来已一时。初闻宛不信，申话涕继洏。”狱中与世隔绝，打着迷瞪度过自己的余生，传来王赦去世的消息，开始还不相信，继而报告消息的人话没说完，就涕泗涟洏，恸哭一场。沈佺期哭，并非痛失好友，也不是痛恨犯罪，而是痛失恩宠。但他毕竟是武则天的贴身侍臣，入狱不久便得到赦免。武则天需要他，他扈从圣驾游西岳，继续写诗阿谀奉迎。

沈佺期获罪得免，得益于北门学士的近侍制度，他们是武后的贴身侍从。这种近侍制度早已引起朝臣们厌恶，那些贴身宠臣一旦被击垮，他们遭遇的打击也是毁灭性的。中宗神龙元年(705)正月，武则天病重，宰臣崔玄暐、张柬之等发动羽林军起事，迎太子至玄武门，斩关而入，杀了武则天的面首张易之，张昌宗也枭首于天津桥南，武则天退居上阳宫。武则天退位，她的侍臣数十人被贬，其中包括沈佺期、宋之问、杜审言等宫廷诗人。沈佺期贬到驩州，今在越南荣市境内，是流放得最边远的，可见他与武则天关系的亲密。身为女皇近臣，晨昏侍奉，炙手可热，获得权势，获得诗名，一旦武皇下台，沈佺期遭人唾弃。他写诗《初达驩州》说："流子一十八，命予偏不偶。配远天遂穷，到迟日最后。"发配的人有 18 个，命运还没有偏待他，可他发配得最远，到达的日子也是最后，有点无奈，也有点伤感。

中宗即位，改元神龙，朝拜太庙，大赦天下，坐张易之案遭流放的人，也大都放还，视其轻重给予官职。神龙三年，沈佺期遇赦，经端州北归，回到朝中，授起居郎，兼修文馆直学士。沈佺期又做了皇帝的近臣，侍奉皇帝歌舞饮宴。他寻找机会讨回自己过去的荣耀，"既侍宴，帝诏学士等舞《回波》，佺期为弄辞悦帝，赐还牙、绯"(《新唐书》本传)。《回波》是唐中宗时兴起的乐舞新曲，演唱时可以即兴编唱新词，表达干求、谏止等意见。皇上喝酒喝得正高兴，侍臣们编些顺口溜，搞些戏谑的"小品"，讨皇帝喜欢。欧阳询形象丑陋，长孙无忌就调侃他："耸膊成山字，埋肩未出头。谁家麟阁上，画此一猕猴?"欧阳询也应声道："索头连背暖，漫裆畏肚寒。只缘心浑浑，所以面团团。"既为自己解嘲，又回击对方，讽刺那些与后妃暧昧的侍臣，语涉私秘之处，开了个荤的玩笑。那个时候天下太平，君臣歌舞饮宴，逢场作戏，常开些玩笑。中宗亦诏告群臣："天下无事，欲与群臣共乐。"《回波》乃香艳之辞、妖冶之舞，大概有"回眸一笑百媚生"的意思。《唐诗纪事》对此颇有微词，说："一觞一咏，足以肇乱，况其甚焉者哉!"盛唐时期，歌舞升平，君臣一起喝酒，没有太多道貌岸然，演出《回波》时近臣常开着玩笑提出自己的要求。

沈佺期也抓住这个时机，编上新词："回波乐时佺期，流向岭外生归。身名已蒙齿录，袍笏未复牙绯。"我沈佺期在这里进行《回波》歌舞，流放岭南回来了。我的身体名分已经恢复了官籍，可是朝服还没恢复牙绯（即身上佩戴的象牙、鱼皮装饰）。中宗听了说，好吧，赐给你牙、绯。沈佺期流放归来，不思悔过，继续沿着谄媚皇权的道路向上爬，恢复了官职，还要求恢复待遇，他对这条道路也够"自信"的。果然中宗皇帝赐予了他绯鱼袋，升为中书舍人、太子詹事，沈佺期又成了皇帝的秘书、太子的老师。

沈佺期作为宫廷诗人，诗歌多为应制之作，缺少社会内容。但掌管宫廷乐舞，常作一些清辞艳曲，言儿女情长者，尚可一读。《杂诗》之三：

闻道黄龙戍，频年不解兵。可怜闺里月，常在汉家营。
少妇今春意，良人昨夜情。谁能将旗鼓，一为取龙城。

黄龙边疆，连年打仗，思妇心中的明月，还在前方的军营。月夜良宵，情意正浓，但是天各一方，春情难酬。思妇征人，儿女情长，倒也写得委婉动人。

《古意呈补阙乔知之》也是思妇题材：

卢家少妇郁金堂，海燕双栖玳瑁梁。九月寒砧催木叶，十年征戍忆辽阳。

白狼河北音书断，丹凤城南秋夜长。谁为含愁独不见，更教明月照流黄。

思妇征人是古来已有的题材，是为"古意"。沈佺期不但题材仿古，意象也仿古：古辞《河中之水歌》有句"卢家兰室桂为梁，中有郁金苏合香”，被沈佺期化为前两句。“玳瑁”乃古辞写女性装饰常用的事象，“寒砧”乃古诗写思妇怀亲常用的情境，“丹凤”落处即是帝都，“流黄”飘曳表示帐帏。诗中所有这些形象，都带贵族气、脂粉气，与其说写思妇之苦，莫若讲闺房之愁。爱情是永恒的主题，皇上后妃歌舞宴饮也愿意听这个，沈佺期也就借思妇征人，写些情诗艳曲。但他没有边塞的生活经历，没有思妇的痛切情感，只能借古诗古意，表现儿女之情，供皇上后妃们满足爱情的渴望。他写相思之苦难免有点无病呻吟，这正是应制诗人思想贫乏、情感苍白的地方。

唐代写征人、思妇的诗不少，有些可以拿来进行比较。

李益的《夜上受降城闻笛》：

> 迴乐峰前沙似雪，受降城外月如霜。
> 不知何处吹芦管，一夜征人尽望乡。

打了胜仗思乡之情愈加强烈，“受降城外”战场意境更加凄苦，不仅诗意新奇，而且情境动人！

再如陈陶的《陇西行》：

> 誓扫匈奴不顾身，五千貂锦丧胡尘。
> 可怜无定河边骨，犹是春闺梦里人。

前线杀敌不顾生死，五千将士葬身尘沙。家中的妻子还以为丈夫健在，夜夜在春梦中会见亲人。战场的英勇悲壮和后方的热切思念构成对比，前方的战士白骨和闺房的甜蜜怀春形成对比，写出战争的悲剧，入木三分！这样的诗已从思妇之情上升到人道之思，表达了人类普遍的和平愿望，诗歌的深度大大加强。这样的诗意被编成戏曲《春闺梦》，表现了巨大的人性深度和强烈的戏剧冲突。

相比之下，沈佺期的征人思妇诗是为宫廷享乐写出的，决然达不到这样的思想高度和艺术水平，应制诗人的局限显露出来。不过沈佺期的诗辞藻华丽，对仗整齐，在唐代律诗、绝句的形成过程中，起了一定作用。

内线求升：宋之问

诗人的品行各异，也就有各自的诗歌道路。有的人皓首穷经以求学识丰富，有的人屡赴科考以求仕途通达，有的人放旷诗酒以求释放愁绪，有的人隐逸山林以求安妥内心，还有的人专走内线以求飞黄腾达……真是人生百态，诗人百态。所谓内线，即非正常渠道，如裙带关系啦、桃色路线啦、阿谀逢迎啦、卖身投靠啦，等等。武则天时期还有一个特殊的内线——后门，北门学士就是走后门的人。沈佺期是这样，宋之问也是这样。

宋之问，汾州人（今山西汾阳），上元二年（675）与沈佺期同科进士。《新唐书》本传说："之问伟仪貌，雄于辩。"他高高的个头，伟岸的相貌，又能言善辩，正是讨女性喜爱的条件，也就博得武后的欢心。宋之问刚刚成年，就被武则天召进宫内与杨炯一起管歌舞班子。侍奉武后歌舞饮宴，既赏心悦目，又诗酒传情，宋之问也颇为自得。他在《秋莲赋》自序中说，"天授元年，敕学士杨炯与之问分直于洛城西，入阁，每鸡鸣后。"也就是说，他进宫的时间都在半夜鸡叫时分。深夜入宫，有何隐私，不好言说，只能用个含混的词，侍奉晨昏。宋之问后来又被授予尚方监丞左奉宸内供奉，官名几个名词的叠加都是侍奉天后的。"奉宸府"是武则天时专设的内廷供奉机构，《旧唐书·武则天皇后纪》记载："初为宠臣张易之及其弟昌宗置控鹤府官员，寻改为奉宸府，班在御史大夫下”，并以张易之为奉宸令。“宸”指皇帝住的屋宇，即内宫，这里为武则天专用；“鹤”与“凤”近，为皇后所专用。“控鹤府”也好，“奉宸府”也好，都是伺候武则天生活起居的。张易之、张昌宗二人就是武则天最为宠幸的贴身“面首”，其他的人则看天后的喜爱了。宋之问也想钻进武后的贴身侍从行列中去，他先巴结张易之，“易之兄弟雅爱其才，之问亦倾附焉”。张易之、张昌宗是武则天的面首，宋之问想通过裙带关系进入裙带集团，钻进石榴裙下，走后门获得升迁，可谓有意，也有术。《新唐书》本传更加详细地记述了宋之问在奉宸府供职的情况：“于时张易之等烝昵宠甚，之问与阎朝隐、沈佺期、刘允济媚附，易之所赋诸篇，尽为之问、朝隐所为，至为易之奉溺器。”烝，古称与母辈通奸为烝。《左传·桓公十六年》有云：“卫宣公烝于夷姜。”夷姜，宣公庶母，卫宣公与其庶母通奸，称作烝。张易之与武则天淫逸无度，宋之问、沈佺期、阎朝隐等小心伺候。张易之的诗都是宋之问、阎朝隐代笔作的，为顶头上司代笔写诗文，看来古已有之。上司获得名，他们获得利——升迁，权力可以换取诗文、成果，文人一旦出现在“交易场”上就容易成为出卖灵魂的人。宋之问等甚至为张易之端尿盆，伺候的当然不止张易之，也包括武则天。宋之问作为左奉宸内供奉，精神肉体全部供奉：一个大老粗要写诗，宋之问帮他写，供奉精神；张易之、武则天淫逸无度，宋之问为之端尿盆，也随时准备应召，供奉身体。

一个诗人为了获得女皇的宠幸，低三下四，已经失去了人格，也失去了诗格。宋之问终于获得武则天的宠信。武后游龙门，命侍从赋诗，先成者赐以锦袍。左史东方虬先写出诗来奉上，武后把锦袍赐给了他。东方虬拜谢之后，还没有回到座位上坐稳，宋之问也写出诗来献给武后。武后看了说文理兼美，将赐给东方虬的锦袍要回，让宋之问穿上。武则天对宋之问宠幸有加，才有此“夺袍之爱”。假如进行诗歌大赛、文艺评奖，有武则天为靠山，宋之问一定会拔得头筹。但他的诗怎么样呢？《唐诗纪事》有详细记述。

宋之问侍奉武皇游龙门，写的《龙门应制》是这样的：

宿雨霁氛埃，流云度城阙。河堤柳新翠，苑树花初发。

洛阳花柳此时浓，山水楼台映几重。群公拂雾朝翔凤，天子乘春幸凿龙。

龙门近出王城外，羽从淋漓拥轩盖。云跸才临御水桥，天衣已入香山会。

山壁巉岩断复连，清流澄澈俯伊川。塔影遥遥绿波上，星龛奕奕翠微边。

层峦旧长千寻木，远壑初飞百丈泉。彩仗猊旌绕香阁，下辇登高望河洛。

东城宫阙拟昭回，南陌沟塍殊绮错。林下天香七宝台，山中春酒万年杯。

微风一起祥花落，仙乐初鸣瑞鸟来。鸟来花落纷无已，称觞献寿烟霞里。

歙舞淹留景欲斜，石间犹驻五云车。鸟旗翼翼留芳草，龙骑骎骎映晚花。

千乘万骑銮舆出，水静山空严警跸。郊外喧喧引人看，倾城南忘属车尘。

嚣声引飏闻黄道，王气周回入紫宸。先王定鼎三河固，宝命乘周万物新。

吾皇不事瑶池乐，时雨来观农扈春。

诗很长，阿谀逢迎无微不至，歌功颂德夸大其词。开头铺叙周围景物，无非花红柳绿、楼阁亭台；接着描述天后幸临，山峦增色，河川低头，祥花飞落，百鸟和鸣。又铺陈鸾驾出行，旌旗飘舞，龙骑高昂，声音喧闹，万人欢呼。诗歌最后更作了提升：天后巡行带来祥云瑞气，天后出行不为个人享乐，而是春天恤耕勤农。总之，诗极尽歌功颂德之能事，也就极尽渲染铺陈之辞令。应制诗歌无非如此，应制诗人无非如此。全诗没有一点真情实感，没有一点诗意发现，这样的诗即或拔了头筹也无非是文字垃圾。

不过从这首诗也可看出宋之问诗歌技巧娴熟。它铺陈充分，辞采艳丽，属对工整，音调和谐。这是沈佺期、宋之问等宫廷诗人的共同特点，时称“沈宋体”，五代的绮靡文风在他们那里仍在延续。这些内廷诗人，只知阿谀逢迎，歌功颂德，人格猥琐，诗格绮靡，是写不出好诗来的。

宋之问得到武则天的赏识，还想往上爬，成为北门学士。用句文雅的话说是“得陇望蜀”，用句通俗的话说是“得了锅台就上炕”，宋之问还想上武则天的炕。《本事诗》“怨愤”条载：“宋考功天后朝求为北门学士，不许，作《明河篇》以见其意，末云‘明河可望不可亲，愿得乘槎一问津。更将织女支机石，还访成都卖卜人。’则天见其诗，谓崔融曰：‘吾非不知之问有才调，但以其有口过。’盖以之问患齿疾，口常臭故也。之问终身惭愤。”宋之问当了应制诗人，还想进一步亲昵武后：银河啊高高在上，我可望而不可即，什么时候我能乘个小船，到达你的港口呢。这与其说是颂诗，不如说是情诗，宋之问试问，我何时能与你有肌肤之亲呢？《明河篇》一诗所用的词语多有猥亵之意，也有试探之心。这样的诗照说是有辱圣上，但习于狎昵文人的武则天不觉其有过，反倒有些得意。她对自己的宠臣说，我不是不知道宋之问有才气、有情调，只是他常有口臭，不堪接近。武则天看懂了宋之问的诗意，可谓心有灵犀一点通。宋之问由于自身的缺陷，终于没有走进武则天的后门。

宋之问攀附不上武则天，更加巴结张易之，张氏被杀后连坐遭贬，发配岭南泷州开阳郡（今广东罗定市南）。宋之问发配途中写了一些诗，记录“严程无休隙，日夜涉风水”的艰辛。

不老实的人总是不老实，宋之问后来从流放地逃回洛阳，隐匿在张仲之家。张仲之允许流放犯人住在自家，应该说是宋之问的恩人，但宋之问很快把恩人出卖了。《新唐书》本传记载了这件事：“之问逃归洛阳，匿张仲之家。会武三思复用事，仲之与王同皎谋杀武三思安王室。之问得其实，令兄子昙与冉祖雍上急变，因丐赎罪，由是擢鸿胪主簿，天下丑其行。”张仲之与王同皎密谋杀害再度掌权的武三思，宋之问告了密。学者考证，告密者是宋之问的哥哥之逊及其子昙，称宋之逊为武三思的“五狗”之一。作为武三思的“走狗”之一宋之逊告密，已算是卖主求荣了；作为隐居张仲之家的宋之问告密，更是忘恩负义了。宋之问寄居张仲之家，最先知道张仲之谋杀武三思消息。他是逃犯，不敢出头露面，让他的哥哥出面告密。武三思得知消息，杀了政敌，权力更加巩固。他不再追查宋之问的逃跑之罪，反给他升官，当了考功员外郎，主管官员的考核封赏。宋之问因告密加官进爵，但士人却视他为不齿于人类的叛徒。

宋之问内线求升，不择手段，不择对象。太平公主权重，他谄事太平公主；安乐公主权重，他谄事安乐公主。太平公主为武则天之女，在唐朝的宫廷斗争中地位特殊；安乐公主为唐中宗之女，嫁给武三思之子崇寻，骄横无忌，“宰相以下多出其门”。宋之问既写诗奉承太平公主，有《太平公主山池赋》，又写诗奉承安乐公主，有《宴安乐公主宅》，脚踩两只船，获得户部员外郎兼修文馆直学士的高位。江山易改，本性难移。宋之问因谄事武则天、张易之获罪流放，跑回来之后又谄事公主权臣。人们常说，狗是忠臣，猫是奸臣。狗忠于主人，猫谁给吃的跟谁走，宋之问不是走狗，而是走猫了。

采取卑劣手段牟取升迁的人，必定官风恶劣。宋之问任考功员外郎，主管科考收受贿赂，被贬为越州长史。“睿宗立，以无悛悟之心，流钦州，御史劾奏赐死。人言刘希夷之报也。”《唐才子传》这段记述后面还有一个故事：宋之问为剽窃他人诗句，将作者害死。诗人刘希夷年轻有为，有“年年岁岁花相似，岁岁年年人不同”的佳句。宋之问想据为己有，就让人给刘希夷透口风，谁知刘希夷是个视自己的精神创造为生命的人，不肯让给他。宋之问嫉恨在心，命下人用土袋子将刘希夷压死。出卖灵魂、出卖肉体的人，是不懂得诗歌的精神价值的，他自己写诗让武则天的面首署名，也要剽窃他人的名句，直至将原作者残害，真是无所不用其极。宋之问没有道德，不讲信义，出卖恩人，残杀朋友，早已超出了中国文人的生存底线。老百姓骂他，死在流放的道路上是罪有应得，上天报应。

也有人怀疑宋之问谋害刘希夷这件事，这是对人的简单化。中国有个不好的传统——“为名人讳”，名人也是人，人是复杂的，也常常暴露其丑陋的一面，所以才要褒扬美，鞭挞丑。宋之问有文才，有些诗也写得很好，但要结合人来看，结合创作情境来看，才能读出真实的内容。他有一首《渡汉江》，影响广泛，至今为人称道：

岭外音书断，经冬复历春。
近乡情更怯，不敢问来人。

诗歌表达了久别故乡、突然回家的感受，细腻而复杂心理颇近人情。如果以一般的游子之情来看，这确实是好诗，因为它传达的人情十分微妙。这是“作者未必然，读者未必不然”的阅读现象，因为人们总是以个人的生活经验理解作品。宋之问这首诗的写作背景是：他获罪流放岭南，与家乡音信不通，即为“岭外音书断，经冬复历春”。后来从流放地偷偷逃回来，违反王法，自然是“做贼心虚”了。此诗正是他这种特殊心理的写照：前两句是流放边地的经历，后两句是偷跑回乡的感受。作为逃犯，唯恐被人察觉，自然是“近乡情更怯，不敢问来人”了。不过，宋之问能写出这样微妙的感受，毕竟还是诗，较那些应制之作有更多的心理感受。但也须揭开此诗的写作背景，还原它的本来面目。

才高运蹇：王昌龄

杨花落尽子规啼，闻道龙标过五溪。

我寄愁心与明月，随风直到夜郎西。

一千多年来流传在人们口头上的这首《闻王昌龄左迁龙标遥有此寄》，是李白送给王昌龄的。何事使李白泣血流泪呢？子规，杜鹃鸟，布谷鸟，又称杜宇，叫声凄凉，直至泣血。杜宇是蜀国的国君，后禅位出走，蜀人怀念他，听到杜鹃的啼叫就以为是国君啼血哀叹。王昌龄也遇到一件让人啼血哀叹的事：他被贬官了(左迁)，而且发配到荒蛮的夜郎国。李白感同身受，悲愤交加，迅速写了这首诗予以安慰，说我的愁心将随着明月跟你一起到那荒蛮的夜郎国。诗歌情真意切，字里行间流露出不平。

王昌龄遭贬也确实令人不平。它有诗人在封建王朝中的生存状态，也有诗人自身的性格原因。

王昌龄，太原人，开元十五年(727)“进士登第，补秘书省校书郎，又以博学宏词科，再迁汜水县尉。”(《旧唐书·文苑传》)也就是说，王昌龄连登两科，既进士及第，又辞藻入选，后者更表明他的文学才能。王昌龄在朝当了校书郎，又外派当了县尉，应该说正当年轻有为之时。可是此后他命途偃蹇，屡遭贬斥，直至被人杀害。一个诗才杰出、直言敢谏的诗人，走出了悲剧的人生轨迹。从人生来说，这令人扼腕长叹；从社会来说，它又表明封建时代诗人的生存常态。

诗人很难适应官场生活，王昌龄也常有退隐之意。他作荆州长史，写诗给他的长官《奉赠张荆州》："鱼有心兮脱网罟，江无人兮鸣枫杉。"鱼儿有心挣脱网罟自由地畅游，江边没人只有枫杉的呼啸。王昌龄想挣脱官场的网罟，又难免感到江边树鸣风吼的孤寂。诗人独立的个性，不愿迎合上峰的旨意，不愿默认政治的偏失，既不讨当政者的喜欢，又遭到同僚们的疑忌，贬官是早晚的事。

王昌龄一生经历了两次重大贬谪。第一次贬官是在开元二十八年(740)，他到南方任江宁丞，一个县的副手。当时的江宁比较边远，离别长安时他写诗《留别岑参兄弟》："江城建业楼，山尽沧海头。副职守兹县，东南擢孤舟。"他说跑到东南荒凉的小县任个副职，江流滚滚，沧海茫茫，也只好孤舟前行了，此诗流露出他的孤独与惆怅。岑参也有诗《送王大昌龄赴江宁》，同时代的诗人李白、王维、李颀、綦毋潜等也为之惋惜，写诗唱和。诗人称他"诗家夫子王江宁"，表示对王昌龄诗才、诗名的肯定。

王昌龄诗才杰出，为什么屡遭贬谪？《旧唐书》说他"不护细行，屡见贬斥"。"不护细行"，就是不拘小节，其实这"小节"还不仅是生活问题，还有政见问题，不过正史从封建正统观点出发，没有解释，也不便解释。从王昌龄的诗中可以看出，他对时政有所批评，或者说常发点文人的牢骚。如："明堂坐天子，月朔朝诸侯。清乐动千门，皇风被九州。庆云从东来，泱漭抱日流。"对太平天下的歌舞升平有所讥讽。如："奸雄乃得志，遂使群心摇。赤风荡中原，烈火无遗巢。一人计不用，万里空萧条。"批评朝廷信任奸党佞臣，排斥合理国策，造成中原战乱，民无居所。他对朝政的批评招致皇上讨厌，引起权臣嫉恨。又如："去时三十万，独自回长安。不信沙场苦，君看刀箭瘢。"从人道主义、和平主义出发，批评朝廷只知穷兵黩武，不顾士兵死活，侥幸生还的戍卒以自己满身的伤痕愤然指斥当权者好战。这当然不为皇上喜欢，也不为权臣容纳。批评朝政的诗篇被官宦们视为“惊耳骇目”，导致朝廷“谤议沸腾”，这也许就是“不护细行”了。王昌龄终于被贬到荒蛮古老、瘴疠弥漫的夜郎。

在一个柳絮飘尽、杜鹃悲啼的晚春日子里，王昌龄不得不远涉西南边地了。辰溪、酉溪、巫溪、武溪、沅溪（五溪）长途漂泊，荒山野岭颠沛流离，到一个被世人视为远离人间的古夜郎当个小县尉。李白十分震惊，忧愤难平，遥望南天，欣然命笔，写下开头那首情真意切的诗。

孟浩然是王昌龄的好朋友，对于王的遭贬，也深感不平，写诗《送王昌龄之岭南》说：“洞庭去远近，枫叶早惊秋。岘首羊公爱，长沙贾谊愁。土风无缟苎，乡味有查头。已抱沉疴疾，更贻魑魅忧。数年同笔砚，兹夕异衾裯。意气今何在，相思望斗牛。”王昌龄远去湘楚，还不到深秋枫叶都愁苦红了。“岘山羊公爱，长沙贾谊愁”两句都有典故。《晋书·羊祜传》载，羊祜镇守荆襄，常到岘首山饮酒赋诗，向同游者感慨天地永恒、人生短暂：“自有宇宙，便有此山，由来贤者胜士登此望远如我与卿者多矣，皆湮没无闻，使人伤悲！”羊祜死后，襄阳人士在岘山立碑，感叹人生渺小，倏忽即逝，来人“望其碑者莫不流泪，杜预因名为‘堕泪碑’”。贾谊是西汉文学家、政论家，博学多才，深得文帝信任，后奸佞散布流言，文帝将他贬为长沙王太傅。这两句诗都在感叹人生短暂，抱负难展，为王昌龄鸣不平。孟浩然又劝慰王昌龄：虽然边地穷苦，没有桑麻可以做衣，风土人情却可仔细品味。他又说，我已经得病很久（时孟浩然背部发疾疹），更忧愤那些魑魅魍魉的迫害。好多年来同一笔砚，诗文相从，从此之后再不能一床被下抵足而眠了。激愤之余，无可奈何，只能仰望天上的星斗，遥寄思念。孟浩然与李白一样，对王昌龄感情深厚，对他遭受贬谪愤愤不平。

常建也是王昌龄的好朋友，此时他已隐居湖北汉江边，作诗《鄂渚招王昌龄张偾》。常建安慰王昌龄，邀请他到自己的隐居地："谪居未为叹，谗枉何由分？午日逐蛟龙，宜为吊怨文。翻覆古共然，名宦安足云。"谪居边地不必哀叹，谗言诬陷又怎么能分辩得清楚呢！如日中天的朝廷居然将蛟龙赶出大海，我只能写篇诗章表示忧愤。翻手为云覆手为雨官场历来如此，那些名臣贵胄也不在话下。"贫士任枯槁，捕鱼清江濆。……山鹿自有场，贤达固无群。二贤归去来，世上徒纷纷。"官场经常忠奸不辨，是非难分，山鹿自由出没于山间，贤达向来都是惺惺相惜，你王昌龄和张偾二人一起到我这里归隐吧，管它世上如何纷纭扰攘呢。

政治上遭受打击，朋友们愤愤不平，小人则"墙倒众人推，破鼓乱人捶"。王昌龄后来"以刀火之际归乡里，为刺史闾丘晓所忌而杀"。安禄山起兵，搅乱了大半个中国，王昌龄避乱回到江东，当地刺史闾丘晓嫉妒王昌龄，乘人之危，将其杀害。权臣嫉贤妒能，势利小人更是狗仗人势，落井下石，将杰出诗人迫害致死。心术不正的人，靠耍弄权谋，结果也是"请君入瓮"，不久闾丘晓也被处死，成为一个富有戏剧性的故事。《旧唐书·张镐传》记载：安禄山叛乱领兵攻打河南宋州这个军事要地，宋州告急。时张镐为河南节度使，急令各部，"倍道兼进，传檄亳州刺史闾丘晓引兵出救。晓素愎戾，驭下少恩，好独任己。及镐信至，略无禀命，又虑兵败，祸及于己，遂逗留不进。镐至淮口，宋州已陷，镐怒晓，即杖杀之。"《张镐传》不但记录了事情的原委，也描述出闾丘晓的性格人品。他刚愎自用，暴戾无常，放任自己，苛刻下属。军情紧急，闾丘晓只顾自己，按兵不动，贻误军机，致使宋州陷落，张镐要正军法前，闾丘晓帐前求情："家中尚有父母双亲无人奉养，但求免吾一死。"张镐说："你杀王昌龄的时候，可曾想到他的父母由谁奉养吗？"闾丘晓无言以对，终被处死，卑鄙小人得到应有的下场。

《唐才子传》说，“昌龄工诗，缜密而思清”，尤以七言绝句见长。《全唐诗》存诗180余首，佳作频出，至今为人们传诵的如《芙蓉楼送辛渐》：

寒雨连江夜入吴，平明送客楚山孤。
洛阳亲友如相问，一片冰心在玉壶。

王昌龄贬江宁丞，他的好朋友辛渐从京城洛阳来到江宁。王昌龄在芙蓉楼设宴送别辛渐回洛阳，席间辛渐谈及京城的许多诗友关心王昌龄，王昌龄思接千里，心有万言，凝聚成这首七言绝句。这真是诗中一绝，无尽的感慨、真挚的友情，融入眼前情境，凝成千古的绝句：连夜的寒雨笼罩长江，楚山孤苦伶仃地立在江边，这不是我今天的处境吗！深感洛阳的亲友关怀记挂，你回去给他们带信吧：洁白的冰心不受污染，纯正的诗情面对生活。“洛阳亲友如相问，一片冰心在玉壶”，成为千古名句。这里既有面对打击的坚贞信念，又有守身如玉的高尚节操，一片冰心袒露出来，晶莹透明。冰心、玉壶虽有前人著作借鉴，但在王昌龄这里却是诗心的写照。陆机《汉高祖功臣颂》有句“心若怀冰”，比拟忠臣心怀高洁；鲍照《白头吟》“直如朱丝绳，清如玉壶冰”，比喻人格耿直心地纯洁。王昌龄情之所至，信手拈来，成为情浓意深、形象鲜明的千古名句。诗的格调，就是人的格调，能写出“洛阳亲友如相问，一片冰心在玉壶”这样的诗句，那也真是千载难遇的诗才了。

王昌龄还有一些边塞诗，也表现了上述风格。如《出塞》：

秦时明月汉时关，万里长征人未还。
但使龙城飞将在，不教胡马度阴山。

自己仕途并不顺利，国运昌盛还是鼓舞着王昌龄的蓬勃朝气。他以一个驰骋沙场、报国迎敌的“龙城飞将”，展示自己乐观向上的情怀。

《从军行》也是如此：

> 青海长云暗雪山，孤城遥望玉门关。
> 黄沙百战穿金甲，不破楼兰终不还。

征人戍边卫国豪情满怀，诗歌格调昂扬，境界开阔，语言明朗，是边塞诗的佳作。王昌龄与高适、岑参等一帮诗友，共同致力于边塞诗的创作，体现了盛唐时期格调昂扬的诗歌风格。

王昌龄虽然以格调昂扬的诗歌表达了盛唐的主流精神，但他关心国事，批评弊政，遭到那些在朝得意扬扬、为政浑浑噩噩的官僚打击，直至死于非命。《唐才子传》评曰：王昌龄“奇句俊格，惊耳骇目。奈何晚途不矜小节，谤议腾沸，两窜遐荒，使知音者喟然长叹，至归全之道，不亦痛哉”。这个评论赞扬王昌龄的诗歌成就，感叹他遭人迫害的不幸。至于说他“晚途不矜小节”，则出自封建正统的思想观念，反映了诗人与朝廷之间的冲突。诗人是富有思想、富有个性一群，他们越是成熟越表现出对自己价值观念的执着，这往往不为朝廷所容，难有“归全之道”。王昌龄命途偃蹇，最后被奸佞残害，就是一个例子。

杰出诗人被昏庸官吏杀害，诗魂却常留人民心间。开头李白那首七律被历代传颂，就是一个口碑。在王昌龄贬谪的“夜郎国”，至今还留着诗人深深的印记。贵州省黎平县北边有一个古镇——隆里，亦称龙里，当为古之龙标县。清代编纂的《龙标志略》称，“城内三千七，城外七千三，七十二姓氏，七十二眼井”，表明这里是颇具规模的县城。古城的主要街道旁矗立着龙标祠堂，江南格局的建筑，表达着人们对“诗家夫子王江宁”的纪念。古城的东街有龙标书院，门楣两边上书“山高”“水长”四个大字，望诗人“高山仰止”，思文脉“源远流长”。明万历年间，南京大理评事龙启雷巡视黎平赋诗《祭王昌龄》:“龙标天远接龙溪,黯黯青山月欲低。千年羁魂应不怨,诗荒开遍夜郎西。”这位来自江宁(南京)的检察官漫步龙溪,尤为怀念那同地为官的王昌龄,虽然天高地远,青山连绵,但怀念之情使月亮低头,溪水幽咽。诗人并不计较荒地流放,他播下的诗歌种子在这荒蛮的边地开花结果。

仙谷奇遇：常建

常建与王昌龄是同科进士，同样仕途坎坷，但他采取了中国诗人另一种生活态度：隐居。常建得不到重用，便放旷山水，遁世归隐。王昌龄遭受贬谪，他深深理解，写诗招王昌龄、张偾一起到湖北的水乡隐居。

隐居山林，浪迹乡间，并不泯灭他的生活理想。诗歌才能得不到发挥，便以曲折的形式加以表现。他写过一首《仙谷遇毛女意知是秦时宫人》的诗，成为中国诗歌史上独具一格的作品：

溪口水石浅，泠泠明药丛。入溪双峰峻，松栝疏幽风。
垂岭枝袅袅，翳泉花蒙蒙。寅缘霁人目，路尽心弥通。
盘石横阳崖，前临殊未穷。回潭清云影，弥漫长天空。
水边一神女，千岁为玉童。羽毛经汉代，珠翠逃秦宫。
目觌神已寓，鹤飞言未终。祈君青云秘，愿谒黄仙翁。
尝以耕玉田，龙鸣西顷中。金梯与天接，几日来相逢。

常建隐居山林，爬山采药，涉水种田，清幽的山水，恬淡的生活，使他更加厌恶恶浊的官场，而想象了一个神仙般的理想世界。一次听山民讲述了一个离奇故事，他便写了一首叙事诗：小溪进入深山，水清石浅，叮咚的泉水辉映着一丛丛的药材。沿着小溪向山里走去，溪水两岸耸起双乳似的山峰，清风从松柏之间刮来，清爽宜人。树木枝叶在山坡上飘飘忽忽，野花掩抑的山泉时隐时现。天空晴朗，顿觉耳目清新；曲径通幽，心却愈加敞亮。走进深山，磐石横在溪水边上，潭水映着葱绿的山影，云彩在水里飘荡。这真是一派人间仙境。忽然我看见水边一位神女，百岁千年不改她玉童般的容颜。身上的毛发经汉代至今，已经变成一层绿色的羽毛，头上的珠翠还是从秦朝后宫带出来的装饰。用眼望望她，觉得那眼睛后面有着深沉的内涵，向前问话，一副仙风道骨语重心长。我问她成仙得道的秘诀，愿拜见山中的神仙。她说，我耕种的是仙界的田地，常听到西天的龙吟。只要心诚，有梯子与仙界相通，过些时候总还能够见面。

常建把自己的生活理想变为一段深山访道的传奇，这是他文学精神的幻化，但是《唐才子传》把这个故事看成真人真事，说常建"尝采药于仙谷中，遇一女子，遍体毛绿，自言是秦时宫人，亡入山来食松叶，遂不饥寒。因授建微旨，所养非常"。这么一说，好像真有此事，于是引起后来诸家的争论、考辨。

《唐才子传》的评述和后人的争论，表明中国正统文学缺少浪漫主义思维。和世界其他民族一样，中国古代也有神话传说，但后来为儒家的入世言论和史传的纪实传统所掩盖，正统文人皆以为文学是写实，想象、幻想、荒诞、离奇便退居文学的边缘地位。这种文学观念无法处理那些怪诞描写、超拔想象，尤其不能把那些超现实的想象与作者的创作心理联系起来考察，这便在常建《仙谷遇毛女意知是秦时宫人》这首诗上发生了争论。其实，常建不过是借这个传奇故事表达自己的生活处境和心理追求。绿毛女子的故事古书有过记载，《列女传》说："毛女者字玉姜，在华阴山中，猎师世世见之，形体生毛。自言秦时宫人，秦坏，流亡入山避乱，遇道士谷春教食松叶，遂不饥寒。身轻如飞，百七十余年，所止岩中，有鼓琴声云。"《续搜神记》也有类似的记载，这本为民间传说。民间不避超现实的想象，传说经常带有神话色彩，这些往往被正统的文学思维所遮蔽。常建隐居民间，思维方式和民间传说融合，静谧仙境构成他的生活理想，于是有了《仙谷遇毛女意知是秦时宫人》，它在现实主义为正统的中国诗歌史上，成了别具一格的神话诗。

这样的诗意和诗境此前有过，如陶渊明的《桃花源记》，此后有过，如现代歌剧《白毛女》。它们以不同的生活情境、不同的主题意识化用深山毛女的故事，曲折地表现社会现实，超现实的艺术描写更强烈地表达了作者的思想情感，都成为文学史上的名篇。常建的《仙谷遇毛女意知是秦时宫人》，足以成为中国诗歌史上一篇杰出的作品。

这首诗收录于殷璠编选的《河岳英灵集》。殷璠是常建同时代的人，他选编开元二年(714)至天宝十二年(753)期间著名诗人的作品，以常建为首，另有王昌龄、王维、李颀等，足见常建诗名不凡。殷璠此书评论常建说："高才无贵仕，诚哉是言！曩刘桢死于文学，左思终于记室，鲍照卒于参军，今建亦沦于一尉。悲夫！建诗似初发通庄，却寻野径，百里之外，方归大道。所以其旨远，其兴僻，佳句辄来，唯论意表。"殷璠摘引了常建的一些佳句予以赞赏，如"山光悦鸟性，潭影空人心"，有景有情，寓情于景，清净淡泊的情绪得到诗性的表现；"战余落日黄，军败战鼓死"，意境苍茫，情绪悲壮，战场的悲凉景象得到诗性的传达。然而这样的诗才，却不为朝廷重用，殷璠以"高才无贵仕"概括了古代文学天才的命运，表现了诗人品格与政治需要的矛盾。文学是人类理想的审美表现，政治是现实利害的当下权衡，文学追求更理想的生存状态，政治却不得不进行现实的抉择，所以二者经常产生摩擦。社会是人类生存的现实维度，文学是人类生存的审美维度，生命在物质和精神两个维度之间游移，表现出多种的情感需要。现实往往不尽人意，文学构制审美理想，诗人就是描摹理想的一群。常建自言山中遇绿毛女子，描写了仙女的生存境界，这正是他对现实的厌倦，对理想的追求，正是人类寻找精神家园的一种体现。

常建不满现实,以《仙谷遇毛女意知是秦时宫人》的奇异故事创造一个超现实的神话境界,他的《题破山寺后禅院》则将现实也创造成自己的理想境界:

清晨入古寺,初日照高林。竹径通幽处,禅房花木深。
山光悦鸟性,潭影空人心。万籁此都寂,但余钟磬声。

清晨踱步深山禅院,旭日穿过树林,撒下斑斑驳驳的金光。道路曲径通幽,禅房草木掩映,更显出禅院的清净幽深。这远离尘嚣的禅境,正是诗人的理想。常建至此心境空廓,情绪淡然,“山光悦鸟性,潭影空人心”,以一种入禅的心境感受禅寺的一切,创造出心中的禅寺。空灵的意境净化着人心,万籁俱寂,只有钟磬之声沟通了神秘悠远的未知世界,开创了“蝉噪林愈静,鸟鸣山更幽”的表现方式。常建的诗言近旨远,意境空灵,殷璠把他称为河岳英灵,并不过分。

隐显之间：孟浩然

春眠不觉晓，处处闻啼鸟。
夜来风雨声，花落知多少？

一首春天的诗，陪伴多少中国孩子度过美好的童年。这首诗似乎是专门为孩子写的，孩子有春天般的心灵也满眼是春天，孟浩然的这首《春晓》也就成了春天的歌，欢乐的歌。孟浩然可没那么幸运，他一生仕途偃蹇，生活悲凉，这是他唱出的一支伤春的歌、苍老的歌。这首诗背后有着诗人苍凉的人生和悲怆的体验，孟浩然和许多诗人一样，在封建时代走不出隐显的怪圈。

那问题来了，这首诗到底是歌颂春天的，还是哀伤春天的？回答是后者，而千百年来人们都把它当作春天的颂歌来读，这是对它的“误读”。

文学阅读常有这样的现象，不同身份、不同语境下的人们，对作品有着不同的感受，因而产生“误读”。“误读”是经常的，甚至是必然的，这恰恰说明文学作品的魅力，一支短歌拨动人们的心弦，弹奏出不同的心曲。这是正常的，但要理解作品原意，还要“知人论世”。《孟子·万章篇》说：“颂其诗，读其书，不知其人，可乎？是以论其世也，是尚友也。”孟子主张阅读诗、书，要“知人论世”。知人，就是了解作者的身世经历、思想性格；论世，就是研究作者所处的时代背景、文化意识。孟浩然是个一生郁郁不得志的诗人，《春晓》在感叹春光短暂、生命流逝，悲怆情绪渗透在这首诗中。

孟浩然，襄阳人。唐王士源《孟浩然集》序文描述了他的生平、性格和文风。王士源的序文说，孟浩然“骨貌淑清，风神散朗。救患释纷，以立义表；灌蔬艺竹，以全高尚。交游之中，通脱倾盖，机警无匿。学不为儒，务掇青藻；文不按古，匠心独妙。五言诗天下称其尽美矣”。孟浩然体貌清雅，神气开朗。急人之难，乐于助人，排解纠纷，崇尚正义。喜欢栽竹种菜，以保持清雅高洁。与人交往，明快洒脱，坦荡无私。读书不为当儒生，专好文学创作；写作不受古人约束，追求独特构思。假如说七言诗王昌龄尽善矣，五言诗则孟浩然尽美矣。孟浩然作为一个性情疏狂、专心文学、不拘于五经四书的人，是很难仕途通达的。

中国的科举取士制度，隋代初步确立，唐代日渐兴盛，它有多种考试制度，但真正以文学入仕门路又比较狭窄。顾炎武在《日知录》中说：“唐制取士之科，有秀才，有明经，有进士，有俊士，有明法，有明字，有明算，有一史，有三史，有开元礼，有道举，有童子。而明经之别有五经，有三经，有学究一经；有三礼，有三传；有史料。此岁举之常选也。”举士方式有所不同，考试科目有所不同，有文，有理，有史，有法，基本内容却是对经史文字的理解与阐发，从而引申到治国平天下的方略。孟浩然“学不为儒，务掇青藻”，饱读诗书，却不愿意受儒家思想拘束；矢志文学，追求原创性的写作。孟浩然两次赴京赶考，都没有考中进士。

开元十六年(728)，孟浩然已经40岁，他又赴长安赶考。获取功名，踏入仕途，官场驰骋，凌烟题名，这是封建士人的共同理想。孟浩然也想通过仕途求得显赫闻达，施展才能。但儒家文字的阐发和经世之道的论述，他实在没有兴趣，虽然已经诗名大噪，他仍然没被录取。大红的榜贴前站满应考的士人，他看了几遍，没有找到自己的名字。他拖着无力的步子，回到住处，提笔在墙上写了《题长安主人壁》：

> 久废南山田，叨陪东阁贤。欲随平子去，犹未献甘泉。……
> 我来如昨日，庭树忽鸣蝉。促织惊寒女，秋风感长年。
> 授衣当九月，无褐竟谁怜！

我孟浩然好久不躬耕田亩了，一心准备考试，结果却是白白在贡院奉陪贤士们，落得个名落孙山。本来想效法屈原，浪迹江湖，但还没有献《甘泉》赋实现自己的抱负。春天离开故乡来长安赶考，还恍若昨日，如今已秋风萧瑟，寒蝉凄切。蟋蟀声声催促妇女为征人赶制冬衣，我还穿着单薄的短衫，有谁可怜呢！孤独凄凉，悲秋伤时，孟浩然在住处墙壁挥笔疾书，发泄忧愤。

孟浩然忧郁寡欢，心灰意冷，好友王维写诗劝慰他，并指出他的生活缺陷。《送孟六归襄阳》：

> 杜门不欲出，久与世情疏。以此为长策，劝君归旧庐。
> 醉歌田舍酒，笑读古人书。好是一生事，无劳献子虚。

王维说，你闭门不出，对人情世故全然不懂，怎么能考中进士呢。不如作长远打算，回襄阳故里，喝田家的酒，唱田园的歌，读古人的书，一生随自己的爱好，也不必再效法司马相如，给汉武帝献《子虚赋》，期待得到皇帝的赏识。你的脾气啊，更适合走这条道路。

孟浩然进京虽然没有获得功名，却获得诗名。秘书省文人荟萃，经常举行诗会。这天秋月初上，诗人作会以秋月为题当场赋诗。孟浩然也在其间，他吟诵自己的诗句“微云淡河汉，疏雨滴梧桐”，满座响起掌声，文人雅士称赞孟诗意境清雅，对仗工稳，说有孟夫子在前，我们都不敢提笔了。宰相张九龄、侍御史王维都欣赏孟浩然的诗才，想帮助他。

王维作为侍御史，掌管宫廷乐舞，这天邀请孟浩然到宫中研习诗乐，恰巧碰上玄宗皇帝突然驾临。孟浩然是偷着进宫的，吓得赶紧躲到床下。王维见皇帝骤然到来，不敢隐瞒实情，报告了皇帝。唐玄宗听说孟浩然在这里，开始还挺高兴，说："我久闻其名，未见其人，何必藏起来呢。"孟浩然出来，玄宗又说："你诗名远播，这次带诗来没有？"孟浩然说："恰巧没有带我作的诗。"皇上说，那你就临时给我作一首吧。孟浩然边歌边舞地念道：

北阙休上书，南山归卧庐。
不才明主弃，多病故人疏。

我来京城不是为了上书的，不久就要回乡草棚种地；我没有才能明主也不收留我，身体又不好朋友也少往来了。唐玄宗听了不高兴了，说："朕未曾弃人，自是卿不求进，奈何反有此作！"那你就"南山归卧庐"吧。孟浩然唱给皇帝的这首诗，有文人的自谦，也有点牢骚，于是脱口而出。哪里知道惹下一场大祸，从此断送了自己仕进的机会。皇帝的威严是不能触动的，即或喜欢歌舞升平的唐玄宗也这么小肚鸡肠。唐初魏徵为相，劝皇帝多听逆耳之言，但至高无上的皇权使之不容冒犯天尊，虚心纳谏只是一个姿态，皇上还是爱听阿谀逢迎，不爱听批评意见，喜欢歌功颂德，不喜欢逆耳忠言。孟浩然书生意气，说自己"不才"，又称玄宗为"明主"，即使这样自谦的牢骚话，也还是马屁拍到马蹄上，被一蹶子踢回老家去。

张九龄怜惜他有诗才，让孟浩然做他的幕僚，"张九龄镇荆州，署为从事，与之唱和"。(《旧唐书》本传)孟浩然在荆州做幕僚，出差淮海，途经彭泽，陶渊明的辞官归隐之地触动了他一颗敏感的心，于是写了《彭蠡湖中望庐山》："我来限于役，未暇息微躬。淮海途将半，星霜岁欲穷。寄言岩栖者，毕趣将来同。"我来此是因为公务在身，没有时间像你那样躬耕南亩。前往淮海走了一半路程，已是秋霜满地将近岁尾。隐居山间的先生啊，咱们的志趣毕竟是相同的。彭蠡湖边，孟浩然羡慕陶渊明隐居，自己也想走归隐田园的道路。

王昌龄和孟浩然都命途偃蹇，官运不佳。王昌龄遭贬夜郎，路过荆襄，孟浩然赠诗表示同情与不平；王昌龄自岭南北归，看望孟浩然。"开元二十八年(740)王昌龄游襄阳，时浩然疾疹发背，且愈，相得甚欢，浪情宴谑，食鲜疾动，终于冶城南园，年五十有二。"（王士源《孟浩然集》序）孟浩然与王昌龄两位诗人，命运相近，惺惺相惜，襄阳聚会，推杯换盏，倾诉衷曲。孟浩然背部生疮，是不能过度饮酒吃肉的。老友相见，孟浩然把这些全丢在脑后，结果背部疔疮发作，溘然长逝，死时才52岁。

孟浩然一生命途多舛。皇上一句话，堵塞了他的仕途，他忧郁愤懑，疾病缠身，哪有欣赏春天、歌颂春天的闲情逸致，只有感慨春天短暂、哀叹生命易逝的份儿。那首《春晓》正是这种情绪的表现：病慵嗜睡，不觉天明，满耳是晨鸟的悲啼，满眼是落花的飘零，我的人生我的青春不就是被凄风苦雨摧残的落花吗！后来人们把《春晓》当成欢快的春日赞歌来读，那是以自己的心境对诗歌的"附会"，是"前阅读"经验对作品的"误读"。

孟浩然去世不久，王士源编订了《孟浩然集》收录诗歌218首，分为四卷，并写了序，送到秘府保存。在当代就编了诗集，可见孟浩然诗名威重。李白对他的为人和诗歌赞扬有加，写诗《赠孟浩然》：

吾爱孟夫子，风流天下闻。红颜弃轩冕，白首卧松云。
醉月频中圣，迷花不事君。高山安可仰，徒此揖清芬。

风流倜傥，闲云野鹤，不媚权贵，清高为人。李白是个有仙风道骨的人，他赞赏孟浩然松间闲卧，举杯邀月，是个高山仰止的诗人，他哪里明白孟浩然也有不得入仕的苦闷。中国诗人/士人就在隐与显之间苦闷徘徊，很难走出一条属于自己的人生道路。

孟浩然没有踏入仕途，一生闲居乡间，也就写起了田园诗。孟浩然写田园诗是那样清净淡泊，写大自然是那样沉浸山水，完全进入诗的审美情态。避居乡间，只能寄情山水，浙江的建德江（新安江）恰是好去处。孟浩然漂泊至此，写了《宿建德江》：

移舟泊江渚，日暮客愁新。
野旷天低树，江清月近人。

羁旅小船，停泊江边，水光山色虽然优美，却难以排除失意的孤独。看夜色降临，天幕低垂，山野开阔，树木都变矮了，江水清幽，月亮更加亲近我。美景中渗透了孤寂，山川里融入自我，诗歌感觉使事物"变形"使时空"位移"，创造了奇特的意象，这些现代诗歌手法在孟浩然那里已经得到运用。孟浩然将自我融入山川，以诗情融解事物，使物象变为心象，形成一种真正的诗歌审美情态。

无法踏入仕途的孟浩然，便寄情于山水野趣，他的田园诗具有了陶渊明的情味。一天乡间的朋友请他去吃饭，田园生活朴实自然，他写了《过故人庄》：

故人具鸡黍，邀我至田家。绿树村边合，青山郭外斜。
开窗面场圃，把酒话桑麻。待到重阳日，还来就菊花。

孟浩然去朋友家里做客，绿树拥抱着村子，青山在墙外横斜，推开窗户就是场院，推杯换盏说着眼下的农事。临别了老翁还说，等到重阳节的时候，再来我家喝菊花酒。农民的生活，农民的感受，孟浩然已经将自己变为一个农民，对一个诗人来说是相当不容易的。也只有这样与农民的融合，才能体味浓郁的乡情、真挚的友情。清静淡泊，恬然自乐，孟浩然的田园诗达到了陶渊明的境界。

达则兼善天下，穷则独善其身，这是儒家的处世哲学，隐与显成为中国古代诗人生活的两极。孟浩然没有步入显赫的仕途，而走入恬静的乡间，中国少了一个官员，却多了一个诗人，这不知道是人生之幸还是不幸。孟浩然失去了官场的显赫，却获得了自然的诗情，这也许正是上天的安排。

人生圆圈：贺知章

中国的诗人/士人在隐与显之间苦闷徘徊，往往找不到自己的人生道路，而贺知章跳出了这个怪圈，晚年回归生存的本色。这是用一生的经验感悟出来的，《回乡偶书》是他人生的总结。

少小离乡老大回，乡音无改鬓毛衰。
儿童相见不相识，笑问客从何处来。

一幅美妙的乡村风俗画，一张深刻的人生感悟图。贺知章的这首诗男女老少都能脱口而出，因为人人都有离乡的经历，人人都有回家的感觉。《回乡偶书》调动了人们的生活经验，使人体味到人生的沧桑、乡情的甜美，读来分外亲切。

乡情是人类的普遍情感。人在故乡生长，故乡的生存环境、故乡的儿时记忆、故乡的亲朋好友，都珍藏在心里，发酵成酒，时间越长越加醇厚。所以乡情是人最朴素、最美好的情感，乡情成了文学一个重要的母题。任何生命离不开土壤，任何成长离不开环境，故乡的生活经验伴你一生，并由此演绎出许多动人的故事。贺知章以自己的回乡体验调动了读者的生活经验，使这首朴实无华的诗为人们千古传唱。这是从生活层面、从现实层面来解读这首诗。

如果从哲学层面、从历史层面来解读，这首诗画出了人生的圆圈、历史的圆圈。人生元本一首诗，贺知章一生的生活轨迹表明了人类复归自然的历史要求。《回乡偶书》“偶然”地画出了这个人生圆圈。

贺知章，字季真，浙江会稽人。《旧唐书·文苑传》和《新唐书·隐逸传》皆有传记述。事有凑巧，新、旧《唐书》恰好从不同的角度为贺知章立传：一个是现实的、入世的；一个是超脱的、飘逸的。古人的名字，“季”往往代表排行，伯、仲、叔、季，老四取名用“季”字。去掉贺知章字中代表排行的“季”，那么就剩下一个“真”。“知章”阅读文章，求的就是一个“真”字。这也许是偶合，但我们在探讨“人”的时候，确实可以，也应该超出现实层面，寻找“真人”。

贺知章少年即以文辞知名，性格放旷，善于清谈，证圣初年(695)擢进士。当时他的姑表兄弟陆象先任中书门下平章事(宰相)，推荐贺知章为太常博士。《新唐书》本传说：“(贺知章)与姑子陆象先善。象先尝谓人曰：‘季真清谭风流，吾一日不见，则鄙吝生矣。’”陆象先对贺知章风流清雅非常欣赏，说一日不见他，人生就觉得没有价值。

开元十三年(725)贺知章迁礼部侍郎，兼集贤院学士，还作为太子宾客，伴李亨(后登基为唐肃宗)阅读诗书。选择词学宗师、旷达文人陪太子读书，显出皇室的倚重，贺知章也因为是太子的宗师而倍加尊荣。然而贺知章无意官场，也不受礼仪节制。适逢惠文太子薨，皇上诏礼部选挽郎。“挽郎”即挽灵车的角色，如同农村出殡谁摔盆打幡谁就是继承人，这是关系谁被遴选为太子的大事。遴选太子本是皇室家族的事情，贺知章却偏偏插一杠子。他认为挽郎遴选不公，上表推荐他的学生李亨。皇室认为他“以梯登墙，首出决事，时人咸嗤之，由是改授工部侍郎，兼秘书监同正员，依旧充集贤院学士”。贺知章不守皇家礼数，干预太子的遴选，既遭朝臣耻笑，也因此遭受贬官。不过从这件事可看出贺知章的性格：不拘礼数，大胆直言，这是一个超越世俗的“真人”。

贺知章不在意官场的升迁，他只倾心于诗酒文墨。杜甫的《饮中八仙歌》把他放在第一个，“知章骑马似乘船，眼花落井水底眠”，喝得醉醺醺的，在马上摇摇晃晃，醉眼迷离掉到井里，正好水中大睡。

《旧唐书》则说：“知章晚年尤加纵诞，无复规检。自号‘四明狂客’，又称‘秘书外监’，遨游里巷。醉后属词，动成卷轴，文不加点，咸有可观。又善草隶书，好事者供其笺翰，每纸不过数十字，共传宝之。”他豪放旷达，漫步里巷，饮酒作诗，乘兴写字。他不在衙门里办公，是个编外的“员外郎”。贺知章诗书俱精，尤其善于草书，人们争相求诗求字，他是来者不拒，但求一醉。“每醉必作文词，初不经意，率然便就，行草相间，时及于怪逸，尤其率真，往往自以为奇，使醒而复书，未必尔也。书时惟问纸有几幅，或曰十幅，则词随十幅尽，或曰二十幅，则随二十幅意乃止。然多多益办，不见笔力之衰，忽有佳处，人谓其机会与造化争衡，非人工可到。盖胸中所养不凡，源深流长，自然之道。”《宣和书谱》描写了贺知章书法狂放，也表现了他率真性格。中国书法，最见性情，性情所至，格调既成，贺知章的诗书皆性情所至。别人向他求字，他不问别的，先问有几张纸，然后把酒畅饮，一醉方休。醉后提笔，狂放书写，送来10张纸写10张，送来20张纸写20张，诗书并佳，人们赞叹乃造化天成。摆脱了金钱名利，摆脱了世俗束缚，一任性情宣泄，这样的艺术创造乃显其真人真情。然而人生活在社会中，有几个人能达到这样超凡脱俗的境界？社会早已把人异化成功利的人，这是人对自身的背离，对“真人”的背离。少小离家，奔向社会，求取功名，争权夺利，有几个人还能保持孩童的天真、“真人”的天性？贺知章作为诗人，晚年愈加超凡脱俗，放旷性情，又回归一个“真人”。

“天宝初，病，梦游帝居，数日寤，乃请为道士，还乡里，诏许之，以宅为千秋观而居。又求周公湖数顷为放生池，有诏赐镜湖剡川一曲。既行，帝赐诗，皇太子、百官饯送。擢其子曾子为会稽郡司马，赐绯鱼，使奉侍养，幼子亦听为道士。”（《新唐书》）贺知章到了老年，忽然因病睡了几天，梦游天宫，那是一个神秘而自由的世界。他醒后大彻大悟，上表要求回乡求道，以宅里为道观。玄宗皇上特别理解他的心思，给予了妥善的安排。十里长亭举行盛大饯别宴会，唐玄宗御笔题诗《送贺知章归四明》（载《全唐诗》卷三），并写序文，记述送别之盛：“天宝三年，太子宾客贺知章鉴止足之分，抗归老之疏，解组辞荣，志期入道。朕以其年在迟暮，用循挂冠之事，俾遂赤松之游。正月五日，将归会稽，遂饯东路，乃命六卿庶尹大夫，供帐青门，宠行迈也。岂惟崇德尚齿，抑亦励俗劝人，无令二疏，独光汉册，乃赋诗赠行。”唐玄宗也信道教，他对贺知章上表请求归隐非常理解，不仅理解，作为最高统治者还通过盛大的饯行活动予以张扬。唐玄宗说，贺知章这个决定，是明“止足之分”，知人生进退，当行则行，当止则止，所以脱去朝服，辞去尊荣，一心要回乡求道。我念其年岁迟暮，沿袭挂冠归里的常例，遂他深山修行的愿望。今天在东去的大路上，为他饯行，让百官庶民都来帐下，表彰他的高行大德。这不止是为了崇尚德行，尊重老人，也是为了倡导民俗。这样就不会让他两次上疏只光耀史册，还能教化百姓。唐玄宗把这次饯行当成一次“政治行动”，思想倡导，隆重举行，以施教化。不过在贺知章那里，只是他彻悟人生、回归自然的一个选择。

人们对贺知章返璞归真之意未必理解，还以世俗的眼光来对待。但是皇上都写诗下表，予以表彰，群臣百官也纷纷响应。饯别宴会上有多名大臣写了应制诗，包括李林甫、李适之、席豫、宋鼎等36人，赞扬贺知章归隐，歌颂皇帝的恩德。贺知章的家乡会稽把这件事视为地方的荣耀，将这些诗汇成《会稽掇英总集》，其中也收入了李白的诗《送贺监归四明应制》：

久辞荣禄遂初衣，曾向长生说息机。真诀自从茅氏得，恩波宁阻洞庭归。

瑶台含雾星辰满，仙峤浮空岛屿微。借问欲栖珠树鹤，何年却向帝城飞。

李白也是一个道家，对贺知章辞官归道作了深入阐释：辞掉了长期以来的荣禄，遂了初生的布衣之心，这是明白了永恒的机缘。这个人生的诀窍来自茅氏（江苏西南有茅山，又名句曲山，相传西汉茅盈兄弟三人修道于此，故以茅氏指代道家），皇上的恩德不会阻止人们洞庭归隐。瑶台星辰灿烂，仙山气象万千，足以令人神往，那些还沉迷于珠光宝气生活的人，何时飞向帝都仙山呢？李白是诗人，李白也是“真人”，贺知章的归隐应和了他的人生理想，借此他表达了抛弃功利，飞向帝都的愿望。

杜甫当时不在长安，但后来有诗悼念贺知章，也涉及他归隐的事。《遣兴五首》之四说：

贺公雅吴语，在位常清狂。上疏乞骸骨，黄冠归故乡。
爽气不可致，斯人今则亡。山阴一茅宇，江海日凄凉。

杜甫是儒家，儒家的人生观念是入世的。在隐与显之间，杜甫对贺知章出世归隐无多赞扬，反倒以他的去世视为道家理想的破灭。道家的清高之气是不可求的，贺公还是溘然长逝了，空留下山阴茅屋在江海间凄凉孤独。可见儒家入世思想与道家出世思想有不同的人生态度，对贺知章辞官归隐，就有不同的评价，杜甫还没有跳出隐与显的怪圈。

不同的人生观念对《回乡偶书》有不同的理解，也会做出不同的人生描述。

从社会观念来说，人总是要进入社会的，受制于社会的“游戏规则”。人们在这些“游戏规则”下追逐功名利禄，在一定程度上使人失去“自我”。儒家思想是入世的，确认这些游戏规则的价值体系，并使“自我”努力去适应它，祈求闻达，改造社会。从生命意义来说，社会形成的“游戏规则”追逐的许多都是身外之物，甚至是人的“异化”。道家思想鄙弃这些游戏规则，认为这是扭曲人性的，主张回归自然，回归本性。社会机制的形成，有它合理的一面，推动历史的发展；也有不合理的一面，可能造成人的异化。当今人们过多地追求功利、过分地释放欲望，也会使人疲惫不堪、关系紧张、人情淡漠、道德滑坡，人的“幸福感”下降，这有悖于生命的自由实现。于是回归人性、回归自然便成为合理的历史要求。历史在走着圆圈，人生在走着圆圈，《回乡偶书》就画出了这样的圆圈。

《回乡偶书》既可以看作是个人的生活圆圈，也可以看作是人类的生活圆圈。就个人来说，“少小离家”到社会上去奋斗，追求功名利禄，离开了童真的“家”。步入社会，也许当了官了，也许发了财了，也许享尽荣华，也许饱受挫折，最终还得回到家乡，但是孩子不认得你了，你已经脱离了童真，他们笑你是“客”，追问你从“何处来”。个人的一生，走了一个圆圈。从抽象的人来说，孩提时代有着他本真的存在，长大以后步入社会，就要按着社会的“游戏规则”去改造自己，成就自己。也许你获得成功，但那是社会意义上的成功；也许你历经磨难，从中更能体味人生的真谛；不管你经历了多少成功、多少磨难，都是社会意义上的评价，你也被改造成一个社会的人，失去了少年的稚气，牺牲了人的“本真”。当你回到“人”的故家时，会发现“人”变得太厉害了，也许“本真”的人认不得你，你也认不得“本真”的人了。“梦里不知身是客”，你“做客”在社会里，最后回到人的生存哲理层面，“儿童相见不相识，笑问客从何处来”。人又走了一个圆圈。

我从何处来，又向何处去？向来是哲学家思考的问题。这个追问的回答有不同的层面：个人的层面，哲学的层面。贺知章从个人层面走入了哲学层面，他的生活道路也就从“形而下”走向“形而上”。他做过皇家的秘书，当过太子的老师，又是著名的诗人，功名利禄、人间尊荣皆已享尽，他最后看破“红尘”，要求回到“故家”，再与童真的孩子们相对，发现自己变得太多了。于是《回乡偶书》可以视为从个人的生活体验到人类的生存体验。《回乡偶书》就从现实层面进入哲学层面、历史层面，或者说文化人类学层面。从而可以将这首诗的各个形象“虚”起来：“回乡”不仅是个人的故乡，还是人类的精神家园，人类也要从社会利益的冲突中回归自然，走完这个生存圆圈。

《回乡偶书》就是如此。贺知章的一生走了这样一个圆圈：年轻时“离乡”求取功名利禄，官高爵显，功成名就；八十多了，看破“红尘”，回归“故乡”；面对孩子，才发现自己失去了孩童的“天真”，孩子也不认识自己了。这是写实，也是感叹；这是宽慰，也是训诫。我们完全可以从个人想到人类，从人生想到历史。贺知章用一辈子的人生体验写了这首诗，人生元本一首诗。

贺知章的诗不尚藻绘，口语出之，却意味深长。《回乡偶书》如此，《咏柳》也是如此：

碧玉妆成一树高，万条垂下绿丝绦。
不知细叶谁裁出，二月春风似剪刀。

春天的柳树，像亭亭玉立的少女；自然的赐予，如生活帐幔的装饰；连尖尖的树叶，也似剪刀的剪裁。自然现象完全化为生活内容，贺知章最终回归自然。他的心理、他的眼光都在“自然”之中，这与《回乡偶书》如出一辙。

戈壁胡杨：岑参

安西，一个充满和平期待的名字，又是一个隐含躁动不安的名字。它经常出现在中国的历史上，至今也还保留在中国的地理中。20世纪80年代，我去敦煌参加一个诗会，就经过安西。

从酒泉乘车去敦煌，进入茫茫的戈壁。白花花的砾石被阳光照射，发出灼热的光，可以在上边煎鸡蛋。砾石大小不等，经过风雨的磨洗，大部分成了卵石。我想到，这里面有岑参抚摸过的石头吗？岑参曾经豪放地唱出“一川碎石大如斗，随风遍地石乱走”。安西的风确实大，我们走时还是一个风和日丽的早晨，到达安西却是满眼尘沙，我们落入黄风怪施展的法术之中。安西是一眼望不到边的沙漠，当地人告诉我们，安西是世界风库，一年只刮一场风——从年初一刮到年三十。这个荒凉的地方，在唐代是边防的重镇、征战的沙场，我似乎明白了，战场为什么叫沙场，那是在一片黄沙上厮杀呀！边塞诗人岑参当年就在此为官。唐朝在安西设节度使，主持一方军事，岑参作为节度判官，负责幕府的文书工作。节度使幕府时有朝廷派来的官员巡视，从京城来的人知道边塞是什么样子吗？岑参作为幕府的文官，迎来送往他是主角，推杯换盏之际豪兴大发。我来写诗告诉你吧，《白雪歌送武判官归京》：

北风卷地百草折，胡天八月即飞雪。忽如一夜春风来，千树万树梨花开。

散入珠帘湿罗幕，狐裘不煖锦衾薄。将军角弓不得控，都护铁衣冷难着。

瀚海阑干千尺冰，愁云惨淡万里凝。中军置酒饮归客，胡琴琵琶与羌笛。

纷纷暮雪下辕门，风掣红旗冻不翻。轮台东门送君去，去时雪满天山路。

山回路转不见君，雪上空留马行处。

唐玄宗天宝十三年(754)，岑参任安西北庭节度判官，朝中有人来巡视边防，岑参在轮台幕府送来使归京。天气忽然变暗，狂风挟雪骤然而至。面对翻卷的风雪，岑参写下这首诗。岑参举起酒杯，向京城的官员从容述说：边塞的冬天来得早，阴历八月就下雪。“忽如一夜春风来，千树万树梨花开”，经历了太多的风沙，雪花倒带来清新的天气和意外的惊喜，将士们把暴雪与春日的鲜花相提并论。这是戍边的豪情，又是审美的感觉。戍边生活毕竟艰苦：雪粒从帘子缝里吹进帐篷，裘皮的衣服都不能御寒。冻僵的手指握不住角弓，钢铁的铠甲难以穿在身上。戈壁上处处冰凌悬挂，天空的愁云也被冻结。边塞的日子就是这样。岑参以诗人的感受，形象地表达了戈壁的风雪与将士的豪情。送别的诗歌少不了记述当时的情景：军中的传令官操办了酒席，边地的歌舞在席前演出。“纷纷暮雪下辕门，风掣红旗冻不翻”，白毛风裹着大雪铺天盖地，本来应该呼啦啦飘动的旌旗，也被冻得无法翻卷。以静写动，把寒冷写到极致。这也是真实感受：滴水成冰，铁甲着冰，帐篷覆冰，还有什么不能成冰的呢？边塞的寒冷，戍卒的艰苦，你们在京城的人是体会不到的。饯行结束了，要送客人回京。风雪淹没了前行的道路，峰回路转已经看不见远去的人，只有雪地上留下一串马蹄的痕迹。

荒野茫茫，这边立着几个送别的军人，那边是几点远行的马匹，"孤帆远影碧空尽，唯见长江天际流"，不过这里可没有江南的芳草，只有漫天的白雪。面对荒蛮的戈壁、漫天的风雪，戍边将士心里更加空落落的，这里是荒无人烟的戈壁啊，亲人们都在千里万里之遥，但是仍不减戍边的豪情。

人走了，岑参的边塞诗还如同交响乐在冰天雪地回响：忽而雷霆万钧，忽而细流涓涓，忽而刀剑铿锵，忽而哀歌阵阵。它有急有缓，急缓有致，它有强有弱，强弱映衬，它时而现豪气冲天，又时而是华彩乐章。它是诗，是乐，也是画，它有声有色，色彩浓重，它忽高忽低，动静相生。岑参把边塞生活写得淋漓尽致。

岑参是唐代边塞诗的代表诗人之一，雄伟豪迈的诗情、敏锐独特的感受，使他的诗意境奇瑰，佳句迭出。他对边塞风光有着独特的感受，总是能发现它的诗意。朝中的崔侍御前来巡边，岑参陪同走到一处温泉，他写诗《热海行送崔侍御还京》，描写这里的奇景：

岸旁青草常不歇，空中白雪遥旋灭。蒸沙烁石然虏云，沸浪炎波煎汉月。

阴火潜烧天地炉，何事偏烘西一隅。势吞月窟侵太白，气连赤阪通单于。

送君一醉天山郭，正见夕阳海边落。柏台霜威寒逼人，热海炎气为之薄。

上一首写风雪之寒，这一首写温泉之热，同样达到了极致。

当地人称温泉为"热海"，它五冬六夏岸边都有青草，冬天的大雪到它上空也都消融。好像烈焰燃烧着胡地的砾石和白云，沸腾的热浪煎煮着汉家的明月。这阴火把天地烧得滚烫，把山川烧得赤红。这大概是孙悟空走过的火焰山了吧？但它是温泉，不在夏日，而在隆冬。空中白雪不侵，岸边青草常绿。崔侍御，你在京城没有见过这样的奇景吧？华清池虽然温暖，但漂浮着女人的脂粉；终南山虽然奇崛，但没有冰火两重天的景象。行走在边塞，虽然荒凉艰苦，但也有别处见不到的奇景。岑参的述说流露着豪情，他把这“热海”的冷与热、火与冰、白与红、青与黄对比得奇幻无比，天上、地下、水中、云端，时空交错，信笔挥洒，描绘出一幅冰天温泉的奇观。《西游记》把戈壁荒山写得神奇怪异，岑参的诗歌不亚于神话小说，浪漫主义的诗情使他心游万仞，精骛八极，在对比、联想中把边地风光描摹得同样神奇怪异。

岑参写边地风雪铺天盖地，写戍卒征战天昏地暗，更难得的是将二者糅合起来，写出将士们的豪迈与悲壮，《轮台歌奉送封大夫出师西征》即是。轮台在今新疆维吾尔自治区的库车县境内，是古代西北的重要边镇。岑参作为安西北庭节度判官，送将军出征，出征的场面如此雄壮：“四边伐鼓雪海涌，三军大呼阴山动。虏塞兵气连云屯，战场白骨缠草根。剑河风急雪片阔，沙口石冻马蹄脱。”天摇地动，风云变色，旌旗蔽日，战鼓惊雷，白骨缠草，马蹄冻脱，将军豪迈，战士赴死，多么惨烈的战争画面！现代意识之下的影视作品，常突出尸横遍野、甲兵弃地的大场面、大流血，以刺激感官。岑参不用此法，他主要以自然景象加以烘托，这样描写更有气势，更有诗意。

大战在即，岑参作为幕府的文官送将士们出征。他与将军并辔而行，吟唱出《走马川行奉送出师西征》：

君不见走马川，雪海边，平沙莽莽黄入天。
轮台九月风夜吼，一川碎石大如斗，随风满地石乱走。
匈奴草黄马正肥，金山西见烟尘飞，汉家大将西出师。

将军金甲夜不脱，半夜行军戈相拨，风头如刀面如割。
马毛带雪汗气蒸，五花连钱旋作冰，幕中草檄砚水凝。
虏骑闻之应胆慑，料知短兵不敢接，车师西门伫献捷。

岑参与将军并辔前行，即时描摹眼前的景象，既像聊天，又是诗句。字字句句充满豪情，又引人遐思。“轮台九月风夜吼，一川碎石大如斗，随风满地石乱走”，言边地的狂风暴雪，夸张中流露出军人的豪迈，动感中显示出军旅的壮大；“马毛带雪汗气蒸，五花连钱旋作冰，幕中草檄砚水凝”，战场的极度严寒传达出抗敌的信念。这些话，既是壮行，又是誓师。岑参诗的语言是出征最好的誓词，表达了压倒冰天雪地的豪迈，表达了战胜胡虏强敌的信心：这样的雄师，料定敌军不敢接战，我在车师（地名，今新疆吐鲁番一带）迎候你凯旋。战前的送别，没有战场赴死的悲悲切切，却有出师必胜的坚定信念，它来自诗人的情怀，来自盛唐的精神。诗歌成了战前动员的伟力。可见即或在战场上，也有文武两个战线，岑参的诗笔成为战场的一种武器。这需要诗人的情怀，有战地经验，有坚强意志。雪地行军，兵戈相撞，碎石如斗，寒气透骨，马发汗气，须眉凝冰，战胜严寒的激情，压倒敌人的气势，通过诗歌表达出来。我们常说盛唐气象，这就是盛唐气象；我们常说文化传统，这就是文化传统——在极端的艰苦中有一种乐观豪迈，在赴死的沙场上有一种必胜的信念。

岑参的边塞诗写得如此感情真切，形象奇伟，基于他长期的军旅生涯。岑参进士及第之后，当过左补阙、起居郎，这些是文人常规的诤谏之职。他不安于闲职，到高仙芝、杜鸿渐等封疆大吏的幕府中任书记、节度判官，虽然还是履行文书、监察职责，但他已融入军旅生活：“往来鞍马风尘间十余载，极征行离别之情，城障塞堡，无不经行。”军旅生涯不忘诗人天职，他“博览史籍，尤工缀文，属词清尚，用心良苦。诗调尤高，唐兴罕见此作。放情山水，故常怀逸念，奇造幽致，所得往往超拔孤秀，度越常情，与高适风骨颇同，读之令人慷慨怀感。每篇绝笔，人辄传咏”。《唐才子传》的这些评述是十分准确、十分精到的。长期的军旅生涯，对行军打仗的艰辛有切身体验，对西北边地的风物有真实感受，加之他追求浪漫超拔的表现，岑参的边塞诗格调高亢激越，形象诡异神奇，警句迭出，过目成诵，唐兴以来达到一个高峰。

《唐才子传》还有另一句评论："未及大用而谢世，岂不伤哉！"为他没有做上大官就去世有些惋惜。这是从封建观念发出的感叹，但也说出一个现象：文运和官运常常并不一致。儒家思想是学而优则仕，文人入仕是正常的道路，实际上文和仕还是有矛盾的，它们有不同的思维方式和行为方式。岑参作为诗人，在封疆大吏的幕府中，既做文书案头工作，又做宣传鼓动工作，但朝廷未必看中一个要笔杆子的人。至德二年，左拾遗内供奉裴休、左拾遗内供奉杜甫、左补阙韦少游、右拾遗孟昌浩联名上书说："臣等窃见岑参识度清远，议论雅正，佳名早立，时辈所仰。今谏诤之路大开，献替之官未备，恭为近侍，实藉茂才。臣等谨诣阁门，奉状陈荐以闻，伏听进止。"意思是说，岑参见识高远，议论雅正，诗名早已闻名遐迩，为人们所景仰。现在朝廷广开言路，倡导诤谏，候补的官员还没有储备。我们虽是皇上的近侍，实际上是沾了有才能人的光。所以我们上书内阁，推荐岑参，希望提拔岑参的官职。如何决定，恭听皇上定夺。岑参长期征战在外，诗篇名动朝野，理应得到擢升。裴休、杜甫等上书以后，皇帝仅授岑参右补阙，仍旧是个闲职，所以说"未及大用"。但一个人的价值，并非看他做了多大的官，而看他的实际贡献。同为唐代边塞诗代表诗人的高适，官位比岑参高得多，但诗歌成就不如岑参。岑参长期生活在西北边塞，作为节度使幕府的文官，不指挥战事，少了一副重担，掌管文墨，能逞诗人情怀，更有利于诗歌创作。光辉的诗篇传之后世，比高官显宦荣耀一时更有价值。

西北边地的人有句话：戈壁的胡杨，活着千年不死，死了千年不倒，倒下千年不朽。岑参的诗他在世时是戈壁的胡杨，他死后成为戈壁滩上的活化石千年不朽。它记录下唐代边塞战地实景、将士情怀，岑参也成为戈壁胡杨，一座不倒的纪念碑。

边塞豪歌：高适

高适、岑参在唐代边塞诗中齐名，他们都有着豪迈雄浑的大家风范和天朝气息，但高适的诗名得益于官声，岑参的诗名得益于诗情，两人还是有高下之分的。唐代边塞诗以高适、岑参为代表，再加上王维、王翰、李颀、李益等，形成唐代盛极一时的边塞诗派，构成中国文学史上一个独特的文学景观。

高适，字达夫，沧州人。“少性拓落，不拘小节。耻预常科。隐迹博徒，才名更远。”《唐才子传》这样描述他的性格。他生性旷达，豪放自任。不愿意按正常途径仕进，隐迹于市井恶少中间，自言“一生徒羡鱼，四十犹聚萤”，白白羡慕人家飞黄腾达，到了四十才懂得囊萤读书，后来却成为朝廷的高官。

高适中年以后，经宋州刺史张九皋举荐，以“有道科”入仕，当了河南封丘县尉。县尉是县里“武装部长”，管捕捉盗匪，查究罪犯，官不大，高适也懒得经营。他当了封丘县尉以后，有首《封丘作》，书写自己为官的感觉和退隐的心志：

我本渔樵孟诸野，一生自是悠悠者。乍可狂歌草泽中，那堪作吏风尘下。

只言小邑无所为，公门百事皆有期。拜迎长官心欲碎，鞭挞黎庶令人悲。

归来向家向妻子，举家皆笑今如此。生事应须南亩田，世情今付东流水。

梦想旧山安在哉？为衔君命且迟回。乃知梅福徒为尔，转忆陶潜归去来。

高适说，我本是行走在乡野的打鱼砍柴之人，在草泽中唱几句狂歌还可以，怎么能做寄人篱下的小吏？只道是小县的县尉没有什么可干的，哪里知道公事一天到晚等着你。拜迎长官不是我的心愿，鞭挞百姓更令我心内生悲。回家给妻儿说说这些，他们都笑我活该落到这步田地，官场本来就是如此。我生来就该在南亩耕种，把这些世俗应酬丢到黄河里边去。如今我梦中的家山在哪里呢？身负君命只好暂且不回。现在才知道梅福白当县官心境苦涩，回过头去还是想学陶渊明归园田居。高适自述性情放达、行为疏阔，不愿当官，愿过自由自在的日子。这种豪迈放达性格成就了他后来边塞诗的格调。

高适投入哥舒翰幕府，开始了边塞诗的创作。唐初的思想没有什么禁忌，高适的性格又狂放不羁，这就使他的边塞诗写出战场的真实，《燕歌行》是其代表作之一：

汉家烟尘在东北，汉将辞家破残贼。男儿本自重横行，天子非常赐颜色。

摐金伐鼓下榆关，旌旆逶迤碣石间。校尉羽书飞瀚海，单于猎火照狼山。

山川萧条极边土，胡骑凭陵杂风雨。战士军前半生死，美人帐下犹歌舞！

大漠穷秋塞草腓，孤城落日斗兵稀。身当恩遇恒轻敌，力尽关山未解围。

铁衣戍边辛勤久，玉箸应啼别离后。少妇城南欲断肠，征人蓟北空回首。

边风飘飘那可度，绝域茫茫更何有！杀气三时作阵云，寒声一夜传刁斗。

相看白刃血纷纷，死节从来岂顾勋。君不见沙场征战苦，至今犹忆李将军。

开元年间，河北节度副使张守珪驻守边塞，与契丹作战有功，拜辅国大将军兼御史大夫，声名显赫。后部下打了败仗，张守珪不但不据实上报，反而贿赂前来调查的官员，掩盖败绩。开元二十六年(738)，高适从边疆回来的朋友那里了解了战争的真相，写了这首《燕歌行》，描写了战场真实和军人真实。

《燕歌行》描写了一个性格复杂的将官。在边疆不断征战的大唐，人们尚武，何况这位将帅又得到皇上的信任，于是东西战南北剿，驰骋在大漠荒山间。他以建功立业作为自己的责任，督促战士不顾生死奋勇厮杀，在军中又让歌妓帐下歌舞取乐。打了败仗，戈壁荒漠尸横遍野，孤城落日羌笛凄凉。将帅得到恩宠不愿如实报告败绩，拼力厮杀还是难于解除困境。《燕歌行》也描写了战争的残酷。战士终日不能卸甲，空望着南面的家乡。家中妻子痛断肝肠，拿起筷子泪流到碗里。戈壁荒滩秋风四起，茅蓬随风遍地乱滚，戍卒的生命连茅蓬都不如。一声令下两军厮杀，血雨腥风化作片片乌云。边疆战士以誓死报国作为自己的责任，哪顾兵器上血迹斑斑。沙场就是这样残酷，至今让人想起汉代将军李广。

战争是历史的怪物，历史避免不了战争，古往今来产生了不少战争文学杰作，诗歌也是如此。汉魏以来有曹操的《短歌行》《苦寒行》，写征战路上军旅之苦，又有《却东西门行》，以大雁为意象，写征人背井离乡的凄苦："鸿雁出塞北，乃在无人乡。举翅万余里，行止自成行。冬节食南稻，春日复北翔。田中有转蓬，随风远飘扬。长与故根绝，万岁不相当。奈何此征夫，安得去四方。戎马不解鞍，铠甲不离傍。冉冉老将至，何时反故乡！神龙藏深泉，猛兽步高冈。狐死归首丘，故乡安可忘？"曹操将征人比作漂泊的大雁，四处征战，远离故乡，垂垂老矣，难见亲人。连狐狸死时都头朝自己的山丘，戍卒作为人怎能不思念家乡？在汉末军阀混战时期，曹操带兵连年出战，也有一点人道主义的悲悯，写征人之苦感人肺腑，但没有直接写战场残酷。乐府民歌《木兰辞》，前面铺叙从军的需要，后面铺叙回乡的欢乐，中间写战争只有四句概括："朔气传金柝，寒光照铁衣。将军百战死，壮士十年归。"唐诗中此前有写将士豪情的，如杨炯《从军行》："雪暗凋旗画，风多杂鼓声。宁为百夫长，胜作一书生。"虽有军人豪气，但也有书生意气，缺少战场体验。此后写战争残酷留下千古名句的有陈陶《陇西行》："誓扫匈奴不顾身，五千貂锦丧胡尘。可怜无定河边骨，犹是春闺梦里人。"从思妇的角度落笔，极写战争造成的悲剧，但也无战场生活描写。这些诗，作者受生活局限，没有正面描写战争。描写战场真实，高适的《燕歌行》可谓开山之作。

直面战场真实，是高适诗歌的长处，也是高适诗歌的短处。他的诗较少见到岑参那样超拔的想象、奇崛的诗句，总觉黏着于生活现实，难以实现诗歌意象的飞腾，也难于实现历史意识的概括。不过高适在战场上是个勇敢赴死的官员，在官场上是个体恤百姓的清官，虽然屡遭奸佞排斥，依然在朝中有着举足轻重的地位。官位显赫，诗名也显赫，唐代边塞诗历来都以高适、岑参为代表。他光明磊落的人格决定了他直面生活真实的为官作风，也决定了他直面战场真实的诗歌风格，这是他边塞诗的巨大活力所在。

直面生活真实，这是胆识，也是人格。高适的《燕歌行》批评了隐瞒战绩、荒唐腐败的前线将帅，这种人格在国家危难之际展现出光彩。安史之乱发生以后，高适成为平叛的名将。安史之乱发生，哥舒翰奉旨讨贼，高适入哥舒翰幕府，“表掌书记”。安禄山大军扑来，朝廷毫无准备，高适上书请求集中禁城财力人力，组成敢死队抗敌，未被皇帝采纳。朝廷兵败，玄宗西逃，高适又慷慨陈词，力言败由，被皇帝提升为谏议大夫。由于他“负气敢言，权近侧目”，遭奸臣李林甫的忌妒，数进谗言，高适被贬官为太子少詹事。高适《酬裴员外以诗代书》云：“小人胡不仁，谗我成死灰。赖得日月朗，照我无不该。”《新唐书》本传说：“适尚节义，语王霸衮衮不厌。遭时多难，以功名自许，而言浮其术，不为缙绅所推。然政宽简，所莅，人便之。”高适历任御史、刺史等内外高官，都以直言敢谏闻名，说起王霸之道滔滔不绝，足见光明磊落的性格。国家危难之际，他不计自己官位升降，积极进言，见识超群，权臣忌恨他，朝廷贬斥他，又不得不依赖他。他领导了京城保卫战，以勇敢坚强取得少有的战绩。他当地方官，为政宽松、简约，到哪里为官，都给当地百姓提供方便。高适的这种为官之道，来自他的为人之道，也体现于他的为诗之道。

高适诗歌的格调，来自他的为人格调。他的诗里总站着一个坦荡、豪迈的人。长安城里，一个姓李的朋友要到西北边境执行任务，高适为他（李侍御）送行，推杯换盏说出一番心里话：

行子对飞蓬，金鞭指铁骢。功名万里外，心事一杯中。
虏障燕支北，秦城太白东。离魂莫惆怅，看取宝刀雄。

这首《送李侍御赴安西》说，出行的你，如同戈壁飞转的蓬蒿，挥舞马鞭驱赶沙场的铁骑。建功立业是在战场，倾吐心曲则在杯中。从此以后，你在边防的燕支以北，我在太白山以东的长安，莫为万里之隔而惆怅，拍拍宝刀就能连起报国雄心。诗明白如话，心如日中天，格调高昂，意气雄浑，表明了人格即诗格基础的道理。

《唐才子传》评高适说："年五十始学为诗，即工，以气质自高，多胸臆间语。每一篇已，好事者辄传播吟玩。"这样评价是非常恰切的。读高适诗歌，觉得他不以意境、技巧取胜，而以胸次博大、气势豪迈称雄。高适以"气质自高"在盛唐诗人中获得突出地位，与李白、杜甫等许多同时代的诗人交往甚多，常有诗文唱和。

旗亭画壁：王之涣

诗歌相连，特别在古代，许多诗是用来唱的，许多歌也成了好诗，历久传颂，成为千古绝唱。王之涣的《凉州词》就是：

黄河远上白云间，一片孤城万仞山。
羌笛何须怨杨柳，春风不度玉门关。

历经一千四百多年，《凉州词》男女老少都能背诵，“杨柳曲”“玉门关”也成为中国古代边塞生活的文化符号和历史记忆。《凉州词》在当时的诗歌“排行榜”中就名列首位。

《凉州词》作者王之涣却名不见经传，两《唐书》均无记述，大概是因为他没有当过什么大官。《新唐书·艺文志》也没有著录他的诗集，仅《唐才子传》有些片断的记录：“之涣，蓟门人。少有侠气，所从游皆五陵少年，击剑悲歌，从禽纵酒。中折节工文，十年名誉自振。耻困场屋，遂交谒名公。为诗情致雅畅，得齐梁之风。”王之涣是蓟门人（今考证为并州，即太原附近），年轻的时候有侠义之气，跟一帮少年击剑放歌，喝酒架鹰，是个放浪青年。后来决心改变自己，攻读诗文，十年努力，名声大振。耻于困守乡间，出去结交名士。写诗情致优雅，文辞畅达，得五代诗歌绮靡之风。王之涣不是科举出身，因为是名门子弟，补了个冀州衡水主簿。后被人诬告，辞官回家。15 年以后又补了个文安县尉，政绩不错。王之涣官很小，不被重视，是个“平民诗人”，诗歌也在平民中广为传唱。

少年王之涣常在街巷闾里喝酒唱歌，成为诗人以后，依旧让诗与歌结合，可以说是个歌词作者。他的诗文辞流畅，便于歌唱。王之涣成名后，常与高适、王昌龄唱和，出入于茶馆酒肆之间。一个冬日，他们三人在酒馆饮酒，酒馆里面整洁优雅，酒馆外面酒招飘忽，人们称之为旗亭，是个文人雅聚的地方。这天天气很冷，下了点小雪，更增加了饮酒的雅兴。这时来了十来个梨园伶人登楼演唱，引得客人们停杯落箸，欣赏歌妓优美的舞姿、圆润的歌喉。高适、王昌龄、王之涣也找了个离火炉近的地方，观看伶人演唱。四个歌妓相继登场，个个华服丽容，娇艳非常，弹唱的诗歌都是当时的名曲。王昌龄悄悄说，咱们三人都有诗名，平日也不分高下，今天咱们秘密观察，看伶人们唱谁的歌最多，谁拔头筹。王之涣、高适轻轻点头表示赞成。

演唱开始，一个歌妓击节唱道：“寒雨连江夜入吴，平明送客楚山孤。洛阳亲友如相问，一片冰心在玉壶。”王昌龄高兴了，这是他的《芙蓉楼送辛渐》，他举手在墙壁上画了一道。接着又一歌妓上场唱道：“开箧泪沾臆，见君前日书。夜台何寂寞，犹是子云居。”这是高适的诗，他也在墙壁上画了一道。歌妓接着唱道：“奉帚平明金殿开，且将团扇共徘徊。玉颜不及寒鸦色，犹待昭阳日影来。”又是王昌龄的诗，他又举手画了一道，得意地说：我两首绝句了。王之涣一首也还没有，但他自信诗歌广为流传，便说：你们别着急，看那个最漂亮的歌妓唱谁的诗歌，如果她不唱我的诗，我一辈子不与你们争高低了；如果她唱的是我的诗，二位仁兄就得拜服在我的脚下。三个人说笑着静静等候，一会那个双鬟高耸、美艳绝伦的歌妓开口了：“黄河远上白云间，一片孤城万仞山。”王之涣揶了揶二人说：土包子，我的话不假吧！这才叫色艺双绝。

三个人仰头大笑。歌妓不知为了什么，忙起身上前打躬道：诸位先生何故发笑如此，是奴家我唱得不好？王昌龄讲明原委，说今天演唱你应该是榜上头名，我们这位之涣兄也是榜上头名。歌妓扯起衣裙躬身再拜，说道：俗眼不识神仙，原来几位都是大诗人。托诗人的福，我们才有绝妙好词演唱，今天就与君畅饮几杯，请君入前席就座。三个人到了演出台前，择席就座，歌妓继续献歌，诗人击节赞赏，竟日大醉方归。这是旗亭画壁的故事。

旗亭画壁的故事虽然带些戏剧色彩，但也合乎生活常理。唐代诗人诗酒雅聚的事情是经常的，歌厅舞榭伶人走场演出也是经常的，经常的事情碰到一起，就成了偶合。京城里歌妓的演唱自然也有当红的歌星，形成"排行榜"，色艺双绝者拔得头筹。王之涣的《凉州词》在当时广为演唱，它意境悠远，感情真切，语言明快，声韵清朗，是最好的歌词。它被歌妓广泛歌唱，当列"排行榜"之首。它不仅列当时流行歌曲"排行榜"之首，堪称七言绝句"排行榜"之首，从唐至今，人们鲜有不知《凉州词》的，这是百姓的"口碑"，人们不可轻视通俗文学。写出时代特点，写出大众情感的通俗文艺作品，同样可以成为一个时代记忆，一个文化符号。

送别折柳，戍边吹笛，这些都是中国古代诗歌的传统意象。北朝《折杨柳歌辞》："上马不捉鞭，反折杨柳枝；下马吹长笛，愁杀行客儿。"杨柳是常见的树木，种在村边屋后，是家乡的象征。"上马不捉鞭，反折杨柳枝"，离别家乡时不举马鞭，反折一枝杨柳，表示对故乡的深切留恋；下马不问住宿吃饭，先吹起长笛的乡音，更是悠长的故乡思念。长年在外的戍卒更是如此，杨柳和羌笛便成为他们情感的依托，乡思的表达。北朝的《折杨柳歌辞》已经形成旅人或征人离愁别绪的文化符号。李白《春夜洛城闻笛》也运用这个文化符号："谁家玉笛暗飞声，散入春风满洛城。此夜曲中闻折柳，何人不起故园情。"戍卒的笛声随着春风飘满洛阳，吹的是《折杨柳》曲，怎能不勾起对故乡的思念，对亲人的眷恋。杨柳、玉笛这样典型的意象，戍边、思乡这样典型的情绪，到了王之涣的《凉州词》，得到凝练而又畅达的表现，成就了这首千古不朽的"流行歌曲"。诗歌有两种，一是诗人独特感受、独特意象、独特表达的原创性作品，当然是好诗，但往往只靠读，慢慢品味其诗意；一是时代情绪、大众语言、通俗表达的流行性作品，这大多是歌词，更容易走进大众心间。诗人们不应该轻视歌词，如果真有一些歌词登上流行歌曲的"排行榜"，那也是对文化的贡献。

《凉州词》作为一首边塞诗的典型表现，已经成为中国人的文化记忆。每逢有了那个文化环境，每逢有了那种类似事件，人们就想起这首诗。20世纪60年代，著名诗人郭小川写了一首长诗《西出阳关》，就是带着阳关的历史记忆重新审视当代生活："未出阳关，以为阳关会把我们怨；临近阳关，以为阳关会把我们拦；出了阳关，才知阳关以外最把我们盼。"诗歌接着描写了千顷荒坡、万顷石滩是如何渴望变成良田；睡了万载、梦了千年是如何把海市蜃楼当成世上桃源。今天终于迎来了新一代的建设者，"何必'劝君更进一杯酒'！这样的苦酒何须进！且请把它还给古诗人！什么'西出阳关无故人'！这样的诗句不必吟，且请把它埋进黄沙百尺深！"王之涣的《凉州词》和王维《渭城曲》成为西北边塞诗歌的典型环境和典型情绪，到了新的时代郭小川还把它翻出新诗。杰出的诗歌能成为一个民族的文化记忆，这就是艺术的魅力。

王之涣的另一首诗也可当之无愧登上唐诗"排行榜"，那就是《登鹳雀楼》：

白日依山尽，黄河入海流。
欲穷千里目，更上一层楼。

鹳雀楼在山西蒲州府(今永济),《清一统志》说:“旧楼在郡城西南,黄河中高阜处,时有鹳雀栖其上,遂名。”沈括《梦溪笔谈》卷15也说:“河中府鹳雀楼三层,前瞻中条,下瞻大河。”鹳雀楼扼守黄河,矗立中州,有丰富的文化内涵,也就有浓郁的诗意。鹳雀楼修在高高的山坡上,下临黄河,曲折蜿蜒,背靠高山,气势雄伟,自然引起人们登临的欲望。王之涣登上此楼,西望白日落山,东望黄河远去,不禁胸襟开阔,思接万里,心中激荡起一种积极向上、努力攀登的情绪。一首诗在嘴边轻轻吟出,那里面包含着审美的情境、人生的哲理。它意境开阔,胸次豁达,登斯楼也,视通万里,思接千载,如果想看得远,就要站得更高,一种积极向上的人生哲理被诗的意境传达得自然优美。王之涣写景全用白描,却意境开阔辽远;抒情明白如话,诗意却简洁深邃。这同样符合歌词的特点,简洁明朗的生活感受中蕴藏丰富深邃的生活哲理,这样的诗便于演唱,便于流传。它明朗而不肤浅,简约而有意境,朴素又便于歌唱,思深又明白切实,登上诗歌“排行榜”,当之无愧。诗不一定艰涩难懂才深刻,美感是典型的而又独特的,真理是朴素的而又形象的,这样的诗歌就能传之久远。

王之涣人没当大官,诗也没多少,《全唐诗》253卷中仅存六首,可历代流传,千古绝唱,真是金杯银杯不如老百姓的口碑。

诗酒豪情：王翰

河西走廊上有一座城市，叫做酒泉。酒泉往外喷的不是酒，这个名字却响亮地叫了数千年，因为它体现了一种典型环境中的典型情绪。这里西出阳关，东去长安，北通沙漠，南接祁连，是汉唐帝国的西部门户，古来兵家的必争之地。戍卒诗酒豪情在这里展现，酒也便成了这座城市的兴奋点。

酒泉市区有一座公园，公园里面有一湾清水，这就是酒泉了。戈壁滩上一湾清水，永不枯竭，这是大自然的赐予还是人民的渴望呢？它南面是戈壁，北边是沙漠，唯此杨柳依依，清泉不竭。它满足了戍边将士们远望祁连的饥渴，也激荡着戍边将士们的热血。酒泉虽然有泉，缺的还是酒，巧合的是朝廷送来的酒使这里的泉变成酒泉。相传汉代一次边塞打了胜仗，朝廷飞马送来一坛美酒，但一坛美酒对于成千上万的戍边将士来说是杯水车薪。怎样才能让人人尝到这美酒呢？将军命人把酒倒进这湾清泉里，将士们个个饱饮，居然酒味浓郁，源源不竭，这就是酒泉了。酒泉喷涌着将士的豪情，酒泉激发着诗人的激情，酒泉盛产诗，多少边塞诗在这里产生，《凉州词》《杨柳曲》源源不断。王翰的《凉州词》就是典型的一首：

葡萄美酒夜光杯，欲饮琵琶马上催。

醉卧沙场君莫笑，古来征战几人回？

战斗间隙，杨柳树下将士们正在举杯畅饮。祁连墨玉的夜光杯映照着他们风吹日晒的脸庞，琵琶横挑竖拈拨动着心中的豪气，折杨柳曲摇荡着缕缕的乡思。这是一个疏放自己又忘记自己的时刻，酒激发了戍卒的豪兴。王翰作为朝廷慰问边疆将士的官员，写下这首《凉州词》。

王翰，并州（今山西太原）人，景云二年（711）进士，又连举直言极谏、超拔群类两科，是生性爽直又热情豪迈的人。《唐才子传》这样描写他："少豪荡，恃才不羁。喜纵酒，枥多名马，家畜妓乐。翰发言立意，自比王侯。日聚英杰，纵禽击鼓为欢。"王翰出身太原豪门，后又入朝为官，圈多名马，庭多歌妓。王翰就是这样一个厅前歌妓乐舞，厅内饮酒蒱博，厅外骑马架鹰的富家子弟，当然也能结交当地官员。张说任并州长史，王翰把他请到家中，设宴款待。王翰自编自演歌舞，与歌妓同堂演出，器宇轩昂，收放自如。张说既惊奇又赞赏。后来张说官至左丞相，又是诗人，他提携了不少诗人入仕，王翰以直言敢谏科和超拔群类科被举荐，自然得张说之力。王翰官至秘书正字、通事舍人、驾部员外郎，成为皇上身边的文墨近臣。张说作为朝廷大员巡行边防，王翰随行。

朝廷大员巡行边防，将士们设宴招待。这是他们难得的口腹之乐，又是他们难得的豪情宣泄。他们举杯畅饮，生死置之度外；他们狂放歌唱，排遣军营孤独。《凉州词》就写了这样一个边塞饮宴的场面。葡萄美酒倒入夜光杯中，激荡着色彩鲜艳又捉摸不定的人生，虽身处沙场，却也豪情涌动。琵琶轻挑慢拈，歌舞也赏心悦目，虽身处战场，也能得到片刻忘忧。但是一曲未了，军情告急，号角声动，必须立即出发。再喝上几杯，"醉卧沙场君莫笑，古来征战几人回？"边塞军人就是这样勇武、豪迈。这是军人的自白，又是王翰的诗情。他青少年时代的纵酒放歌、骑马射猎、放纵人生的性格，在战场上找到出口。他唱出了盛唐气象，他唱出了人生豪情，敢于面向沙场的生死，勇于享受眼下的生活，豪迈的人生态度成为世代传唱的著名诗篇。

酒为诗歌的传媒，但是有什么样的情怀才有什么样的诗。20 世纪 30 年代有首流行歌曲《何日君再来》，诗歌的情境与《凉州词》有些类似，也是战前的歌舞纵酒，但格调完全不同。“好花不常开，好景不常在。愁绪堆黛眉，泪洒相思带。今宵离别后，何日君再来！喝完了这杯请进点小菜，人生难得几回醉，不欢更何待？停唱阳关叠，重擎白玉杯。殷勤频致语，牢牢抚君怀。今宵离别后，何日君再来！”80 年代这首歌重新开放时曾有人予以反对，说它是汉奸歌曲。这首歌描写了夜总会里舞女送别男友的情景，这男友是谁？如果送别的是鬼子、汉奸，当然它是汉奸歌曲；如果送别的是赴前线的战士，不能算作汉奸歌曲。但即使送别的不是汉奸、鬼子，这首歌的词、曲情调也是低沉的、消极的。它表现的是一种人生无奈、及时行乐的生活态度，曲调柔美委婉，也软绵凄惶。葡萄美酒、阳关三叠这些文化符号不断在这首歌曲里出现，但诗酒的格调却不相同。同样是临战前酒席宴上的告别，《凉州词》乐观、昂扬、豪迈，有一种临难不辞、生死置之度外的豪情；《何日君再来》则是缠绵悱恻、祸福无常、人生短暂、及时行乐的情绪。这两首歌词情境、意象许多相同，情绪、格调却大相径庭。这是诗人不同情怀的结果，缠绵悱恻的酒吧歌女与慷慨赴义的戍边战士显然有不同的情怀，也就有不同的告别曲。人们喜欢王翰的《凉州词》，是赞赏那种临难不辞，热烈豪迈的战士情怀，并不是葡萄美酒、琵琶管弦。徒有酒量而无诗情，无论怎样豪饮，也难于写出好诗。

王翰的豪爽，颇得张说赏识，对此张说有过精到的评价。《大唐新语》“文章”篇记述：“张说、徐坚同为集贤学士十余年，好尚颇同，情契相得。时诸学士凋落者众，唯说、坚二人存焉。说手书诸人名，与坚同观之。坚又曰：‘今之后进，文词孰贤？’说曰：‘……王翰之文，有如琼林玉斝，虽灿然可珍，而多有玷缺。若能箴其所阙，济其所长，亦一时之秀也。’”张说不愧为唐初名相、文坛领袖，不仅推荐新人，而且知其长短。他指出王翰的诗文如美酒玉杯，有灿烂可观之处，也有诸多瑕疵，如果舍弃他的缺点，发扬他的长处，当是诗坛的俊杰。

王翰以侠义豪爽的文字驰名诗坛，当时有愿与王翰为邻的说法，杜甫就有诗“李邕求识面，王翰愿卜邻”，表示愿与李邕谋面，愿与王翰为邻。

《唐才子传》在评论王翰时有这样一段话：“太史公恨古布衣之侠，湮没无闻，以其义出存亡生死之间，而不伐其德，千金驷马，不啻草芥，信哉名不虚立也。观王翰之气，其若人之俦乎！”意思是说，司马迁《史记》里写到游侠，常常感叹他们湮没无闻，因为侠客们在生死存亡之际，不忘其义，不改其德，千金驷马，视若草芥，这样的侠客名副其实。王翰的豪迈之气，大概可以与侠客相比了。王翰以侠义豪迈的气概，写侠义豪迈的诗篇，他的《凉州词》正是这诗酒豪情的体现。

艺高胆大：王维(一)

独在异乡为异客，每逢佳节倍思亲。
遥知兄弟登高处，遍插茱萸少一人。

一首诗成为一个民族的文化记忆，这在唐诗中并不少见，足见唐诗对中国文化的影响。王维的这首《九月九日忆山东兄弟》就是如此。重阳节登高，插茱萸、饮菊花酒，成为中华民族的风俗，如今农历九月九日更被定为重阳节、老人节。唐诗已经成为中国文化和民族心理的重要内容。

《九月九日忆山东兄弟》所言人生沧桑，情感深厚，语言老到，人们总以为它是老年人的作品，但是王维此诗的原注赫然标明“时年十七”。诗歌的老成使人错乱了年龄，不仅千年以后还是如此，诗人在世时也是如此。

王维少年老成，“九岁知属辞”，诗乐皆精，又工书画。《新唐书》本传说：“维工草隶，善画，名盛于开元、天宝间，豪英贵人，虚左以迎，宁、薛诸王，待若师友。”因为少年聪慧，多才多艺，王维为许多王公贵族迎为宾客。王维也想一展年轻才华，要考宫廷乐官，但一个黄口小儿谁在乎他，况且人家已经内定了一位官宦。王维艺高胆大，积极参与竞争。他结识皇族中的一位岐王，就想让岐王推荐他参加考试。岐王沉吟半天，说这件事得一步一步来。

唐玄宗的妹妹玉真公主常侍奉皇上歌舞饮宴，招考宫廷歌伎的领队“解头”，玉真公主说了算。进士张九皋名震朝野，解头的职位非他莫属，也已被公主内定。王维要去应试，岐王说：“这个事不太好办。玉真公主势力很大，不可力争，我们只能智取。这样吧，你选你的诗歌音乐作品十篇，曲调要清新激越，再准备一首柔美凄婉的琵琶新曲，五天以后来见我。”王维从命，五天以后带着诗歌乐曲如期而至。岐王说：“你以文士的身份出现，可公主招的是乐官，怎么才能相见呢？你能听我的话吗？”王维说：“一切从命。”岐王让人拿出华艳奇异的绣花衣服，让王维穿上，又让他抱上琵琶，与伶人一起赴公主宅第。见了玉真公主，岐王说：“今逢公主走出内廷，特带乐队以侍奉公主饮宴。”说完命伶人依次出场，展开歌舞。王维少年白皙，风姿翩翩，在舞者行列之内最为出众。公主见他歌舞俱佳，问岐王：“这是何人？”岐王答道：“一个通音律的人。”又说：“你给公主献上一支新曲吧。”王维拨动琵琶，指法娴熟，声调婉转，满座无不动容。公主禁不住自言自语地说：“这是个什么曲子？”王维躬身上前说：“曲名叫《郁轮袍》。”公主惊奇竟有如此动人的曲子。岐王趁势说，“这个人不但通晓音律，诗词也无人可比。”公主更加惊奇了，说：“带你的作品了吗？”王维从怀中掏出诗卷献上。公主看罢更加惊骇了，说：“这是我儿时就诵读过的篇章，总以为是古人的佳作，没有想到竟是你小小少年写的。”于是命侍从给王维脱掉艺人的花衣，换上官服，延至客座。王维风流蕴藉，谈吐诙谐，赢得在场的达官贵人的赞赏。岐王这时才说：“今年选拔解头，若得此生，真乃为国添彩呀！”公主说：“何不让他应举？”岐王说：“此生不得首荐，义不就试，可是公主已经推荐张九皋了。”公主说：“这不碍事，我也不过是受人之托罢了。”转而对王维说：“你真要参加解头的考试，我一力推荐你。”王维起身拜谢。公主乃召试官到宅第，让王维教宫女歌舞，试官皆点头称是。王维一举登第，成为解头，掌管宫廷乐舞。

少年王维进入宫廷，带有传奇色彩，这是他艺高胆大的结果。多才多艺的王维，少年时就写过一些诗篇，已被人们广泛诵读，玉真公主读过他的诗，就包括那首《九月九日忆山东兄弟》，它已成为童蒙读物，她却以为这是古人的作品、老人的作品。王维早慧，成熟老到竟至于此。

《九月九日忆山东兄弟》确实是王维年轻时代的作品。王维是山西祁州人，后迁居于蒲(今山西永济)。他出身缙绅之家，少年便与兄弟王缙“宦游两京”，到洛阳、长安闯荡生活。古代山东、山西以太行山为界，王维的家乡蒲州在太行山以东，出身官宦世家又深受封建礼俗教育的王维，重阳节怀念故乡亲人，便写下《九月九日忆山东兄弟》。民族礼俗的熏陶，使他成长为一个“小大人”，写出老到的诗。

王维少年英俊，多才多艺，获得玉真公主的青睐，他终于争得宫廷乐官的职位。宫廷乐官也不好当，礼乐在古代，既是娱乐，更是礼仪，皇宫里的礼乐有许多等级、规矩，少年王维还未老于世故，在这上面犯了错误。

开元九年(721)王维考中进士，又升任太乐丞，正是少年得志，意气风发。唐代内务府太常寺有太乐署，官位有太乐令(从七品下)和太乐丞(从八品下)，王维当了太乐丞，是掌管宫廷乐舞的二把手。掌管宫廷乐舞，参与邦国祭祀、庆典，都有严格的等级程序。在一次仪式上，太乐署组织“伶人舞黄狮子，坐出官。黄狮子者，非一人不舞也”。黄狮子舞只有在觐见皇上时才能歌舞演奏，王维觉得它又热闹又好看，就在一次普通的演出中推出了这个节目，哪里知道触犯了“僭越”的大忌。太乐署违犯礼仪条例，王维获罪，被贬为济州司仓参军。

王维被贬到济州(今山东茌平)，当个管粮草的小官，是坏事，也是好事。他从宫廷里出来，有了接触社会、感受现实的机会。王维一些干预生活的诗篇，大都是在济州写的。

宫廷里都是王公贵族，虽有等级，但个个富贵尊荣，威严的朝服既遮蔽了世俗生活，又遮蔽了个人内心，这怎么能写出好诗呢！王维少年得志，做了京官，又是乐官，终日歌舞升平，哪知地方黑暗。到了地方，王维接触到许多有志之士，发现能人志士受到压制，无法报效国家。唐朝盛行科举制度，为文人入仕开辟了较为宽阔的途径，但近亲提拔、贵戚特权和封建世袭等不合理的用人现象依然存在，王维考乐官就险些遇此挫折，地方上更是官大压死人。前朝武则天家族专权，本朝李林甫、杨国忠横行朝野，吏治腐败已十分明显。王维贬到济州当了个管仓库的小官，经常外出，结交民间士人，发现一些很有学问的人，只能闲居，无法为国家作出贡献。王维写了《济上四贤咏》，描述了民间贤达不被重用的故事。

解印归田里，贤哉此丈夫。少年曾任侠，晚节更为儒。
遁世东山下，因家沧海隅。已闻能狎鸟，余欲共乘桴。

此间有个崔录事，是贤达能人，不被重用，解甲归里，刻苦攻读，如今已成为大儒，但埋没在沧海一角，只能与鸟对话。孔子说："道不行，乘桴浮于海。"王维说，在这个社会里，我只能与崔录事一起漂流大海了。

《郑霍二山人》更是如此：

翩翩繁华子，多出金张门。幸有先人业，早蒙明主恩。
童年且未学，肉食骛华轩。岂乏中林士，无人献至尊。
郑公老泉石，霍子安丘樊。卖药不二价，著书盈万言。
息阴无恶木，饮水必清源。吾贱不及议，斯人谁与论。

那些纨绔子弟锦衣华服，出于权贵门庭，靠着祖上福荫，早早得到皇帝的封赏。他们不学无术，整天喝酒飙车，奢侈骄横，却占据要津，有恃无恐。民间不是没有贤达之士，而是没有门路推荐给皇上。郑公只能老于泉边，霍子也只能安于田间。他们卖药不讲二价，著书超过万言，洁身自好，不在恶木下栖息，只喝清泉的水，免受世俗污染。王维说，我是个贫贱的人不值得一提，像郑、霍二公这样的社会贤达谁去议论议论呢？究竟是以道德学问取士还是靠家族门第升迁，这是封建社会难以解决的一个问题。王维贬官民间，亲身感受到吏治的不公，家族门第、裙带关系构成吏治的腐败，吏治的腐败必然招致政治的腐败，遭殃的是社稷民生。王维对吏治腐败的揭露，击中封建体制的要害。

开元二十一年(733)，张九龄再拜中书侍郎、同中书门下平章事，执行宰相职权。张九龄是唐代名相，又是著名诗人，对同时代诗人多有提携，此时王维又应召入朝做官。《新唐书·王维传》说："张九龄执政，擢右拾遗，历监察御史。母丧，毁几不生。服除，累迁给事中。"作为谏官的王维希望升迁，更希望政治清明，他写了首诗《献始兴公》(张九龄被封为始兴伯)：

> 宁栖野树林，宁饮涧水流；不用食粱肉，崎岖见王侯。
> 鄙哉匹夫节，布褐将白头。任智诚则短，守仁固其优。
> 侧闻大君子，安问党与雠。所不卖公器，动为苍生谋。
> 贱子跪自陈：可为帐下不？感激有公议，曲私非所求！

王维表明了自己的人格坚守：宁愿栖居山林，不愿巴结权贵，即使高洁被人鄙视，也愿当一介布衣。但是政治的清明、百姓的安宁还需要有官吏行政，我论智慧没有什么优长，但愿意持仁义的品格。听说您是大政治家，不搞拉帮结派，不买卖公权，为苍生谋利，所以我愿拜在您的帐下，实现清明的政治理想。至于说到感激，那也不是私人关系，而自有公众评议，绝不谋求个人私利。中年王维仍有一番政治抱负，他想通过清明宰相整饬社会腐败，这是一个有才能的人合乎情理的政治理想。张九龄当政任用贤能，清正廉洁，与朋党政治、内戚专权进行了对抗，朝政确实得到整饬，但他遭到奸党的反对。李林甫奏本“九龄书生，不达大体”，说他是书生意气，不懂政治，不久张九龄被李氏朋党逐出朝廷，贬为荆州长史。这对王维也是个打击，他体验了政治腐败的根深蒂固，此后对朝廷事务产生厌倦，写诗《酬郭给事》：

晨摇玉佩趋金殿，夕奉天书拜琐闱。
强欲从君无那老，将因卧病解朝衣。

给事中是侍从皇帝左右的内官，早晨要朝服玉佩上金銮殿，晚上要捧着奏折拜青琐门。王维说，我欲侍奉君王无奈年事日高，准备称病脱掉朝服避居乡间。政治的腐败挫伤了多少志士仁人的锐气，王维晚年笃信佛教，过着半官半隐的生活，与对政治腐败的失望密不可分。他给堂弟写了一首诗《赠从弟司库员外绿》，总结自己的前半生，写出自己的心路历程：

少年识事浅，强学干名利。徒闻跃马年，苦无出人智。
即事岂徒言，累官非不试；既寡遂性欢，恐招负时累。
清冬见远山，积雪凝苍翠；皓然出东林，发我遗世意。
惠连素清赏，夙语尘外事；欲缓携手期，流年一何逝！

我少年的时候对社会认识不深，也曾积极上进求取功名利禄。正是年轻有为跃马扬鞭的岁数，苦恼自己没有超人的智慧。做事不能全靠空口白牙，做官也不是因为没有考中。官场不能使我放任性情，太随意恐怕辜负了当政的要求。冬日看到远山，白雪凝聚青松，真想退居山林，超然遗世。我羡慕谢惠连(谢灵运之弟)清雅遗世，兄弟俩一起讨论尘世以外的事情。也想暂缓与之携手的日子，可光阴流水时不我待啊，表达了辞官退隐的想法。王维的生活观念悄悄发生变化，虽与年事日高有关，更因看透腐败政治。晚年的王维，终于过起半官半隐的生活，练就一颗禅心。

诗人节操：王维(二)

王维官位不低，曾任侍御史、尚书右丞，虽然主司监察之职，也位至副相，但王维一直是作为诗人行走于宫廷的。他无意政治，政治风浪使王维在宦海中颠簸，他始终保持着诗人品格。张九龄贬官出京，王维受到了压抑；唐玄宗不用张九龄，引发安史之乱；安史之乱王维被擒，他没有屈从叛军的淫威。诗人品格使王维没有被政治风浪吞没，却益加显示了他的高风亮节。

张九龄早就预言安禄山会叛乱，唐玄宗不听忠言，反倒在李林甫、杨国忠的阿谀逢迎之下过着歌舞升平、骄奢淫逸的日子。唐玄宗把张九龄赶出朝廷，安史之乱很快发生了，唐玄宗追悔莫及。安史之乱祸及唐朝由盛及衰，也祸及官员重新洗牌，每个人的命运都遭到战事的冲击，王维也在所难免。《旧唐书》本传说："禄山陷两都，玄宗出幸，维扈从不及，为贼所得。维服药取痢，伪称瘖疾。禄山素怜之，遣人迎置洛阳，拘于普施寺，迫以伪署。禄山宴其徒于凝碧宫，其工皆梨园弟子、教坊工人，维闻之悲恻，潜为诗曰：'万户伤心生野烟，百官何日再朝天？秋槐落叶空宫里，凝碧池头奏管弦。'贼平，陷贼官三等定罪，维以凝碧诗闻于行在，肃宗嘉之。会缙削己刑部侍郎以赎兄罪，特宥之。"安禄山攻陷了洛阳、长安，唐玄宗逃往四川，王维没有来得及跟随，被叛军俘获。攻陷两都的安禄山要庆贺自己的胜利，把长安宫廷的歌舞班子数百人劫往洛阳，准备盛大庆典。安禄山素来赞赏王维的诗乐才能，也把他迁至洛阳，让他继续主持太乐寺。王维吃药拉肚子，又说嗓子暗哑，不肯就职。安禄山在凝碧宫举行庆祝宴会，参加演出的都是以前宫廷的舞乐班子。王维听了悲怆不已，暗中写了一首凝碧诗，对皇宫陷落、百姓离乱深表哀伤。王维被安禄山囚禁于普施寺，僧人裴迪前来探望，王维将凝碧诗念给他听，这首诗传到逃亡的皇帝耳朵里，皇帝深表赞赏。平叛以后，依附安禄山的人根据陷得深浅，分三等定罪，唐肃宗肯定王维凝碧诗表达的忠正刚直、不屈叛贼，加上王维的弟弟王缙请求削官以赎兄罪，王维没有受到处分，只将官职降为太子中允。在席卷中原的安史之乱中，有人选择了附逆，有人选择了起兵，有人选择了沉默，有人选择了逃亡，王维身陷敌手，没有投降，保持了诗人的气节。虽然他是个乐官，不在政治中心，但儒家文化的熏陶，使他选择了忠贞，安禄山授予他官职，他都称病逃避。

肃宗没有惩办王维，很快又擢升他为尚书右丞。王维跻身内阁，他的弟弟王缙也官至宰相，两人成为唐代的文人显宦。王维保持诗人品格，以宫廷乐官的身份行走于朝廷，不擅权揽政，不仗势欺人。他不像宋之问、沈佺期那样阿谀逢迎、曲线求升，他清雅、高洁在朝中特立独行。他利用宫廷乐官的身份，创作了不少诗歌，其中一部分是爱情诗，一部分是边塞诗。这些是宫廷歌舞的需要，又不是单纯的应制之作，诗歌中仍含有情感寄托、社会针砭，依旧是真正的文学创作。

盛唐的东都洛阳繁华昌盛，富家子弟骄奢淫逸。他们宝马香车，青楼酒馆，眠花宿柳，冷淡了家中的娇妻。王维不满意这奢靡生活，写了《洛阳女儿行》：

洛阳女儿对门居，才可容颜十五余。良人玉勒乘骢马，侍女金盘烩鲤鱼。

画阁朱楼尽相望，红桃绿柳垂檐向。罗帏送上七香车，宝扇迎归九华帐。

狂夫富贵在青春，意气骄横剧季伦。自怜碧玉亲教舞，不惜珊瑚持与人。

春窗曙灭九微火，九微片片飞花琐。戏罢曾无理曲时，妆成只是熏香坐。

城中相识尽繁华，日夜经过赵李家。谁怜越女颜如玉，贫贱江头自浣纱。

盛唐的两都繁华昌盛，两都的贵族生活奢侈，荣华富贵之下也掩盖着妇女凄惶的命运。王维的对门就有这样一个少妇。她住画阁朱楼，吃金盘鲤鱼，出门七香车，进门九华帐，可谓享不尽的荣华富贵。但少妇有她的苦恼：丈夫乘玉骢马放浪街头，骄奢淫逸自比晋代石崇（富豪，字季伦）。他混迹于青楼歌妓之中，赠她们珊瑚珍宝，与她们狂歌劲舞，通宵达旦，荒淫无度。这不是一个富二代，就是一个官二代。丈夫放荡青楼，家中的妻子呢，正值青春年少，却枯坐门前。唱个曲子无人欣赏，打扮起来只能孤芳自赏，闲极无聊，到赵家李家串串门，难以排遣孤独。花季少妇，青春旺盛，还不如溪边浣纱的村姑，有人怜爱。

《洛阳女儿行》是一个歌舞的题材，演述了一个贵妇凄婉的爱情故事，对于闲极无聊的贵族男女来说，当然有“票房价值”。但王维不把它当作取悦达官贵人的节目，而是赋予讽喻的社会内容。繁华帝都之中看到奢靡的危机，富贵的婚姻之下看到爱情的悲剧，杰出诗人与宫廷侍御的区别显示出来。洛阳是唐代的东都，武则天的经营使它贵族云集，盛极一时。王维的《洛阳女儿行》表面上描绘都市的繁华景象，实际上透露出豪华生活下的危机。作为宫廷乐舞，王公贵族也许欣赏它的繁华热闹，正直文人看到的却是豪华富贵之下的危机。作为爱情故事，无聊贵妇会流几滴伤心的眼泪；作为女性生存状态，却蕴含了深厚的悲剧内容。假如说它是爱情诗的话，既蕴含了社会悲剧，也蕴含了人生悲剧，王维透过生活，表现了他文学观察的穿透力和人文情怀的悲悯性。腐儒们将这样的诗说成是表达“怀才不遇”，正是出自他们狭隘情怀的“误读”。

《西施咏》也是这样一首诗：

艳色天下重，西施宁久微？朝为越溪女，暮作吴宫妃。
贱日岂殊众，贵来方悟稀。邀人傅脂粉，不自着罗衣。
君宠益娇态，君怜无是非。当时浣纱伴，莫得同车归。
持谢邻家子，效颦安可希！

情与色，一个关系妇女命运和爱情的永恒话题。在这个问题上，历朝历代演出了许多悲喜剧，西施是一个，杨贵妃又是一个。《西施咏》里写的是西施还是杨贵妃？可以说王维在借古讽今。不仅如此，还把她们的遭遇上升为女性的悲剧命运。“汉皇重色思倾国，御宇多年求不得。”在男权社会里，女色尤其是“艳色”成为男权猎取的对象，更成为权势集中者帝王猎取的对象。西施本为溪边的浣纱村姑，一朝被送进吴宫就娇宠无限，这怎不让一起洗衣的邻家女孩“效颦”呢！贵贱殊异，身价陡增，这都是“色”惹的祸，然而西施的命运又何尝不凄凉。这首诗也被前代学者看作怀才不遇的“慨词”，赵殿成《王右丞集笺注》说：“‘贱日岂殊众’二言，古今亟称佳句，然愚意以为不及‘君宠益娇态’二言为尤工。四言之义，俱属慨词，然出之以冲和之笔，遂不觉沨沨乎为入耳之音。”这又是怀才不遇的知识分子的误读。在杨贵妃专宠的年代，这首诗，一方面批评皇上宠爱美色，一方面感叹妇女的悲苦命运。有“艳色”的骤然富贵，就会有“东施效颦”，杨玉环不就是又一个西施吗？在男权社会里，妇女难于掌握自己的命运，王维对妇女（尤其是美女）命运的巨大跌宕表示了困惑，是对人性的深沉思考。

王维的爱情诗是没有爱情的爱情诗，在两性关系上，王维看到的更多是社会历史层面。这恐怕和他自己的爱情生活有关。

王维笃信佛教，丧妻不娶。世传玉真公主倾慕王维才华，后来她也遁入道观，他俩的爱情故事成为今天"猎艳"的影视作品演绎的由头，也算是"天方夜谭"了。《旧唐书》本传说："维兄弟俱奉佛，居常蔬食，不茹荤血，晚年常斋，不衣文彩。……在京师，日饭十数名僧，以玄谈为乐。斋中无所有，唯茶铛、药臼、经案、绳床而已。退朝之后，焚香独坐，以禅诵为事。"又说："妻亡不再娶，三十年孤居一室，屏绝尘累。"王维清净淡泊，并不倾心爱情，《红豆》一诗被人们当作爱情诗来读，并附会出王维和玉真公主的爱情故事，那是一种"时髦"的阐释。

红豆生南国，春来发几枝。
愿君多采撷，此物最相思。

简单优美的诗歌意象，天真纯洁的情感寄托，确实能激发许多爱情想象，但这首诗不是为爱情而写，而是为宫廷乐舞写的歌词。《云溪友议》记载，安史之乱爆发，唐玄宗逃到四川，宫廷音乐家李龟年流落湖南，在湘中采访使举行的宴会上唱了"红豆生南国"和"清风明月苦相思"，满座唏嘘，感慨不已，望着蜀中垂泪，它表明了这些诗歌是宫廷乐舞，唱起来引起人们对往日宫廷盛事的怀念。诗歌根据不同的文化语境、不同的生活情境激发出不同的情感，这是文学鉴赏的一个基本问题。王维的《红豆》在宫廷里作为一般爱情歌曲演唱；李龟年在安史之乱期间演唱，变为对往日宫廷生活的怀念；至于今天附会成王维和玉真公主的爱情故事，那是当代文化语境下迎合观赏趣味的附会。

作为诗人，王维为宫廷演奏写的诗歌不乏社会内容；作为官员，王维参与边塞战事的慰问，也显出诗人的本色。和其他边塞诗人一样，王维的诗歌也体现了盛唐的开拓精神；和其他边塞诗人不同，王维的诗歌有清净淡泊的个人性格。开元二十五年(737)王维作为侍御史奉旨出塞，对河西节度使崔希逸战胜吐蕃进行宣慰，写了《使至塞上》：

单车欲问边，属国过居延。征蓬出汉塞，归雁入胡天。
大漠孤烟直，长河落日圆。萧关逢骑候，都护在燕然。

边疆打了胜仗，王维作为朝廷的使者(时称"典属国")前去慰问。一驾马车驶向边塞，征蓬万里，与飞回北方的大雁并行。"大漠孤烟直，长河落日圆"，一派壮阔的景象，一片开朗的心境！在边关碰到骑马的侦察兵，告知将军(都护)在燕然山下的帐内恭候。没有战争的残酷，没有征人的凄苦，诗歌充满了胜利者的喜悦和宣慰者的闲情。

这是盛唐气象，又是王维风格，从容优雅，欢快明朗。这是诗人的恬淡性格，也与诗人的经历有关。他不像高适、岑参那样，沙场征战，历尽艰辛；也不像李益、钱起那样，处境艰难，悲凉凄楚；他以清净淡泊的心态对待边事，《送元二使安西》也是如此：

渭城朝雨浥轻尘，客舍青青柳色新。
劝君更饮一杯酒，西出阳关无故人。

朝中有人赴安西慰问，长安城外王维饯行，将一首乐府传统名曲《渭城曲》，信手拈来，填上新词。诗歌即景即情，言近旨远，创造了美的意境，表达了真挚的友情。典型的环境、典型的情绪体现了盛唐乐观积极的精神，成为民族文化记忆的一部分。

王维是宫廷诗人，但不是应制诗人，保持了诗人的品格。他不阿谀逢迎，不歌功颂德，写诗必出于个人的诗意感受，又有明显的社会内容，即使爱情诗、边塞诗这类题材，也显示了他的独特品格和诗意创造。诗人就是诗人，不管他在哪个岗位上，诗人节操、诗人襟怀、诗意感受都是诗人品格的体现。

半官半隐：王维（三）

王维年轻时进入宫廷，中间虽有贬谪，但官位日升，历任侍御史、尚书右丞等要职。王维始终不是政治人物，而是以诗人身份活跃于朝廷。安史之乱以后，他过起半官半隐的生活。《旧唐书》本传说："晚年长斋，不衣文彩。得宋之问蓝田别墅，在辋口，辋水周于舍下，别涨竹州花坞，与道友裴迪浮舟往来，弹琴赋诗，啸咏终日。尝聚其田园所为诗，号《辋川集》。"

辋川在长安郊区蓝田县西南20里，依山临水，风景绝佳。有趣的是，唐代两位宫廷诗人宋之问和王维均居住于此。两人的品格截然不同：宋之问阿谀逢迎，为当北门学士，成为武则天的近侍弄臣，不惜降低人格巴结武则天的面首；王维清净淡泊，专心经营诗歌乐舞，也没有与玉真公主"吊膀子"。晚年移居辋川，营造草堂，持斋念佛，在此修行，侍奉母亲。王维田园诗人的面目在辋川得以凸显，这既是天地造化，也是人格生成。

写田园诗需要有田园环境和田园心境，陶渊明如此，王维亦如此。王维隐居辋川，环境优美，心境淡泊，田园诗达到炉火纯青的地步，《辋川集》成了王维风格的典型体现。

山环水绕的辋川，成了王维的诗意栖居地，他与道人裴迪寄情山水，弹琴赋诗，《辋川闲居赠裴秀才迪》是他隐居生活的诗意写照：

寒山转苍翠，秋水日潺湲。倚杖柴门外，临风听暮蝉。
渡头余落日，墟里上孤烟。复值接舆醉，狂歌五柳前。

在寒山苍翠、秋水潺潺的终南山下，王维拄着拐杖，倚着柴门，俨然一个乡村老农。他欣赏着乡村的暮色，“渡头余落日，墟里上孤烟”的诗歌意境荡然于胸。多么优美的生活境界，多么恬淡的内心境界。清净淡泊之中他有几分自得，把这种好心情写出来，赠给自己的好友道人裴迪。他们经常在辋川饮酒赋诗，效法春秋时代楚国的隐士陆通（字接舆），更仰慕归园田居的五柳先生（陶渊明）。有恬淡的心境，才有恬淡的诗歌，真正感受乡村景物的美学内容：远山、近水，意境幽深；柴门、鸣蝉，动静相彰；渡头、落日，色彩鲜明；墟里、孤烟，人气幽静。这一切构成内容丰富、清幽淡雅的农村风情画。苏轼《书摩诘蓝田烟雨图》说：“味摩诘之诗，诗中有画；观摩诘之画，画中有诗。”是对王维艺术成就的深刻体察，也是对中国诗画艺术的美学概括。王维的诗画成为中国古代美学的集中体现，既是盛唐时代造就，也是他儒、道、释精神的融合。

避居辋川，参禅修道，王维几乎成了一个隐士。《山居秋暝》是他的生活世界，也是他的心灵世界：

空山新雨后，天气晚来秋。明月松间照，清泉石上流。
竹喧归浣女，莲动下渔舟。随意春芳歇，王孙自可留。

诗中活跃着一个隐士的形象。他有佛家观看世界的空旷感觉（首联），有道家寄情山水的清净感受（颔联），有儒家诗书画境的生活理想（颈联），有儒、道、释共有的开阔放达（尾联）。有山、有水、有声、有色，而且山、水、声、色都做了动静结合、疏密相间的处理，构成独特的审美境界。这是中国士人理想的生存境界，多少人终生追求而不可得：有的官运不佳，想过安闲生活而没有物质条件（如孟浩然）；有的时运不佳，适逢战乱而颠沛流离（如杜甫）；有的雄心勃勃，不想静心养性（如李白）；有的蝇营狗苟，没有淡泊心境（如宋之问）；而王维既有官，又能隐，可算是"得天独厚"。许多诗人二者求其一而不得，有的"国家不幸诗人幸"，杜甫饱受安史之乱的离乱之苦，却留下一代的"光辉史诗"；有的"命运不幸诗歌幸"，孟浩然终身未仕穷愁潦倒，只有体验农民的场圃生活；有的无心田园，李白"仰天大笑出门去，我辈岂是蓬蒿人"，信心十足，祈求闻达，却为施展抱负而沦落叛军，仕途的坎坷成就了他问天问地问月问人的浪漫诗篇；有的醉心利禄，宋之问巴结女皇，一心想上爬，却因趋附女皇的面首而遭到贬谪。他购置了辋川别墅，却无心安然享受，只能是"近乡情更怯，不敢问来人"；王维买下他的辋川别墅，住得很安然，安然到"人闲桂花落，夜静春山空。月出惊山鸟，时鸣春涧中"。（《辋川集·鸟鸣涧》）到了山空地净、月朗花明的境界。不同的性格造就了不同的人生，不同的人生成就了不同的诗歌。王维半官半隐的生活是中国诗人/士人向往的，但能如此生活和创作双全者却是凤毛麟角。就社会历史来说，能提供这样生活条件的时代不多，恐怕也只有盛唐这样经济发达、社会开放的朝代；就个人条件来说，能有这样胸次荡然、心灵澄澈的人不多。只有王维这样驰骋于官场又不迷恋官场的人，只有王维这样参禅悟道又不迷恋奢靡生活的人，才能有既安逸又恬淡的诗情。王维的诗历代文人评价很高，诗名甚至高于李白、杜甫，大概也是因为这种半官半隐的生活是他们的生存理想，这种禅心淡定的心态是他们的文化追求。

《唐才子传》对王维的评论就很具代表性："维诗入妙品上上，画思亦然。至山水平远，云势石色，皆天机所到，非学而能。自为诗云：'当代谬词客，前身应画师。'"所谓"天机所到，非学而能"，是王维的个性气质和文化人格决定的，这正是许多诗人"可欲而不可求"的地方。

同样一个辋川别墅，宋之闻居住，没有写出清新、淡远的田园诗，因为他阿谀逢迎，攀附权贵，苦心钻营，企求升迁。他没有写田园诗的心态，只有“近乡情更怯，不敢问来人”的卑微心理。王维清净淡泊、空灵豁达，辋川变成诗意的栖居地。诗歌既在现实之中，更在心灵之中。王维的田园诗平易、冲淡、优雅、深远，是诗人内心世界的展示，“天机所到，非学而能”。王维“非学而能”的独特心态，为中国古典诗歌作出独特的贡献。但诗歌毕竟不完全是个人的事情，诗人生活在社会中诗也离不开它的社会性，相比于李白、杜甫，也许更应该欣赏“国家不幸诗人幸”的诗和“命运不幸诗歌幸”的诗。

王维算是善终了。上元二年(761)，王维 61 岁安然辞世。“临终之际，以缙在凤翔，忽索笔作别缙书，又与平生亲故作别书数幅，多敦厉朋友奉佛修心之旨，舍笔而绝。”(《旧唐书》本传)一日，王维忽然觉得要“坐化”了，要来纸笔，先给兄弟王缙写了信作别，又给其他一些亲友写了信作别，然后丢掉纸笔，坦然离世。临终请求以宅为寺，即后之清凉寺，完成他持斋奉佛的心愿。王维信佛，一生基本平安无事，作为人来说，可算功德圆满了；作为诗人来说，没有更多触及社会矛盾，似乎又有些缺憾。读其诗，观其人，不同的人也就有不同的所得了。

太白谪仙：李白（一）

在中国古代的诗人中，李白算是一个"异类"。他没有那么多忠君爱国的儒家思想，却有着醉心功名的入仕热情；他没有那么多归园田居的隐逸超脱，却有着诗酒相从的豪放旷达；他没有多少高官显宦的政治经历，却有着朝野瞩目的特殊地位；他没有多少政治打击的徒流生活，却有着突然降临的杀身之祸，如此等等。总之，他没有陷入古代诗人隐与显的生活怪圈，保持了诗人的独特个性；他没有进入政治的核心地位，政治却又总来找他，最终还是陷入政治的漩涡几遭灭顶之灾。他不像屈原，不像杜甫，不像苏轼，不像陆游，也不像那些宰相诗人，不像那些应制诗人。或者说，他不是中国传统文化熏陶出来的诗人，却离不开传统文化的基因；他不像一个中国传统的文化符号，却又加入了中国的文化传统；诗的精神在李白身上有更集中的体现，在儒家文化为主流的中国，李白对中国诗史作出了独特的贡献。以下几篇短文将通过李白生活的几个关节点以及他的诗篇，透视一下这个独特诗人的文化人格。

正因为李白是中国文化的一个独特现象，正史有记载，民间有传说。因为独特，才有传说；因为传说，才愈加独特，民间传说塑造了李白的独特形象。因为非凡，正史也有记载。正史记载描述了他丰富的人生。正史也好，传说也好，都是李白独特的文化性格与现实的碰撞产生的独特事件，它们交叉起来产生一些文化想象，成就了李白的诗人形象。

李白这名字就有些神奇。在中国他无人不晓，却很难找到他的根，似乎他是一个天外来客。李白的出生地就是一个大问题。关于李白的出生地历来众说纷纭，诸家做了许多考证，归纳起来有四说：一是“山东”，二是蜀中，三是长安，四是碎叶。《旧唐书·文苑传》《新唐书·文艺传》都有李白的传记，《唐才子传·李白》称：“李白，字太白，山东人。”这里的山东不是具体地名而是地域划分，秦汉时期称华山、崤山以东的地区为山东，五代时期称太行山以东的地区为山东。因为正史有记载，李白籍贯常沿袭山东说，不过也还有蜀中说、长安说。今人多以为李白出生于西域，郭沫若的《李白与杜甫》考证“李白出生于中亚碎叶”，即中亚伊塞克湖西北的碎叶城，李白五岁随经商的父亲李客入蜀，开始研习中原文化。生于碎叶，符合李白的文化性格。李白既有胡人血统，又有商人精神，进入中原以后又接受了儒家文化的影响，儒、道、释的杂糅，乃至胡人的骁勇、狂放、个性解放，构成李白“异类”的文化人格。

也许李白不愿显示他文化基因的“根”，也许李白急于融入中原文化而故意隐讳自己的出身，他不像其他文人一样开口故乡，闭口“郡望”，李白对自己出生也闪烁其词。中西文化中都有许多“创世记”的传说，把那些不易解决的“先有鸡还是先有蛋”的问题交给传说。李白的出生也是如此。《新唐书》本传说：“白之生，母梦长庚星，因以命之。”范传正《李公新墓碑》说：“先夫人梦长庚而告祥，名之与字，咸取所象。”李冰阳《草堂集序》说得更具体：“惊姜之夕，长庚入梦，故生而名白，以太白字之。世称太白之精，得之矣。”就是在当时和稍后为李白立传的日子里，人们都承认李白是太白金星下凡。太白星又称长庚，李白的母亲夜梦太白金星而怀孕，生下儿子取名李白，字太白。在人们心目中，李白是天上星宿下凡，得太白之精，后来称之为谪仙。从以上记载中看出，李白是天上星宿下凡的说法，李白在世时已广为流传，并且得到认可。从公众方面来讲，因为李白是奇才，所以说他是星宿下凡；从文化方面来讲，中国土地上没有李白性格的根，李白也愿意接受这样的传奇故事。不管是李白杜撰的，还是民间想象的，太白谪仙的传说符合李白文化性格的独特性，符合李白诗歌创作的独特性：天马行空，浪漫飘逸，非人非仙，非儒非禅，而什么又都沾点边。

带着胡人文化的血统，李白随父进入蜀中。强大的中原文化向一个海绵似的少年灌输，李白"十岁通五经，自梦笔头生花，后天才赡逸"。(《唐才子传》)"十岁通五经"，是现实的，李白受儒家文化影响；"自梦笔头生花"，是想象的，李白有道家文化的仙气。少年李白，击剑任侠，轻财重义，性格狂放。

开元十三年(725)，李白出蜀。他经三峡，历洞庭，游襄阳，下扬州，25岁的李白开始了名山大川的云游。正是激情满怀、才华初现之时，李白开始了他的诗歌创作，《蜀道难》就是他风格的体现。

李白自蜀中来到长安，深知蜀道的艰险。适逢一个朋友要去四川，他写了《蜀道难》，向朋友讲述蜀道的艰险。李白的诗歌道路也像《蜀道难》一样铺展开来，雷霆万钧，惊险奇崛，天上地下，无所不达。

> 噫吁戏，危乎高哉！蜀道之难，难于上青天！
>
> 蚕丛及鱼凫，开国何茫然。尔来四万八千岁，不与秦塞通人烟。
>
> 西当太白有鸟道，可以横绝峨眉巅。地崩山摧壮士死，然后天梯石栈相钩连。
>
> 上有六龙回日之高标，下有冲波逆折之回川。

诗中儒、道思想皆有体现。儒家相信此岸世界，"蚕丛及鱼凫，开国何茫然"，蜀国的开国历史得到确认，但依旧久远难辨，带有巨大的传说性质。“地崩山摧壮士死”说的是相传秦惠文王答应下嫁五个女儿给蜀王，蜀王派五个力士前去迎娶，返回途中遇一大蛇钻进山洞，五力士扯住尾巴拼命往外拉，山崩地裂，力士和五女均被压死，后成为五座山，即“五岭”。传说又超越了儒家的现实认识，展现了充分的浪漫想象。道家相信天人合一，“上有六龙回日之高标”是太阳神的传说，羲和驾着六龙拉的车子载着太阳神每日从东向西巡游，经过秦岭最高峰“高标”。李白在自然与想象、神话与现实、历史与未知中穿行，显示了天马行空的激情。接下来是诗人对蜀道难的描写：

黄鹤之飞尚不得，猿猱欲度愁攀援。青泥何盘盘，百步九折萦岩峦。

扪参历井仰胁息，以手抚膺坐长叹。

青泥岭上，百步九折，环绕山峦，飞鸟畏惧，猿猴难攀，人在其间可以摸着天上的星星，不得不抚胸长叹。下边李白以对入蜀（西游）者劝说的口气描写蜀道难。这些描写用的是亲历者的视角，虽然有着现实性，仍然充满浪漫想象：

问君西游何时还，畏途巉岩不可攀。

但见悲鸟号古木，雄飞雌从绕林间。又闻子规啼月夜，愁空山。

蜀道之难，难于上青天！使人听此凋朱颜。

连峰去天不盈尺，枯松倒挂倚绝壁。飞湍瀑流争喧豗，砯崖转石万壑雷。

其险也如此，嗟尔远道之人胡为乎来哉！

一夫当关，万夫莫开。所守或匪亲，化为狼与豺。

朝避猛虎，夕避长蛇，磨牙吮血，杀人如麻。
锦城虽云乐，不如早还家。
蜀道之难，难于上青天！侧身西望长咨嗟。

李白写蜀道难从神话传说起，到现实观察止，天、地、星、月、山、水、谷、岩、松、林、鸟、兽、虫、鱼，无所不及，它们都围绕一个“险”字，展开了生存的挣扎，穿越的艰险，既劝说入蜀者慎行，又有亲历者战胜艰险的豪迈情怀，处处彰显了诗人的浪漫激情和向上精神，确定了李白诗的格调。《蜀道难》的句子长短和韵脚疏密都很自由，显示了李白诗歌没有什么传统的拘束。

游历了长江两岸，李白到达长安。此时李白30岁，他意气风发，潇洒飘逸，立刻名满京师。孟棨《本事诗》把他列为“高逸”之人：“李太白初自蜀至京师，舍于逆旅。贺监知章闻其名，首访之。既奇其姿，复请所为文。出《蜀道难》以示之。读未竟，称叹者数四，号为谪仙，解金龟换酒，与倾尽醉，期不间日，由是称誉光赫。贺又见其《乌栖曲》，叹赏苦吟曰：‘此诗可以泣鬼神矣。’”李白在长安，住在旅馆中，时任秘书监长官的贺知章前去拜访。贺知章看他神情飘逸，请他拿出诗文来看。李白递上《蜀道难》，贺知章没有看完就赞不绝口，说他对蜀道的描写太神奇、太奇崛了。贺知章称李白为谪仙，从腰间解下配饰金龟，换酒畅饮。自此几乎天天见面饮酒，他们俩成为长安城里“酒中八仙”的主要角色。贺知章把他介绍给崔宗之、玉真公主等名流显宦，李白也因贺知章的举荐，名重长安。

长安宦游的李白，轻财好义，狂放无羁，日与文友出入于茶楼酒肆，饮酒赋诗。一日酒酣耳热，李白感到求官无路，才华难展，不禁怅然慨然，起立吟诵道：

金樽美酒斗十千，玉盘珍馐直万钱。停杯投箸不能食，拔剑四顾心茫然。

欲渡黄河冰塞川，将登太行雪满山。闲来垂钓碧溪上，忽复乘舟梦日边。

行路难！行路难！多歧路，今安在？

长风破浪会有时，直挂云帆济沧海。

李白在长安看到那些纨绔子弟，终日斗鸡走狗，骑马飙车，而那些有才能有抱负的人得不到重用，不免心怀不平，感叹《行路难》。自己的仕途如同黄河冰塞、太行暴雪一样“行路难”。退隐垂钓吧，又有姜太公获得重用的理想所吸引，期待出山。李白满腹惆怅，愤愤不平，但是李白十分自负，相信终有出头之日，“长风破浪会有时，直挂云帆济沧海”，到那个时候，艳阳高照，扬帆远航，该是怎样一副浪漫豪迈的景象！李白就如《将进酒》写的那样，“五花马，千金裘，呼儿将出换美酒”地潇洒着，“高堂明镜悲白发，朝如青丝暮成雪”地惆怅着，“天生我材必有用，千金散去还复来”地自信着，长安宦游，半醉半醒，终究没有获得一官半职。

李白一直等着“直挂云帆济沧海”的日子，等了10年，这一天终于到来。天宝元年(742)，李白得到朝廷的征召。他已经42岁了，但仍高兴得跟个孩子一样，写了《南陵别儿童入京》：

白酒新熟山中归，黄鸡啄黍秋正肥。呼童烹鸡酌白酒，儿女嬉笑牵人衣。

高歌取醉欲自慰，起舞落日争光辉。游说万乘苦不早，着鞭跨马涉远道。

会稽愚妇轻买臣，余亦辞家西入秦。仰天大笑出门去，我辈岂是蓬蒿人。

李白从山中归来，得到朝廷征召的消息，欣喜若狂。白酒刚刚酿好，黄鸡养得正肥，赶紧呼唤儿女杀鸡，斟酒，醉酒高歌，手舞足蹈，一直舞到太阳西下。妻子对他疯疯癫癫狂喜不以为然，告诉他甭抱太大幻想，他大骂妻子，你别当轻视贫贱朱买臣的愚妇。儿女听说父亲要到朝中做官了，高兴得拽着父亲的衣服欢笑，李白得意癫狂："仰天大笑出门去，我辈岂是蓬蒿人。"李白功名心切，表现得那么单纯，甚至引用了朱买臣休妻的典故，申斥妻子。《汉书》载，朱买臣家贫，好读书，常以砍柴卖柴为生。他挑着柴担还诵读诗书，老婆骂他，你个穷酸，还想一步登天！朱买臣放歌路上，愈加欢畅。老婆自觉脸上无光，要求离婚。朱买臣说："我年五十当富贵，现在已经四十多了，你再苦等数载，等我富贵了再报答你。"他老婆愤怒了："像你这样痴呆，我早晚饿死在山沟里，还说什么富贵！"于是离他而去。后来朱买臣高中还乡，老婆跪在马前要求复婚。朱买臣命人取来一盆水，让老婆泼在马前，然后问，泼出去的水能收回来吗？妻子无言以对，朱买臣休掉妻子，惩戒这不仁不义之人。朱买臣是一个浸透忠孝节义思想的腐儒，李白还以他为榜样，在求取功名方面实在是未能免"俗"。

作为"太白谪仙"，李白不食人间烟火，不懂政治险恶，不解人性复杂。到朝中做官，也会在官场栽跟头。玄宗皇帝给他个内廷供奉的职务，替皇上写诗作赋，供皇上歌舞享乐。李白傲得不得了，让杨贵妃研墨、高力士脱靴，得罪了权贵，不久便"赐金放还"，皇上给他好多钱，让他浪游去吧。

李白毕竟是"谪仙"，在官场上他不谙世事，在诗歌中他自由驰骋。

李白被放逐以后，曾较长时间居住在池州秋浦，即今安徽池州市贵池区。李白写了《秋浦歌》十七首，显示了他是个诗仙。其二曰：

秋浦猿夜愁，黄山堪白头。青溪非陇水，翻作断肠流。
欲去不得去，薄游成久游。何年是归日，雨泪下孤舟。

李白还做着当官的梦。黄山是天下名山，李白无心欣赏，看到黄山还处处是个“愁”。他被从朝廷中赶了出来，好山水也无法使他赏心悦目。听到猿猴黑夜里叫，愁得令人心碎，连黄山郁郁葱葱的树木都像是人白了头发。这里的青溪不是西北的陇水，官场的失意使它翻作断肠的水流。西望长安，欲去不得，短期的云游虽是好事情，这次却成了流放。何年何月才能重返京城？我眼泪成雨，只好乘着小船漂流。诗意倒也实现，诗象倒也精到，诗情倒也浪漫，但情感的核心是一个去官以后的“愁”字。这“愁”字到了《秋浦歌》之十五就更为鲜明：

白发三千丈，缘愁似个长。
不知明镜里，何处得秋霜。

白发到了三千丈，什么愁能有如此之长？对着镜子照一照，不知不觉头上挂满了秋霜！黄山瀑布那样壮观的景物，到了李白眼里也成了“白发三千丈，缘愁似个长”。仕途失意，抱负不得施展，李白“愁”成这个样子。千百年来，人们得意扬扬地吟诵着这些诗句的时候，有谁能体会到李白的“愁”，且“愁”得如此严重呢？李白创造了诗歌形象，如何理解，就靠个人自身的境遇了。李白已经从个人思绪，上升为审美表现了，这种审美表现可以达到文化人类学的普遍意义。法国存在主义文学认为，人的生存就是一场苦难，人无法克服自由追求与生存条件之间的矛盾，所以人产生生存的荒诞感、苦难感、焦灼感。这种生存状态用李白的诗歌来表达，就是“白发三千丈，缘愁似个长”。李白没有写何时何地何事的“愁”，人们把它上升到人类生存状态的“愁”，未尝不可达到阐释学上的新义。李白苦闷变为诗歌“把酒问月”，追问人的生存价值，更从现实困惑转向生命存在。

李白毕竟是诗仙，他能将个人的情绪转化为诗意的存在。李白被“赐金放还”，东游齐鲁，到达山东金乡，遇到姓韦的朋友要回长安，又激起他复杂的情感，写了《金乡送韦八之西京》：

> 客从长安来，还归长安去。狂风吹我心，西挂咸阳树。
> 此情不可道，此别何时遇？望望不见君，连山起烟雾。

韦姓朋友从长安来，又回长安，我呢，也从长安出来，何时能回长安？“狂风吹我心，西挂咸阳树。”李白虽然被赶出京城，但心还挂在咸阳的树上。李白的心情是复杂的：皇上说是看重我，实际是讨厌我，说是“赐金放还”，实际是逐出京城。怨恨皇上，不敢；期待回京，不得。韦姓朋友从长安来又回长安去，李白触景伤怀，自己回长安的日子渺茫无期，此处一别不知何时见面。看着你的身影渐渐消失在远方，只有山影绰绰，雾气弥漫。李白还渴望回朝廷任职，“狂风吹我心，西挂咸阳树”，诗成为名句，人们很少追究诗人是在何种境况、何种心情下写出的，如同“白发三千丈，缘愁似个长”一样，人们诵读、感受，但未解其人，也就未解其诗，只是根据自己的处境加以附会。这虽然是文学阅读中的经常现象，但不能了解其人，也就很难了解其诗。人生元本一首诗，诗里总活跃着其人，只有既读诗，又读人，才能更好地体味诗歌，体味人生，也塑造自己的人生。

李白毕竟是诗仙，他将自己的命运遭际、思想情感，经过对现实物象的审美体验化为诗歌，上升为人类共同的审美体验，这是诗人职责，也是诗人的光荣。太白金星，就是上天赐予人们的一个“谪仙”，他是诗仙，也是酒仙。

内廷供奉：李白(二)

天宝元年(742)冬季，李白第二次入长安，受到唐玄宗的接见。这次接见非常隆重，唐玄宗以盛大礼节相待。《新唐书》本传载："召见金銮殿，论当世事，奏颂一篇。帝赐食，亲为调羹，有诏供奉翰林。"范传正《唐左拾遗翰林学士李公新墓碑》记述更加详细："天宝初，召见于金銮殿。玄宗明皇帝降辇步迎，如见园、绮。论当世务，草答蕃书，辩如悬河，笔不停缀。玄宗嘉之，以宝床方丈赐食于前，御手和羹，德音褒美，褐衣恩遇，无比前俦。遂直翰林，专掌密命。"李白诗名远扬，唐玄宗也如雷贯耳，这次又是道士吴筠和玉真公主推荐，唐玄宗摆出礼贤下士的姿态。他下车高迎，延至皇宫，赐以酒宴，亲自调羹，优礼有加。唐玄宗与李白讨论国家大事，又让李白草拟答少数民族的书信，李白应对自如。唐玄宗非常高兴，当即授予李白翰林学士，掌管内廷文墨。

李白当翰林供奉，是个近臣，为皇帝起草诏命，写诗度曲。唐明皇如此礼遇李白，诗人地位可谓显赫了。唐明皇为自己的盛世添了一抹亮色：一可为朝廷装点门面，二可陪皇上歌舞饮宴，三也显示朝廷重视人才。其实这个翰林学士是个虚职，李白也只是个摆设。皇上对李白宠惠有加，李白也没有因此失去诗人的本色，他依然恃才傲物，狂放不羁。《旧唐书》本传载："白既嗜酒，日与酒徒醉于酒肆。玄宗度曲，欲造乐府新词，亟召白，白已醉卧酒肆矣。召入，以水洒面，即令秉笔，顷之成十余章，帝颇嘉之。尝沉醉殿上，引足令高力士脱靴，由是斥去。”李白嗜酒成性也好，藐视权贵也好，或者二者都有，他经常在酒馆里喝得酩酊大醉。皇上举行歌舞晚会，找李白作诗填词，他还在酒馆里醉得不省人事。太监把他拉回宫廷，用冷水泼到脸上，李白醒来，提笔写成十余章歌词，皇上十分高兴。皇上不加罪李白，实际是把他当个弄臣取乐。唐明皇安于繁华富庶，耽于声色犬马，李白这样一个假疯子、真诗人，拿来开开心是不错的；唐明皇又是个信赖权臣宦官、宠幸爱妃女色的享乐皇帝，李白触动了这些人的权威，就不能容忍了。关于“由是斥去”，《新唐书》记载更为详细：“白尝侍帝，醉，使高力士脱靴，力士素贵，耻之，摘其诗以激杨贵妃，帝欲官白，妃辄沮之。”李白让高力士脱靴、杨贵妃研墨，他们哪里肯忍受这样的轻蔑！高力士摘出李白的诗句，说是讽喻杨贵妃的，皇上要给李白封官，杨贵妃说他坏话。

李白的《清平调》三首，是为唐玄宗、杨贵妃歌舞饮宴作的歌词，《李太白全集》《清平调》三首的注释对此有详细的说明。开元中，宫廷盛行木芍药即牡丹，唐明皇得数棵红紫、浅红、通白等珍贵品种，命人移植于兴庆池东沉香亭前。春天恰逢牡丹盛开，唐明皇乘着月色，拥着妃子，雅兴非常，下诏选梨园弟子中色艺双绝的十余人，花前歌舞。李龟年是名重一时的音乐家，手捧檀板，带领歌伎，准备演唱《清平乐》。皇上说：“赏名花，对妃子，怎么能唱旧词？”于是用金花笺下诏，让李龟年拿上去找翰林学士李白，让他马上写出《清平乐》歌词三章。遍找长安夜市，李白正醉卧酒家，见皇上命填牡丹歌词，援笔写就。李龟年捧着歌词进上，唐明皇命梨园歌伎根据曲调略加准备，就亲自调起丝竹管弦，歌唱起来。杨贵妃持玻璃七宝杯，酌西凉葡萄酒，进献皇上，自己也边唱边舞。每唱完一曲，杨贵妃故意拖长音调，以显其娇媚。皇上非常高兴，自己吹着玉笛，踏其舞步，好不欢快痴迷。

皇上妃子唱得忘乎所以，高力士却在李白的歌词中挑出了毛病，成了构陷李白的口实。《清平乐》第一首写道：

云想衣裳花想容，春风拂槛露华浓。
若非群玉山头见，会向瑶台月下逢。

多美的歌词啊！既赞牡丹花，又赞杨贵妃，牡丹一枝花带露，仙女下凡舞春风。应制之作，逢迎之词，花人合一，天衣无缝，把霓裳羽衣赋予贵妃佳人，把唐室宫廷比作瑶台仙境，唐明皇非常高兴。这第二首呢：

一枝红艳露凝香，云雨巫山枉断肠。
借问汉宫谁得似，可怜飞燕倚新装。

李白把杨贵妃比作出水芙蓉，凝香带露，娇艳欲滴，与君王欢爱浓情，但用了巫山云雨表达春光短暂，祸福无常，而且说到宠妃赵飞燕，就触犯了忌讳。赵飞燕是汉成帝的皇后，以身轻腰细深得皇帝宠爱，后平帝即位，被废为庶人。唐诗常以“汉宫”替代“当朝”，高力士便说，李白在以赵飞燕暗喻杨贵妃，讽刺她轻佻误国。高力士这样深文周纳，也未尝没有说服力。再看第三首：

名花倾国两相欢，长得君王带笑看。
解释春风无限恨，沉香亭北倚阑干。

这第三首也将牡丹与杨妃互相映衬，讨得君王喜爱非常，沉香亭边及时行乐，消除了帝王后妃的相思之苦。但“无限恨”也可以说是三宫六院的“上阳白发人”，失宠含恨，无限期待，只能在歌舞现场倚着栏杆惆怅怨愤。说杨贵妃专宠，后妃们失意，杨贵妃自然不喜欢。

三首歌词皆以花喻人，盛赞杨贵妃雍容华贵，国色天香，与皇上春夜宴饮，欢情无限，但高力士深文周纳，说是李白含沙射影，辱没贵妃娘娘。

高力士说《清平乐》第二首这"云雨巫山"，是说欢情不长。传说巫山是帝女居住的地方。宋玉《高唐赋》说：玉皇大帝的小女儿，名叫瑶姬，还没出嫁就死了，封于巫山之台，精魂化为仙草灵芝。巫山神女与楚襄王幽会，旦为行云，暮为行雨，朝朝暮暮，阳台之下。"巫山云雨"暗喻男女性事，而且是"露水夫妻"，短暂偷情，拿这说杨贵妃与唐明皇的爱情，自然有辱圣尊。高力士有深厚的古代文化知识，他还说"云雨巫山"暗含杨妃宫闱秘事。《高唐赋序》说神女尝荐先王之枕席矣，后襄王缠绵幽会，这不是与老王、新王两代人乱伦吗？这又揭了杨贵妃的疮疤。杨贵妃曾为寿王妃，后为唐明皇占有，寿王未能忘情，是"枉断肠"。俗话说"打人别打脸，揭人别揭短"，照高力士的说法，李白不仅揭了杨贵妃的短，还捅到她的痛处，杨贵妃自然对李白恨之入骨。这是高力士的构陷。李白虽然倨傲不恭，但没有必要在应制写诗时以宫闱秘事加以讥讽，这批逆鳞的做法，不是愚妄之极的人当不为此。李白不一定有隐喻讥讽之意，但高力士有挟嫌报复之心。李白狂放、倨傲，让高力士脱靴，让杨贵妃研墨，这些宠幸非常的人，就要伺机报复。唐李濬编的《松窗杂录》对此做了描述：杨贵妃再唱李白的《清平乐》时，高力士问，人们说妃子对李白恨入骨髓，何至于如此呢？太真妃说，翰林学士辱没于人竟到了这个地步。高力士添油加醋说：不错。他以赵飞燕指妃子，又说云雨无常，是辱没贵妃无以复加。李白不把杨贵妃放在眼里，杨贵妃也不把李白放在眼里，在唐明皇身边吹了枕头风，李白被"赐金放还"。李白第一次为官的经历，就此结束。

李白被放逐，云游四方，依旧狂傲不羁。他到了华山，适逢县官开衙审案。李白骑驴从衙门前大摇大摆地经过。这简直是蔑视县太爷的权威，衙役把他拉进大堂。县官非常愤怒，说，你是何人？竟敢如此无礼。李白说，我无姓无名，曾经龙巾拭吐，御手调羹，力士脱靴，贵妃捧砚，天子殿前尚容我走马，华阴县里容不得我骑驴？县官知是李白，下得堂来，以礼相待。

李白“赐金放还”，周游全国，曾在今安徽宣城、江苏南京逗留，纵情诗酒，歌舞狎妓，《玩月金陵城西孙楚酒楼，达曙歌吹，日晚乘醉著紫绮裘乌纱巾，与酒客数人棹歌秦淮，往石头访崔四侍御》，叙述他在金陵歌舞狎妓的生活：

昨玩西城月，青天垂玉钩。朝沽金陵酒，歌吹孙楚楼。
忽忆绣衣人，乘船往石头。草裹乌纱巾，倒披紫绮裘。
两岸拍手笑，疑是王子猷。酒客十数公，崩腾醉中流。
谑浪棹海客，喧呼傲阳侯。半道逢吴姬，卷帘出揶揄：
我忆君到此，不知狂与羞。月下一见君，三杯便回桡。
舍舟共连袂，行上南渡桥。兴发歌绿水，秦客为之摇。
鸡鸣复相招，清宴逸云霄。赠我数百字，字字凌风飙。
系之衣裘上，相忆每常谣。

昨天在西城赏月，青天垂下白玉钩；今朝畅饮金陵酒，舞乐狂欢孙楚楼。忽然想到在衣服上绣字的歌妓，便叫船家驶往石头城。醉里乌纱粘草，裘袍倒穿，拍手狂癫，放声大笑，惹来秦淮岸边的人围观。十来个酒徒狂客在船上又唱又笑，闹翻了一条秦淮河。岸上与自己相知的歌妓，卷帘笑话他：你还是个诗人呢，到我这里来，狂放得不知害羞。月下对饮，喝了三杯，便猴急猴急地拉我上船；没走多远，又猴急猴急地拉我上岸，醉里求欢。一路上见水唱水，见楼唱楼，心旌摇荡，衣衫颠倒。天明以后，重新开宴，你赠我数百字的诗篇，字字都凌空飞舞。我绣在衣服上，时时歌唱，为了常常想起你。你不是找绣衣人吗，我就在你身边了，但愿终日歌舞，诗酒相随。李白被放逐后，在秦淮河上歌舞狎妓，狂放不羁，宣泄他的不平与苦闷。

李白还没有泯灭积极向上、有所作为的雄心。到了秦淮河上他歌舞狎妓，放浪诗酒；到了谢朓楼上，他又缅怀先人，文思清发。这天他在谢朓楼饯别朋友，写诗表达他的苦闷《宣州谢朓楼饯别校书叔云》：

弃我去者，昨日之日不可留；乱我心者，今日之日多烦忧。
长风万里送秋雁，对此可以酣高楼。
蓬莱文章建安骨，中间小谢又清发。
俱怀逸兴壮思飞，欲上青天揽明月。
抽刀断水水更流，举杯销愁愁更愁。
人生在世不称意，明朝散发弄扁舟。

谢朓楼在安徽宣城，为纪念南齐诗人谢朓而建。在以诗人命名的名楼上，文人的惜才之情油然而生。李白向朋友叔云吐露他的心声：去日多多，往事难以言说；来日方长，忧烦无法排解。蓬莱仙阁，秘籍繁多，建安诗歌，风骨遒劲，间以小谢（谢朓），诗歌清奇，迁客骚人都在实现自己。他们豪情洋溢，神思飞扬，欲上青天揽明月，可是我呢，浪迹天涯，壮志难酬，抽刀断水水更流，借酒消愁愁更愁。自己的抱负没法实现，不如披发跣足乘舟归隐。谢朓楼上李白写了不少诗，既对眼前的友人说话，又对逝去的诗人说话，表达了一个文人无从施展抱负的苦闷。

“人生得意须尽欢，莫使金樽空对月”，是李白情怀的一个方面。在狂放人生中，他兴致勃勃，尽情享乐，这是在“得意”之时。“人生在世不称意，明朝散发弄扁舟”，是李白内心的另一方面。在仕途坎坷时，他放荡不羁，浪迹山水，这是在“失意”之际。李白在这种矛盾之中摇摆，却始终没有失去一个诗人的姿态，他的创作也就无限丰沛。李白不失诗人的角色，却又无法摆脱飞黄腾达的“野心”，一有机会就想大展宏图，以至后来参与永王璘起兵，差点招来杀身之祸。

夜郎流徒：李白（三）

朝辞白帝彩云间，千里江陵一日还。
两岸猿声啼不住，轻舟已过万重山。

这是千百年来中国人脱口而出的诗篇，可有多少人知道它背后艰险的人生历程。它意境优美，节奏欢快，人们总以为这是一首欢乐的歌，其实它是李白在生命险恶的时刻写的。此时李白是个囚犯，差点因反对皇上而获死罪，因为名气大，才流放夜郎。这是李白功名心切“站错队”的结果。

李白诗名震天，被唐明皇召进大明宫，君前歌舞饮宴，好不自在逍遥。不过他只是皇上的御用文人，写写歌词，配配乐舞，是与杨贵妃、高力士差不多的玩物弄臣。这当然不是李白的政治理想。他蔑视杨贵妃、高力士之流，自己怎么能和他们等同一般呢！但杨贵妃、高力士对皇上有着巨大的影响力，耳边风还是很厉害的，唐玄宗便以“赐金放还”的形式将李白赶出皇宫。

李白知道这是政治上的打击，但还是功名心不死。他唱道：

我本楚狂人，凤歌笑孔丘。
手持绿玉杖，朝别黄鹤楼。

五岳寻仙不辞远，一生好入名山游。
庐山秀出南斗旁，屏风九叠云锦张，影落明湖青黛光。
金阙前开二峰长，银河倒挂三石梁。
香炉瀑布遥相望，回崖沓障凌苍苍。
翠影红霞映朝日，鸟飞不到吴天长。
登高壮观天地间，大江茫茫去不还。
黄云万里动风色，白波九道流雪山。
好为庐山谣，兴因庐山发。
闲窥石镜清我心，绿萝开处悬明月。
早服还丹无世情，琴心三叠道初成。
遥见仙人彩云里，手把芙蓉朝玉京。
先期汗漫九垓上，愿接卢敖游太清。

李白离开京城之后，写了这首《庐山谣寄卢侍御虚舟》。卢虚舟是他的同僚、还在长安御前侍奉唐明皇，李白却被逐出朝廷。他有多少心里话需要倾诉，就借庐山的景物一抒情怀。诗里的心情是矛盾的：一方面表明他胸怀大志，连孔子都不放在眼里，一方面道出他壮志难酬，如今只能寄情山水。离开长安，李白寄居庐山，庐山景色壮美，山奇水幽，激起成仙入道的念头，这是一种无奈。李白宽慰自己，还不如早服仙丹，摒绝世事，瀑布青石上弹琴唱歌，修仙得道。他想到卢敖。卢敖是秦始皇时的“博士”，上通天文，下知地理，秦始皇让他去求访神仙，以求长生不老之术。卢敖游于北海，经乎太阴，达到玄阙，进入神仙天地，见一高士，深目玄鬓，宽肩长臂，迎风起舞。卢敖上前拜谒，说：我背群离党，云游天外，难道不能成仙吗？仙人避而不答，举臂耸身，飞入汗漫九霄。李白引用这个典故，表达他自己也想和卢敖一样成仙得道，羽化升天。这是一种排解，一种无奈，也是一种失意后的激愤。

李白“赐金放还”之后，住在庐山，暂慰他“五岳寻仙不辞远，一生好入名山游”的情怀。他登山临水，庐山的奇山异水激起诗人的浪漫情怀，“可上九天揽月，可下五洋捉鳖”，诗人的奇伟想象、诗人的心灵寄托为庐山的一山一水涂抹上奇幻的色彩。香炉峰上，紫气东来，云蒸霞蔚；三叠泉下，仙人起舞，彩袖飘飞——一幅天上人间交互映衬的画面。李白挥毫泼墨，如江河直下：

日照香炉生紫烟，遥看瀑布挂前川。
飞流直下三千尺，疑是银河落九天。

——《望庐山瀑布》之二

庐山峰峰比肩，节节攀高，五老峰是其中的“长者”。它们耸立于云雾之中，长髯飘洒，是五个遗世独立的仙人，李白想效法他们羽化登仙。

庐山东南五老峰，青天削出金芙蓉。
九江秀色可揽结，吾将此地巢云松。

——《望庐山五老峰》

李白想做庐山一老，餐云饮露，遗世独立，过他道家的生活，但不久这个遗世独立的想法就被打破了。人想遗世独立，世不肯独立遗人，李白终于又被裹挟进一场大的事变——安史之乱。

安史之乱不仅裹挟进唐玄宗的君臣、后妃，也裹挟进盛唐时期士卒、百姓，成为唐朝由盛到衰的转折点。

唐明皇利用封建社会上升时期创造的物质财富，恣意享乐，歌舞升平。他与杨玉环等后妃们终日宫廷淫乐，不思国家安危，朝政被奸相李林甫、杨国忠把持。天宝十四年(755)十一月，安禄山以清君侧为名，起兵范阳。耽于安乐的唐朝上下刀枪生锈，甲衣腐朽，弓解不开套，剑拔不出鞘，自然兵败如山倒。安禄山很快攻下东都洛阳、西都长安，把中原拖入一场八年的战乱。战乱使人口减少一半，遍地荒野，李白感叹“白骨成山丘，苍生竟何罪”。有罪的是唐明皇，他仓皇逃往四川，途中让位于太子李亨。李亨于灵武即位，改元至德，号为肃宗。

唐玄宗把烂摊子交给李亨，李亨也难以控制局面，一方面要对付安禄山、史思明军队的进攻，一方面又担心皇室内部争权夺位。失去控制局面能力的肃宗李亨，只好采取“制置”的办法，让诸王各霸一方，各自为战。永王李璘势力扩大，成为肃宗皇位的潜在威胁。

永王李璘在长江中下游起兵，抗击安禄山，派人再三请李白出山。永王璘的楼船到达九江，派谋士韦子春说服李白。

幽静的山村里，李白一家人杀鸡备酒招待韦子春。韦子春说，先生乃太白谪仙，诗名震天；先生有经世之才，御前草诏挥笔立就。当今叛贼横行，天下大乱，正需要先生这样的人出来建功立业，匡扶李祚。李白几杯酒下肚，已经有些飘然自得：我本经世之才，怎奈世间俗辈横流，使我难展宏图。韦子春又说，先生的诗名如一面大旗，如今随永王征剿叛逆，可抵百万雄师。李白早就觉得，我辈终非蒿莱之人，今日终可成就大业，便答应随永王出师。

侍奉在旁的妻子宗氏说，你真是伤疤未好就忘了疼，刚一个“赐金放还”被赶出朝廷，现在又做上锦衣玉带的梦了。李白说女人只知衣食温饱，安知男儿鸿鹄之志，真是头发长见识短。如今天下大乱，正是志士成就大业之时，怎能坐待时变！李白彰显自己、飞黄腾达的雄心被时局和时机激发起来。他激情澎湃，借着酒性写了三首诗，表达出征的兴奋，表达对妻子的不满。

儿女拿来笔墨，李白挥毫写下《别内赴征》：

出门妻子强牵衣，问我西行几时归。
归来倘佩黄金印，莫见苏秦不下机。

诗中引用了苏秦拜相挂印的典故：战国时，苏秦游说秦王，失败而归，回家“妻不下纴，嫂不为炊，父母不与言”。后苏秦游说六国挂六国相印，举家态度为之一变。李白对妻子宗氏有些抱怨：你现在反对我出山，等到拜相挂印之后，衣锦还乡，你可不要不下织布机迎接。李白功名心重，还做着出将入相的锦衣梦。李白自恃才高盖世，要建功立业，这次就不仅是“赐金放还”了，而是差点送了命。

长江上永王的战船旌旗猎猎，李白也雄心勃勃。他上了永王的战船，也犯了诗人的毛病，为永王的水师大唱赞歌，一连写了十一首《永王东巡歌》。

永王正月东出师，天子遥分龙虎旗。
楼船一举风波静，江汉翻为雁鹜池。

“天子遥分龙虎旗”说的是肃宗“制置”的政策，即给各王以拥兵抗击安史之乱的权利，但李白哪里知道这“遥分龙虎旗”背后皇位争夺的险恶！肃宗暗中早提防着永王夺权。李白不明政治，还大赞永王的“龙虎旗”，恰恰张扬了与天子分庭抗礼之势；“雁鹜池”也有僭越之嫌，昔日梁孝王曾凿雁鹜池作为宫廷的园囿，你永王也想以江汉作为你的宫廷？

李白又说：

三川北虏乱如麻，四海南奔似永嘉。
但用东山谢安石，为君谈笑净胡沙。

把大唐的仓皇出逃比喻为晋代末年的战乱，皇上也不爱听，李白却自比谢安，与其侄谢玄谈笑间获得淝水之战以少胜多的战绩，李白的天真和自负也达到了狂热的地步。

李白认为使大唐皇室摧枯拉朽的安禄山的胡兵都是草芥，他马鞭一指，就可以横扫天下，也太书生气了：

试借君王玉马鞭，指挥戎虏坐琼筵。
南风一扫净胡尘，西入长安到日边。

让诸王起兵抗击安禄山是皇室的无奈之举，肃宗也抱有戒心。永王璘势力最大，肃宗戒心也愈强。李白偏偏鼓吹永王军师的威势，而且要挥鞭跃马，直指长安，这不等于在肃宗心上插刀子！李白从军勤王，未必有造反之意；永王争雄，难说没有夺位之嫌。李白越是鼓吹永王军旅威势，肃宗越急于剿灭永王，他终于宣布永王叛变。安史之乱中的军民，不愿意再打内战，肃宗一宣布永王谋反，永王的部将纷纷离去，永王很快失败，永王和主要的谋士"皆伏诛"。李白是永王起兵的"吹鼓手"，也在诛杀名单之内。朝廷重臣皆因李白名重天下，劝皇帝免除其死罪。剿灭安禄山的兵马大元帅郭子仪、宰相张镐皆进言力诤，御史中丞宋若思还亲自狱中探望。李白终得免于死，作为囚徒，长流夜郎。

李白披发跣足踏上了流放的路程，奇山秀水不再是他抒发豪情的触媒，相反成了他哀叹遭遇的由头。他写诗《留别龚处士》："我去黄牛峡，遥愁白帝猿。赠君卷施草，心断竟何言？"白帝的猿声凄凉哀愁，使李白忧心如焚。王昌龄流放夜郎时，李白写诗表示同情和慰问："杨花落尽子规啼，闻道龙标过五溪。我寄愁心与明月，随君直到夜郎西。"如今的愁心是为自己的获罪。

不过李白没有到达夜郎。乾元二年(759)关内大旱，朝廷发布大赦令:“天下现禁囚徒,死罪从流,流罪以下一切放免。”李白得到赦免。

李白从长江下游走到中游,一路上辛苦飘零,此时突然获知被赦免的消息,喜出望外。望着西陵峡高高的岩壁,以为前途永远被这样阻隔了,哪里知道江门豁然大开。夔门的巨石形成险恶的江流,也似乎成为坦途。李白唱道:

朝辞白帝彩云间,千里江陵一日还。
两岸猿声啼不住,轻舟已过万重山。

于是人们熟悉的这首《早发白帝城》诞生了。赦免返程的路上,李白挥手告别悬崖上边的白帝城,早晨的彩云还在山间缭绕,心早已飞到千里之外的江陵。两岸的猿声同样还在啼叫,但已不似来时的悲切愁苦而是欢快跳跃,小船像箭一般地飞流而下,群山峻岭被抛在后面。得知李白创作此诗的背景,诗中的欢悦情绪和跳荡节奏才真正得以索解。

李白虽然得以赦免,但这次打击却是致命的。他已失去那种可上九天揽月、可下五洋捉鳖的豪气,而长叹自己心力不济,命途多舛。李白回归后流连于江苏、安徽,辗转到了当涂,已是重病染身。他把诗稿托付给堂叔、当涂县令李冰阳,嘱咐为他整理刊刻。李白于宝应元年(762)死于当涂。死前留下《临终歌》:

大鹏飞兮振八裔,中天摧兮力不济。
余风激兮万世,游扶桑兮挂左袂。
后人得之兮传此,仲尼亡兮谁为出涕?

这是一个旷世奇才的人生悲歌。有大鹏展翅君临八方的气派,得到的却是半路折翅的悲剧。壮心不死仍想天地遨游,也只能梦中到太阳边挂住自己的衣襟。世间已无驰骋的余地，只剩一个幽魂在长空游荡。就像孔子一生周游列国抱负难以实现一样，世人没有人能理解他、为他一洒热泪！李白只能期待他的诗文传于后世，让人们知道一个人是怎样想在天地间驰骋，又怎样感悟着自然的伟力，发挥着奇伟的想象。李白没有像儒家诗人/士人那样，在隐与显的两极徘徊，无论在“得意”之时还是“失意”之际，他都以一个诗人的姿态，面向山水，面向楼台，面向古迹，面向古人，他更面向星月——这既现实又超越的人类生存环境，把自己的情怀寄托在清朗的明月、浩瀚的星空之中。星光月华才是诗人的世界。

星光月华：李白(四)

“质本洁来还洁去”，人们感怀一个人的生命圆圈，李白也是如此。作为太白谪仙，李白是天上星宿下凡；水中捞月，李白又回归上天，走完他的人生路程。民间传说这样塑造李白，不过它倒显示了诗人的宿命、诗歌的特质。行走在天人之间，生活在想象世界，是对李白最好的诠释，也是对诗歌最好的诠释。李白虽也曾积极入世，但屡受挫折，他不像儒家知识分子在隐与显两极跳跃，却始终没有离开他的诗歌世界。当现实理想破灭时，他纵情山水诗酒，最后对着星光月华展现他的精神空间。李白在现实世界里，简单、幼稚、书生气十足；在诗歌世界里，则神奇、诡异、想象超拔。现实混沌，不符合他的人生理想，他饮酒使自己超凡脱俗，排遣苦闷；理想不能泯灭，他仰望天空，明月星辉寄托李白的心理追求。可以说诗与酒构成李白的生活内容，星与月折射李白的精神闪光。

酒是李白现实生活中最亲近的事物，也是疏远现实世界最简便的药剂。现实令他不满，于是就喝酒。酒是排解愤懑的麻醉剂，也是他激情迸发的催化剂，最终成为毒害身体的致命药。“抽刀断水水更流，举杯销愁愁更愁。”酒不能消除他的苦闷与惆怅，只好“我寄愁心与明月”，月轮星光成了他的精神家园，酒和月在李白诗歌中共生共长。李白在现实世界中遭遇种种打击和挫折，便转向月亮，在那一缕清辉里获得片刻的精神自由和审美满足，也就产生许多杰出诗篇。李白的那些关于月亮的诗，既是“纯诗”的创作境界，也是“纯诗”的艺术境界，李白在月亮里成就了诗，李白在月亮里实现了人。人类如何在审美世界里实现自身，诗歌如何在想象世界里实现着人，李白是典型的体现。

人离不开社会，离不开历史，但社会历史又造成许多不尽如人意的东西。以艺术创作而论，对不尽如人意的东西进行批判，形成了社会性的作品，或曰现实主义的作品；对理想境界的追求，则形成想象性的作品，或曰浪漫主义的作品。唐代的两位伟大诗人杜甫和李白，分别体现了这两种创作倾向，因此杜甫被称为“诗圣”，李白被称为“诗仙”。李白更多地生活在理想和想象世界里，他的诗是“谪仙”在理想天地里的驰骋，当然也是与现实土地撞击的星光。李白诗的精髓是星光月华，这是他留给人类最宝贵的诗歌遗产，也是留给人类最宝贵的诗学遗产。我们不妨追随李白到星光月华中去遨游。

李白小时候就对月亮有着特殊的感受，《古朗月行》这样写道：

小时不识月，呼作白玉盘。又疑瑶台镜，飞走青云端。
仙人垂两足，桂树何团团。白兔捣药成，问言谁与餐。
蟾蜍蚀圆影，大明夜已残。羿昔落九乌，天人清且安。
阴精此沦惑，去去不足观。忧来其如何，凄怆摧心肝。

这是李白的儿时记忆，也是李白的现实沉淀。手提竹马的小儿，把月亮呼为“白玉盘”“瑶台镜”，月亮不是自然现象，而是神话世界。仙人的两脚清晰可见，桂树的阴影团团圆圆。月亮进入想象世界，成为理想的天堂。这既增加了月亮的美感，又将月亮化为心灵的事物，成为对抗现实世界的一方乐土。此诗吸取了我国传统文化中对月亮的神话传说，更将这些传说人格化、审美化，使月亮成为一个充满人间亲情、弥漫美好想象的理想世界。李白心中揣着这样一个美好的月亮走进人间，人间天地不如月亮那样遍地清辉，李白遇到不少苦闷与挫折，便饮酒望月。

松树底下，石桌跟前，李白一壶浊酒，《月下独酌》：

花间一壶酒，独酌无相亲。举杯邀明月，对影成三人。
月既不解饮，影徒随我身。暂伴月将影，行乐须及春。
我歌月徘徊，我舞影零乱。醒时同交欢，醉后各分散。
永结无情游，相期邈云汉。

李白是孤独的，只能与月为友，与影相伴，他愿意在这个清芬的世界，又不安于这个世界。人间有几个能把酒对饮、倾心长谈的人？眼前一个都没有，只能月下独酌，醉中起舞，本来酒和月能排解自己的孤独，哪里知道，月是杯中的月，影是月下的人，“醒时同交欢，醉后各分散”。即或如此，孤独的李白也愿意“永结无情游”，进入星月的天地。人、影、月三个意象结合，构成李白的精神自由的天地，而酒是进入这个天地的催化剂。

李白在政治失意、屡受挫折之后，以酒和月慰藉自己的情怀。《月下独酌》共有四首，其二曰：

天若不爱酒，酒星不在天；地若不爱酒，地应无酒泉。
天地既爱酒，爱酒不愧天。已闻清比圣，复道浊如贤。
贤圣既已饮，何必求神仙？三杯通大道，一斗合自然。
但得酒中趣，勿为醒者传。

李白爱酒到了呼天抢地、发誓盟愿的地步，但那也是无奈，因为“何以解忧，唯有杜康”。“穷愁千万端，美酒三百杯。愁多酒虽少，酒倾愁不来。”李白喝酒是因为忧愁太多。他有远大抱负，却屡遭政治打击，“白发三千丈，缘愁似个长”，只能以酒浇愁，望月慰心。

李白爱月到了心驰神往、沉醉痴迷的地步。他心中有两个世界：一个是现实世界，混沌污浊，充满矛盾，对付这个世界的是酒；一个是理想世界，清朗纯洁，悠远迷人，追求这个世界就进入到月。李白在酒中沉醉，在月中徘徊，酒与月成为他生活的两个侧面。《春日醉起言志》“言”的就是这样的“志”：

处世若大梦，胡为劳其生。所以终日醉，颓然卧前楹。
觉来盼庭前，一鸟花间鸣。借问此何时？春风语流莺。
感之欲叹息，对酒还自倾。浩歌待明月，曲尽已忘情。

他渴望一个春风和煦、莺飞草长的生存环境；现实生活却让他劳碌奔波，忧愁满腔；社会历史形成的游戏规则，让人们苦心追求功名利禄，跳出来看，不过是一场大梦；而真正的理想世界，则如月亮一样清明、圣洁。于是他想出世，到月亮中去，那里才有自由，才有豪歌，才能忘忧。

对污浊现实的失望导致对理想境界的追求。一个傍晚，李白登山，望着满天的星月，真想再迈一步，登上皎洁、清雅的月亮。《登太白峰》就是一次登月的“前奏”：

西上太白峰，夕阳穷登攀。太白与我语，为我开天关。
愿乘泠风去，直出浮云间。举手可近月，前行若无山。
一别武功去，何时复更还。

太白峰在陕西武功县南，山极高，上积雪，民谚云“武功太白，去天三百”。传说山下行军不得鸣鼓，鸣鼓则疾风暴雨立至；山半横云如瀑，民谚云“南山瀑布，非朝即暮”。太白峰是道教名山，不仅名字与他相应，也是他的精神家园。李白登太白峰，有成仙得道之意，更有羽化升天之感。他想借着太白峰为天梯，登上月亮，享受那清朗无尘的理想世界。

李白借酒浇愁、消极避世有其颓废的一面，这是从社会层面来看。从审美层面来看，那是对理想世界的向往。人的社会存在诸多缺陷，历史在与这些缺陷的斗争中艰难前行，有时要付出沉重代价。所以人追求一个理想的世界、审美的世界，这是艺术，尤其是诗歌的天职。李白的浪漫情怀使他经常超越现实，去追求审美世界。这个世界的体现，就是月亮。他对月亮的追求，既不在自然现象层面，也不在社会现实层面，而是进入人的生存状态、生存历史、生存本质的追问。苦闷之中，几杯酒下肚，他对着明月追问人的生存价值，有了《把酒问月》：

青天有月来几时？我今停杯一问之。人攀明月不可得，月行却与人相随。

皎如飞镜临丹阙，绿烟灭尽清辉发。但见宵从海上来，宁知晓向云间没。

白兔捣药秋复春，嫦娥孤栖与谁邻？今人不见古时月，今月曾经照古人。

古人今人若流水，共看明月皆如此。唯愿当歌对酒时，月光常照金樽里。

李白在时间与空间之中，在理想和现实之间，寻找人的生存坐标。自然是恒久的，社会是历史的，人生是短暂的。短暂的人生却要屈从社会的“游戏规则”，社会的“游戏规则”往往被当成历史的法则，而这一切面对永恒的自然，又显得多么渺小，人在永恒的天地间应该据有怎样的位置，应该过着怎样的生活？李白已经超出当下，追问生存的意义。人有三种生存态度：站在现实的土地上，屈从于社会的“游戏规则”，追逐现实的利益；站在历史的高度上，看到社会法则的缺陷与弊病，以历史的眼光去评判，去取舍；社会和历史均难以满足人的生存理想，便站在天地之间，追问人活着干什么，怎样才能活出意义。三种生存态度，一种是现实的，一种是历史的，一种是宇宙的。三种生存态度形成不同的高度，处于不同的层面，即社会的、历史的、审美的。三种不同的生存态度也形成三种不同的艺术形态，用既定的概念表述，即现实的、历史的、审美的，前二者和现实主义相连，后者和浪漫主义相连。停留在现实层面进行艺术创作和艺术批评，能帮助人们认识生活，推动生活，有其积极意义，但毕竟在生活层面上匍匐；上升到历史层面进行艺术创作和艺术批评，思考现实的缺陷，揭示历史的去向，帮助人们深刻认识现实，思考发展前景，更有其积极意义；还有少数艺术家，他们也曾在现实中沉浮，但现实的不尽满意、不尽合理，使他在对现实的批判中感受人的生存状态，进而追问人的生存价值。这类艺术家往往天马行空，想象奇诡，对时间进行无情的追问，对空间进行无边的想象，在宇宙的三维空间里寻求人类生存的坐标。这样的艺术上升到文化人类学的高度，更有普遍的审美价值。中国历史上有这样的文学家，战国时代的诗人屈原进行过“天问”，唐代的诗人李白又进行了“月问”，新中国的诗人郭小川也有《望星空》，对比起来李白的“月问”更为强烈、更为典型。

李白的《把酒问月》开头就把人放在宇宙的时间和空间里进行思考，看到了宇宙的无限性和人生的短暂性，并将人和宇宙的关系进行了精到的描述：“人攀明月不可得，月行却与人相随。”人离不开自然，人在自然中生存，诗使自然人格化、社会化。接下来六句对月的描写，就是月人格化、社会化的结果。社会不尽令人满意，才有人对自然的理想塑造，对自然的理想塑造表明了人的审美追求。“今人不见古时月，今月曾经照古人。”看事有了历史意识，看人有了时空意识。无尽的时空中个人得失又算得了什么，何必忧戚、悲怆，在无尽的时空中历史的曲折也不过是小插曲，人要创造真正的审美世界。放在宇宙空间里，人才能看清自己的位置，也才能追求审美的生存。“古人今人若流水，共看明月皆如此。”人们应该把明月作为理想世界的象征，永远追求合理的生存、审美的生存。

李白曾经怀有强烈的功名意识积极入世，那还处于社会层面。在经历了种种打击挫折之后，转而思考人在宇宙中的位置和人的生存价值，将理想的生存状态托付给月亮，进入了艺术的审美境界。对月的追寻，使他的这些诗篇成为“纯诗”，也使李白成为杰出诗人。传说中李白投水捉月而死，从太白谪仙，到把酒问月，又到投水捉月，李白完成了他一个诗人的生活轨迹，月成了李白的人生象征，也成了诗歌超越的象征。李白从介入现实到超越现实，从拷问人生到向往星月，体现了对理想世界的追求，对审美境界的体悟。李白的诗是面向现实又是对现实的超越，是追求理想又有理想的困惑，进而深入到人的生存状态的思考和追问，更具纯诗的特质。在儒家诗教为正统的国度里，李白是一个“异类”，但也是一个超越。

关于李白之死，有种种说法。郭沫若《李白与杜甫》中考证，李白死于“腐胁疾”，即慢性脓胸穿孔。李白嗜酒导致这样的结果是可能的，但这个说法太“现实”了。李白的生命中除了酒还有月，那是他生命中更为重要的部分，所以又有李白捉月而死说。后者更符合李白的生命轨迹，更符合李白的诗歌精神，唐宋以来也多有记述。《唐才子传》说：“白晚节好黄老，度牛渚矶，乘酒捉月，沉水中。”《容斋随笔》说：“世俗多言李太白在当涂采石，因醉泛舟于江，见月影俯而取之，遂溺死，故其地有捉月台。”这些故事明显带有传说性质，可人们还是这样“传”、这样

“说”，因为它符合一个浪漫主义诗人的生活逻辑和人生轨迹，也符合艺术——诗歌的创作规律。对于一生沉醉于诗歌、一生追逐着月亮的诗人来说，我宁可说李白是投水捉月而死，不愿说他是患了脓胸穿孔而终。死于“腐胁疾”，是现实的；死于“投水捉月”是诗意的。民间传说理解艺术理解诗，它让李白作为太白金星贬谪人间，在人间历尽繁华与穷困、显赫与潦倒、生死与穷通之后，又投水捉月回归天上，完成了人生的圆圈、诗歌的圆圈。诗就是人，人就是诗，李白的一生，对诗、对人来讲都是一个典型的特例，这是李白对中国诗歌历史、对世界诗歌历史的伟大贡献。

书飘诗逸：张旭

有的人以诗体现人的生存境界，如李白；有的人以书体现人的生存境界，如张旭。书法是中国传统的艺术形式，是外国所没有的。书法成为艺术，除了汉字从象形文字发展而来，保留了它的写意性以外，书法还和其他艺术一样，是人的情感、精神的体现。书法进入更高层次，是人的性情的张扬，这也是中国书法独特的魅力，连不识汉字（特别是行、草）的外国人，也不得不感叹。中国诗书同源，诗画同源。唐代盛世出诗人，也出书法家，与李白同时代就有一位书法大家张旭，他们二人书飘诗逸，构成盛唐的一个文学景观。

张旭是书法家，也是诗人。他的创作体现了中国诗书不分、诗画同源的艺术传统，表明了艺术的根本是人。

张旭，吴郡（今江苏苏州）人，曾任右率府金吾长史，世称“张长史”。他是李白的好友，酒中八仙之一，杜甫的《酒中八仙歌》这样描写他：“张旭三杯草圣传，脱帽露顶王公前，挥毫落纸如云烟。”他酒醉以后，在公卿面前把帽子一丢，用头发濡墨书写大草，醒后自视，以为神笔，不能复得。人们称他为“张颠”，其书名为“狂草”。李白写诗赞扬他说：

楚人尽道张某奇，心藏风云世莫知。
三吴郡伯皆顾盼，四海雄侠尽追随。

李白是诗人，懂得艺术乃人生的体现，道出了诗书不分的奥秘：张旭草书那样飞扬灵动、潇洒飘逸，世人都觉得奇怪，哪里知道这是他“心藏风云”的结果。中国书法之所以成为艺术，也是心灵激荡的产物。真正的书法有不可模仿的特点，即使模仿，也是仅得其形，不得其神。书法和其他艺术一样，是心灵的产物，心中激情澎湃，手下才有笔墨风云。张旭的草书如急风暴雨，狂奔骤至，是因他“心藏风云”，才“下笔有神”，人们称他的书法为“心画”。中国书法的这种“心画”特点，是个人气韵、性情的体现，所以它具有艺术的本质，不仅中国人喜欢，外国人也喜欢。张旭的传世墨迹《古诗四帖》，气势磅礴，飞扬灵动，形如蛇行绕藤，墨如暴雨乍至，气象万千，正是他那种狂放、豪迈诗歌情怀的体现。盛唐时期，李白的诗歌、张旭的草书、裴旻的剑舞，被称为“三绝”，都是盛唐气象的艺术体现，也说明了诗、书、舞的艺术沟通。

张旭善于狂草，亦工于诗歌，今存六首绝句，均意境优美，构思曲折。《山行留客》：

山光物态弄春辉，莫为轻阴便拟归。
纵使晴明无雨色，入云深处亦沾衣。

几个朋友深山踏青，越往高处走越觉石奇林幽，忽然一团乌云笼罩山巅，客中有人怕淋雨要择路返回。有浪漫情怀的诗人、书法家张旭不怕，他把雨淋当作一次洗礼，一次激情的宣泄。张旭劝朋友不要半途而废，告诉他，山中经常云雾缭绕，就是晴朗天气也会雾气沾衣，不要因为一片乌云飘来便半途而废。诗人投入大自然的怀抱感到无限欣喜，诗人经历风雨洗礼正好能触发豪情。高尔基不惧狂风暴雨，有了《海燕》；张旭不惧狂风暴雨，有了《山行留客》，它们都是诗人激情的体现。张旭以诗劝慰客人，以诗表达情怀，山色林光和人生体验融合，构成一首生命的诗。它包含着丰富的人生哲理：天气不会总是晴好，人生也有坎坷，不要因为一点乌云就看不见灿烂前景，风雨过后是彩虹。这是一蓑风雨任平生的洒脱情怀：不避风雨，不畏艰难，信马由缰，笑对人生。张旭是书法家，也是诗人，他的诗书皆来自这种情怀。诗即情怀，有什么样的情怀，就有什么样的诗；诗又是气质，有什么样的气质，就有什么样的诗。张旭的书法意气飞扬，曲折灵动，他的诗也是如此。《山中留客》仅四句，但结构繁复：一、二两句成一个曲折跌宕，三、四两句又成一个曲折跌宕，一二两句和三四两句之间还是一个曲折跌宕。草书大师风起云涌的书法结构，不自觉地在诗中体现出来。书法狂放，诗歌飘逸，合并欣赏，扩大了我们艺术的心灵体验。

张旭还有一首《桃花溪》，也写得曲折灵动：

> 隐隐飞桥隔野烟，石矶西畔问渔船：
> 桃花尽日随流水，洞在清溪何处边？

诗人们都向往桃花源，即使没有也要去创造一个。张旭走访的桃花溪可能是桃花源，也可能不是桃花源，但一定是诗人心中的桃花源：绿树掩映，云雾缭绕，小溪潺潺，落花飘零，一派远离尘世的景象。桃花源并不易得，它曲径通幽，云遮雾绕。张旭书法曲折腾挪，诗歌也曲折腾挪。诗人问对面过来的渔船，山环水绕，雾气朦胧，那里是通往桃花源的山洞吗？诗歌的巧妙之处在于有“问”而无“答”，却由溪水流来的桃花作出回答：你找桃花源吗？顺着清溪流来的桃花，就可找到。这既虚化了桃花源，又美化了桃花源：悠远、幽深，繁华满枝，渔人往来，桃花源就在那头。张旭一腔诗怀，一片禅机，创造出隐逸、恬淡的优美意境，充分显示了诗人的本色。

无论诗歌、书法、绘画，审美的情怀是根本。张旭就是这样，以书法展示灵性，以诗表达情怀，两者沟通，诗飘书逸，艺术更臻完善。

略晚于张旭的另一位书法家怀素，也说明了这个道理。

怀素姓钱，祖居长沙，出家法号怀素，世称长沙僧或零陵僧。他继承了张旭草书的传统，苏涣《怀素上人草书歌》是这样写的："张颠没在二十年，言谓草圣无人传。零陵沙门继其后，新书太字大如斗。"时人有"以狂继颠"之说。张旭痴迷书法，时称"张颠"，怀素狂放不羁，继承张旭，所以说他"以狂继颠"。怀素亦嗜酒痴书，疏阔潇洒，书法也就飘逸狂放，他的《食鱼帖》《自叙帖》均为书法的传世珍宝。唐代诗人韩偓以诗描写他的书法：

怪石奔秋涧，寒藤挂古松。
若教临水照，字字恐成龙。

怀素的书法，如同怪石嶒崚突兀，在秋天的山涧里有一种滚动之势；如同苍藤盘挂在岩壁的古松上，苍劲有力；如果临水照出它的影子，字字恐怕都成了苍龙。以景成诗，以景喻书，诗是活的，书是活的，诗、书同一渊源，诗、书都有意境，中国诗、书、画融合的艺术传统在这里得到形象的表现。

不拘定评：崔颢

> 昔人已乘黄鹤去，此地空余黄鹤楼。黄鹤一去不复返，白云千载空悠悠。
>
> 晴川历历汉阳树，芳草萋萋鹦鹉洲。日暮乡关何处是，烟波江上使人愁。

崔颢的著名诗篇《黄鹤楼》被视为千古绝唱，最近一本唐诗排行榜的书，又把它评为中国最优秀的诗篇之一。这首诗真的那么好吗？我一直持怀疑态度。这牵涉到诗歌观念问题，即什么是诗？诗干什么？

第一次接触这首诗，我就觉得它并不像人们赞扬的那样好，然而传说它使诗仙李白在它面前难置一词。有诗仙对它甘拜下风，人们也就觉得它无法超越了。诗以名人的评论而成名，名人也以名作而彰显，名人效应就这么厉害。

《唐才子传》和《唐诗纪事》都记载了这样一个故事：崔颢游武昌，登黄鹤楼，感慨赋诗《黄鹤楼》。后李白至此，说“眼前有景道不得，崔颢题诗在上头”，遂无作而去，并以此视为巨匠的明智之举。这段佳话广为流传，人皆信以为真。南宋胡仔《苕溪渔隐丛话》前集引《该闻录》说，唐崔颢有题武昌黄鹤楼诗，李白负大名，尚曰“眼前有景道不得，崔颢题诗在上头”，欲拟之较胜负，乃作《金陵凤凰台》诗。宋严羽《沧浪诗话》

评诗也说:“唐人七言律诗,当以崔颢《黄鹤楼》为第一。”

《黄鹤楼》真称得上是首屈一指的唐代七言律诗吗?我看它相当平庸。

诗是内心情感的深刻体验,诗又是外在事象的独特表达。因此,有第一等的情感第一等的情怀,才有第一等的诗篇;有第一等的感悟第一等的发现,才有第一等的诗篇。《黄鹤楼》在这两方面都远远没有达到第一等,诗歌情感和诗歌意象都很一般。

《黄鹤楼》属于记游诗,好的记游诗应该有独特的诗意发现,有独特的景象描述,《黄鹤楼》在这方面乏善可陈。记游诗不是一般地描写对象世界,它往往通过对景象的描绘,表述自己的思想情感和审美发现。它们或怀古,或抒情,而诗歌意象的营造正是把独特的情绪和感受融化在里面。现在来看《黄鹤楼》,先说怀古:武昌黄鹤山,耸立江边,相传仙人子安乘黄鹤至此,后建楼以记之。崔颢诗的首联“昔人已乘黄鹤去,此地空余黄鹤楼”,只是一般地陈述传说,虽然表达了一些怀古的惆怅,但是并无什么新意。次说造境:颈联“晴川历历汉阳树,芳草萋萋鹦鹉洲”,一般的直观描述,也无什么特点。诗歌不能营造独特的意象,难给人留下审美感受。“大漠孤烟直,长河落日圆”有王维的独特感受,“野旷天低树,江清月近人”有孟浩然的变形描写,“无边落木萧萧下,不尽长江滚滚来”有杜甫的苍凉情感,崔颢的《黄鹤楼》缺少这些,写景流于一般化、浮泛化,谈不上创造意境。三说纪事:颔联记述黄鹤楼的传说,“黄鹤一去不复返,白云千载空悠悠”兼纪事、写景、抒情之长,堪称佳句,但也较为一般化,同样缺少独特的事理、独特的感受。尾联抒情:“日暮乡关何处是,烟波江上使人愁”,同样为一般羁旅之愁,在古代诗歌中多有表现,无甚新意、无甚创造,甚至给人以“为赋新词强说愁”之感,与“问君能有几多愁,恰似一江春水向东流”相比较,就可以看出它的情绪一般、感受一般,缺少诗意化的表现。缺少诗意化的表现是诗歌的大忌，崔颢的《黄鹤楼》正犯了这个大忌——一般化、空泛化。情绪没有独特感受，意境没有独特创造，无论如何也称不上是一等一好诗。

至于韵律方面，早有前辈学者指出它的毛病。王力先生在《诗词格律》里说："在律诗尚未定型化的时候，有些律诗还没有完全依照律诗的平仄格式，而且对仗也不完全工整。例如《黄鹤楼》（王著引全诗，此略）……这诗前半首是古风的格调，后半首才是律诗。依照上文所述七律的平仄的平起式来看，第一句第四字应该是仄声而用了平声（"乘"cheng），第六字应该是平声而用了仄声（"鹤"，古读入声），第三句第四字和第五字应该是平声而用了仄声（"去不"），第四句第五字应该是仄声而用了平声（"空"）。"（见中华书局 1977 年出版的《诗词格律》35－36 页）。崔颢《黄鹤楼》一诗，意境一般、情感一般、格律不谐，怎么能说"唐人七言律诗，当以崔颢《黄鹤楼》为第一"呢？即使它在律诗形成过程中有一定地位，也不能如此称道。读诗当以诗意、诗象为主，遣词、韵律也有助于诗歌的艺术表现，《黄鹤楼》在这些方面均乏善可陈，称为唐诗第一，显然迷信了前人，也迷信了李白。因袭前人说法，是治学之大忌，更是创作之大忌。

即令李白登黄鹤楼，有"眼前有景道不得，崔颢题诗在上头"的说法，这在诗歌创作中也是常有的事，不能作为诗好坏的评价。同一批诗人，或不同时代的诗人，到同一个地方，有人写得出诗，有人写不出诗，有人写的诗好，有人写的诗一般，这取决于诗人此时此地有没有独特感受。前人已经有诗后人再写是难一些，必定得有独特的感受、独特的见识，否则确实不必写诗。李白到了黄鹤楼没有独特感受、独特见识，不写诗是明智的，他深知诗歌创作独特性的要求，不一定说明崔颢的《黄鹤楼》就已达到顶峰、无法超越。这个故事可能确有其事，以古人的一句话作为定评，似乎有些迷信权威。

说到李白曾经有诗仿《黄鹤楼》倒确有其事，《登金陵凤凰台》即是：

凤凰台上凤凰游，凤去台空江自流。吴宫花草埋幽径，晋代衣冠成古丘。

三山半落青天外，一水中分白鹭洲。总为浮云能蔽日，长安不见使人愁。

《凤凰台》确实像《黄鹤楼》，结构、文辞都很相像，李白也似有意仿作。《李太白全集》这首诗后有很长的注释，此处适当节引——刘后村曰：古人善服，李白登黄鹤楼，有“眼前有景道不得，崔颢题诗在上头”之语，至金陵乃作《凤凰台》诗以拟之。今观二诗，真敌手棋也。《瀛奎律髓》：太白此诗与崔颢《黄鹤楼》相似，格律气势未易甲乙。……田子艺曰：人知李白《凤凰台》《鹦鹉洲》出于《黄鹤楼》，不知崔颢又出于《龙池篇》……《诗原》引沈佺期《龙池篇》云：“龙池跃龙龙已飞，龙德先天天不远。池开天汉分黄道，龙向天门入紫微。邸第楼台多气色，君王凫雁有光辉。为报寰中百川水，来朝此地莫东归。”崔颢笃好之，先拟其格，作《雁门胡人歌》云：“高山代郡东接燕，雁门胡人家近边。解放胡鹰逐塞鸟，能将代马猎秋田。山头野火寒多烧，雨里孤烽湿作烟。闻道辽西无斗战，时时醉向酒家眠。”自分无以尚之，别作《黄鹤楼》诗云……（略去）然后直出云卿之上，视《龙池》直俚谈耳！李白压倒不敢措辞，别题《鹦鹉洲》云：“鹦鹉来过吴江水，江上洲传鹦鹉名。鹦鹉西飞陇山去，芳洲之树何青青！烟开兰叶香风暖，岸夹桃花锦浪生。迁客此时徒极目，长州孤月向谁明？”而自分调不若也，于心终不降，又作《凤凰台》云……（诗略）。

这条注释占了整整两页篇幅，提供了丰富、详赡的资料。注释指出了诗歌创作中一个模仿和承袭的现象，这是常有的事，不过它对几首诗的评论却未能令人折服。注释提到沈佺期的《龙池》，崔颢的《雁门胡人歌》《黄鹤楼》，李白的《鹦鹉洲》《凤凰台》等几首诗，指出它们之间的承袭关系。《龙池》虽为歌颂君王之作，但在应制诗人沈佺期的作品中并非"俚谈"(民间俗曲)，所以崔颢才有两首仿作，而两首仿作中《雁门胡人歌》题材具体、描述独特、情感细腻，比《黄鹤楼》更佳。李白的《凤凰台》胜于崔颢的《黄鹤楼》，虽然遣词造句明显模仿崔颢，但意境较崔诗为优，怀古较崔诗具体，情绪较崔诗深沉。唯《黄鹤楼》空疏、浮泛，无论从哪方面说，无法定为"七律第一"。

第一等的诗人情怀，方有第一等的诗歌创作，在这方面崔颢当然敌不过李白。两《唐书》崔颢的传略简单，《唐才子传》略有评述："少年为诗，意浮艳，多陷轻薄，晚节忽变常体，风骨凛然，一窥塞垣，状极戎旅，奇造往往并驱江、鲍。"崔颢少年轻薄，为诗多涉儿女之情，"意浮艳，多陷轻薄"。《唐才子传》还记载了一个故事："李邕闻其才名，虚舍邀之。颢至献诗，首章曰'十五嫁王昌'。邕叱曰：'小儿无礼！'不与接而入。"当时的文史大家李邕闻崔颢能写诗，单独把他请到家里来接见，崔颢献上的诗竟是"十五嫁王昌"。王昌乃浮浪子弟，崔诗言男女之情。李邕见崔颢献上的淫词艳曲，连面都没见，就命人呵斥出去。这是崔颢"轻薄"的一个证据。崔颢后来到了边塞，写了些诗，诗体改变，风骨凛然，那首《雁门胡人歌》对胡人的风俗与性格描写独特，倒不失为好诗。《河岳英灵集》引了他几首边塞诗。"杀人辽水上，走马渔阳归。错落金锁甲，蒙茸貂鼠衣。"又如："春风吹浅草，猎旗何翩翩，插羽两相顾，鸣弓上新弦。"这些诗情怀豪迈、意境苍凉、语言朴实、言之有物，胜过《黄鹤楼》，但仍有意象不够独特之憾。

《旧唐书》说，崔颢"有俊才，无士行，好蒱博饮酒。及游京师，娶妻择有貌者，稍不惬意，即去之，前后数回"。有才无行，难以成为优秀诗人。虽然诗人大多浪漫，倾情美女，多愁善感，可以写出很好的爱情诗，但多次休妻，用情不专，就难于使爱达到诗格。人格决定诗格，李白的诗人情怀优于崔颢，李白的人格力量强于崔颢，说李白在崔颢面前写不出诗，不过是一段笑谈而已。崔颢借了李白这段笑谈的光，《黄鹤楼》才有了历代的好评，但以诗的本质而论，《黄鹤楼》并非杰作，亦非高峰，我们何必拘泥于前人的定评！

诗以累命：刘希夷

诗有多大价值呢？有人为了捍卫自己的诗作搭上性命，有人因为一首诗而名传千古。这里牵涉到两位诗人：刘希夷、张若虚。

刘希夷，《唐书》无传，因为他不是官宦又英年早逝。《唐才子传》却为他立传："希夷，字廷芝，颍川人。上元二年(675)郑益榜进士，时年二十五，射策有文名。苦篇咏，特善闺帷之作，词情哀怨，多依古调，体势与时不合，遂不为重。"《全唐诗》存诗一卷35首，集前小序说："刘希夷，一名庭芝，汝州人。少有文华，落魄不拘常格，后为人所害。希夷善为从军、闺情诗，词旨悲苦，未为人重。后孙昱撰《正声集》，以希夷诗为集中之最，由是大为时所称赏。"两处文字大意相同，说刘希夷是河南人，少年就有文名，不仅能够写诗，策论也很犀利。诗的内容多为从军和闺情，其实这是一种题材的两个侧面，男人从军在外，女人闺阁思春。刘希夷这类诗写得动人，也正因为诗写得好，有人想剽窃，将他害死，演出了诗以累命的悲剧。

害死他的是宫廷诗人宋之问。《唐才子传》记载，刘希夷"尝作《白头吟》，一联云'今年花落颜色改，明年花开复谁在？'既而叹曰：'此谶语也。石崇谓白首同所归，复何以异。'乃除之。又吟曰'年年岁岁花相似，岁岁年年人不同'，复叹曰：'死生有命，岂由此虚言乎！'遂并存之。舅宋之问苦爱一联，知其未传于人，恳求之，许而竟不与，之问怒其诳己,使奴以土囊压杀于别舍,时未及三十。人悉怜之。”这段历史唐人著作《大唐新语》《本事诗》均有记载,当属事实。

刘希夷这首诗《全唐诗》题为《代悲白头翁》,以白头翁作比喻,表达思妇的伤春之情:

洛阳城东桃李花,飞去飞来落谁家?洛阳女儿好颜色,坐见落花长叹息。

今年落花颜色改,明年花开复谁在!已见松柏摧为薪,更闻桑田变成海。

古人无复洛阳东,今人还对落花风。年年岁岁花相似,岁岁年年人不同。

寄言全盛红颜子,应怜半死白头翁。此翁白头真可怜,伊昔红颜美少年。

公子王孙芳树下,清歌妙舞落花前。光禄池台开锦绣,将军楼阁画神仙。

一朝卧病无相识,三春行乐在谁边?婉转蛾眉能几时,须臾鹤发如乱丝。

但看古来歌舞地,唯有黄昏鸟雀悲。

诗歌叙述洛阳城内的一名女子,爱上一个翩翩少年,两个人歌舞相从,情深意笃。可这少年期待建功立业、凌烟阁上题名,做着飞黄腾达的将军梦,从军征战去了。洛阳女儿看到白头翁,感慨岁月流逝、青春难驻,于是唱出了这支歌。作为诗人的刘希夷,他写“代悲白头翁”,替闺中少女说话。

桃李凋谢的暮春,花瓣飘零,这怎能不引起洛阳女儿的感叹!她也是一枝颜色鲜艳的桃花啊,今年的落花颜色已经消褪,明年开花时我还是青春少女吗？连松柏这样长寿的树木都枯死成了柴火，沧海也能变为桑田，何况人呢。今天洛阳没有了古人的痕迹，人生短暂很快被黄土掩埋。花可以年年岁岁一样地开，人却岁岁年年地变老。那些青春芳菲的少男少女啊，看看那半死不活的白头翁吧。我所爱的人是一个翩翩少年，转眼之间他就成为白头翁了。桃李树下那些欢歌笑语的日子还在眼前，如今我却成了飘零的落花。生了病也没人来看我，青春行乐的日子如落花委弃尘泥！蛾眉春色能停留几时，转眼之间黑发变成乱丝。歌舞狂欢的地方已经荒废，只有白头翁这样的鸟儿在黄昏中悲啼。

感叹青春消逝的歌女在落花之下形影相吊、凄婉悲歌，“年年岁岁花相似，岁岁年年人不同”，深刻的人生体悟化为有情有理的诗句，这诗句极易被人们传颂。可惜那时没有这么好的传播条件，刘希夷的诗“尚未发表”宋之问就看上这名句连连的诗篇，想据为己有，言谈话语中让刘希夷把诗的署名权让于他。刘希夷与宋之问有甥舅关系，属于晚辈，不好给宋之问难堪，就含糊其辞地应付着。诗是精神的稀有元素，常常是独一无二的创造，诗人不愿意自己的创作被他人占有，一直没有应承将名句归于宋之问。宋之问是天后武则天身边的人，周围的宦官、衙役随时可以驱使，在刘希夷经过一个废园时，假造颓墙倒塌，让人用土袋子将刘希夷压死。当官的利用自己的权势占有他人的创作古已有之，今也不乏，但如宋之问这样“杀人灭口”者也算达到了极端。刘希夷不愿意出卖自己的灵魂，不愿意出卖自己的原创诗句，牺牲了年轻的生命，精神产品的价值也真是无可估量。

宋代以后有人怀疑此事，以刘、宋是否甥舅关系，进行考证，提出质疑。这是在“为贤者讳”“为名人讳”。人一有名好像就成了完人，其实人是复杂的、多面的。何况宋之问虽然有名，但非贤者。在前文中已经描述了宋之问的人品。他谄媚武则天，也谄媚武则天的面首张易之、张昌宗。张易之、张昌宗是孔武粗人，宋之问替二张写应制诗。宋之问出卖自己的创作，也想侵占别人的创作，这是不拿精神产品当成价值的人。可是宋之问的创作不值钱，只是一些阿谀奉迎的应制诗；刘希夷的创作不同，它是凝聚了人生体验的好诗名句。一个可以出卖自己精神、肉体的御用文人，偏偏遇上珍视自己原创价值的诗人刘希夷。人生观念、价值观念的冲突显示出来，宋之问利用自己的权势，将年轻柔弱的诗人谋害。从宋之问的为人、为诗来看，他谋害刘希夷在情理之中，至于是否甥舅关系，那些考证未免过于拘泥。古人讲究伦理关系，亲友间、师生间、同事间攀亲论辈是普通的事，所谓甥舅关系不一定实指血缘之亲，多少“沾亲带故”也常以亲戚论辈称呼。刘希夷未及 30 岁就夭亡，当是死于非命；宋之问身为内廷宠臣，找人谋害刘希夷也轻而易举。此事不必过多拘泥于细节，从中观察人性和诗性倒更有意义。宋之问为剽窃诗句，派人用土袋子把刘希夷给压死，手段十分残忍，行径十分卑鄙。

刘希夷为自己的名句好诗付出了生命的代价。原创作品是人的精神力量的实现，它的价值是难以估量的：自然科学方面的原创力可以改造客观世界，创造出巨大的物质文明；人文科学方面的原创力可以改造人类自身，创造出巨大的精神文明。以诗而论，原创作品是“精神的稀有元素”，如钻石折射出生活的色彩，如金子闪烁着精神的光芒，如玉石发出天籁般的声音……诗歌的精神价值展示了人的本质力量的巨大潜力，所以精辟的诗句才那样为人喜爱。刘希夷不愿他人剽窃自己的精美诗句，付出生命的代价，显示出原创作品的崇高价值；宋之问为掠夺他人的诗句，居然“谋诗害命”，只能永远被钉在历史的耻辱柱上。人们痛恨宋之问的卑鄙行径，惋惜刘希夷的诗才毁灭。《唐才子传》评述道：“希夷天赋俊爽，才情如此，想其事业勋名，何所不致？孰谓奇蹇之运，遭逢恶人，寸禄不霑，长怀顿挫，斯才高而见忌者也。”刘希夷才华出众，本来可以获得功名，获得诗名，但是遇到宋之问这样阴险狡猾的人，年纪轻轻就被谋害，功名利禄未沾一点，让人感叹不已，说明才高容易遭人忌妒、陷害。人性的丑恶、社会的不公就这样存在于世。

刘希夷的名句“年年岁岁花相似，岁岁年年人不同”，由于他的早逝，没有获得广泛的流传，但诗句的真情真理却无法泯灭。稍后不久，它被另一位诗人化用，成为千古流传的诗篇《春江花月夜》，刘希夷被权势者用土袋子掩埋，但是名诗名句却无法淹埋，年年岁岁焕发光彩，至今被人传唱。

人以诗存：张若虚

刘希夷因为不愿自己的诗句“年年岁岁花相似，岁岁年年人不同”被人掠夺，而累及生命，另一位诗人化用他的诗句，名字却长留人间，他就是张若虚。

张若虚《唐书》无传，可见在世时声名并不显赫。《全唐诗》也仅存其诗两首，但其中的《春江花月夜》至今传唱不朽，人们也因此知道张若虚的名字。

春江潮水连海平，海上明月共潮生。滟滟随波千万里，何处春江无月明。

江流宛转绕芳甸，月照花林皆似霰。空里流霜不觉飞，汀上白沙看不见。

江天一色无纤尘，皎皎空中孤月轮。江畔何人初见月？江月何年初照人？

人生代代无穷已，江月年年只相似。不知江月照何人，但见长江送流水。

白云一片去悠悠，青枫浦上不胜愁。谁家今夜扁舟子？何处相思明月楼。

可怜楼上月裴回，应照离人妆镜台。玉户帘中卷不去，捣衣砧上拂还来。

此时相望不相闻，愿逐月华流照君。鸿雁长飞光不度，鱼龙潜跃水成文。

昨夜闲潭梦花落，可怜春半不还家。江水流春去欲尽，江潭落月复西斜。

斜月沉沉藏海雾，碣石潇湘无限路。不知乘月几人归，落月摇情满江树。

《春江花月夜》与《代悲白头翁》题材相似，都是思妇怀念征人，感叹青春流逝，张若虚对刘希夷的承袭依稀可见。不同的是，《代悲白头翁》主要通过桃李花落感叹青春流逝，《春江花月夜》主要通过流水月光表达相思情感，诗歌主人公都在怀念远方的情人。征人戍边、思妇怀春是《诗经》以来的古老题材，乐府诗多有表现，因为它是人之常情、社会常见。不过《春江花月夜》以月这一意象将人的生存状态传达出来，以水这一意象将生命的流逝表现出来，水月相映，将人生别离这一情感缺憾上升到生存困扰的哲理高度，即人在时间中生命流逝、人在空间中思念亲人，这种无法抗拒的生存困惑被诗歌的情境传达得委婉动人。人与时间的哲学存在、人与空间的活动局限，被现实生活所体现，被诗歌意境所传达，成为千古绝唱。

春江连海，明月初升，这是怎样一幅优美景色！“海上生明月，天涯共此时”，又是怎样一种思念之情！潮水涌动，心潮翻腾，月华闪烁，青春流逝，情人共对一个明月，月华之下却不能相拥。江流曲折，芳草萋萋，江天一色，月照花林，多少花前月下的动人往事，今天却宛若梦里。夜渐渐深了，天渐渐冷了，秋霜不知不觉落下来，掩盖了滩头的白沙。竹帘卷不去空中的明月，离愁随着捣衣的声音敲击心头。天南海北，鱼雁难通，只能望着池塘的落花，感叹青春的短暂，望着远去的江水，伤心岁月的流逝。生命短暂，青春易逝，在江天一色、月华依稀的晚上惆怅无限，离愁别绪感受尤其浓烈。

无限美好的春江花月夜，却只能付与无限思念的离愁别绪。诗人不禁想象：什么人初次感受这清朗的明月，明月什么时候开始照耀世人。面对寂寥的天空、清朗的明月，诗人开始了对生命的追问：为什么花好月圆的天际，人却不能团圆？为什么月照平沙的意境，人只能惆怅相对？人生在世难以圆满的惆怅，使诗人问天、问地、问日、问月，发出生存困惑的追问。“人生代代无穷已，江月年年只相似。”天地无穷，人生短暂，生命的哲思油然而生。人只能面对滚滚的江水，面对西斜的落月，感叹人的情感与自然环境的难以谐调。江流里“过尽千帆皆不是”，增添了相思之苦；月光下“同是天涯沦落人”，抹不去失落之情。《春江花月夜》将征人、思妇的离愁别绪上升为人的生存困境，因而有了普遍意义，所以为世世代代的人们所感动，所传唱。《春江花月夜》具有优美的意境，也具有深沉的哲思，且将自然的优美景色和人生的普遍情感融合得天衣无缝，具有极强的艺术魅力。

《春江花月夜》的魅力，首先是意象的把握。江、月、海、潮、树、影、沙、滩等，无不着上诗意的感受，使之成为诗歌意象。每一事物都是情感性的事物，每一景象都是情感性的景象。诗句既意象丰富又情感深沉，情感对外在事物的融解达到了极致。

其次是意境的创造。自然事物变成情感事物，就成了意象；多个意象的融合，构成意境。《春江花月夜》不仅抓住了月这一中心意象，而且把月放在江、海、树、滩的背景下描写，海潮、江波、树影、流光、芳草、沙滩与月色构成优美的意境。《春江花月夜》意境的优美、深邃、静谧、幽雅达到了无以复加的地步。诗歌的美学价值，在这里都得到高度的体现。

第三是情感的表达。诗歌写思妇对征人的相思优美生动：“玉户帘中卷不去，捣衣砧上拂还来。此时相望不相闻，愿逐月华流照君。鸿雁长飞光不度，鱼龙潜跃水成文。”用了常见的诗歌形象，把鱼雁难通音信、月光遥寄相思的情感表达得十分委婉动人，而且从个人的相思推广到普遍的人情。

第四是哲理的生发。诗歌不停留在现实层面上，更有时间、空间上的久远思考，达到人生的哲理高度：“江畔何人初见月？江月何年初照人？人生代代无穷已，江月年年只相似。不知江月照何人，但见长江送流水。”这些问号将个人的感觉上升到生存的追问，达到超越现实的生存思考。

《春江花月夜》从思妇的闲愁出发，达到人生的普遍体验；从具体的事象出发，达到自然的审美感受。优美的意境让人进入诗的天地，自然的发问让人进入生存的思考，它感情、意境融合得天衣无缝，人生、哲思巧妙地得以提升，诗美的素质得到集中的体现。从张若虚的《春江花月夜》看到刘希夷的《代悲白头翁》的影子，从林黛玉的《葬花词》也可以看到张若虚《春江花月夜》的影子，这是人的一种普遍情感。“花飞花谢飞漫天，红消香断有谁怜？”“桃李明年能再发，明年闺中知有谁？”曹雪芹也从林黛玉的情境上升为生存的发问，好诗总是这样感人至深。《春江花月夜》至今还活在民族乐曲、民族舞蹈中，成为国人审美意识的结晶，成为中华民族的文化传承。

张若虚诗作不多，《全唐诗》也仅存两首，也许《春江花月夜》已将人生感受和自然美景写到极致，难有新作超越，张若虚才就此止步。好诗作为美的集中体现，刘希夷因此被人扼杀，张若虚因此被人记住，诗的魅力可见一斑。

诗书继世：杜甫(一)

“忠厚传家久，诗书继世长”，以前大户人家的两扇大门常常书写这样的对联，这是封建家庭的生活理想和人格理想。杜甫就出生在这样的家庭，它也决定了杜甫的生活道路和文化人格。

唐玄宗先天元年(712)，杜甫出生在洛阳附近的巩县。他的祖上杜预，是晋代的著名将领，世传他“身不跨马，射不穿札”，是个儒将。他研习兵法，足智多谋，注释《春秋左传》，至今传世。祖父杜审言，是唐初著名的宫廷诗人。杜审言生子名闲，杜闲生子名甫，杜甫是杜审言的孙子，不过到了杜甫这一代，家境已经败落。杜甫对于自己诗书簪缨的家族历史很是骄傲，也决心继承这个传统。他曾多次给皇帝上书进颂，希望皇帝能重视和提拔他这个世家子弟：“先臣恕、预以来，承儒守官十一世，迨审言以文章显。臣赖绪业，自七岁属辞，且四十年，然衣不盖体，常寄食于人，窃恐转死沟壑，伏惟天子哀怜之。若令执先臣故事，拔泥涂久辱，则臣之述作，虽不足鼓吹六经，先鸣数子，至沉郁顿挫，随时敏给，扬雄、枚皋可企及也。有臣如此，陛下其忍弃之?”

作为年轻生命祈求飞黄腾达、实现自我，是人之常情；作为官宦子弟希望光宗耀祖、文运畅达，也在情理之中。深受儒家文化熏陶的杜甫，开始走入社会也在隐与显的怪圈里徘徊。此时的李唐朝廷，已陷入歌舞升平、奢侈淫靡的泥潭，吏治又搞裙带关系、排斥贤达。杜甫求官无望，一直到经历了安史之乱的“考验”，才给了个左拾遗的虚职。杜甫没有闻达，也没有消沉，而是走向了“民性”。他在长安漂泊，逐步看清了封建王朝的奢侈腐败，人民生活的穷愁困窘，便转向为人民“鼓与呼”。杜甫发扬了儒家的民本思想，对百姓的穷苦感同身受，对王朝的颓败痛心疾首，一生以诗歌的形式追随着历史的脚步，成为中国这片儒家文化土壤上生长起来的人民诗人。杜甫的典型意义、文化意义正在于此。

杜甫给皇帝上书推荐自己，对自己的书香门第十分珍惜，也想“忠厚传家久，诗书继世长”。杜甫对自己的聪明才智也十分自信，他自比于扬雄、枚皋这些汉代辞赋大家。向皇帝表明自己时下穷困落拓的生活状况，祈求天子哀怜、提拔，使他跳出污泥，成为显官。这是表文的内容，不过还有一些东西是表文看不出来的，那就是掩藏在背后的唐朝吏治和人才选拔情况。唐代作为封建社会的上升时期，注重选拔人才，继承了隋代开始的科举制度，并且拓宽了考试的范围。除了考儒家的经典以外，还考诗文辞赋（博学宏词科），另有历史、法律、数学等科（见顾炎武《日知录·科目》），开辟广泛的考试科目，并且有考试和举荐的不同方式。这是为了广泛搜罗人才，应该说科举制度是有功绩的。然而，制度虽好，如果吏治腐败就会大打折扣，甚至走向邪路。杜甫生活的唐玄宗时代吏治十分腐败，皇上沉溺酒色，不理朝政，大权由宰相李林甫、杨国忠掌握。皇上腐败，权臣自然腐败，李林甫、杨国忠培植亲信，排斥异己。天宝六年(747)为了网罗人才，皇帝诏告天下，凡是有一技之长的人都可到长安应试。李林甫害怕人才脱颖而出威胁他的宗派、姻亲统治，于是垄断考试，虽然按例举行了科举，却一个都不取。李林甫向皇帝祝贺：天子清明，“野无遗贤”。李林甫的做法是恶劣的，也是笨拙的，有识之士一眼识破，在当时就有非议，但唐明皇却昏聩至极，竟然沉溺于“野无遗贤”的谎言中。听信这种谄媚的谎言的人，不是宠信奸佞，就是荒淫无道，唐明皇兼而有之。杜甫是这次科考的受害者之一，他被排斥在进士之外。杜甫云游长安，两次参加科考，都未被录取，此时杜甫已经40多岁。他生怕垂垂老矣，功名无成，报国无门，便急切向皇帝上表，想让皇帝垂青他这个簪缨世家、文学子弟。沉溺享乐的唐明皇，哪里顾得上一个小小的学子。

皇帝不肯垂青，杜甫又向宰相“干谒”。“干谒”即以诗文拜谒高官，请求推荐自己，杜甫《奉赠韦左丞丈二十二韵》即一篇典型的干谒诗。韦左丞，名济，时任尚书左丞，对杜甫的诗颇为赏识，杜甫对他也十分敬重。屡试不中，遭遇冷落，杜甫困居长安，生活无着，便向韦左丞辞行，同时倾诉衷曲：

纨绔不饿死，儒冠多误身。丈人试静听，贱子请具陈。
甫夕少年日，早充观国宾。读书破万卷，下笔如有神。
赋科扬雄敌，诗看子建亲。李邕求识面，王翰愿卜邻。
自谓颇挺出，立登要路津。致君尧舜上，再使风俗淳。
此意竟萧条，行歌非隐仑。骑驴十三载，旅食京华春。
朝叩富儿门，暮随肥马尘。残杯与冷炙，到处潜悲辛。
主上顷见征，欻然欲求伸。青冥却垂翅，蹭蹬无纵鳞。
甚愧丈人厚，甚知丈人真。每于百僚上，猥诵佳句新。
窃效贡公喜，难甘原宪贫。焉能心怏怏，只是走踆踆。
今欲东入海，即将西去秦。尚怜终南山，回首清渭滨。
常拟报一饭，况怀辞大臣。白鸥没浩荡，万里谁能驯！

“干谒”是请求推荐为官的诗，按说没有多少价值，但在杜甫约1 500首诗中，首先提出它来介绍是有原因的。一是它表达了杜甫的政治理想，二是它暴露了当时的社会黑暗，三是它描述了杜甫前半生的生活状况。

年轻时杜甫云游长安，祈求获得功名，“骑驴十三载，旅食京华春”。然而功名无成，生活无着，寄人篱下，经常叩富人家门，随官员车骑，讨得一口残羹剩饭。圣上有诏，开始科考，好容易看到希望，却奸臣当道，扼杀人才，期待展翅的大鹏垂下翅膀，想跳龙门的鲤鱼无法摆尾。天宝七年(748)，他想告别长安，写诗给尚书左丞的韦济，既感谢他的赏识，又陈述自己报效朝廷的理想。长安十余年，杜甫看透了吏治的腐败，对时政的批评也更加强烈。

杜甫以自己在长安看到的现实，愤懑地揭示：那些斗鸡走狗又占据要津的纨绔子弟如果不让他们饿死的话，兢兢业业的读书人就要耽误一辈子。他称韦左丞丈人，以示尊重，自己则谦称贱子，陈述自己来到长安以后的经历和遭遇。24岁的“少年日”就参加东都洛阳的考试，成为“观国宾”。“观国宾”语出《易经》“观国之光，利用宾于王”，意为国家要焕发光彩，就要对贤才能人宾客待之。然而唐朝并未实行。自己是勤奋的，有才能的，“读书破万卷，下笔如有神”，作赋可敌扬雄，写诗堪比曹植，在当朝也得到大文学家、学问家李邕的赏识，已经成名的诗人王翰也愿意和我做邻居。王翰当时已经是著名边塞诗人，因诗名大振，人们都愿意选他为邻居。杜甫本来以为很快就可以脱颖而出，在朝廷占据重要位置，实现“致君尧舜上，再使风俗淳”的政治理想，哪里想到竟一直遭受冷落。自己还想歌唱，不愿隐居，所以骑驴游历京师，漂泊长安街头，早晨敲富贵人家的门户，晚上步贵胄肥马的后尘，不得不屈尊应酬，讨一杯残羹剩饭，受尽了悲苦酸辛。皇帝招考搜罗人才了，这下可有出头之日了吧，哪里想到不但上不了青云反倒垂下翅膀，不但不能如鱼得水反倒徘徊无依。我有愧于左丞相的厚爱，深知左丞相的真意，你曾在百官中屈尊推荐我的诗歌，希望我获得贡公那样的喜悦，不忍甘居原宪那样的清贫。杜甫在这里引用了两个典故：《汉书·王吉传》载，“吉与贡禹为友，世称‘王阳在位，贡公弹冠’。”意思是说只要王吉在位，必定引贡禹入仕。《庄子·让王》载，孔子弟子子贡去见原宪，原宪衣冠不整、拄着竹竿在门口迎接。子贡说先生病了吗？原宪说，“无财谓之贫，学而不能行谓之病。今宪，贫也，非病也。”子贡听了逡巡而有愧色。杜甫说，我不能甘于清贫，希望得到左丞相的举荐，也不愿意像原宪那样有才学而不得施展。“东入海”和“西去秦”也都有典故。《庄子·列御寇》载：“石户之农，携子入与海，终身不返。”《史记·李斯列传》说：“天下之士退而不向西，裹足不入秦。”杜甫用这些典故告诉韦济，现在无奈要离开长安入海求仙，不向无道的秦国求仕了，可是还舍不得终南山、渭河水。常常想报左丞相的一饭之恩，不忍离开关心我的朝廷重臣。我像白鸥一样，要没入浩瀚的大海了，谁能掌握他的命运呢，还是只有左丞相啊！

杜甫写此“干谒”诗，对韦济情真意切，论现实愤懑不平，谈理想坚定执着，抒情怀清雅高洁，不失为一首抒情言志的好作品。它概括了杜甫为官以前的生活，是十年长安漂泊的总结，杜甫的前半生就是这样过的。杜甫这篇“干谒”的诗文体现了他从祈求闻达到转向关注人民的心路历程。

不过杜甫年轻时代除了读万卷书之外，也曾行万里路。20多岁，杜甫曾经有过一段漫游的日子，实践他读万卷书、行万里路的理想。他南游吴越，到过金陵、姑苏、会稽、剡溪，又北游齐赵，登过泰山。天宝三年(744)，杜甫与李白在洛阳相遇，同游梁宋，再游齐鲁，两人结下深厚友谊。在兖州相聚时，杜甫写下《赠李白》：

> 秋来相顾尚飘蓬，未就丹砂愧葛洪。
> 痛饮狂歌空度日，飞扬跋扈为谁雄！

秋天的日子，两个如飘蓬一样的诗人相遇了。你李白啊，想成为道人，却没有炼就丹砂有愧于葛洪。醉酒狂歌，不能实现自己的理想，白白意气风发无法成为英雄！得不到重用的两位诗人，惺惺相惜，发出这样的感叹。从此两位伟大诗人结下深厚友谊，此后杜甫多次写诗怀念李白，表明他与李白的命运息息相通。

东游齐鲁期间，杜甫写了一首《望岳》：

岱宗夫如何？齐鲁青未了。造化钟神秀，阴阳割昏晓。
荡胸生层云，决眦入归鸟。会当凌绝顶，一览众山小。

年轻的杜甫，还没有登临泰山的财力和实力，只能遥遥仰望，但胸中诗情澎湃，泰山文物景物已了然于心。他以崇敬的心情，感叹这千古的名山："齐鲁青未了"概括泰山的雄伟气势，"造化钟神秀"赞叹泰山的文化积淀，"阴阳割昏晓"是对雄伟大山的远观，"荡胸生层云"既是描写山势，又是表达情怀，"决眦入归鸟"更把景物与情怀融为一体，思绪一直飞向无尽的远方。杜甫没有登山，无法对泰山的石、松、山、泉进行具体描写，只能浮光掠影描写泰山，但杜甫仍然诗情洋溢：那波涛汹涌的流云，不正是自己激荡不已的胸怀吗；那遥遥飞去的小鸟，不正是自己无限遐想的思绪吗！年轻的诗人对中华文明的挚爱，对名山大川的感受，对未来生活的信念，对人生哲理的体悟，以澎湃的激情涌现出来："会当凌绝顶，一览众山小"，我定有那一天，登上泰山绝顶，俯瞰脚下的那些小山。杜甫居高临下的气度、包容万象的胸怀，在诗中体现出来。一首未能实际登临的山水诗，表现了他诗人的情怀、哲人的思绪，显示了他感受现实、把握形象的杰出才能。此后那些反映广阔社会生活和描写人民疾苦的诗歌，正是基于这种敏锐的诗人感受和博大的诗人情怀。杜甫像一只孤雁，从泰山旁边飘过，浮光掠影，留下了泰山的概貌，也展示了他的情怀。他既能居高临下，又能脚踏实地，走到哪里，都能传达出生活的一片诗意。

丽人行止：杜甫(二)

长安十年，杜甫没有获得一官半职，寄人篱下，受尽屈辱。但是，也正是这种生活处境，使他看清了统治者的荒淫奢靡，感受到“朱门酒肉臭，路有冻死骨”的社会矛盾，成就了杜甫的许多重要诗篇，《丽人行》《兵车行》《前出塞》《后出塞》《自京赴奉先县咏怀五百字》等名篇都是这个时期的作品。杜甫揭露了皇帝、妃子、宰相、贵戚骄奢淫逸的生活，谴责了统治阶级穷兵黩武的政策，把安史之乱的隐患形象地表现出来。

“忆昔开元全盛日，公私仓廪俱丰实。”盛唐时期的开元年间，社会物质丰富，朝野歌舞升平，人们好像生活在乐游园上。作为生活中最浪漫的一群，诗人们也歌舞游宴，忘乎所以。天宝五年(746)，杜甫初到长安，结交名流，拜谒显宦，也受到这种气氛的感染。他写了《饮中八仙歌》，描述诗人们的浪漫生活：

知章骑马似乘船，眼花落井水底眠。汝阳三斗始朝天，道逢麹车口流涎，

恨不移封向酒泉。左相日兴费万钱，饮如长鲸吸百川，衔杯乐圣称避贤。

宗之潇洒美少年，举觞白眼望青天，皎如玉树临风前。苏晋长斋绣佛前，

醉中往往爱逃禅。李白一斗诗百篇，长安市上酒家眠，天子呼来不上船，

自称臣是酒中仙。张旭三杯草圣传，脱帽露顶王公前，挥毫落纸如云烟。

焦遂五斗方卓然，高谈雄辩惊四筵。

酒中八仙是文学史上的佳话，八仙的人选也略有出入。杜甫诗歌影响巨大，人们多依杜甫诗里的记述。杜甫以诗人的圣手，对八位诗人做了传神入画的描写。贺知章喝得骑马像是乘船，晃晃悠悠掉到井里还睡大觉。汝阳王李琎乃唐玄宗之兄李宪之子，他喝得仰面朝天，看见人家拉酒的车还流口水，后悔封地不在酒泉。左相李适之与李林甫不合，罢相以后常与诗友聚会，赋诗曰："避贤初罢相，乐圣且衔杯。为问门前客，今朝几个来？"宗之即崔宗之，袭封齐国公，曾任侍御史，是个潇洒美少年，喝得眼望青天发呆，像亭亭玉立的小树。苏晋是唐初才子，弱冠举进士，累官中书舍人，唐玄宗的文书告示多为苏晋所作。他本来已信佛吃斋，也照样醉里逃禅。李白醉卧酒肆，不听皇上召唤的故事早已家喻户晓。张旭是草书大家，喝酒以后脱帽露发，用头发蘸墨写字。酒中八仙，有王公，有显宦，有诗人，有文士，有在朝，有在野，他们都抛却身份，忘记职位，唯饮酒狂欢是乐。这是盛唐长安贵族生活的一个缩影。人们都忘却自己，忘却安危，沉浸在和平欢乐的日子里，歌舞饮宴。杜甫写酒中八仙，本述文坛趣事，却无意间透露了盛唐长安城里的豪华生活，人们没有忧患意识，以狂傲放达为追求。成于忧患，毁于安乐，诗酒歌舞之下的长安已潜藏着危机了。

浪漫诗人终日宴饮，王公贵族更奢华无度，杜甫的《乐游园歌》作了描写。乐游园，一作乐游原，在杜陵西北，为汉宣帝所建。盛唐年间，太平公主扩地改建，亭台楼阁，一应俱全。每逢三月上巳、九月重阳，王公

贵族在此歌舞盛会，饮酒赋诗。杜甫作为诗人，也应邀参加，他对乐游园的盛会做了这样的描写：

乐游古园崒森爽，烟绵碧草萋萋长。公子华筵势最高，秦川对酒平如掌。

长生木瓢示真率，更调鞍马狂欢赏。青春波浪芙蓉园，白日雷霆夹城仗。

阊阖晴开昳荡荡，曲江翠幕排银牓。拂水低回舞袖翻，缘云清切歌声上。

乐游原上树木苍郁，芳草萋萋。王公贵族在此摆筵，居高临下，面向秦川。《开元天宝遗事》记载：杨国忠一门，“每春游之际，以大车结彩，百帛为楼，载女乐数十人，自私第声乐前引，出游园苑中”。皇亲国戚骑马乘车，前呼后拥，仪仗遮天蔽日，美女争奇斗艳。鲜花盛开的园内，更荡漾着女人的春天。宫墙的城门打开了，里面飘荡出祥云瑞气；曲江蜿蜒长流，两岸摆开贴金挂银的帐幕豪华无比。贵族之家争相安营扎寨，来这里筵游。歌妓起舞，水袖翻起波浪，歌声响遏行云。王公贵族的豪华装束遮天蔽日，人们放浪狂欢，争相买醉。其中也有不醉的，那就是杜甫，他已经由醉变醒，看清这奢靡生活后面的危机。杜甫自述他参加乐游原盛会的感慨：

却忆年年人醉时，只今未醉先已悲。数茎白发那抛得，百罚深杯亦不辞。

圣朝已知贱士丑，一物自荷皇天慈。此身饮罢无归处，独立苍茫自咏诗。

杜甫作为诗人，不止一次参加乐游原盛会，年年大醉，这次却格外清醒，大杯罚酒他已经麻木，王公贵族骄奢淫逸使他悲怆不已，自己已经头发斑白，再添几根白发又算什么，多喝几杯又有什么！朝廷已经知道我是个“贱士”，不会给他们增光添彩，但作为诗人，我难以忘却诗人的天职。王公贵族这样奢侈豪华，我无家可归，只能立在苍茫的天地间独自感叹。杜甫作为诗人被邀，本来是让他唱颂歌，点缀歌舞升平的，但他厌弃了王公贵族的奢靡生活，从应制写诗转向现实批判，忧国忧民的情怀显露出来，开始了他的现实主义创作。

盛唐物质的丰盛，惯坏了王公贵族，白天歌舞饮宴，晚上放荡淫靡。上行下效，奢靡成风，唐明皇、杨贵妃及其杨氏家族就是代表。杜甫厌弃皇上贵族的奢靡生活，写诗予以讽刺。他追随丽人行止，从乐游原上来到长安水边，批判的矛头直指杨氏一门，《丽人行》出现了：

三月三日天气新，长安水边多丽人。态浓意远淑且真，肌理细腻骨肉匀。

绣罗衣裳照暮春，蹙金孔雀银麒麟。头上何所有？翠微盍叶垂鬓脣。

背后何所见？珠压腰衱稳称身。就中云幕椒房亲，赐名大国虢与秦。

紫驼之峰出翠釜，水精之盘行素鳞。犀筯厌饫久未下，鸾刀缕切空纷纶。

黄门飞鞚不动尘，御厨络绎送八珍。箫鼓哀吟感鬼神，宾从杂遝实要津。

后来鞍马何逡巡？当轩下马入锦茵。杨花雪落覆白苹，青鸟飞去衔红巾。

炙手可热势绝伦，慎莫近前丞相嗔！

唐玄宗宠幸贵妃杨玉环，其从兄杨国忠被封为右丞相，姊妹皆封大国夫人。《旧唐书·杨贵妃传》载：杨贵妃“有姊三人，皆有才貌，玄宗封国夫人之号：长曰大姨，封韩国；三姨，封虢国；八姨，封秦国。并承恩泽，出入掖宫，势倾天下”。杨氏一门炙手可热，唐明皇与杨氏姊妹尽情淫乐。《丽人行》描写了他们奢靡的生活。姊妹春日出游，穿的绫罗绸缎，戴的金银珠翠，华丽时尚，窈窕合体，无所不用其极；吃的山珍海味，餍足驼峰银鱼，不惮精工细作，太监精心伺候，御厨不断呈送。歌舞饮宴尚且不论，内部淫乱更为世人侧目。杨国忠与虢国夫人私通，骑马赶来，“逡巡”了一下为什么呢？因为他的“恋爱”乃是乱伦，杨花、白苹都是淫乱的隐喻。北魏胡太后与杨白花私通，白花惧祸，南逃降梁，胡太后想念他，作诗“秋去春还双燕子，愿衔杨花入窝里”。青鸟，西王母的使者，常引申为爱情传递的信使；红巾，贵妇人的手帕，以贴身之物相赠表达肌肤之亲。这些事物都暗示杨氏兄妹暧昧淫乱的腐朽生活。《丽人行》揭露杨氏家族的奢侈糜烂，批判的矛头直指统治集团内部，王公贵族的奢靡已经埋下大唐王朝衰败的祸根。

唐玄宗骄奢淫逸的生活，朝廷内戚专权的政治，直接导致安史之乱。天宝十四年(755)十一月，安禄山以清君侧、铲除杨国忠为由，起兵范阳。适逢杜甫自长安赴奉先探望妻儿，路过骊山，唐玄宗与杨贵妃还在骊山宴游。此时民间已人心惶惶，唐明皇还沉溺于淫乐。杜甫写了《自京赴奉先县咏怀五百字》，描写他一路的见闻，对皇室的奢侈淫靡表示愤慨，对百姓的仓皇罹难表示同情，他以自己一家的遭遇验证了当时的社会苦难。杜甫以长诗的叙事留下动乱前的社会影像，也以浓重的抒情表达了忧国忧民的情怀。全诗太长，这里只能分类摘引。

“杜陵有布衣，老大意转拙。”杜陵老叟已经 44 岁，变得越来越固执、越不合时宜了。“穷年忧黎元，叹息肠内热。取笑同学翁，浩歌弥激烈。”整年忧虑百姓，心中焦虑翻腾，同辈人都笑我不合时宜，我越发慷慨激昂地写诗。我不是不想浪迹江湖潇洒度日，只是不忍告别盛世明君。“当今廊庙具，构厦岂云缺。葵藿倾太阳，物性固难夺。顾惟蝼蚁辈，但自求其穴。”当今朝廷那么多臣僚，不缺栋梁之材，只是我像葵藿一样，没法改变向阳的本性。看看那些群臣百官，个个像蝼蚁一样只顾自己的小家，我杜甫更难放弃匹夫之责。杜甫抒发着忧愤的情怀，一个忧国忧民的儒家知识分子形象走到我们面前。

杜甫记述了回乡路途的见闻，揭示出严重的贫富悬殊。这是一个百草凋零、疾风怒吼的日子，天气寒冷，手都系不好衣带，可是骊山行宫却热气蒸腾。“瑶池气郁律，羽林相摩戛。君臣留欢娱，乐动殷胶葛。赐浴皆长缨，与宴非短褐。”安禄山已经起兵造反，官报尚未到达长安，唐明皇、杨贵妃和一帮贵族、权臣还在华清池玩乐宴饮。供给王公贵族奢靡生活的是百姓的劳作。“彤庭所分帛，本自寒女出，鞭挞其夫家，聚敛贡城阙。”拿着国家的俸禄，喝着百姓的血汗，本应为国家办事，可是官僚腐朽，言路阻塞，外戚掌权，皇室奢靡，整个朝廷已经腐朽：“多士盈朝廷，仁者宜战栗。况闻内金盘，尽在卫霍室。中堂舞神仙，烟雾蒙玉质。煖客貂鼠裘，悲管逐清瑟。劝客驼蹄羹，霜橙压香桔”。朝廷内群臣聚集，权力掌握在内戚手里，有正义感的人不敢说话。朝堂上美人轻歌曼舞，朝堂下香烟笼罩玉体。穿的是锦衣貂皮，吃的是熊掌驼蹄。不思危难造成国家危机，奢靡生活形成贫富悬殊。“朱门酒肉臭，路有冻死骨。荣枯咫尺异，惆怅难再述！”杜甫痛心疾首，难以言说。

杜甫感受到天下的危机形势，暗示朝廷崩溃的危险。“群水从西下，极目高崒兀。疑是崆峒来，恐触天柱折。河梁幸未坼，枝撑声窸窣。”山势突兀，洪水高悬，像是从西天的神山而来，山雨欲来风满楼。天柱即将摧折，黄河即将泛滥，幸好桥梁还没有倒塌，但已吱吱作响。大唐的国势已危在旦夕，杜甫对国运崩摧局势看得清醒透彻，对百姓的痛苦感同身受，表现了一个忧国忧民诗人的伟大情怀。

在战乱爆发、人心惶惶的形势下，杜甫历尽磨难回到家中。自己家的遭遇更是一个社会的缩影：

入门闻嚎啕，幼子饿已卒。吾宁舍一哀，里巷亦呜咽。
所愧为人父，无食致夭折。岂知秋禾登，贫窭有仓卒。
生常免租税，名不隶征伐。抚迹犹酸辛，平人固骚屑。
默思失业徒，因念远戍卒。忧端齐终南，澒洞不可掇！

杜甫一进家门，就获知小儿子已经饿死，就算我忍着不哭，乡里们也抽噎不止。本来想秋天粮食已经打下来，怎么还没等到这一天孩子就走了呢！我家本来可以免除租税、徭役，还发生了饿死儿女的事情，平民更加难以为生了。再想想那些生活无着的人和远方的戍卒，他们的日子怎么过啊！望着眼前的情境，忧思像终南山一样高，像浩渺的天空一样广，无法收拾。杜甫沿路所见、自身所感，构筑了一幅战乱爆发的社会全景图，这里面有皇族的淫乐，有百姓的饿殍，有仓皇的逃难，有凄苦的归家，呼啦啦大厦将倾的形势已在眼前。杜甫以自己的悲悯情怀挥动如椽巨笔，留下一个时代的史诗。

宝车华盖、前呼后拥横行于乐游原上、华清池边，皇族、丽人们荒淫无道，终于走到危险的边缘。安禄山大兵进犯，唐明皇仓皇逃走。马嵬坡兵变，将士们要求敕杀杨贵妃兄妹，丽人的奢靡日子走到了尽头。

杜甫追踪影响唐王朝盛衰的这些宫闱秘事，以《哀江头》写出这种荒唐爱情的悲剧结局。至德二年(757)，太子李亨在灵武即位的第二年春天，长安失陷，杜甫身陷敌区，偷偷走到昔日歌舞升平、盛极一时的乐游原，只见野草横生，狐兔出没，往昔不再，满目荒凉。华服宝车已成魅影，觥筹交错只剩残杯，只有原下的流水继续前行。抚今思夕，杜甫怎能不《哀江头》：

少陵野老吞声哭，春日潜行曲江曲。江头宫殿锁千门，细柳新蒲为谁绿？

忆夕霓旌下南苑，苑中万物生颜色。昭阳殿里第一人，同辇随君侍君侧。

辇前才人带弓箭，白马嚼齧黄金勒。翻身向天仰射云，一笑正坠双飞翼。

明眸皓齿今何在？血污游魂归不得！清渭东流剑阁深，去住彼此无消息。

人生有情泪沾臆，江草江花岂终极？黄昏胡骑尘满城，欲往城南望城北。

我杜少陵是沦落敌区的野老，春天里偷偷来到乐游原边的曲江。江头的宫殿千门锁闭，柳树虽然发芽了，它为谁泛绿呢？昔日贵妃霓裳羽衣前来游园，园中花木为之生色。那是后宫第一宠妃，与皇上同车形影不离。出行的时候，旌旗蔽日，霓裳映天，白马金嚼，锦衣华盖，好不威风，怎会想到有马嵬赐死、魂断荒野呢！清清的渭水、高高的剑阁，远隔了游魂，念此怎不让人泪沾衣襟。江草江花年年开放，物是人非却难想象。胡人的骑兵踏起了满城的灰尘，我满怀悲怆不知向哪里走了，向城南还是向城北都找不到家，无家的日子谁能体味！杜甫以乐游原的今昔对比，写出了爱情的悲剧，写出了王朝的悲剧，让人们不得不思考这悲剧的根源。战乱顿时沧海桑田，繁华忽然化为荒郊，杜甫追踪丽人行止，到此做了一个小结。

今天唐明皇、杨贵妃的爱情故事被影视、戏剧演绎了又演绎，华清赐浴、马嵬诀别，乃至蓬莱神聚，被渲染得美轮美奂。在当今这个突出人性、崇奉爱情的文化语境下，这个故事确实既有票房价值，又合观赏心理。可是唐明皇、杨贵妃荒淫误国、奢侈淫靡招致内战爆发、社会衰败的事实却被掩盖了。安史之乱的直接原因是唐玄宗宠信杨氏兄妹，把唐朝拖入八年战争，中原地区白骨遍地，荒草漫野，人口减少了十分之七(据郭沫若《李白与杜甫》)。大唐王朝从此一蹶不振，唐明皇、杨贵妃的荣华富贵顿时化为泡影，盛唐的富庶安定成为追忆，封建的鼎盛高峰急转直下。以祸水论女人，自然沦于肤浅；只谈爱情不谈国是，更是糊涂一生。在当今消费生活、消费人性的文化语境下，杨贵妃、唐明皇的爱情故事也成了一种消费，但这消费的代价似乎太大了。以盛唐国破家亡、百姓流离失所换取微薄的票房，不是很可悲吗！况且对世道人心的销蚀，损失更无法估量。何况皇上后妃的爱情就那么坚贞不渝吗？传统戏曲《贵妃醉酒》《梅妃》已做了揭示，唐明皇并不是那么忠于爱情的，当今的许多作品把它作为爱情悲剧大肆渲染，不过是人性文化语境下的一种文学想象。爱情至上，国运置下，这种文艺观也是一种奢靡之风的体现，较之杜甫且等而下之。杜甫追踪了丽人行止，写出了历史事实，到底忧国忧民更深刻一些呢，还是悲叹爱情更深刻一些呢？

杜甫除了从丽人行止的角度关注安史之乱，更从百姓生活的角度关注安史之乱。他写了《春望》(国破山河在)、《月夜》(今夜富州月)、《对雪》(战哭多新鬼)、《悲陈陶》(孟冬十郡良家子)等著名诗篇，成为记述中原战乱的史诗。直到至德二年四月，杜甫逃出长安，赶赴凤翔行在，拜谒肃宗皇帝，杜甫的诗笔一直描述着中原的现实。

大唐王朝兴盛时期，杜甫没有获得一官半职，他的诗笔直指封建王朝的吏治腐败和皇上贵戚的奢侈淫靡。他是一个“不合时宜的人”，怎么能得到皇上的垂青呢！直到战乱爆发，朝廷才看出这“不合时宜”正是忧国忧民、历史预见。杜甫身经离乱，一路坎坷，到达肃宗皇帝的临时居所，这时皇上才看到有个杜甫一直忠君爱国，任命他为左拾遗。杜甫的生活开始了一个新阶段，创作也进入一个新阶段，但忧国忧民之心依然未变。

草堂野老：杜甫（三）

杜甫从安禄山占领区逃出来，赶赴凤翔行在，肃宗授左拾遗，这是一个谏官。杜甫当了谏官就要提意见，但文人的意见很难被皇帝容纳。

安禄山大军席卷两都，大唐王朝岌岌可危。宰相房琯请求领兵讨贼，肃宗命他节度潼、蒲两关兵马，与安禄山交战。《旧唐书·房琯传》载："时琯用春秋车战之法，以车二千乘，马步夹之。既战，贼顺风扬尘鼓噪，牛皆震骇，因拂刍纵火焚之，人畜挠败，为所伤杀者四万余人，存者数千而已。"房琯书生气十足，套用古代车战之法，怎敌北方来的骁勇之敌。安禄山以火攻之，官军一败涂地。杜甫写诗《悲陈陶》，哀叹这次惨败：

孟冬十郡良家子，血作陈陶泽中水。野旷天清无战声，四万义军同日死。

群胡归来血洗箭，仍唱夷歌饮都市。都人回面向北啼，日夜更望官军至。

官军惨败，血流成河，战场死寂，胡人回到洛阳城里饮酒高歌。都城里的百姓掩面而泣，不知官军什么时候能解放他们。杜甫以沉重的心情记述这场战事，哀悼死难的将士。肃宗以战败治房琯死罪，作为左拾遗的杜甫上表进言，力陈目前正是用人之际，不宜从重治罪。肃宗发怒，诏三司问罪杜甫。宰相张镐进言："甫若抵罪，绝言者路。"连个谏官都不许说话，谁还敢说话！乾元二年(759)杜甫被贬为华州司功。杜甫从朝廷到了"基层"，战乱的现实使他惨不忍睹，他写下著名的"三吏""三别"，记录下安史之乱给民间带来的沉重灾难。《石壕吏》说：

暮投石壕村，有吏夜捉人。老翁逾墙走，老妇出看门。
吏呼一何怒，妇啼一何苦。听妇前致词："三男邺城戍，
一男附书至，二男新战死。存者且偷生，死者长已矣！
室中更无人，唯有乳下孙。有孙母未去，出入无完裙。
老妪力虽衰，请从吏夜归。急应河阳役，犹得备晨炊。"
夜久语声绝，如闻泣幽咽。天明登前途，独与老翁别。

连年战争，男丁已十去八九，老太太三个儿子都应征上了前线，最近一个儿子来信，说两个儿子已经战死，衙役还来征老夫当兵，无奈老太婆前去应征。老太婆一番话，刺痛了杜甫的心，他记录下这个凄凉的场面。夜深人静，犹闻哭泣之声。天明离开石壕村，老太太已经被抓去服役，杜甫只能与老翁作别。杜甫以悲悯百姓的人道主义精神，写出战争给千万家庭带来的悲剧。

战争使中原百姓生离死别：《新婚别》是"暮婚晨告别""席不暖君床"的生离；《垂老别》是"此去必不归，还闻劝加餐"的死别；《无家别》更写了一个战争幸存者回乡而找不到家的惨状："久行见空巷，日瘦气惨凄。但对狐与狸，竖毛怒我啼。四邻何所有，一二老寡妻。……人生无家别，何以为蒸黎？"长期战乱，已经国亦不国，家亦不家，民何为民？老百姓连家都没了，还算什么老百姓！《三吏》与《三别》描写了安史之乱带来的国破家亡的社会现实，具有史料价值，也写出了战争带来的家庭

悲剧，具有文学价值。这些诗是叙事诗，不能以抒情诗的标准衡量，杜甫充分挖掘了事件的悲剧性，简洁地予以表现，成为诗歌史上杰出的叙事诗名篇佳作。

叙事留下许多名篇，抒情亦感人肺腑。安史之乱造成的国不国、家不家的状况，杜甫自己有切身感受。《月夜》《对雪》《春望》《羌村三首》等诗篇，以自己家庭的遭遇，写出战争造成的离乱之苦。乱军占领中原，杜甫的家属避居富州羌族村寨，杜甫前去探望，写了《羌村三首》记述当时的状况。其一曰：

峥嵘赤云西，日脚下平地。柴门鸟雀噪，归客千里至。
妻孥怪我在，惊定还拭泪。世乱遭飘荡，生还偶然遂。
邻人满墙头，感叹亦唏嘘。夜阑更秉烛，相对如梦寐。

战乱中音信不通，不知亲人生死。一个红云笼罩西天、鸟雀叫着回巢的傍晚，杜甫突然回到富州城外的羌村，妻儿惊喜他还活着，平静下来是擦不尽的眼泪。乡亲们爬满墙头，也感叹不已。夜深了，夫妻秉烛相对，如在梦里。

这种日子哪里还有春天，即使春天到来，花木繁盛，依然是触目惊心的痛苦。杜甫是爱春天的，但战时的春天却令他触目惊心。《春望》写道：

国破山河在，城春草木深。感时花溅泪，恨别鸟惊心。
烽火连三月，家书抵万金。白头搔更短，浑欲不胜簪。

典型的环境，典型的情绪，典型的形象，诗人的体验表现了一个时代的生存状况。

乾元二年(759)冬天,杜甫到达成都,做了剑南节度使严武的幕僚,官衔是工部员外郎。员外员外,编制之外,这是一个虚职,实际是在朋友的资助下度日。杜甫在成都浣花溪畔购得草堂,加以扩充、修葺,从此他获得了一段较为安定的日子。农村的闲适生活使他有了闲适的心情,他这样描写自己的乡居生活,《江村》:

> 清江一曲抱村流,长夏江村事事幽。自去自来堂上燕,相亲相近水中鸥。
>
> 老妻画纸为棋局,稚子敲针作钓钩。但有故人供禄米,微躯此外更何求?

山青水长,燕叫鸥鸣,妻贤子稚,下棋钓鱼,一派恬静的农村生活,儒家知识分子的闲适心境又得到伸张。这是杜甫草堂生活的一个侧面。

另一方面杜甫还牵挂着未被收复的失地,未能平定的叛乱。

> 野老篱边江岸迴,柴门不正逐江开。渔人网集澄潭下,估客船随反照来。
>
> 长路关心悲剑阁,片云何意傍琴台?王师未报收东郡,城阙秋生画角哀。

这是杜甫的《野老》生活。推开柴门,面向江水,蜀中也算是个避风港。渔民已正常捕鱼,商贾也随船往来,但杜甫还心系剑阁以外的战事,无法像司马相如那样琴台抚琴。东都洛阳还未收复,城头的画角引出秋日的悲哀。

杜甫过着田园生活,关心季节、农事、天气、丰歉,与农民悲喜与共。

《春夜喜雨》写出了喜遇春雨的激动：

好雨知时节，当春乃发生。随风潜入夜，润物细无声。
野径云俱黑，江船火独明。晓看红湿处，花重锦官城。

家住草堂的杜甫，与农民休戚相关，为农事日夜思虑。早晨起来见到夜里突降春雨，欣喜异常。他手舞足蹈地吟唱起来，描摹夜雨的情境：浓云盖地，田野漆黑，只有江上的渔船闪烁着点点灯火。好雨知时节，谁能不欢喜呢！待到天晴了，成都城里的芙蓉花浸透雨水，显得特别沉重。杜甫进入了农民的角色，但不失诗人的身份，他不仅赞叹好雨，而且写出春雨的优美意境。"润物细无声""花重锦官城"，运用了诗歌的语言，表达了形象的独特意味和细腻的诗意感受。杜甫轻拈髭须，信笔写下上面的诗句，露出安史之乱以来久违的笑容。

农村生活使杜甫与农民结下深厚的情谊，《客至》(舍南舍北皆春水)表达客人突然而至的喜悦和与邻翁对饮的欢快；《茅屋为秋风所破歌》表达与贫苦农民风雨同舟、休戚与共的胸怀；"堂前扑枣尽西邻，无儿无女一妇人"，表达同情贫苦妇女的人道主义情怀。这种人道主义，有儒家民本意识、仁政思想，也有痛惜战争创伤的心境和早日复国的情结。杜甫在成都草堂，仍写了不少悲悯百姓、哀叹征夫的诗歌，每每《忆昔》，则感叹不已，《百忧集行》更以自己为主人公，写出时代的巨大变化：

忆年十五心尚孩，健如黄犊走复来。庭前八月梨枣熟，一日上树能千迴。

即今倏忽已五十，坐卧只多少行立。强将笑语供主人，悲见生涯百忧集。

入门依旧四壁空，老妻睹我颜色同。痴儿不知父子礼，叫怒索饭啼门东。

从十五的天真、健壮、调皮，到五十的病弱、贫困、忧愁，人生的巨大跌宕联系着国家的前后落差。虽有草堂暂时安身，但仍然家徒四壁，妻子看着我形容枯槁，照样体贴随和，但孩子不懂家境艰难，在门口哭着闹着要饭吃。杜甫自身的生活描写，就是安史之乱的社会缩影。

安史之乱持续了八年多，其间安禄山被儿子安庆绪所杀(757)，安庆绪又被突厥人史思明所杀(759)，不到三年史思明又被儿子史朝义所杀(761)，此时叛军已分崩离析。宝应元年，代宗命兵马元帅雍王节度河东兵马，会合回纥兵计十余万人，围攻史朝义，叛军范阳尹李怀仙斩史朝义首级来降，这场战乱方告结束。杜甫获得消息，欣喜若狂，写下《闻官军收河南河北》：

剑外忽传收蓟北，初闻涕泪满衣裳。却看妻子愁何在？漫卷诗书喜欲狂。

白日放歌须纵酒，青春作伴好还乡。即从巴峡穿巫峡，便下襄阳向洛阳。

杜甫喜不自胜记述了当时的情景：剑门关外传来收复河北的消息，听到以后止不住涕泪沾衣。回头看妻子已没了愁容，收拾诗书狂喜不已。搬来陈酒好好庆贺一番，趁年岁不大还可以相伴回乡。假如再乘船经过急流险滩的三峡前往洛阳，那将是怎样一番欢快景象！安史之乱以来，杜甫关心着国家，关心着民生，以诗作了历史记录，今天这部战乱史诗终于可以画上句号了。这是杜甫半生漂泊的句号，也是唐朝盛极转衰的句号，从此杜甫进入了晚年的生活和创作，这将在下一节里描述。

成都时期杜甫的创作更加成熟，他以自己的生活体验书写着时代的巨大变化，诗中有“我”，更有时代的影像，“事”与“史”结合，被诗情所融化，作品达到极高的境界。他的诗形象鲜明又自然贴切，感情真挚又深沉博大，语言简洁又精准流畅，对仗工稳又不事雕琢，创作达到了炉火纯青、朴实老到的地步。这是杜甫人生和艺术成熟的体现，也是杜甫孜孜以求的结果。此时有首《江上值水如海势，聊短述》，触景生情，杜甫回顾了自己的创作追求：

为人性僻耽佳句，语不惊人死不休。老去诗篇浑漫与，春来花鸟莫深愁。

新添水槛供垂钓，故著浮槎替入舟。焉得思如陶谢手，令渠述作与同游。

门前江水陡涨，杜甫抓住这个意象，表达自己心似汪洋、意如高山的艺术追求：写诗就要创造警句，争取出语惊人，但不雕章琢句。老来诗歌追求浑然天成，不必为赋新词强说愁。人生的境界如同门前的板桥上悠闲垂钓，又如破旧的竹筏代替大船出入。我期待诗思如陶渊明、谢灵运那样朴实自然，他们要是能来呀，我与他们泛舟江上，一起吟诗作赋。

杜甫作为伟大诗人，随着唐朝由盛到衰的历史波动写下千余首优秀诗篇，形成一道诗的河流。这河流进入下游，日趋平缓、波澜不惊，但更加丰沛、深泓。《水槛遣心》表达的就是这种心态：

去郭轩楹敞，无存眺望赊。澄江平少岸，幽树晚多花。

细雨鱼儿出，微风燕子斜。城中十万户，此地两三家。

远离喧嚣的城区，敞开明亮的门窗，澄江开阔一望无际，绿树傍晚更显多花。细雨中鱼儿活蹦乱跳，微风里燕子斜冲高飞。任城市繁华热闹，我这里自有悠闲自得。这是一种心境，杜甫老来清净淡泊，有了这样的心境，才有这样的诗境。安史之乱平定以后，杜甫的草堂生活渐渐进入恬淡平和的境界。

平沙落雁：杜甫（四）

人们称杜甫为伟大的现实主义诗人、人民诗人、诗圣，称他的诗歌为诗史，这些崇高的评价他都当之无愧。然而从诗歌创作的心理过程来说，杜甫只是一只大雁，他飞到一个地方，就在那里留下一道风景。他的诗如同平沙落雁，以独特的景观回报大地。杜甫晚年的一首诗《旅夜抒怀》，就是他的自况：

细草微风岸，危樯独夜舟。星垂平野阔，月涌大江流。
名岂文章著，官应老病休。飘飘何所似，天地一沙鸥。

永泰元年(765)，杜甫在成都的主要生活支持者严武去世，他辞去四川节度使幕府参谋的职务，乘船东下，云游荆湘，开始了晚年的漂泊。一个夜晚，他在小船上触景生情，写下《旅夜抒怀》。这不是一首普通的纪游诗，而是人生旅途的诗，人生境界的诗。杜甫在长江上，夜幕笼罩，岸上微风细草，水中危樯孤舟，难免有些孤独，但老来已波澜不惊。心境开阔旷野也就更加开阔，星星也好像和自己低语；月亮从平阔的江面上涌出，与人更加亲近。回想这大半辈子啊，名利都看得很淡了，官禄也因老迈而作罢。我像一只沙鸥，飘忽在天地之间。沉浸在茫茫夜色中，漂流在滚滚长江上，杜甫更加理解社会人生，更加理解诗歌创作。

官位、名利算得了什么，只有诗才是你留下的生活轨迹。我是一只大雁，从北飞到南，从南飞到北，经历了多少风风雨雨。我看到了山川河流，看到了歌舞饮宴，看到了兵燹战乱，看到了百姓啼哭……我飞到哪里就感受哪里的诗意，落到哪里就留下哪里的风景，这就是我的诗。杜甫的创作道路和人生道路，就如平沙落雁，摄取了一道道风景，也经历了一次次风雨。

杜甫早年献《鹏赋》《三大礼赋》，取悦皇上，走应制诗人的道路；向达官显宦上干谒诗，求取功名，走世俗人生的道路。这些追求遭遇挫折，那是社会的必然。为世俗所累，受功利驱使，祈求闻达，是人生难以避免的阶段，杜甫也未能免俗。但是杜甫有一颗忧国忧民、愤世嫉俗的心，这是诗人的心。诗人怀着这颗心在天空上飞翔，看到皇族的奢靡他批判，看到社会的动乱他描写，看到人民的疾苦他同情，写出了《丽人行》《兵车行》《三吏》《三别》等反映社会现实的诗篇，也写出战乱中个人不幸遭遇的诗篇。忧国忧民的儒家思想，悲天悯人的人道情怀，配以诗人的敏锐感受，使那些描写成为史诗。但对杜甫来说，只是雁过长空，看到人间的苍茫现实，总要长鸣几声。他又是一只失群的孤雁，自身的孤独使他更加感受到人间的凄苦，许多个人感受的抒写与社会现实相应合，成为动人心魄的歌吟。

杜甫老来心境更加淡泊、平和，对世事没有那么强烈的激愤，对自然却有更多的审美，于是诗歌的形象更加明朗，意境更加辽阔，更像一只天空飞翔的大雁。杜甫居住成都主要依靠严武，当他节度使幕府的参谋，并经朝廷授予检校工部员外郎的官衔，赐绯鱼袋。永泰元年，严武西川节度使任期届满，五月生病死去。杜甫失去生活依托，便毅然离开草堂，买舟东下，经过嘉州（乐山）、戎州（宜宾）、渝州（重庆）、忠州（忠县），辗转到达夔州（奉节），开始了他的荆、楚漂泊。《去蜀》记述了他的心态："五载客蜀郡，一年居梓州。如何关塞阻，转作潇湘游。

万事已黄发，残生随白鸥。安危大臣在，何必泪长流！”虽说国家安危自有朝廷重臣承担，但忧国忧民、悲天悯人之心仍未泯灭，遇到相应的机会，便写成诗篇。他走到夔州，看到那里百姓生活穷苦，又生感叹，写了《负薪行》：

夔州处女发半华，四十五十无夫家。更遭丧乱嫁不售，一生抱恨长咨嗟。

土风坐男使女立，男当门户女出入。十有八九负薪归，卖薪得钱应公家。

至老双鬟只垂头，野花山叶银钗并。筋力登危集市门，死生射利兼盐井。

面妆首饰杂啼痕，地偏衣寒困石根。若道巫山女粗丑，何得此有昭君村？

战乱中男丁大量死去，加上当地风俗重男轻女，夔州女子嫁不出去，负担着沉重的家务劳动，忍受着青春消逝的悲哀。她们只能打柴晒盐为生，登着陡峭的石阶去赶集，腿脚颤颤巍巍，换得一点钱应付赋税。老来蓬头垢面，不忘插几朵野花，青春消逝只能以泪洗面。谁说巫山的女人丑陋，没听说那里出过王昭君?！杜甫又发悲悯之心，写出战乱、赋税造成川江妇女的人生悲剧。这是一首从人性出发创作的悲歌，对现实主义诗人、现实主义中国来说尤为难得。

即令遇到惊心动魄的美景，也不忘惊心动魄的现实，《白帝》即是：

白帝城中云出门，白帝城下雨翻盆。高江急峡雷霆斗，古木苍藤日月昏。

戎马不如归马逸，千家今有百家存。哀哀寡妇诛求尽，恸哭秋原何处村?

白帝城雄踞夔门,是三峡中最为险恶的一段,峡江奇景令人怦然心动。岩壁上的白帝城,白云出入城门,暴雨敲打江流。“高江急峡雷霆斗,古木苍藤日月昏”,地势险恶,天气险恶,社会一样险恶。安史之乱刚刚平定,崔旰又举行叛乱,兵役征集、赋税苛责,使当地百姓民不聊生。即使从战场上归来,村里人家也只十存其一,还尽是老妇,她们背着沉重的赋税不知如何生存,长江边上一片恸哭之声!

三峡景色壮丽,杜甫有心欣赏美景,更存心感悟社会,夔州写的《秋兴》八首,看来是风物描绘,但免不了又感事抒怀,其一就很有代表性:

玉露凋伤枫树林,巫山巫峡气萧森。江间波浪兼天涌,塞上风云接地阴。

丛菊两开他日泪,孤舟一系故园心。寒衣处处催刀尺,白帝城高急暮砧。

巫峡气象萧森,长江波浪连天,秋天的枫叶烧红了半天。景色固然美丽,杜甫的心还连着边塞的阴晴。此时他离开成都已经两年,菊花两开,心系故园,自己思乡落泪,那些征人呢,不更想念家乡了吗!战事未息,白帝城的居民忙着赶制征衣,槌布声一直响到深夜。杜甫就是这样的孤雁,飞过哪里不但摄录下哪里的美景,而且留下去国怀乡的长鸣。杜甫就是这样,在独特的情境中感受事物,描写景物,因而意境悠远;在悠远的意境下抒发情感,寄托忧思,因而回肠荡气。

杜甫排遣不了愁绪,这愁是丧家之愁,是失国之愁,国恨家仇在病老的杜甫的心里,变得更加苍凉、萧索。杜甫在峡江倾诉他的《愁》情:

江草日日唤愁生，巫峡泠泠非世情。盘涡鹭浴底心性？独树花发自分明。

十年戎马暗万国，异城宾客老孤城。渭水秦山得见否？人今罢病虎纵横。

日日生长的江草不但不能唤醒春意，反倒增长了愁绪；冰冷深湛的峡江不但不能触发激情，反而否定着人间世事。激流漩涡里洗浴的白鹭此刻到底是什么心境？就像我孤树开花只有心里明白是什么滋味。十年战乱神州处处凋敝，我也流落异域成为老守孤城的宾客。家乡的渭水秦山还能看到吗？如今我老病于此，看到的只是虎狼纵横。杜甫垂垂老矣，仍不忘国恨家仇。

《登高》是杜甫晚年形象的自我塑造：

风急天高猿啸哀，渚清沙白鸟飞迴。无边落木萧萧下，不尽长江滚滚来。

万里悲秋常作客，百年多病独登台。艰难苦恨繁霜鬓，潦倒新停浊酒杯。

千百年来人们吟诵这首诗，为它精彩的景物描写所折服。但进入杜甫的写作环境，才能进入杜甫的心灵世界；进入杜甫的心灵世界，就再也无法平静地欣赏风景了。大历二年(767)杜甫寄宿夔州，重阳节那天，人们都登高、赏菊，老人更豪情勃发地过自己的节日。此时杜甫也登高，也写景，而且景物写得那么辽阔、壮观、有声、有色，令人叫绝，可是壮阔的江景只能增加他客居的愁绪，猿啸鸟飞只能引发他多病的悲哀。杜甫此时已是苍老的孤雁，所到之处虽然诗意勃发，却也萧森、凄凉。就是在这个重阳，他还作了五首七律《九日》，感发他的老年情怀。

其中一首是这样的：

重阳独酌杯中酒，抱病起登江上台。竹叶于人既无分，菊花从此不须开！

殊方日落玄猿哭，旧国霜前白雁来。弟妹萧条各何在？干戈衰谢两相催！

这是一首绝命诗：亲人天各一方，不能相见；战乱一生漂泊，国命相摧。见到异域的猿哭日落，想到家乡的霜白雁归。青绿的竹叶已经与我无缘，菊花也不必为我再开，我就要离开人世了，只能抱病登台，浑酒独酌，祭奠这个世界，也祭奠自己。

大历四年(769)杜甫继续南行入洞庭湖，在衡州(今衡阳)、潭州(今长沙)漂泊了一年多，他患风痹右臂不能动弹。举家在船，生活无着，他甚至不得不到街市上卖药为生。次年秋天，一个让贫病老人不易闯过的季节，杜甫在洞庭湖的破船上，伏枕写下《风疾舟中伏枕抒怀三十六韵》，感慨于“战血流依旧，军声动至今”的现实，叙述了自己贫病交加的处境，不久死在湘江那条破船上，时年58岁。

杜甫一生像漂泊的孤雁，飞遍了大半个中国。雁过留声，他以悲悯的情怀、敏锐的感受，走到哪里都留下动人的诗篇，成为一个时代的历史，也成为一个诗人的历史。

即使在古代，杜甫的生命也是比较短暂的，但他留下的诗歌遗产却是丰富的——诗歌作品的遗产、诗人道路的遗产。历经战乱，唐朝由盛至衰的过程，他用诗歌做了形象生动的记录。这不仅是一个朝代的转折，也是一个历史的转折。由于杜甫的人道情怀，也由于杜甫的正义立场，盛衰的诸多原因在他诗中得到体现，给人以历史的思考。杜甫有着敏锐地把握现实、精到地感受形象的诗人素质，历史的悲剧事件他迅速地捕捉并予以呈现，自然的典型事象他精准地感受并创造意境。他的诗叙事充满时代感、戏剧性，他的抒情诗感情沉郁、意境幽深，名篇佳作极多。儒家思想的积极一面——人本和民本，在杜甫身上得到张扬，作为人民诗人，他成为中国诗歌史上的一个典范，一座丰碑。

人生码头：张继

20 世纪末，有首歌曲唱遍大江南北，还被评为最佳通俗歌曲，成为一个时代的重要记忆，这就是《涛声依旧》。它的歌词是这样的：

留恋的钟声，还在敲打着我的无眠，
尘封的日子，始终不会是一片云烟。
久违的你，一定保存着那张笑脸，
许多年以后，能不能接受彼此的改变？
月落乌啼，总是千年的风霜，
涛声依旧，不见当初的夜晚，
今天的你我，怎能重复昨天的故事，
这一张旧船票，能否登上你的客船？

稍有古典文学知识的人都会感到，这首歌的歌词脱胎于唐诗《枫桥夜泊》。《枫桥夜泊》已成为民族的记忆，《涛声依旧》又成为新的民族记忆，历史文化就是这样在继承中发展，在发展中继承，民族的文化遗产成为极可宝贵的精神财富。唱着《涛声依旧》，人们体验着现实的人生，又好像回到遥远的过去，历史在延伸，文化在发展，延伸发展的文化滋润着人们的灵魂，也凝聚着民族的心理。《涛声依旧》似曾相识，似曾相识增加了炎黄民族的文化认同感。

《枫桥夜泊》是唐代诗人张继的七言绝句：

月落乌啼霜满天，江枫渔火对愁眠。
姑苏城外寒山寺，夜半钟声到客船。

《涛声依旧》和《枫桥夜泊》对照："月落乌啼"意象相同、意境相同，而且词语也相同；"霜"也被同时加入到这个意境中来；"钟声"依旧，两厢都被它所激动。时隔一千二百多年，枫桥下面"涛声依旧"，人们乘着那条"客船"从昨天走到今天，只是有着不同的人生体验。优秀的文学作品是人生体验的结晶，它又不断地激发着人生体验。《枫桥夜泊》是如此，《涛声依旧》也是如此，它们传达的生命感觉、人生哲理永远耐人品味。

《枫桥夜泊》的作者张继，湖北襄阳人，天宝十二年（753）得中进士，授检校祠部员外郎，一个文职的荣誉官衔，后授洪州（今江西南昌）盐铁判官。盐铁在古代为生活之必需，国家之专卖，盐铁官员是个肥缺。张继不贪污，不受贿，不搜刮民财，他当地方官，颇有政声。张继为人清正、耿直，不阿谀奉迎，敢对抗时俗。《唐才子传》说他："早振词名。初来长安，颇矜气节，有《感怀》诗云：'调与时人背，心将静者论。终年帝城里，不识五侯门。'"北漂京城的文人学子，哪个不千方百计拜谒名人、结识权贵，"公关"成了成功的条件、升迁的捷径，这已经成为一个"潜规则"。张继不同，他对抗时俗，清高自守，在京城住了好几年，还不认识公侯的大门。但他关心国家命运、人民疾苦。安禄山起兵之后，战火蔓延，田园荒芜，他忧心如焚，"火燎原犹热，风扫海未平""女停襄邑杼，农废汶阳耕"，表达了对时局的忧虑。他不媚权贵，不赶时髦，然而他不是谦谦君子，也敢于批评朝政。唐明皇荒淫误国，他写《华清宫》一诗，直接将唐明皇比作亡国之君陈后主，还讥刺秦始皇残酷暴虐、汉武帝沉迷仙道，暗示权力无限的皇上恣意妄为，总要造成国家民族的灾难。

清正、刚直的张继有一颗禅心，不贪，不虐，清净淡泊。作为盐铁官的张继，经常行走在运河上。一日官船抵达苏州，已是残月西沉，银河落地。这天堂般的苏州有青楼酒肆，张继没有酒肆畅饮，没有青楼春眠，奢靡的享受不是一个正直文人的追求。相反，他却到了禅寺，静守禅心。旅途是疲劳的，寂寞萦绕着诗人，江面上几点渔火更增加了这种清静与孤寂。突然，寒山寺的钟声打破了深夜的宁静，诗人的心更加进入禅境。一首七言绝句在张继口边流出，“月落乌啼霜满天”，好似即景写实，实则饱含了诗心禅机。也正是这诗心禅机，使自然景物变为幽深意境；也正是这诗心禅机，使朴素文字更耐人品味。“江枫渔火对愁眠”，人在旅途，虽然寂寞但很淡定，虽然萧索但有诗情，一幅宁静淡远、声色俱佳的画面出现在心间，还有什么私欲、贪心！

这画面世世代代影响着人，它形成一种诗心的沟通，形成一种心灵的和弦，那就是“在路上”的人生体验。羁旅孤独，客愁思乡，是古代诗歌的常见题材，什么“鸡声茅店月，人迹板桥霜”，什么“野旷天低树，江清月近人”，诗人们各有自己的体验和描述，张继的《枫桥夜泊》则突出一个“寒”字，秋日之寒、深夜之寒、清净之寒、萧索之寒，寒是一种禅机，寒是一种诗心。寒成了羁旅他乡的一个典型的心理体验，中国人、外国人、古代人、现代人，凡是“在路上”的人，都能体验这个意境。“在路上”的人，可以有不同的坎坷遭遇，荒寒则是难以逃避的情境，《枫桥夜泊》也就成了心灵的慰藉。“在路上”的人终于走到20世纪80年代，不过此时此人“在路上”的感觉是一种爱情的怀想，张继的《枫桥夜泊》转化成了《涛声依旧》。

爱情也是人生一条走不完的路，虽有“执子之手，与子偕老”的愿望，但更多的人并不是“有情人终成眷属”，相识、相恋、相别、相念、相逢的曲折历程，成为人们普遍的生活经验，也成为人深藏心底的宝贵情感。茫茫天地山共水，人生何处不相逢？相逢就可能相恋，相恋就有可能不尽圆满，分别留下深深的思念，思念留下美好的情感，重逢勾起往日的缠绵，却难续往日的情缘。用什么来概括这广阔的时间空间，用什么来表达这复杂的情感，心中泛起《枫桥夜泊》的文化积淀。《涛声依旧》就用《枫桥夜泊》的意境，表达漫漫爱情路上的人生经验和生命情感。

《涛声依旧》将“人在旅途”的生命体验变成“爱在旅途”的生命体验。在诗歌里，寒山寺已经不是盐船的码头，而是人生的码头，客船也不是旅行的客船，而是人生的客船。人在旅途，说不定在哪条船上相遇，也说不定在哪个码头上分离。相遇是缘分，分离有痛苦，但留下的是美好的记忆。记忆长存于心，发酵成酒，这酒，日子越长越加醇厚。诗歌写下这种体验，这种感情，也像好酒一样，日子越长越加醇厚。诗歌把人类的美好情感收进生活的相册里，又在不同时间、不同地点回放，《涛声依旧》就是一次回放。我们曾经有过一段相知相恋的日子，不知在哪个人生码头上错过了，“留恋的钟声，还在敲打着我的无眠。尘封的日子，始终不会是一片云烟”。今天这个码头又进入分别的情境之中，你变了还是没变？即使变得不能相认，往日的你还会回到我的眼前。今天的你我虽然不能重复昨天的故事，但美好的情感也许能续我们的前缘。《涛声依旧》是一段“爱在旅途”的美好体验，它承继着《枫桥夜泊》的“人在旅途”，继续谱写生命的篇章。好诗往往成为民族文化的一个积淀，它在生活中不断浮现，塑造着人的美好情感，续写着民族文化的历史。

人生有多少码头啊！在码头上留下深刻的生命体验，也将丰富着后人的生命体验。张继的《枫桥夜泊》就是一个码头上的生命体验，它使许多人在码头上感受人生，诗意、诗境、诗美长存于心。张继的心没有蝇营狗苟，没有功名利禄，是一颗诗心、禅心，所以它沟通了世世代代人。同代诗人都敬佩张继，说他傲雪凌霜，有先贤遗风，刘长卿《哭张员外继》诗曰："独继先贤传，谁刊有道碑！"刘长卿说，只有他继承了先贤的传统，张继去世了，谁的墓碑上还能刻上禅心道风的字眼呢！《唐才子传》评张继说，"诗情爽激，多金玉音""不自雕饰，丰姿清迥，有道者风"。张继的品格有道有禅又有诗，才写出《枫桥夜泊》这样淡雅、清幽、深沉、悠长的诗篇。刘长卿的挽诗寄托了谁来继续先贤传统、传承优秀文化的感慨，但优秀的民族文化是不死的，它是人类的美好情感的民族体现，许多外国人都希望到苏州寒山寺去体验《枫桥夜泊》的诗情、诗境。优秀的文化传统像河流，会一个码头一个码头地走下去。

野渡横舟：韦应物

人在旅途之上，有各种生命体验，好的生命体验，留下好的诗。“野渡无人舟自横”也是一种生命体验。这不仅是一种物境，更是一种心境。作为物境，它描绘出一种幽静、旷远的景象，让人感受静谧乡村的美；作为心境，它流露出一种淡泊、宁静的情怀，让人抛却俗世的困扰；诗就是在这种物境与心境的融合中构成。这是一种天然的美，心灵的美，与《枫桥夜泊》一样也有禅心：顺其自然，超然物外，豁达淡定，波澜不惊。在灯红酒绿、物欲横流的社会里，在名利追逐、物质竞争的现实中，人要达到这种境界，也是一种修炼，它需要对俗务的摆脱，对奢靡的摒弃。好诗名句传达的是人生境界，这种人生境界有时是以毕生心血“修炼”出来的。韦应物就经历了从骄纵蛮横到平实淡泊的“修炼”。

韦应物，京兆(今陕西西安)人。官宦人家，世代为官。曾祖父韦挺，武则天时任宰相，唐太宗时任吏部侍郎、黄门侍郎，后拜御史大夫。韦应物作为官宦子弟，年轻时被录为内廷侍卫，扈从皇上出行。一个皇上侍卫，黄口小儿，不谙世事，飞扬跋扈。韦应物有不少诗回忆当皇帝侍卫时的日子，有首诗给《燕李录事》是这样写的：“与君十五侍皇闱，晓拂炉烟上赤墀。花开汉苑经过处，雪下骊山沐浴时。”他与李录事两个人都当皇上侍卫，早晨掸掉香炉上的烟尘，登上朝堂的台阶，伺候皇上出行。陪同皇上游玩鲜花盛开的宫苑，扈从后妃沐浴雪后晶莹的骊山，作为宫廷侍卫，他狐假虎威，奢侈骄横。唐玄宗沉溺于声色犬马，侍卫们耳濡目染，上行下效，这些黄门小子个个成了浮浪子弟，飞扬跋扈，惹是生非。

安禄山叛乱，大军逼近京城，唐玄宗仓皇西逃，连后宫佳丽都顾不上，更任这些黄门小子各奔东西了。韦应物流落街头，犹如丧家之犬。他四处游荡，自己的骄纵失去依靠，皇族的奢华灰飞烟灭。他到了华清池寻找往日的足迹，看到的是荒草野坡、败兵瘦马，感慨之下写了《温泉行》：

一朝铸鼎降龙驭，小臣髯绝不得去。今来萧瑟万井空，唯见苍山起烟雾。

可怜蹭蹬失风波，仰天大叫无奈何。敝裘羸马冻欲死，赖遇主人杯酒多。

那个炙手可热的华清池，一旦皇上幸临，百姓、小臣不能靠近。那里灯红酒绿，富贵繁华，彩袖飘舞，香艳温柔。如今还是这个华清池，皇族逃难，百姓离散，温泉冷落，山石凄凉，只有云雾笼罩着苍山、荒草弥漫于野坡。昔日黄门侍卫的皮衣难避风寒，骄纵的大马羸瘦得磕磕绊绊，幸亏碰上个热情的主人，赐一杯酒，驱散寒气。安史之乱，使往日的禁地变为废墟，昔日的骄横侍卫变为仓皇难民，那些浮华追求有什么用呢？韦应物仰天大叫一声，无奈中透悟了人生世事，今后再不醉心于浮浪生活，认真读书重新学习做人。盛极一时的大唐王朝都瞬息之间凋敝破败，我一个小小的皇帝侍卫过去怎么就那么飞扬跋扈、盛气凌人呢？韦应物彻悟了，从虚华的天上落到踏实的地上，决心实实在在做人，勤勤恳恳为官。浪子回头金不换，中年苦读不为晚。他流落街头，饥一顿饱一顿无所事事，所幸遇到父辈世交杨开府收留了他，让他到国子学读书。他刻苦攻读，潜心学诗，变成另外一个人。几年以后，他在《逢杨开府》的诗中这样回忆当年：

少事武皇帝，无赖恃恩私。身作里中横，家藏亡命儿。
朝持樗蒲局，暮窃东邻姬。司隶不敢捕，立在白玉墀。
骊山风雪夜，长扬羽猎时。一字都不识，饮酒肆顽痴。
武皇升天去，憔悴被人欺。读书时已晚，把笔学题诗。
两府始收迹，南宫谬见推。非才果不容，出守抚婢嫠。
忽逢杨开府，论旧涕泗垂。坐客何由识，唯有故人知。

少年的韦应物不识世事，放荡不羁。当个黄门侍卫，扈从武则天、唐玄宗，自恃皇上恩宠，横行街道里巷，窝藏亡命之徒，白天去赌博，晚上泡女人。因为是皇帝的侍卫，衙役不敢抓捕。侍从后妃骊山游宴，高举仪仗随皇帝打猎，大字不识一个的泼皮无赖，整天酒馆里喝酒胡闹。等到皇上升天而去，自己成了丧家犬，再想读书为时已晚，只好把笔学诗。幸得杨开府是父辈的故旧之交，不嫌弃反倒提拔，这才使我走上正路。这篇自叙诗有忏悔，有感激，更有彻悟，真是放下屠刀立地成佛了。

富贵如浮云，骄纵乃无知。韦应物作为唐玄宗的侍卫，经历了安史之乱，体验了国破家亡，看透了富贵骄纵，如同他的名字一样，“格物致知”，脚踏实地，回到真实的生活之中。他以亲历者的眼光，描述了中唐以后的生活变化。

韦应物浪子回头，“改恶从善”，自此刻苦读书，勤恳为官。他从县令做起，到滁州刺史、江州刺史、苏州刺史，又在朝中任太仆少卿兼御史中丞。总之，从一个浮浪少年，成为封疆大员、朝廷显宦。除却浮华始归真，经历了国家、人生的巨大变故，韦应物做人朴实淡泊，为官清正廉洁。晚年禅心淡定，摒除世事，潜心写诗，留下了《韦苏州集》。他追慕陶渊明的境界，生活上“慕陶”“等陶”，诗歌上“效陶”。韦应物继承了陶渊明、王维一派清新、简约、淡泊、优雅的诗风，《滁州西涧》即是代表：

独怜幽草涧边生，上有黄鹂深树鸣。
春潮带雨晚来急，野渡无人舟自横。

滁州山环水绕，景色宜人，有个西涧，更是意境幽深。韦应物作为州官，一日有了闲情逸致，徜徉于滁州西涧，幽静的山间景色触发了他的诗情。他怜惜涧边的青草、树上的黄鹂，用“幽草”“深树”的遣词，表达他的清幽心境。状物融入了感情，写景加大了景深，一个“鸣”字使景物有声有色。“春潮”涌动，夜“雨”来袭，经历过人生疾风暴雨的人等闲视之，“野渡无人舟自横”的诗情、诗境产生了。它既是景物的绝佳描写，更是情怀的绝妙传达。此时的韦应物进入了极高的生存境界，他感受自然的诗意，体悟生存的禅机，以静制动、以动入静，传达出春潮涌动波澜不惊、夜雨袭来从容淡定的心态。这种任尔东南西北风的淡定情怀，是长期修炼的结果，也是历经坎坷的顿悟。这首诗写于滁州刺史任上，身为地方大员，能有如此情怀，对官场、对世事已经看得非常透辟。

“野渡无人舟自横”是淡定，而非淡漠，一旦遇到波澜涌动还会燃烧激情。韦应物《听嘉陵江水声寄深上人》说：

水性自云静，石中本无声。
如何两相激，雷转空山惊？

上人是僧人，韦应物写诗给僧人，体悟的是一种禅机。上善若水，以静制动，碰到山石洞穴，也会轰然有声。这是出家人的生活态度、人生哲学：水的天性是柔的、静的，石头本来也无声无息，这是出家人的秉性；但就这样心若死灰吗？不是，宁静孕育着力量，无声预示着有声，水、石两相撞击，会发出如雷一般的轰鸣。这既是对僧人性格的理解，又是自身生存的体悟：人应该既有柔和、清净，又有热烈、激情。嘉陵江边触物生情，韦应物看到平缓的江面下有激流旋涡，听到耸立的岩壁上有雷声的轰鸣，他做了哲理的思考、人生的透悟，表达自己的人格境界。他把自己的诗意感受写给深上人，赞扬佛家的生存态度，表达自己的禅机领悟。深上人深感韦应物对佛机的理解，双手合十，捧起了诗篇。

韦应物这样写，也是这样做的。他看够了皇朝浮华奢靡的生活，以及它瞬间灰飞烟灭的现实，更加体恤民情，他反对搜刮民财，横征暴敛。《观田家》这样写道：

微雨众卉新，一雷惊蛰始。田家几日闲，耕种从此起。
丁壮俱在野，场圃亦就理。归来景常宴，饮犊西涧水。
饥劬不自苦，膏泽且为喜。仓廪无宿储，徭役犹未已。
方惭不耕者，禄食出闾里。

地方行政长官描绘了一幅农耕图。韦应物看到，惊蛰以后农民就开始了辛苦劳作：早出晚归，辛勤耕种，不以为苦，很易满足，可是一年下来，还是仓无余粮，况且还要不断地服劳役。那些当官的人，吃着老百姓种出的粮食，还不体恤农民疾苦，不觉得有愧吗？老百姓养活当官的，当官的不应驱使百姓，搜刮民财。那些当官的呀，你的衣食俸禄都来自民间，你怎么不体恤百姓呢！

脚踏实地的韦应物待人接物也率直诚恳，一次他送别朋友，写了一首《赋得暮雨送李胄》：

楚江微雨里，建业暮钟时。漠漠帆来重，冥冥鸟去迟。
海门深不见，浦树远含滋。相送情无限，沾襟比散丝。

这是一个下着小雨的日子，晚钟已经敲响，鸟儿归巢了，人们也该回家了。可这个时候不得不送别朋友李胄。江面上笼罩了一层细雨，长江入海口渺茫不见，渡口的大树被雾雨湿得枝叶低垂。这个时候客船来了，友人不得不像飞鸟一样离去。阴晦的时刻心情同样阴晦，泪水怎能不如细雨一样沾湿衣裳，此处一别不知何时能再相见！

韦应物人生的变迁与时代的变迁同步，从浮华到求实。盛唐以来，社会风气日益浮华，诗风虽有大气，也有浮躁，沈佺期、宋之问之类的应制诗歌功颂德，推波助澜，助长着这种浮躁。经历安史之乱，世风渐趋平实，诗风也渐趋平实，韦应物就是应时运而生的诗人，他的个人经历，他的诗歌创作都体现了这一点。《唐才子传》对此有恰切的评论："诗律自沈、宋以下，日益靡嫚，镂章刻句，揣合浮切，音韵婉谐，属对藻密，而闲雅平淡之气不存矣。独应物驰骤建安以还，各有风韵，自成一家之体，清新雅丽，虽诗人之盛，亦罕其伦，甚为时论所右。"意思是说，唐诗自沈佺期、宋之问以后，渐趋形式化，雕章琢句，切合韵律，虽然音调和谐了，对仗严密了，但闲雅平淡的诗风诗趣不复存在了。只有韦应物继承建安文学的传统，独创一体，朴实真挚，清新淡雅，即使在诗人众多的唐代，也少有与之比肩的，所以为评论界所推崇。

红颜薄命：李季兰

红颜薄命，人们自古这样感叹女子的命运，中唐女诗人李季兰也难逃此厄。是社会？是人性？抑或都有？反正李季兰惨遭杖杀。她不仅是美女，而且是有才情的美女，命运悲惨更在所难免。

李季兰，名冶，字季兰，人多称其字。《唐才子传》这样描写她："美姿容，神情萧散。专心翰墨，善弹琴，尤工格律。当时才子颇夸纤丽，殊少荒艳之态。"她姿容姣好，清雅洒脱，绝无娇艳之气，更无媚俗之态。她诗、书、琴、棋无所不工，当时才子倾慕她美丽、优雅。她是一个具有内在气质美的女性，这当然与她的诗人气质相连。这是一位旷世奇有的美女诗人。

红颜胜人多薄命，它道出了一种社会现实。美丽姿色人所倾慕，人性使然，然而对女色的倾慕与社会权力结合，那便产生霸占的欲望。在男权社会里，红颜成为权力、金钱的猎取对象，命运无法自主，悲剧就在所难免了。法国批判现实主义作家左拉有篇《陪衬人》写道，"在巴黎，一切都能出卖：愚蠢的姑娘和伶俐的女郎，谎言和真理，泪水和微笑。你不会不知道，在一个商业国度里，美，是一种商品，可以拿来做骇人听闻的交易。大眼睛和小嘴可以买卖；鼻子和脸蛋儿都有再精确不过的市价。某种酒窝，某种痣点，代表着一定的收入。""这一切都是合情合理、合乎逻辑的。我们是文明的民族，请问，文明如果无助于我们欺骗人和受人欺骗，从而使我们生活得下去，又有何用?”女色成为商品，被两种东西所掌握，一个是权力，一个是金钱，有时是这双重势力的结合。有人甘愿被控制，那是女性缺乏自我意识的悲剧；有人不甘被控制，那更是生命遭受摧残的悲剧。前者是精神的，后者是精神兼肉体的，结局会更惨。

姿色是一种生命资源，再加上才情就是稀缺资源、珍贵资源了。李季兰就是这样一位既有姿色又有才情的红颜诗人，但才情和姿色给她带来的不是幸福，而是灾难。李季兰六岁时，父亲抱她在庭院里玩，见到蔷薇，她便出口成章，诗曰“经时未架却，心绪乱纵横”。那意思是说，蔷薇到了春天，还没有盘上架，就已经纵横疯长、意马心猿了。作为女孩儿有这样的诗句也许并无深意，但在男女有大防的社会里，就被视为有“满园春色关不住，一枝红杏出墙来”的烂漫春心了。她的父亲见此情景说:“此女聪黠非常，恐为失行妇人。”在封建社会里，女子无才便是德，有才往往不守妇道，父亲担心她命运不佳。季兰父亲这个话在当时文人中广为流传，有人生艳羡之情，有人生轻薄之意。

李季兰果然多情，她写了一首《相思怨》:

人道海水深，不抵相思半。海水尚有涯，相思渺无畔。
携琴上高楼，楼虚月华满。弹着相思曲，弦肠一时断。

工诗书琴棋的李季兰，在绣楼弹琴。到了鲜花盛开的日子，怎不“心绪乱纵横”！有了爱，有了相思，生命在荡漾。然而宫墙高筑，绣楼紧闭，那爱得不到伸张。她体会到相思的滋味，这相思比海深，比海广，在心中激荡不息。想弹支琴曲排解相思，哪知这相思之曲使人更加相思。迅猛一拨，以解愁烦，哪知那肠衣做的琴弦拨断了。琴弦断，更是柔肠寸断。

心绪纵横、寻求真爱的女诗人，真爱却难以获得。

她与一些文人往来于剡溪边之上，诗酒相从。这剡溪风景优美，美人迭出，西施曾在这里浣纱。两岸青山迭出，一水清澈见底，新茶采摘，正是沁人心脾的时刻。李季兰与茶圣陆羽、僧人皎然诗酒酬唱。皎然清雅不俗，李季兰难免心绪纵横，写诗向皎然表达情意。皎然是僧人，不好扰动凡心，回赠了李季兰一首绝句："天女来相试，将花欲染衣。禅心竟不起，还捧旧花归。"仙女拈花下凡前来试探，香气袭人，撩动人心，可是我已皈依佛门，难动凡心，还是请你捧着花回去吧。无论是诗人们互相戏谑，还是李季兰真心爱悦，他们这样无所顾忌的表达，也算是够大胆够浪漫的了。诗人们纵情诗酒，无拘无束，创造了一段文坛佳话，可是在封建思想统治之下，就被认为是"经时未架却，心绪乱纵横"了。当时人们评论说，"谑浪至此"，不成体统。一个红颜诗人连表达自己情感的自由都没有，而李季兰偏偏敢于对封建伦理进行大胆挑战，追求爱情。

著名诗人、监察御史刘长卿与李季兰交往甚厚，情谊甚笃。他的诗集《刘随州集》中存有两首赠李季兰的诗，留下了这种情感的痕迹。《送李校书适越谒杜中丞》描写他推荐李季兰（尊称校书）给越州刺史（尊称中丞）杜鸿渐的经历。两个诗人，江上行舟，一路风尘，情投意合。江中绿水幽幽，两岸竹木葱葱，两位诗人难免心意绵绵：

江风处处尽，日暮水空波。摇落行人去，云山向越多。
陈蕃悬榻待，谢客妄帆多。相见耶溪路，逶迤入薜萝。

吴越的山水清秀宜人，江风习习，碧波荡漾，多么撩人情怀！我送女诗人去浙江，船行悠悠，云山扑面。杜刺史已经虚席以待，他可不是谁都接待的啊。相会在美丽的耶溪路上，绿竹婆娑，清风徐来，真像走入仙境了。山清水秀，同舟共济，男女相悦，情意缠绵，两位诗人心中的爱意是朦胧的，也是幸福的。人生路上，这样的同行能有几回！可惜有情人不能放胆相爱，只将那爱存于心中。

到了浙江，刘长卿、李季兰与诸位诗友会于乌程开元寺。诗酒之间，李季兰知道刘长卿有“阴重之疾”，引陶渊明诗句予以慰问：“山气日夕佳”。“阴重”即疝气，李季兰以“山气”谐音，问候“你的疝气可好了吗?”刘长卿也以陶诗作答：“众鸟欣有托”，傍晚鸟雀有地方投林夜宿了。“鸟”指男性的隐秘之处，这里也用了谐音、双关。两人作诗，不避隐私，相互关爱，何等亲昵！在座的诗人听明白了，不禁大笑，称两个人诗美，情更美。李季兰无拘无束，不避男女之大防，以诗大逞才情，一个无拘无束的浪漫诗人，活跃在我们面前。人世间的事情，总是难遂人愿。李季兰追求不到爱情，渐渐看破红尘。她写了《八至》诗：

至远至近东西，至深至浅清溪。
至高至明日月，至亲至疏夫妻。

历尽沧桑的李季兰，不像青春时期那样，将情比作海，比海还要深还要广，此时即使有了爱，也不能汪洋恣肆，只能体悟到“至深至浅清溪”。她已经看透了人间世事，即便是成就一家，也不过“至亲至疏夫妻”。诗人变成了哲人，天地万物、人情世故都不再绝对化，而采取了两点论。这虽然多了些老到，但少了些痴情，而痴情毕竟是人间更宝贵的情感。

什么使李季兰对爱情心灰意冷了呢？红颜薄命啊！

李季兰追求爱情，但达摩克利斯之剑却悬在她头上。皇上得知李季兰容貌姣好，才情横溢，就下诏把她弄进宫里，李季兰的命运可想而知。这里有两种版本。

一是《唐才子传》的记载："天宝间，玄宗闻其诗才，诏赴阙，留宫中月余，优赐甚厚，遣归故山。"恨不得天下美色才女尽归已有的皇上，自然也垂涎于这位红颜诗人李季兰。唐玄宗把她召入宫中，意在予以宠幸，不知何故又"遣归故山"。史笔后面掩盖的事实可以想见。李季兰不愿意做皇上的玩物、盘旋于权势的股掌之间，皇上只好把她送回老家。唐玄宗还算开明，不过有学者考证，从年龄上看，李季兰被召进宫不在玄宗时期，应在德宗时期。

应召不管是在玄宗时期，还是在德宗时期，李季兰都不屈从皇帝的淫威，而要争取爱情自由和人身自由，最后被皇帝杀死。《全唐诗》805卷载李季兰一首诗《恩命追入留别广陵故人》，记述了她被皇帝征召的经过。明明是进宫当玩物，还不得不说是"恩命"；几次征召，皇上已经急不可耐了，所以才讲"追入"。李季兰无计可施，只好前往。临行时，李季兰写诗给朋友，表明自己的态度：

> 无才多病分龙钟，不料虚名达九重。仰愧弹冠上华发，多惭拂镜理衰容。
>
> 驰心北阙随芳草，极目南山望旧峰。桂树不能留野客，沙鸥出浦漫相逢。

她说，我本无才又多病，不知怎么皇上知道我的名字了。我已经满头华发，无缘于凤冠霞帔；照照镜子，惭愧容颜已衰。圣命难违，我不得不赴皇宫，但心还恋着芳草，极目南山思念旧时所爱。皇宫的桂树留不住山野村人，我要做一只沙鸥飞出沼泽，再与情人萍水相逢吧。"广陵故人"是情人？是诗友？总之是知己，也许就是那个刘长卿吧。李季兰向他表明心迹：我要辞谢皇上，忠于爱情，争取能有人间相会的一天。这是一封滴血的情书，一次生死的告白。

到了京城，笼中的小鸟难以成为自由的沙鸥。皇上不会放鸟归山，李季兰被皇上杀了。这是另一个版本。

赵元一的《奉天录》记载，安史之乱时李季兰尚在宫中，平叛之后德宗回到长安，才有暇处置李季兰。赵元一书中说："时有风情女子李季兰，上泚诗，言多忤逆，故阙而不录。皇帝再克京师，召季兰而责之曰：汝何不学严巨川有诗曰，'手执礼器空垂泪，心忆明君不敢言。'遂令扑杀之。"这段记述表明：安史之乱发生，李季兰滞留宫中。已经八年了，其间朝廷发生了朱泚叛乱，困居宫中的李季兰写诗给谋反者朱泚，表示了对皇帝的不满。因为这首诗"言多忤逆"，不便记录下来，想必是李季兰斥责皇上强把自己留在宫中，要求朱泚放自己回家，其中难免有怨愤皇上的言辞。平乱之后，德宗回宫，把李季兰召到殿前，问她这几年是怎么过的？李季兰回答，禁宫之中天天期待自由。德宗说，你写诗给叛臣朱泚亵渎皇上，怎么不学习以前的宫女"手执礼器空垂泪，心忆明君不敢言"？所有征召入宫的美女，三宫六院七十二嫔妃都必须遵守三从四德，忠于皇上。即使皇上逃了死了，宫女们也只能捧着皇上的礼器垂泪，心里思念着皇上，不得有二心。这是皇家的妇道、后宫的规矩。李季兰想逃出宫苑，有违于此，德宗命人将李季兰拖出去，乱棍打死。赵元一是唐代人，《奉天录》又是侍奉皇上的实录，这个记载该是符合历史事实的。一个姿色姣好、才华横溢的诗人，就这样死于皇上的淫威之下，实在是红颜薄命。

《唐才子传》说："士有百行，女唯四德。季兰则不然，形气既雄，诗意亦荡，自鲍昭以下，罕有其伦。"在封建社会里，男的可以有多种选择，女的只能遵奉三从四德。李季兰是个"造反派"，她不但行为上高傲自守，诗歌中也放纵情感，可与鲍昭相比。鲍昭，字令晖，南朝诗人鲍照之妹。有才情，诗多言情爱："木有相思文，弦有别离音；终身执此调，岁寒不改心。"树木的年轮里记录着爱情，琴音的曲调里荡漾着相思，终生执着爱情，严冬不改其心。多么坚贞的爱情宣言，但被斥为“百愿淫矣”（钟嵘），女性的爱情被视为非礼非法。鲍昭、李季兰就是执着爱情的人，她们以自己的抗争谱出世间美好的乐曲，尽管也许是凄婉的哀歌。

历史上美女大多命运凄凉，尤其是被皇帝征召的美女，即如世传的西施、貂蝉、王昭君、杨玉环这些被王公贵族宠幸的美女，也难逃如此命运。女性的姿色被当作交换工具，使用完之后，便被轻轻地抛弃了。在封建社会里，权力主宰女性的命运；在商品社会里，除了权力之外又加上金钱，女色成了权钱交易的筹码。皇帝至高无上，既有权，又有钱，天下美女尽掌握之中，但李季兰不仅是美女，更是诗人，她不贪图皇帝的权势，更要维护诗人的心灵自由和女人的人身自由，不做皇帝的玩物和宠物。虽然难逃红颜薄命的结局，但她坚守爱的自由和人的尊严，使人升起了崇高的庄严感和深刻的悲剧感。

风雪夜归：刘长卿

日暮苍山远，天寒白屋贫。

柴门闻犬吠，风雪夜归人。

这是一首平实的诗，却有着无穷的魅力，关键在于它恬淡的诗情。安史之乱之后，世风日趋平实，平实的世风产生平实的诗风，韦应物如此，刘长卿也如此，这首《逢雪宿芙蓉山主人》就体现了这一点。

一个偏远的山村，本来就有些荒凉萧索，又逢冬日，下起雪来，更增加了山村的宁静。刘长卿客居在山村的友人家。薄暮茫茫，远山隐约，本来就是一幅淡远的水墨画。山脚下的茅屋，茅屋前的小狗，在悠远的背景下更显淡泊优雅。诗人本来就有淡泊优雅的心境，加之风雪夜归，那种淡泊优雅就更加内外相得益彰了。一袭蓑衣风雪夜归，几声犬吠报告来人，主人迎出打开柴门，热气和友情轰然而出。这幅风景画风情画历历在目，它清新淡远，萧索而不荒凉，幽静而不死寂，是一种极高的诗歌境界，极美的淡雅心境。一切都淡然出之，却又意境高远、情思悠长，诗歌到了如此炉火纯青的地步，那正是王国维所说“无我之境”。

人们会问，诗人哪来如此恬淡、优雅的心境？这源自生活的历练。

刘长卿，河间（今河北河间）人，开元二十一年（733）进士。以检校祠部员外郎出任转运使判官，知淮西、鄂岳转运留后。后官累至随州刺史，世称刘随州，有诗文《刘随州集》。转运使是转运朝廷物资的官员，极容易贪污受贿，又逢抗击安禄山、史思明叛乱之际，责任重大，也十分敏感。刘长卿担任转运的工作，两次受到诬陷，几遭下狱。大历中，刘长卿任鄂岳转运使判官，上边来了个观察使吴仲儒。吴仲儒自恃京官，见转运有油水可捞，向刘长卿索贿。刘长卿不同意，与吴仲儒发生矛盾，吴仲儒上奏朝廷，反诬刘长卿贪污三千万贯。朝廷派监察御史苗丕前来核查，核查结果乃吴仲儒诬告，刘长卿免于治罪。冤案被辩诬之后，刘长卿感激苗丕御史，写了《按覆后归睦州赠苗侍御》：

地远心难达，天高谤易成。
羊肠留覆辙，虎口脱余生。

他说，在外为官，忠心不为人知，天高皇帝远，容易遭人诽谤。羊肠小道上留下翻车的痕迹，官场就如此险恶；幸得苗御史辩诬，方得虎口脱险留得残生。可见这场官司是相当险恶的。刘长卿性情耿直，刚正不阿，他所掌握的粮饷为上司吴仲儒侵吞，吴有后台，反诬刘贪污，制造冤案。案结以后，刘长卿迁睦州司马，后授随州刺史。

《唐才子传》说："长卿清才冠世，颇凌浮俗，性刚多忤权门，故两逢迁斥，人悉冤之。"刘长卿鄙弃流俗，性情刚直，敢于抗上，所以两次遭到打击排斥。李季兰倾慕刘长卿清正刚直的性格和清雅不俗的诗情，两人相互爱恋，可惜道统约束，宫墙阻隔，二人终难成为眷属。但他们精神上相互支持，心心相依，度过了各自的难关。刘长卿经历了两次诬陷，看清了官场的险恶，不愿意再当官，心境愈加淡泊宁静。刘长卿在苏州与严士元相知甚厚，分别的时候写了一首诗《别严士元》：

春风倚棹阖闾城，水国春寒阴复晴。细雨湿衣看不见，闲花落地听无声。

日斜江上孤帆影，草绿湖南万里情。东道若逢相识问，青袍今已误儒生。

刘长卿上了出发的小船，春风吹拂着船棹，水国苏州的春天乍寒乍暖，忽阴忽晴。细雨打湿衣裳却觉不出雨滴，闲花飘落在地下却听不见声音。与李季兰的恋情也像这无声的落花，没有结果，只能暗藏于心。日头偏西帆船也该出发了，江南的悠悠绿草剪不断送别深情。若有朋友向严兄问起我，就说我此去准备归隐了，我已体会到官衣（青袍）白白耽误儒生。

经历了仕途的坎坷、爱情的挫折，刘长卿心境从轰轰烈烈转向清净淡泊，即由显入隐。他在灞陵碧涧买了田产，过上田园生活。刚到乡村住下，他很高兴，请了一位僧人到家里做客，给他写了首诗《初到碧涧招明契上人》：

渐老知身累，初寒曝背眠。白云留永日，黄叶减余年。
猿护窗前树，泉浇谷后田。沃洲能共隐，不用道林钱。

刘长卿向明契和尚表白心迹：年岁渐渐老了，知道公务乃弱身之累。天气开始寒冷，还可以光着膀子晒晒太阳。飘忽的白云不愿离去，显得白昼还长；黄叶开始飘落，剩余的日子在一天天减少。猴子在窗前的树上守护，山泉浇灌屋后的稻田。这里土地肥沃尚可一起隐居，不用为仕途留下买路钱。一派老来归隐的生活姿态，清净淡泊的诗情直逼陶渊明。

避居乡间，自然高兴朋友来访。御史皇甫曾造访碧涧，与刘长卿写诗唱和，刘长卿有《碧涧别墅喜皇甫侍御相访》：

荒村带返照，落叶乱纷纷。古路无行客，寒山独见君。
野桥经雨断，涧水向田分。不为怜同病，何人到白云？

荒村留住夕阳，落叶纷纷下坠。小路上没有来往的客商，只有你皇甫御史造访。小桥被雨水冲断了，溪水一股一股流向田间。不是因为同病相怜，谁会到我这白云山间的荒村来呢！刘长卿简洁、明快地描绘出一幅萧索的乡村景色，古树寒山，极像传统的风景画；抒情朴实、真挚，流露出一片田舍翁的拳拳深情。他辞官避居以后，就以这样一种苍凉、老道、清雅、淡泊的生活态度居住于乡间别墅。这苍凉、淡泊的心情与官场的挫折有关，与爱情的失落又何尝无关！李季兰已被皇上迫害致死，没有成就的爱情也只好秘而不宣，但那思念与幽愤却在心中发酵。他倾心佛教，结交僧人，有了“柴门闻犬吠，风雪夜归人”的淡然心境。

刘长卿已经成为一个田舍翁，创作也归于田园诗。他感受细腻，描写独到，表现了诗人感受生活事象的优秀素质。他的诗感情朴实、真挚，没有矫情，没有虚饰，有的是恬淡优雅的诗情，清新淡远的意境。这一切看似受王维的影响，但没有王维的富贵气象，只有恬淡萧索。刘长卿的恬淡里边隐含着一些苦涩，官场已厌倦，爱情化云烟，他作为一个“风雪夜归人”，推开柴门，进入家徒四壁的草屋。《唐才子传》说他：“每题诗，不言姓，但书长卿，以天下无不知其名者云。”当时有人因此讥讽他狂傲，其实又何尝不是一种淡泊。诗不署全名，确信人们知道是谁写的，这是个人风格的自信，刘长卿的淡泊、萧寒果然异于常人。诗不署全名，也是淡泊名利、清净归隐的通达。

大雪弓刀：卢纶

当我们读到“大雪满弓刀”的诗句时，会情不自禁地升起一股沙场征战的豪情。这是卢纶的诗，它继承了盛唐边塞诗的传统，而此时由于安史之乱的冲击，这样的豪迈之情已不多见。

卢纶，河东蒲州（今山西永济）人。天宝年间，因避安史之乱逃往波阳投亲，正如他诗中描写的那样：“是月胡入洛，明年天陨星。夜行登灞陵，惝恍靡所征。云海一翻荡，鱼龙俱不宁。因浮襄江流，远寄波阳城。”卢纶说到他逃难的经历：深夜登上灞陵道，迷迷糊糊地不知道往哪里去。胡兵搅得江海翻腾，鱼龙都不得安宁。只好沿着襄江顺流而下，去往那遥远的波阳城。卢纶感受到安禄山起兵造反带来的兵荒马乱，人心惶惶，急不择路。如果说这首诗主要是叙事，《晚次鄂州》则叙事、抒情、感时皆备，描述了一派战乱的典型情境：

> 云开远见汉阳城，犹是孤帆一日程。估客昼眠知浪静，舟人夜语觉潮生。
>
> 三湘衰鬓逢秋色，万里归心对月明。旧业已随征战尽，更堪江上鼓鼙声！

安史之乱爆发，胡兵狂飙骤至。唐玄宗仓皇逃往四川，肃宗在灵武即位，改元至德。至德年间，卢纶避难逃往波阳投亲，沿着汉江，昼夜行船。早晨云开雾散，汉阳已在心目之中，还有孤帆一日的路程。从慌乱中逃出来，船上的商人趁着白天风平浪静抓紧睡一觉，摇船的人见到江面渐渐开阔，也感觉到潮水涌动，寒气袭人。湘楚之间秋叶缤纷，像是披着衰老的鬓发，逃难远行的人，归心只能空对明月。所操旧业已随战乱丧失殆尽，听到江上胡兵征战的鼙鼓之声心中更加凄惨。湘楚之地本来风景优美，逃难的诗人只觉山影是满头华发的老人。路上无心赏月，只能对着明月思乡。卢纶真实地记述了逃难的情景，景、情、事融为一体，成为表现安史之乱的历史记录。

也许因为“旧业已随征战尽”，也许因为战乱难以正常选人，卢纶这样有才华的文人，数度科考竟未被录取，后来靠宰相王缙推荐，授集贤学士、秘书省校书郎，后迁户部郎中、监察御史。

朱泚叛乱时德宗命浑瑊为朔方节度使，领兵剿灭叛乱，卢纶为帅府判官，随军出战。于是有了“大雪满弓刀”的吟唱。此诗题为《和张仆射塞下曲》，张仆射即张延赏，德宗时官至左仆射同平章事，此时与卢纶同在浑瑊幕府做幕僚。卢纶的唱和诗共有六首绝句，其中之二、之三尤为精彩。

林暗草惊风，将军夜引弓。
平明寻白羽，没在石棱中。

月黑雁飞高，单于夜遁逃。
欲将轻骑逐，大雪满弓刀。

《塞下曲》为唐代边塞诗旧题，卢纶能够写出新意，一是在于他的豪迈情怀，二是在于他的实地感受。经过战乱，盛唐的豪迈和自信几乎荡然无存，而卢纶此次征战属于消灭内部叛乱的义战，剿灭朱泚的军事行动也获得胜利，这激起卢纶的豪情。两首绝句均取夜景，以显征战的苍凉悲壮。前一首写将军射出的箭夜间找不到，平明去寻找，箭镞已经射进石头缝中。这里运用了李广的故事，《史记·李将军列传》记载：广出猎，见草中石，以为虎而射之，中石，没簇，视之石也。卢纶用这个故事说明征战将军的勇武。后一首也选取夜景，以“月黑雁飞高”写出战场的苍茫悲壮，以“大雪满弓刀”写出将军的勇武豪迈。卢纶追慕盛唐边塞诗的豪迈之情，他更期待安史之乱和朱泚叛乱早点平复，战斗的豪情，胜利的期待，使卢纶写出这样豪迈的边塞诗，可见主体情感对于诗歌的格调起着至关重要的作用。

德宗赞赏卢纶的诗才。当初卢纶的舅舅韦渠牟受德宗宠信，韦渠牟向德宗推荐卢纶。卢纶被征召到皇帝身边，德宗写诗，常让卢纶予以润色和续写。卢纶随浑瑊出征，德宗问起卢纶现在何处？韦渠牟说，随浑瑊在河中征战。德宗命人把他召回，想让他在内廷知制诰，为皇帝起草文书，但是没有多久，卢纶便去世了。

卢纶去世以后，文宗也很喜欢卢纶的诗文。文宗问宰相：卢纶去世以后他的诗文怎样了，有没有人整理？他有子嗣吗？李德裕说，卢纶有四个儿子：简能、简辞、弘止、简求，都已选为进士，在台阁任职。文宗让他的儿子搜遍家中箱柜、布包，得诗文500篇，编成《卢纶集》。卢纶碰上一个好皇帝，去世后即编辑了诗文集，保存于世。这个皇帝谥号为“文”，当之无愧。如果有更多当权者重视文化创造，人类的精神财富将有更多的积累。

卢纶与韩翃、耿湋、钱起、吉中孚、司空曙、苗发、崔峒、夏侯审、李端，合称“大历十才子”。他们擅长五言近体诗，内容多写乡情旅思、自然景物，文辞优美，音调和谐，形成了一代诗风。清代管世铭《读雪山房唐诗钞》评论他们的艺术风格说：“大历诸子实始争工字句，然隽不伤炼，巧不伤纤，又通体仍必雅令温醇、耐人吟讽。”

失马塞翁：李益

盛唐兴起边塞诗，那是宏大王朝气派的体现，中唐也有一个著名的边塞诗人——李益。李益成为边塞诗人，于他自己，可以说是“塞翁失马，安知非福”；于唐代边塞诗来说，又有了一个中兴的机会。

李益，陇西姑臧（今甘肃武威）人。大历四年进士，授郑县尉。李益得中进士以后，仕途并不顺利。《旧唐书》本传说：“久之不调，而流辈皆居显位，益不得意，北游河朔、幽州，刘济辟为从事。”李益考中进士，当了个县官副手，同辈人个个升官，唯独他久不升迁。他愤而投笔从戎，从此有过四次军旅生涯。大历九年（774），李益云游燕赵之间，幽州节度使刘济引作幕僚。建中二年（781），李益入朔方节度使李怀光幕府。贞元元年（785），李益第三次从军，入杜希全幕府。贞元六年（790），李益入邠宁节度使张献甫幕府。李益《从军诗并序》记述了这些经历：“出身二十年，三受末秩；从事十八载，五在兵间，故其为文咸多军旅之思……或因军中酒酣，时或塞上兵寝，相与拔剑秉笔，散怀于斯文。”他回顾说，考取进士 20 年，三次授官都没有他的份儿；以后 18 年里，五次从军，所以诗文多为军旅之思。酒酣兴起，暮宿塞上，与同僚秉笔拔剑，抒写情怀。李益当官不成，弃文从武，成就了他的边塞诗，可以说是“塞翁失马，安知非福”，“失之桃李，收之桑榆”。

边塞生活使李益秉笔如拔剑，诗歌有了豪迈、苍茫的英气，这是盛唐之风的延续；不过较之盛唐的边塞诗，少了些热情、明朗，多了些凄切、悲凉，这又有中唐的时代印记。如《盐州过胡儿饮马泉》：

绿杨着水草如烟，旧是胡儿饮马泉。几处胡笳明月夜，何人倚剑白云天。

从来冻合关山路，今日分流汉使前。莫遣行人照容鬓，恐惊憔悴入新年。

军旅之行，路过胡人饮马泉，激起李益的诗思。绿杨围绕着一汪清水，这是难得的戈壁绿洲。古今的征战之声还在这里回响，胡笳激越吹醒明月，将军抚剑仰望云天。关山的道路从来就被冰雪封死，今天却向天朝的使节敞开。不要在水中照镜子，衰老的鬓发会使你惊心动魄，感慨进入新年人又衰迈了。李益珍惜自己的年华，诗歌融入个人的生命感受，使之充满人性内容。胡地景物的描绘，历史的沧桑感，季节的对比感，笔下十分生动。军旅生涯的真实描写，既悲壮又苍凉，复归了盛唐的边塞诗风，但也流露出几分凄惶。

安史之乱连年战争给人们心上留下的阴影，即使获得了胜利，也难以抹去这层阴影。李益的《夜上受降城闻笛》流露出这种凄惶情感：

回乐峰前沙似雪，受降城下月如霜。
不知何处吹芦管，一夜征人尽望乡。

战斗胜利了，没有摇旗挥戈的欢呼，没有举杯狂饮的豪气，上了受降城，眼前的景色也是“沙似雪”“月如霜”，未免有些凄凉。夜晚戍卒吹起的芦笛，怨的不是杨柳不绿、春风不度，而充满思乡、怀亲的悲切。虽然战斗胜利了，但征人的感觉却似楚霸王被围垓下的四面楚歌。“不知何处吹芦管，一夜征人尽望乡”，千军翘首，悲壮至极。这样的边塞诗形神兼备，有声有色，表现了李益细腻的战场体验。

《从军北征》中李益感受的不是王维的“客舍青青柳色新”，不是王之涣的“羌笛何须怨杨柳”，而是——

天山雪后海风寒，横笛偏吹行路难。
碛里征人三十万，一时回首月中看。

故乡的思念，和平的期待，成了饱经战乱的人们的典型情感。一声羌笛，竟然引得戈壁数十万征人回头观看。看的不是“千树万树梨花开”，而是凄清明月，倍感“海风寒”；听的不是“羌笛何须怨杨柳”，而是感叹“行路难”。30万人沙漠行军，不为不壮观，但没有“一川碎石大如斗”的豪壮，只有“一夜征人尽望乡”的悲凉。这就是中唐边塞诗和盛唐边塞诗的不同，时代铸就了诗人的文化心理。

李益还有一些怀友、赠答的诗，写得也很好。《竹窗闻风寄苗发司空曙》：

微风惊暮坐，临牖思悠哉。开门复动竹，疑是故人来。
时滴枝上露，稍沾阶下苔。何当一入幌，为拂绿琴埃。

李益与苗发、司空曙并列“大历十才子”(关于“大历十才子”人选各本略有出入)，傍晚临窗闲坐，不免思念诗友。推开门来，清风搅动了庭院的竹子，就好像是朋友的脚步，仔细一看并没有人来。只有晚露从竹子上滴下来，沾湿了门前的青苔，如同点点相思绵延不断。多么想竹帘一动，朋友进来，一起抚琴赋诗。诗歌动静相衬、虚实相生，怀友的心情细腻动人。情境的诗意化、情感的诗意化产生不少佳句警言，《西厢记》

里“隔墙花影动，疑是故人来”就是这样诗意情境的化用。它动静相衬、虚实相生的诗歌情境，对后世文学产生了久远影响。李益是个情感丰富、感觉敏锐的人，这是诗人的良好素质。他与表弟偶然相见，那种感情表达得如此细腻，《喜见外弟又言别》：

十年离乱后，长大一相逢。问姓惊初见，称名忆旧容。
别来沧海事，语罢暮天钟。明日巴陵道，秋山又几重。

幼时一起玩耍的表弟，战乱中离散十年，突然相逢竟不能相认了。请问贵姓，以为是初次见面；说出名字，才想起旧时的模样。家事国事沧桑巨变，话说起来没完没了，不觉之间就天黑了，晚钟敲打着人间的凄凉，时光催促着亲人的分别。此一去山重水复，路途艰险，又要望眼欲穿了。亲友情感表现得如此细腻委婉，这一切放在安史之乱的时代背景之下，人生的沧桑折射出王朝的沧桑，感情的细腻表现了生活的细腻，史诗的意味盎然而出。

李益从军十年，幕府为文，鞍马赋诗，诗歌多被乐工搜求，谱成歌曲，供奉天子。李益终因诗名获得皇帝赏识，《旧唐书》本传说：“宪宗雅闻其名，自河北召还，用为秘书少监，集贤殿学士。自负其才，多所凌忽，为众不容，谏官举其幽州诗句，降居散秩，俄复用为秘书监，迁太子宾客，集贤学士判院事，转右散骑常侍。”李益仕途坎坷，与他性格有关，俗话说“性格即命运”。李益有才情，但忌妒性强，早年考中进士，看到同榜士人升官，自己得不到提拔愤愤不平，投笔从戎，这成就了他的诗歌创作。诗名远播后被皇帝知晓召到宫中，做了制诰文人，他又恃才傲物，褒贬同僚，遭人嫉恨。有人以他当年“不上望京楼”的诗句举报他，说他蔑视朝廷，他又失宠闲居。李益毕竟已经诗名大噪，后来皇帝又起用他，成为中书舍人，为皇帝起草文书，并主持集贤院的工作，侍从在皇帝身边。

诗人感情丰富，也表现在男女之间，但若嫉妒成性，则是人性弱点。李益不仅在同僚之间有妒性，夫妻之间也有妒性。史书称之为“心疾”，即心理疾病。《旧唐书》本传说：“少有痴病，而多猜忌，防闲妻妾，过为苛酷，而有散灰扃户之谭闻于时，故时谓妒痴为李益疾。”妒性使李益老怀疑妻妾红杏出墙，在门口撒上灰，看有没有外人的脚印进来，当时人们称这种妒性为“李益病”。李益这种嫉妒的心理疾病被人写成小说，这就是唐传奇《霍小玉传》，演绎了一段曲折的传奇故事。

年轻时李益娶了卢氏，带着妻子一起到郑县上任。到县里十几天，两人就寝后听到帐外吃吃有声，李益赶紧起来看，见一男子二十余，仪容温美，直向卢氏招手。李益披上衣服到屋外巡查，转了几圈也没找见人影。李益从此起了疑心，百般猜忌，夫妻矛盾丛生。一天李益从外边回来，卢氏正坐在床上弹琴，忽然从窗外抛进一个小花钿盒，坠于卢氏怀中。李益打开一看，盒里装了相思豆两颗、磕头虫一个、发杀觜一个、驴驹媚少许，这都是求爱的物件。李益顿时愤怒地吼叫起来，抄起琴就打卢氏，逼问她到底怎么回事，卢氏说自己也搞不明白。以后李益对卢氏百般虐待，经常拳脚相加，最后终于诉诸公堂，休了卢氏。卢氏走了以后，李益不时让奴婢侍妾陪同枕席，对这些人更是忌妒有加，有的还杀了。后来游广陵，得一名姬营十一娘，仪态温柔娇媚，李益非常喜欢。两人对坐时，李益常说，自己在哪里在哪里得了某某名姬，又因为什么什么把她杀了，吓唬老婆，以清闺门。出差的时候，洗干净一个大斛，扣在床上，周围贴上封条，回来的时候仔细察看，有没有人上他的床。李益还藏了一把短剑，说是信州葛溪铁做的，专门对付犯事该杀的人。跟过他的妇人，他都倍加猜忌，先后娶的三个老婆，没有不这样的。李益的嫉妒成了一种心理疾病，《国史补》说：“散骑常侍李益少有疑病，亦心疾也。夫心者，灵府也，为物所中，终身不痊，多思虑，多疑忌，乃疾之本也。”李益很早就患了忌妒、猜疑的心病，这心理疾病影响他的仕途升迁，也影响他的家庭幸福。他不思改正，变本加厉，成为“终身不痊”的痼疾。

诗人是敏感的，敏感的神经也往往容易罹患心理疾病。李益忌妒心重，官场失意，转向沙场，写了许多边塞诗，是“塞翁失马，安知非福”；李益忌妒心重，防妻苛刻，这回是“李生性妒，失去幸福”。诗人是敏感的人，多情的人，敏感的神经使他善于感受外在事物，也使他钟情女性。但神经与精神一字颠倒，敏感神经有可能发展成精神疾患，李益因此而毁了自己的生活。

柳暗花明：韩翃

春城无处不飞花，寒食东风御柳斜。
日暮汉宫传蜡烛，轻烟散入五侯家。

这是一首著名的诗篇，记述了唐代寒食的民俗，至今还被人们引为寒食民俗的经典记录。寒食节是为纪念春秋时代晋国大臣介子推而设的。晋国公子重耳为躲避宫廷祸乱逃亡在外，介子推忠心辅佐。逃亡途中，重耳饥饿难耐，又找不到可吃的东西。介子推躲到不见人的地方，从腿上割下一块肉做成羹端给重耳解饥。重耳复国以后成为晋文公，封赏功臣，唯独忘了介子推。介子推不愿以功臣自居，隐居绵山。晋文公派人搜山，他不肯出来。有人出主意，放火烧山，网开一面，他就会出来了。结果大火烧了三天三夜，仍不见介子推踪影。火灭之后，人们发现，介子推与母亲抱着大柳树被活活烧死。在旁边的山洞里，人们发现介子推割袍留下的笔迹，告诫晋文公要清明为政。从此这一天被定为清明节，清明前一天定为寒食节（有的地方为清明后一天）。寒食节禁火一天，人们都吃冷食。禁火之后，火种熄灭，于是朝廷又将火种赐予王侯将相，于是有了"日暮汉宫传蜡烛，轻烟散入五侯家"的景象。诗中说的是汉宫，实际指的是当朝。这个风俗在唐代尤为盛行，于是有了韩翃的《寒食》诗。

这首《寒食》诗虽然难说有深刻的思想内容，但它描绘了节日习俗，有着一种风情美、风景美，如同王安石的《元日》一样，也成为民族的文化记忆。特别是前两句写春天的风景优美自然，与节日的气氛浑然天成，更增加了民俗的欢快。

《寒食》诗的作者名韩翃，是唐“大历十才子”之一。富有戏剧性的是，这首诗里两个字“花”“柳”主宰了他的命运。韩翃喜欢折花，偏偏碰上个柳氏女，演出了一场“柳暗花明”戏剧。

韩翃，南阳人，天宝年间中了进士，后在平卢、淄青节度使幕府做幕僚。德宗时授中书舍人，知制诰，为皇帝起草文书。他的诗名不是很高，他的“士名”却不低。熟悉唐宋传奇的人，会记得唐代传奇中有个风流士人韩翊，就是韩翃。两个字音不同，翊音 yi，翃音 hong，是形近而混还是小说作者故意将“真事隐去”，成就了一篇曲折委婉的爱情故事？《太平广记》收录的许尧佐的传奇《柳氏传》，主人公韩翊就是韩翃。

韩翃性情豁达浪漫，颇有诗名，与富家子李生交友，李生赠以歌姬柳氏。时逢安史之乱，长安、洛阳二京先后陷落，士女惊骇，柳氏姿色艳绝，自觉难免落入敌手，就削发为尼，躲进法灵寺。后来皇上收复京城，韩翃在节度使侯希逸幕府为书记。韩翃到处打听柳氏的下落，用一条金丝带题诗：“章台柳，章台柳，昔日青青今在否？纵使长条似旧垂，亦应攀折他人手。”韩翃到处撒播这个“寻人启事”，柳氏看到金丝带，不胜唏嘘，答曰：“杨柳枝，芳菲节，所恨年年赠离别。一叶随风忽报秋，纵使君来岂堪折！”原来有个番将沙吒利平叛有功，驰骋京城，闻之柳氏色美，劫回府中，宠以专房。柳氏见到韩翃的丝带，感慨万千，写诗说，杨柳枝啊杨柳枝，芳菲有节思当年，所恨相思花柳絮，年年飘飞叹离别。秋风吹走细柳叶，纵然君来哪里还是旧枝！诗既表明她对韩翃的思念，又表明了被人收拢的无奈。这场战乱造成的悲剧，没有想到却能化为喜剧。

韩翃遍访柳氏踪迹而不得，一天，韩翃在坡上看见一辆牛车，装饰华美，后面跟了两个女奴。韩翃总觉这车有种特殊的亲切，便尾随车后。忽然车中传出声音："车外可是韩员外吗？我是柳氏啊！"韩翃喜出望外，柳氏揭开帘子说："我是柳氏啊，现失身沙吒利，无法逃身。明天还从此路经过，愿求再来，以作永别。"次日韩翃如期而至，不一会牛车来了，车中抛出一个红布小包，包内小盒子盛着香膏，柳氏哽咽着说："从此永诀！"说罢轻轻摇了摇手，情断意迷，消失在尘埃之中。韩翃不胜悲伤，泪流满面。

这天，临淄诸将酒楼雅聚，派人请韩翃。韩翃勉强到场，但神色沮丧，声音凄惶。有一个部将叫许俊，自负勇武过人，乃仗剑问道："韩兄郁郁寡欢，必有缘故，有何难处，某愿意效力。"韩翃不得已，说出实情。许俊说："请你写几个字，我一会就让她来到这里。"许俊带上韩翃的手书，换上胡人的衣裳，带上佩剑，骑一匹马，拉一匹马，径直来到沙吒利府上。等到沙吒利出门以后，许俊闯进大门，急冲冲跑到堂上说："将军坠马受伤，急请夫人前往！"侍从见事情急迫，不敢怠慢，赶紧请柳氏出来。许俊从怀中取出韩翃手书给柳氏，拉着她跨上鞍马，飞驰而去。许俊携柳氏倏忽而至席前，上前行礼说："幸不辱命！"席间四座惊叹。柳氏与韩翃执手涕泣，相与敬酒。

此时沙吒利正因为战功得宠，韩翃、许俊怕惹下祸端，就求教于节度使侯希逸。侯希逸听完此事也大惊失色。沉吟片刻他说："我平生想做的事，没想到许俊做了！"他敬佩许俊的狭义豪爽，于是奏上一本，向皇上说明原委。不久皇上下诏：柳氏宜归韩翃，沙吒利赐钱二百万。柳氏回到韩翃身边，沙吒利将二百万钱也给了韩翃作为彩礼。一场夺妻之恨化为赠礼之谊，悲剧成了喜剧。

故事是个大团圆的结局：情笃、友勇、臣义、君明，成就了一段美好的爱情故事。柳氏身陷异族，堪称"柳暗"；韩翃重得爱妾，堪称"花明"。

“柳暗花明”是这个故事的美好结局，也是中国人的审美理想。中国人是善良的，注重道德、良心，哪怕生活遇到多少挫折，总希望通过人的道德、良心，达到一个美好结局。这和西方文化（特别是现代文化）注重人性恶的美学意识不同。中国百姓中间有句俗话“说书唱戏劝人方”，劝人向善、向美。它虽然带有历史唯心主义倾向，但体现了艺术的审美理想。

韩翃的“柳暗花明”不止于爱情，也归于仕途。德宗时，中书省缺少为皇帝起草文书的人，宰相送上两份候选名单，皇上一直御笔不点。宰相再次请求批示，皇上说：“给韩翃。”宰相说有两个韩翃，一个是写诗的，还有一个是江淮刺史，给哪个？皇上批复：“春城无处不飞花”之韩翃。此时韩翃正年老赋闲在家，不被重视，宰相突然造访说：“恭喜员外除驾部郎中知制诰。”韩翃不信，说“必无此事，定误也。”宰相说：“‘春城无处不飞花，寒食东风御柳斜’，不是员外的诗句吗？”韩翃说：“是啊。”宰相说，御批要的就是“春城无处不飞花”的韩翃。于是韩翃成为中书舍人，他又一次遭遇“柳暗花明”。人们常说一字千金，韩翃是一诗千钧了：丝条题诗，爱妾失而复得；素笺题诗，皇上重新启用。文字的力量岂能小视？

爱情、仕途是士人/诗人两大生活支柱，李益、韩翃却截然不同。李益心胸狭窄、妒性十足，结果官场失意，妻妾被杀，没有获得人生幸福；韩翃重情好义，广交朋友，不仅爱妾重归家中，官职也重归朝廷。性格决定命运，人生之诗也在于自己书写。

夜歌鬼吟：钱起

钱起，“大历十才子”之一，与刘长卿齐名。吴兴（今浙江湖州）人，官至尚书考功郎中，一个管人事的大官，按着官职尊称，著作名为《钱考功集》。

钱起，《唐书》无传，在《钱徽传》中附有他的一段故事：“（钱）起能五言诗，初从乡荐，寄家江湖，尝于客舍月夜独吟，遽闻人吟于庭曰：‘曲终人不见，江上数峰青。’起愕然，摄衣视之，无所见矣，以为鬼怪，而志其一十字。起就试之年，李暐所试《湘灵鼓瑟》题中有青字，起即以鬼谣十字为落句，暐深嘉之，称为绝唱。是岁登第。”这个故事还写在钱起故乡的《苏州府志》中，流传甚广。故事说，钱起擅长五言诗，开始乡试得中，于是离开家在湖边客舍攻读，准备迎接进士之考。他在旅店月夜吟诗，一天晚上，突然听见有人在院子里吟出诗句：“曲终人不见，江上数峰青。”钱起非常惊讶，赶紧取过衣服出去观看，院子里并没有人。他想一定是鬼怪显灵，就牢牢地记住这十个字。等到他参加科举考试，考官出的题目是《湘灵鼓瑟》，而且要求诗中必须有“青”字。钱起想起旅店夜间的鬼吟，就以那十个字结尾作了一首诗。主考官李暐见了非常赞赏，认为是绝唱。这年他因此考中了进士。

这里要说说唐代的科举制度。唐朝为了广泛选拔人才，开展多种科目的考试，其中有博学宏词科，主要考诗赋。在唐宣宗时，博学宏词科的考试更加注重遣词、炼字。据《云溪友议》载："上于延英殿诏中书舍人李藩等问曰：'凡考试中，重用字如何？'藩对曰：'赋忌偏枯庸杂，论失褒贬是非，诗则缘题落韵，其间重用文字，乃是庶几，亦非有常例也。'又曰：'孰诗重用字？'对曰：'钱起《湘灵鼓瑟》诗云……（下引，诗略）'"皇上与大臣讨论博学宏词科考试是否应该重视炼字，大臣李藩回答：赋忌讳铺陈过多繁冗庞杂，策论失之褒贬议论不当，诗因题敷陈，比较注重遣词造句，要说看炼字如何也是可以的。皇上问，你举个例子，谁的诗注重炼字？李藩就举了钱起的例子。看来钱起此诗在当时影响颇为巨大，成了经典案例。

钱起的《湘灵鼓瑟》是这样的：

善抚云和瑟，常闻帝子灵。冯夷空自舞，楚客不堪听。
逸韵谐金石，清音发杳冥。苍梧来怨慕，白芷动芳馨。
流水传湘浦，悲风过洞庭。曲终人不见，江上数峰青。

考官以湘江女神鼓瑟的传说为题，要求考生作诗。湘君、湘夫人的传说古已有之，相传她们是尧帝的女儿，后来嫁给了舜帝。舜帝死于苍梧之后，她们化为湘水女神，即湘灵。湘灵忠于爱情，她们在湘水上弹琴唱歌，怀念丈夫，从此成为凄美爱情的体现，也成了中国文化的一个原型。屈原《九歌》吟唱了湘君、湘夫人："使湘灵鼓瑟兮，令海若舞冯夷。"此后历代诗词多有吟咏，直至毛泽东诗词的"斑竹一枝千滴泪，红霞万朵百重衣"（《七律・答友人》），都在运用这个典故。钱起的《湘灵鼓瑟》前四句讲述湘灵在江边鼓瑟、歌舞的故事，五、六句描写湘灵鼓瑟的声音，七、八、九、十句描述湘灵歌舞如何引起山水动情，最后两句说湘灵歌舞以后隐迹云层，只留下江上几座青峰。

钱起的《湘灵鼓瑟》是应制而作，命题作文，没有什么新意。全诗以叙述、描写为主，围绕一个典故，铺陈了湘水女神弹琴鼓瑟感天动地的情景，思想含量不大，语言张力不足，只有结尾两句，含蓄悠长，富有意境。

至于钱起的诗句是否得之于鬼神，那要从创作心理上看。创作有产生灵感的时候，那是长期关注，了然于心，反复酝酿，偶然得之。艺术创作的灵感，是多种信息综合、偶然碰撞而成的结果。钱起的这两句诗，应该是灵感飞来之作。他住在旅馆里准备考试，晚上湖水清清，山色朦胧，远处笙歌阵阵，忽隐忽现，得了这两句诗，也算是妙手偶成，并非什么鬼吟夜歌。创作灵感有它的神秘性，古人常以为妙词佳句是神灵所授，便附会出这个故事。钱起旅居客舍，月夜苦吟，偶然得此佳句，是创作灵感的体现，附会出天命神授的故事，倒是抬高了自己的身价。

俄国一位伟大作家说过，情节是性格的历史。性格决定行为方式，性格左右人物命运，钱起的两句诗凸显了诗人自己的性格。钱起既缺少宽大豪迈的襟怀，又缺少宁静淡泊的心境，自然诗歌内容单薄，成就不高。他的诗，内容以酬唱、送别为主，写法以叙述、描写为主，缺少诗人独特的艺术发现和人生感悟。其中较好的如《归雁》：

潇湘何事等闲回，水碧沙明两岸苔。
二十五弦弹夜月，不胜清怨却飞来。

还是湘灵题材的扩展，不过以“归雁”为题，描写大雁在潇湘两岸徘徊，弹琴唱歌，表达某种幽怨。此诗意境尚称开阔，情感亦有寄托，但不和社会人生、自我经验相结合，这愁、怨就成了闲愁、清怨。

钱起以搜句、炼字成名，得到皇帝的赏识与推荐，开了苦吟之风。诗作有些佳句，也是苦吟的结果，如“鸟道挂疏雨，人家残夕阳”之“挂”与“残”字；“牛羊上山小，烟火隔林疏”之“小”与“疏”字。这些“炼字”的结果，带来独特的意味，但也留下雕琢的痕迹。诗以情美、以意胜，好的遣词造句是情到、意到的结果。如果情、意达不到相应的浓度，只一味炼字、苦吟，必然犯雕章琢句、内容苍白的毛病。钱起的创作、皇上的倡导，开了唐诗“炼字”的风气。唐诗从边塞诗的豪迈、李白的超拔、杜甫的深宏，到中唐以后的炼字、苦吟，已失去盛世的大气，这是无法挽回的颓势。

病中出妓：司空曙

司空曙也是“大历十才子”之一。才子难免风流，诗人尤其如此，他们是美的使者，又是花的园丁。美的使者最易为美所动，花的园丁最易为花动情，而司空曙不得不将自己培育的一朵鲜花——歌妓，嫁与他人，自己忍受离情别恨的孤独，因为他穷。

司空曙落拓有奇才，但他没有做过大官，只在韦皋做剑南节度使时召为幕府，后来当过林县丞，晚年授左拾遗、水部郎中。

司空曙在剑南节度使幕府中，同僚们盛赞他的气度、品格。符载《剑南西川幕府诸公写真赞并序》是这样描写司空曙的：“风仪朗迈，振拔气器。玉气凝润，鹤情超辽。文烛翰苑，德成士标。问望何有，羽仪中朝。”写真赞是古代的一种文体，它在人物画像下面写上赞语，称颂他的人品、道德、文章，形式以赋陈为主。符载的画赞赞扬剑南节度使幕府中的各位僚属，说到司空曙是：仪表清朗，气宇超拔，皮肤洁白，神情高古；辞藻在文坛上光明灿然，品行在士人中堪称楷模。司空曙可谓品格、文采俱佳。

因为性格磊落、耿直、不事权贵，司空曙家道清贫。卢纶是他的表弟，到他家去，他无甚招待，写诗表示歉意：“静夜四无邻，荒居旧业贫。”（《喜外弟卢纶见宿》）荒落的村居，连四邻都没有，何谈官邸的车马喧嚣；有几亩薄地尚可糊口，只操农耕旧业早出晚归。去官以后他给叔父写信说,“游客尽赏春色老,贫居还惜暮阴移。”(《下第日书情寄上叔父》)春天来了,人们争相踏春赏花,我土屋家贫,看着傍晚渐渐移动的日影感叹时光的流逝,哪有心思欣赏春色。

没有闲心欣赏自然春色,却无法割舍人间春情。穷人有卖儿卖女之痛,司空曙有嫁出爱姬之苦。

唐代人时兴蓄养歌妓,宫有宫妓,官有官妓,军有军妓,家有家妓,她们是唱歌跳舞的艺人,又常是文人雅士的情人。诗人爱美爱艺术,歌妓是美和艺术的体现者,诗人蓄养家妓屡见不鲜。白居易就养了不少家妓,司空曙也养了家妓。白居易官运亨通,带小蛮、樊素一班歌妓在西湖上轻歌曼舞;司空曙贫病交加,连自己的生活都难以维持,歌妓更难以维持她的用度。富家的浮浪子弟早有垂涎于司空曙家妓姿色技艺者,便暗暗吹风要把她买了去。

歌妓进家门的时候,还是个梳着髫鬏的小姑娘,司空曙终日教习歌舞管弦,耳鬓厮磨已成知己。女孩聪敏灵动,加上诗人的艺术熏陶,如今是舞低杨柳楼心月,歌尽桃花扇底风,出挑得让不少浮浪子弟艳羡不止。可是家贫难以为继,只好将她嫁给浮浪子弟。出嫁的日子,司空曙心如刀绞,泪似断线的珠子,写下《病中嫁女妓》:

万事伤心在目前,一身垂泪对花筵。
黄金用尽教歌舞,留与他人乐少年。

人生自古伤别离,何况是自己的爱姬要嫁于别人,这是比什么都痛苦的“万事伤心”之事!富家子弟来娶佳人,锣鼓笙歌,披红挂彩,宾朋满座,觥筹交错,司空曙喝下的是一杯苦酒!自己喜欢并调教出来的歌妓,如今成为人家的媳妇了,还有什么比这更让人揪心的呢!他柔肠百结,痛苦流泪,只好写首诗,抒发情怀,告别爱姬。才子多情世无情,司空曙演出了贾宝玉送别晴雯的一幕。

司空曙虽然家境贫寒，但他不攀附富贵豪华、炙手可热的人物，却与清静无为的僧人交往甚密。暕上人是一位出家人，清雅不俗，颇解禅机。司空曙常去暕上人禅院，禅院的景象成了他的精神归宿：

闭门不出自焚香，拥褐看山岁月长。
雨后绿苔生石井，秋来黄叶遍绳床。
身闲何处无真性，年老曾言隐故乡。
更说本师同学在，几时携手见衡阳。

家境贫寒，心爱的歌妓又嫁与他人，司空曙心若枯井，他羡慕僧人的生活方式和生活环境，常到僧门走动。僧人闭门不出，焚香礼佛，拥着布衣观看山色，敲着木鱼冥想未来。雨后绿苔生上井口，秋天黄叶落满绳床。只要清静无为何处不能舒展性情，我也曾说过年老回乡隐居。自己还有一些同学想出世退隐，什么时候能够携手到南岳参禅悟道？司空曙在禅院里看到了自己的生活方式和生活环境，虽未出家却有了一副清净淡泊的情怀，有了一种脱离尘俗的心态。司空曙毫不隐晦自己对禅院生活的羡慕，期待和多年不见的同学执手相会，寄情山水，参禅悟道。诗人无缘紫陌红尘，只好选取青灯佛帐，谁让他们是不同流俗的人呢，谁让他们是有精神追求的人呢！

司空曙晚年寄居乡间，过着农耕生活。他最喜欢钓鱼，一根竹竿，一只浮漂，摒除世事，心若止水，这是最能让人忘却忧烦的时刻。司空曙这样描写他的垂钓生活，《江村即事》：

钓罢归来不系船，江村月落正堪眠。

纵然一夜风吹去，只在芦花浅水边。

钓鱼回来连船都不用系，月亮西下，江村寂静，回家正好睡觉。即使夜里起了大风，船也跑不到哪里去，区区一湾池水，顶多也就是漂到长满芦苇的浅水边上。这又是一种“野渡无人舟自横”的豁达。司空曙也炼就了一颗甘于清贫的心，心中自有农家乐，任尔东南西北风，洒脱面向现实，无奈寻求解脱。有这种情态，他欣赏江村、落月、浅水、小舟、秋风、芦花，这一系列诗歌意象构成富有禅意的风情画，表现出洒脱、散淡的情致。这是一种潇洒气度，一种诗意栖居：朴实乡村，恬淡生活，路不拾遗，夜不闭户，没有忧烦，没有恐惧，只有周围的山川草木成为他的审美对象。

寂静乡村，最盼亲友来访，他的表弟卢纶不时前来看望，这成了司空曙最高兴的时刻。他写诗《喜外弟卢纶见宿》：

夜静四无邻，荒居旧业贫。
雨中黄叶树，灯下白头人。
以我独沉久，愧君相见频。
平生自有分，况是蔡家亲。

卢纶是他的表弟，即所谓“外弟”；“蔡家亲”即表亲，羊祜为蔡邕的外孙，故称外家为蔡家亲。孤独的乡村，贫寒的茅屋，连邻居都很少，秋风苦雨中落叶纷纷，老迈之人灯下相对。司空曙说，我远离尘世，避居乡间，很少有人来访，只有表弟频频相顾，这既是友情，又是亲情，让我司空曙心中不安。诗歌既表达了荒索寂寥的心境，又创造了荒索寂寥的意境，是别一种田园山水诗。有唐以来，山水诗大家频出，孟浩然淡泊宁静，过的是衣食无忧的小农生活；王维坐看山水，有无挂无牵的富贵气象；司空曙却贫寒萧索，过的是真正艰难的乡居日子，求的是心安而未理得的生活。这样的田园诗似乎更合乎“田园”的实际。《唐才子传》给司空曙的诗很高的评价：“属调幽闲，终篇调畅。如新花笑日，不容熏染，锵锵美誉，不亦宜哉！”贫寒简约的生活，清净淡泊的诗情，写出常人乡居的诗篇，富贵人难以企及，世俗人难于达到。

官风民情：元结

唐代诗人多为进士出身，因文而入仕，因仕而为官，或因诗名而获得官职，或因官职而诗名大振。元结既不是进士出身，也缺少诗人气质，是官位成就了他的诗名。他当官时体恤民情，整饬官风，他的诗不是抒情性的，而是社会诗歌，也只能以此为标准加以判断。

元结，字次山。他是以官的身份出现在文坛上的，然而又不是正常科举得的官。在科举取士的封建社会，知识分子大都是通过科举进入官场，元结参加过两次科考，都没考中。天宝六年(747)元结赶考，碰上李林甫捣鬼，他落选了。《元次山集》卷4有篇《喻友》谈到这件事："天宝丁亥中，诏征天下士人有一艺者，皆得诣京师就选。相国晋公林甫以草野之士猥多，恐泄漏当时之机，议于朝廷曰：'举人多卑贱愚聩，不识礼度，恐有俚言，污浊圣听。'于是奏待制者悉令尚书省长官考试，御史中丞监之，如试常吏。已而布衣之士无有第者，遂表贺人主，以为野无遗贤。元子时在举中。"这年科考，李林甫上奏唐玄宗，说民间士人出身卑贱，语言粗野，恐怕有污圣听。考试虽然照常进行，但一个也不取，还奏称，天子圣明，野无遗贤。元结在李林甫捣鬼的这次科考中被刷下去。天宝十二年(753)元结又参加科举。元结善于为文议论时政，颇有见地，他将自己的文章汇集成《文编》。这次科考他将《文编》献上，礼部侍郎杨浚看后说："一第污元子耳，有司得子是赖。"把你录取为一等，都有些委屈你，现在官府靠的就是你这样对时政有见识的人。这次考官对上次考试的弊政表示了否定。

但元结当官主要不是靠的科举，而是一次义举。安史之乱中史思明进攻河阳，元结组织义军抗敌，保全了十五座城池，立下战功。皇帝要召见这位组织义军勤王的举子，给元结一个陈述政见的好机会。元结怕朝堂之上尊卑礼仪过于严格，不能充分陈述自己的意见，就进上《时议》三篇。肃宗看了龙颜大悦，说“卿能破朕忧”，遂授予右金吾兵曹。后历任道州刺史、容州都督兼本管经略使，成为经营湖广的军政大员。元结从“草根”起家，是草莽英雄，遭到权臣的忌妒、构陷，后辞官，“隐商於山中，称元子；逃难入猗玗洞，称猗玗子，或称浪士，渔者，或称聱叟，酒徒漫叟。及为官，呼漫郎”。《唐才子传》记述了他这么多诨号，表明他不拘小节，浪迹民间，用今天的话说他有“草根”情结。

元结的“草根”情结使他的诗接近大众，当官时申明官风，为民时表达民情，无论为官为民，他的诗大都写官风民情，甚至有《欸乃曲》模仿船工号子。他率军打败了叛军，当了地方大员，写诗《贼退示官吏》：

昔岁逢太平，山林二十年。源泉在庭户，洞壑当门前。
井税有常期，日晏犹得眠。忽然遭世变，数岁亲戎旃。
今来典斯郡，山夷又纷然。城小贼不屠，人贫伤可怜。
是以陷邻境，此州独见全。使臣将王命，岂不如贼焉？
今被征敛者，迫之如火煎。谁能绝人命，以作时世贤？
思欲委符节，引竿自刺船。将家就鱼麦，归老江湖边。

这首诗写于道州刺史任上。道州处于湖南边远山区，是个少数民族聚居的地方，比较贫穷落后，但官吏横征暴敛，也无可逃避。元结写诗说，从前太平的时候，山林里住了 20 年，泉水流进院落，岩洞对着家门。赋税国家有规定，百姓天晚了还能睡个安稳觉。忽然遭逢安史之乱，我好几年身在军营。现在来这里任地方官，山上的盗寇又纷然而起。城小盗寇不杀百姓，人穷盗寇亦生怜悯。所以邻近州县都已陷落，道州却可以保全。但是那些秉承王命的官员，简直比盗贼还要凶狠，老百姓被赋税逼得没办法，如同火烧油煎。当官的怎么能只为完成皇上的使命，就置老百姓于死地呢！看到这些，我真想抛弃任命书，拿着竹竿去撑船，带领全家到农村打鱼种地，在江河湖边终老此生。这首诗说出一个现象：当官不为民做主，只为皇上当走狗，这样的地方官比盗贼还厉害，即所谓"苛政猛于虎"。在封建时代，元结有这样的思想，有这样的官风，确实保持了草根情结。在对百姓负责还是对上级负责的问题上，元结坚持了民本思想。

元结来道州这个贫困的少数民族山区任军政长官，也确实上下为难。道州原来 4 万余户，经过战乱，不满四千，百姓不胜赋税之重，而上司催讨租税的文书 50 天内竟来了二百余封，都说"耽误期限，罪至贬削"。作为地方官怎么办呢？若完全按着上级的指示办，官逼民反，刺史难逃罪责；若不按上级指示办，收不上税来，刺史也难逃罪责。元结恪守当官为民的道德良心，"静以安人，待罪而已"，我让老百姓获得点安宁，等待上级加罪与我。他写了《舂陵行》反映民情：

军国多所需，切责在有司。有司临郡县，刑法竞欲施。
供给岂不忧，征敛又可悲。州小经乱亡，遗人实困疲。
大乡无十家，大族命单羸。朝餐是草根，暮食仍木皮。
出言气欲绝，意速行步迟。追呼尚不忍，况乃鞭扑之。
邮亭传急符，往来迹相追。更无宽大恩，但有迫促期。
欲令鬻儿女，言发恐乱随。悉使索其家，而又无生资。
听彼道路言，怨伤谁复知。去冬山贼来，杀夺几无遗。

所愿见王官，抚养以惠慈。奈何重驱逐，不使存活为。
安人天子命，符节我所持。州县忽乱亡，得罪复是谁？
逋缓违诏令，蒙责固其宜。前贤重守分，恶以祸福移。
亦云贵守官，不爱能适时。顾惟孱弱者，正直当不亏。
何人采国风，吾欲献此辞。

唐代宗广德年间，元结在道州任职，春陵在他的辖区之内。他上任就遇到了难题：一方面是朝廷紧急催促租税三令五申，一方面是百姓吃草根树皮无以为生。到底是听上级的，还是体恤老百姓，地方官进退两难。元结思考以后，还是恪守前贤为政以德的原则，不避个人祸福得失，直陈百姓穷苦现状。都说当官贵在会保护自己的纱帽，顺应形势不能有自己的好恶取舍，但看看孱弱无助的百姓，又怎么忍心对他们强横！希望有人下来采风，体察百姓的痛苦、当官的难处。元结无以为计，想借《诗经》的传统，写诗上达民情，于是有了《舂陵行》。元结以诗痛切直陈，为民请命，还是招来他人弹劾，被罢官免职。

元结还写了反映民情的诗歌《系乐府十二首》，希望通过采风者上达民情。其中《农臣怨》说：

农臣何所怨，乃欲干主人。不识天地心，徒然怨风雨。
将论草木患，欲说昆虫苦。巡回宫阙旁，其意无由吐。
一朝哭都市，泪尽归田亩。谣颂若采之，此言当可取。

农臣是管理农业事务的下层官员，他们也处于进退两难的境地，所以要告诉上级：搜刮民财以完成王命，百姓已搜刮殆尽；诉说百姓疾苦，无法完成上级任务，于是想通过诗歌上达民情。古来乐府是官家采集民歌、了解民情的机构，《诗经》以来的诗就有可以兴、可以观、可以群、可以怨的作用，后来乐府成了宫廷歌舞班子，只管歌舞升平，哪管百姓饥寒。农臣想对上言说，说什么呢？怨天？怨地？怨风雨？怨虫害？都无由说起，王公贵族的奢侈浪费，才是百姓痛苦的根源。“朱门酒肉臭，路有冻死骨”，收税的地方官进城围着宫苑哭，回来对着农田苦，怨愤无处诉。看来既不“怨”天，也不“怨”地，应该“怨”的是王公贵族的奢侈腐败、贪官污吏的横征暴敛。

元结为官起自民间，因起兵抗击安禄山有功而获得升迁。他做了官，不失“草根”情结，仍然关心民间苦情。他的诗不是文人的诗，而是现实的诗，直陈社会现实，反映百姓疾苦，虽然在诗歌艺术上显得粗糙，却有较大的思想意义。他当官为民、敢于直言，诗歌也应为之所重。

寒砧夜话：孟郊

慈母手中线，游子身上衣。
临行密密缝，意恐迟迟归。
谁言寸草心，报得三春晖？

一首孩童启蒙的诗，成了民族的文化遗产，小孩会背，老人也会背，认字的会背，不认字的也会背。母爱、亲情被这首诗确定为民族的道德传统。诗歌描述的送别情景朴实自然，语言浅显明白；“密密缝”“迟迟归”的迭字强化了母子感情；最后两句，以反问的形式冲击着人们的心灵——小草初绿的儿女之心，怎么能报答母亲和煦春光般的爱呢？诗歌抓住一个典型画面——缝制棉衣，表达一种典型情感——母子深情。这是人类最普遍也最深挚的情感，所以打动历朝历代、老老少少的心，成为母子之情的典型话语。

人们知道这首诗，但不一定了解它的作者，更不一定了解这话语朴实的诗作是怎样从朴实的人生中磨砺出来的。

这首《游子吟》的作者叫孟郊，字东野。郊、野是同义词，符合古人取名用字的规律。也许是有意为之，也许是无意之举，孟郊、孟东野的名字概括了他的生活状况——郊野之人。孟郊出身寒微，籍贯不详，《旧唐书》本传说“少隐于嵩山，称处士”。46 岁孟郊才中进士，外官当过溧阳尉、内官当过协律郎，都是小官。山野之人没有当官的气度，孟郊考中进士以后作诗《登第后》：

昔日龌龊不足嗟，今朝旷荡恩无涯。
春风得意马蹄疾，一日看尽长安花。

从清贫赤寒的小屋里走出来，今天沐浴皇恩我考中了，春风得意连马蹄都觉畅快，恨不得一天看尽长安的花花世界。孟郊气度窄，眼皮浅，高中以后洋洋得意，与后世之范进中举颇为相似，这也招来人们的嘲笑，落了个“春风得意”的话把，让后世人讥笑那些偶然得势的人。生活经历决定人物性格，人物性格决定诗歌风格。

登第后“春风得意”，下第后呢，又牢骚满腹。孟郊还有《下第》诗：“弃置复弃置，情如刀剑伤。”孟郊既经不起成功，又经不起失败，这样小家子气确实很难当官，当了个小官又不好好干。他中进士以后，授溧阳县尉，县里有一片林地，一湖清水，孟郊经常到湖边树下作诗，冥思苦想，耽误政事。县令见他不能履行职守，就报告了府官，又找了一个人替代他，分他一半俸禄。

孟郊官运不通，生活艰窘，诗歌也就常以穷气为感叹。《借车》说“借车载家具，家具少于车”，借车搬家，家具比车还少；《谢炭》说“吹霞弄日光不定，暖得曲身成直身”，天冷吹着炭火取暖，炭火闪烁不定，委屈地想到什么时候我能挺直腰板呢？大丈夫能屈能伸，孟郊屈时畏畏缩缩，伸时趾高气扬。他的诗歌虽也大胆抒写性情，但胸次格调不高，诗歌格调也不高。《唐才子传》评这些诗“皆哀怨清切，穷入冥搜”。孟郊为人、为诗只能在“穷”字上做文章了。

李翱是孟郊的好朋友，感其穷，把他推荐给封疆大员张建封，写了一封书信《荐所知于徐州张仆射书》：“郊穷饿不能养其亲，周天下无所遇。”信中说孟郊穷得养不起家人，跑遍天下碰不到一个知音，表明了孟郊的困窘状况。后来又把孟郊推荐给郑余庆，郑余庆身为节度使，此时镇守东都洛阳，又兼水陆转运判官，是个位高权重的大员，孟郊若成为郑余庆的幕僚，庶几“转运”有望，但他在上任不久突然去世。孟郊一生穷愁潦倒，饥寒冻馁，人称“寒酸孟夫子”。

孟郊、孟东野似乎命中就是个郊野人物。其实不必这样相信命运，命运更在于自己，在于自己的个性。《新唐书》本传说：“性介，少谐和，愈一见为忘形交。”孟郊性情耿介，孤僻寡和，这样的人固执己见，不同流俗，自然无法得意于官场，也无法广交朋友，倒是韩愈敬佩这种性格，一见就成为知心朋友，一直尊称他为东野。韩愈有篇著名的文论《送孟东野序》，赞扬了孟郊的为人为诗，并因此提出一个重要的文学思想“不平则鸣”。“大凡物不得其平则鸣。草木之无声，风挠之鸣；水之无声，风荡之鸣，其跃也或激之，其趋也或梗之，其沸也或炙之；金石之无声，或击之鸣。人之于言也亦然，有不得已者而后言，其歌也有思，其苦也有怀。凡出乎口而为声者，皆有弗平者乎！”孟郊因为穷，发出一些不平的声音，韩愈给予肯定，指出“不平则鸣”是文学创作的一般规律，也以此鼓励孟郊的写作。韩愈在这篇文章里历数了历代有价值的著述，都是不平则鸣，而且是“择其善鸣者而假之”。韩愈又说，孟郊、李翱、张籍“三子者之鸣信善矣。抑不知天将和其声，而使国家之盛耶，抑将穷饿其身，思愁心肠，而使自鸣其不幸耶？三子者之命，则悬乎天矣。其在上也奚以喜，其在下也奚以悲”。韩愈虽然肯定“不平则鸣”，但又指出鸣者有其大，有其小：大者关乎“国家之盛”，天地和其声；小者“自鸣其不幸”，只写自己的“思愁心肠”；自己的“不平”之事应与社会联系起来，命“悬乎天”，不要在上就得意洋洋，在下就悲悲切切，这样“鸣”出来的作品才有更大的价值。韩愈“不平则鸣”的文学思想，强调了创作应该有感而发，有为而作，反对无病呻吟，矫揉造作。文章应该上关乎国事，忧国忧民；下感受自我，书写命运；而只有将二者结合起来，才是优秀作品。孟郊等三人的命运不完全在自己手里，但如何融入社会，却是自己的事，怎么只能个人悲悲切切呢！

孟郊个人的穷愁感叹与百姓疾苦相连时，作品就有了力度，如《寒地百姓吟》：

> 天火炙地眠，半夜皆立号。冷箭何处来，棘针风骚骚。
> 风吹破四壁，痛苦不可逃。高堂捶钟饮，到晓闻烹炮。
> 寒者愿为蛾，烧死彼华膏。华膏隔仙罗，虚绕千万遭。
> 到头落地死，踏地为游遨。游遨者为谁？君子为郁陶！

孟郊做郑余庆的幕僚时写了这首诗，诗歌写出富人豪门和贫寒人家的两重天地，构成一幅“朱门酒肉臭，路有冻死骨”的形象图画。天冷了，百姓无以御寒，弄堆柴火把地烧暖了睡觉，冻得睡不着站起来跑跳着叫喊。破墙到处漏风，针刺一样的风扎得浑身疼痛。而那些高官显宦之家，正华灯高照，钟鼓齐鸣，通宵达旦，烹制美食。那些冻得要死的人，想化成飞蛾，烧死在膏腴的华灯上。可是华灯隔着罗罩，白白绕上千万圈也烧不着，到头来落地而死，成为那些酒足饭饱的人厌恶的东西，踏着它扬长而去。歌舞宴饮、飞扬跋扈的人是谁呢？君子想起来悲愤不已。诗歌以求生不得、求死亦难的悲剧，写出了贫富两重天的社会现实，表现了对劳动人民的悲悯。

孟郊的这类诗歌上承杜甫、元结，下启元稹、白居易，表现了强烈的现实主义精神。它同情劳动人民，斥责苛刻盘剥，能够正视封建社会的阶级对立。孟郊四百余首诗歌中，大部分是写穷愁孤苦生活的，这些作品在“新乐府”诗歌中起着承上启下的作用。他一反“大历十才子”雕章琢句、华美空洞的诗风，转而面向生活，面向下层，有感而发，有为而作，这正是韩愈所倡导的文风。孟郊的诗多用白描，显得诗意不足，但他也苦心孤诣，或运用对比手法，或捕捉典型画面，也能把生活写得生动感人。苏轼赞扬孟郊“诗从肺腑出，出辄愁肺腑”，这是“不平则鸣”的结果，真情实感带来它的艺术生命。由于他的诗多为呼饥号寒之作，故有“郊寒岛瘦”之说。

孟郊生活凄苦，故能体验普通百姓的情感，一些诗歌在日常的生活画面中表现了淳朴的人类情感，开头提到的《游子吟》如此，《闻砧》也如此：

> 杜鹃声不哀，断猿啼不切。月下谁家砧，一声肠一绝。
> 杵声不为客，客闻发自白。杵声不为衣，欲令游子悲。

砧，槌布石，戍卒、游子出行，家人洗干净衣服，在槌布石上槌平，为他准备行装。于是寒砧槌布成为送别、思亲的诗歌意象。《游子吟》针针关情、线线连心，《闻砧》声声入耳、槌槌击心。他客居在外，晚上听见槌布声音，想起慈母准备寒衣的情景，倍加思念亲人！他用了对比的手法说，杜鹃啼血都不算悲哀了，猿猴哀叫也不算凄切了，只有月下的槌布声一声一声令人断肠。这样的离愁就更加入木三分。槌布的声音并不专门为来客（诗人自己）而响，但客人听到越发触景伤情，勾起游子怀念亲人的情感，更同情思妇怀念征人的悲苦。寒砧表达送别或思亲，是古人常用的题材，孟郊不是置身事外写征人思妇，而是加进自己情感，把游子怀乡之苦和思妇怀春之悲联系起来，就更加激动人心。人们不仅感受到槌布人的凄苦，也感受到诗人的凄苦，游子之情使他们暗自沟通，这就不难使人想起《游子吟》了。孟郊记忆里离别的情景，母亲在灯下缝衣，妻子在月下槌布，针针动情、声声入耳，也就形成本节的题目《寒砧夜话》。孟郊在普通的农家生活里，感受凄苦日子的思亲之情，唤起了人类的普遍情感，也就成为传之久远的好诗。

孟郊潦倒终生，死后无钱埋葬，他的老上司郑余庆“给钱数万营葬，仍赡其妻子者累年”。韩愈为之作墓志铭，记载了孟郊死后韩愈与孟妻郑氏四处求告，筹集资金办理丧事的凄凉境况。穷有穷志，富有富情，唯真情能够动人，是以为诗。孟郊的诗能够长留人间，以其情真也。当然作为诗，除了情真，还要意美、象美、辞美，真且美，才是好诗。孟郊的诗情真故能动人，诗美上就有些粗疏了。

推敲僧门：贾岛

“僧推月下门”与“僧敲月下门”的故事在中国家喻户晓，并且形成了一个词语“推敲”，成了作诗为文的修辞方法。推敲字句的诗歌作法到底该如何评价呢？我们先看看这个故事的出处，再看看故事主人的诗篇。

“推敲”的故事出自宋代胡仔《苕溪渔隐丛话》，它也是引述《刘公嘉话》的：“（贾）岛初赴举京师，一日，于驴上得句云：鸟宿池边树，僧敲月下门。始欲作推字，又欲作敲字，炼之未定，遂于驴上吟哦，时时引手作推敲之势。时韩愈吏部权京兆，岛不觉冲之第三节，左右拥至尹前，岛具对所得诗句云云。韩立马良久，谓岛曰：作敲字佳矣。遂与并辔而归，留连论诗，与为布衣之交。自此名著。”这个故事带有传奇性，但也合乎生活逻辑。韩愈做吏部尚书兼京兆尹（京城市长），街道巡行是常事。贾岛是苦吟诗人，骑着瘦驴沉浸在诗句推敲之中，冲撞官驾，事在情理之中。韩愈身为国子监祭酒、文坛领袖，诗人当京官，没有官架子，偏爱结交贫寒书生，鼓励孟郊“不平则鸣”，又和贾岛“推敲”诗句，“郊寒岛瘦”都得到韩愈的提携。贾岛遭遇韩愈的故事，事出偶然，情理自然。贾岛因“推敲”结识文坛领袖，成为布衣之交，成就了文坛一段佳话。

“推敲”作诗到底如何？我们以此走进“人”的大门，进而走进“诗”的大门。

首先推开贾岛人生的大门。贾岛，字阆仙，范阳（今北京东部）人。他连败文场，屡试不第，作诗《赠翰林》说："应怜独向名场苦，曾试余年浪过春。"请翰林学士可怜他屡试不第之苦，多年浪迹于文场，虚度了许多光阴。因为连考连败，愤愤不平，他以为八百举子皆不如己，便轻蔑考官，在考场捣乱，被驱逐出去，人称考场"十恶"。《鉴戒录》记述说："公卿恶之，与礼闱议之，奏岛与平曾等风狂，挠扰贡院，是时逐出关外，号为十恶。"贾岛考不中进士，就进寺院当和尚，取个法名叫无本。后来到了京城长安，居青龙寺。

贾岛作为僧人，骑驴行吟街衢，独往独来，旁若无人。在洛阳时，逢地方长官下令不准僧人午后出寺，贾岛写诗发牢骚，"不如牛与羊，独得日暮归"，表现了狂放不羁的性格。在长安冲撞地方长官也不止韩愈那一次。《唐摭言》载："（岛）尝跨驴张盖，横截天衢。时秋风正厉，黄叶可扫，岛忽吟曰'落叶满长安'，志重其冲口直致，求之一联，杳不可得，不知身之所从也，因之唐突大京兆尹刘栖楚，被系一夕而释之。"骑驴苦吟，不知所往，冲撞了京城的市长，被部下抓去，关了一宿，第二天才放出来。这是第一次冲撞。

第二次要幸运一些，冲撞的是韩愈。韩愈任吏部尚书兼管京师，这次贾岛又冲到市长的仪仗队里去了。侍卫把他揪到长官面前，贾岛幸亏遇见的是位诗人，不但帮他"推敲"，而且带他到官邸，一起论诗。和韩愈结识，并有诗唱和，贾岛的诗名渐渐传开。

贾岛不仅冲撞京兆尹，也冲撞皇上。一天，唐宣宗到寺庙里去，听到钟楼上有人吟咏诗篇，就拾梯上楼，从书案上取过诗篇来看。贾岛不认识皇上，用胳膊挡着书案，斜视了对方一眼，说"你懂得诗吗？"从皇上手中夺过诗稿。皇上受到羞辱，不快地走下楼去。一会儿住持和尚回到寺院，慌忙接驾。贾岛一看，刚才自己蔑视的是皇上，有辱圣驾，追悔莫及，于是捶胸顿足，涕泗横流，真想从楼上跳下去。皇上爱惜贾岛的诗才，赶紧下诏免罪，说："今天才知道你薄命啊！"碰到皇上你还不知道巴结，反而冲撞，这是你命里没福啊。唐宣宗还命人取过纸笔，写了诏书，任命贾岛为遂州长江主簿，此后贾岛的诗集便称为《长江集》。

既倨傲不恭，又胆小怕事，这是贾岛的性格，我们由此也算推开贾岛的心灵大门。这是一个仕途无望，遁入佛门，又不满现实，自由放任的文人。现实的放弃，使他转而为诗，诗成了他至高无上的生活追求，沉浸其中屡次冲撞京官乃至皇上，就在情理之中了。贾岛放弃了世俗追求，疏离了现实生活，在诗歌境界里寻求精神寄托，这种"纯诗"的艺术追求当然要工于"推敲"了。《唐才子传》说，贾岛"每至除夕，必取一岁所作置几上，焚香再拜，酹酒祝曰：'此吾终年苦心也。'痛饮长谣而罢"。在贾岛那里诗成为至高无上、独一无二的生活追求。每年春节，他不祭拜神仙，不祭拜祖先，只把自己的诗稿集中起来放在供桌上祭拜，还念念有词地说，这是我一年的心血啊，然后酹酒长歌。将诗作为神灵供奉，未将人的生存状况和社会的是非曲直作为诗歌内容，即令反复推敲，诗的价值自然不会很高。

之后，我们再推开贾岛诗的大门。贾岛是这样作诗的，《戏赠友人》描写道：

> 一日不作诗，心源如废井。笔砚为辘轳，吟咏作縻绠。
> 朝来重汲引，依旧得清冷。书赠同怀人，词中多苦辛。

摆脱了世俗追求，作诗成了他的生活内容，一天不作诗，心就像枯井，没有一点生活乐趣，失去了生存的力量。于是以笔砚作为辘轳，以吟咏作为井绳，每天早晨起来提取井水，依然都是清冷的。脱离现实生活，也不体味人生，诗歌创作不成了无源之水、无本之木！难怪他提取的井水都是清冷的。尽管他天天作诗，但强挤出来的诗，不会是好诗。

缺少生活的诗意感受，缺少人生的情感体验，只能把功夫放在“推敲”之上了，推敲毕竟是写作的细枝末节。推敲使他忘乎所以，忘乎所以使他屡屡冲撞官家乃至皇上。他是一个在世俗生活中失意、在诗歌创作中失本的人，也只能当个僧人逍遥世外了。

逍遥于世外，还能获得几分诗意，“推敲”的那首诗为《题李凝幽居》：

闲居少邻并，草径入荒园。鸟宿池边树，僧敲月下门。
过桥分野色，移石动云根。暂去还来此，幽期不负言。

他造访李凝的住处，欣赏它的幽静与萧索。荒郊野外，没有什么邻居，踏着青草走入院落。天黑了，飞鸟在池边的树上露宿，僧人敲响月下的柴门。过了小桥，山野的景色就不一样了，天上云彩飘忽像是地上石头在动。因为喜欢这里的幽静，告别是暂时的，以后再来，决不辜负诺言。贾岛欣赏这里的景色，也欣赏这样的生活，动了真情，这首诗写得还不错。推敲的功夫也帮助了他，本诗意境优美，对仗工整，有光有影，有声有色。首联以“闲”和“荒”而起，奠定了诗歌的基调；颔联以“宿”和“月”出之，写出了晚景的幽深，而且动静相映衬，有声写无声，将暮色的意境写得静谧、安闲；颈联放开视野，扩大景深，以桥划分山野田园，以云动而表现石移，使这幅暮色夜访的图景更加富有灵性。尾联抒情言志，表达对山居幽冥的留恋与倾慕。贾岛的审美情趣和生存理想，在诗里得到充分的展现。

贾岛既然把写诗当作他全部的生活内容，自然就“推敲”、炼字，成为苦吟诗人。他的吟咏确实很苦，自称“沟西苦吟客”，感叹“苦吟谁喜闻”。宋人魏泰《临汉隐居诗话》记载：“贾岛云：‘独行潭底影，数息树边身。’其自注云：‘二句三年得，一吟双泪流。知音如不赏，归卧故山秋。’

不知此二句有何难道，至于三年乃成，而一吟下泪也。”贾岛苦吟得了两句诗，自己非常得意，然而又怕无人欣赏，回到山野住处仰卧感叹，说“两句三年得，一吟双泪流”。可是人们并不觉得这两句诗如何好，也不知道为什么这两句作了三年而且“一吟下泪也”。贾岛难觅知音的悲哀，也是“苦吟”和“推敲”的悲哀。

“山歌本是心中出，哪有车载船装来。”这是《刘三姐》里的两句歌词。诗歌创作的真正基础，是内心的情感爆发，是生活的诗意感受。《毛诗序》总结《诗经》的创作经验也说：“在心为志，发言为诗。情动于中而形于言，言之不足故嗟叹之，嗟叹之不足故永歌之，永歌之不足，不知手之舞之，足之蹈之也。”诗是“人生”的事，不是无病呻吟或为作而作，即令写景状物，托物寄情，也是对生活的发现。为了表现某种特殊的诗歌意味，有时需要炼字、苦吟，但也是在总体上获得诗意感受以后进行，如果把功夫用在“推敲”上，就是舍本逐末了。难怪贾岛“两句三年得，一吟双泪流。知音如不赏，醉卧故山秋”了。苦吟不和广泛的现实、人生相沟通，缺少深厚的社会内容、情感内容，便引不起读者共鸣，找不到知音，也就成了他的悲哀。

贾岛是个苦吟诗人，常常感到孤独，同时代还有一个一生孤苦作诗的孟郊，于是有“郊寒岛瘦”之说，孟郊贫寒，贾岛枯瘦。虽然二人并称，但诗歌创作的路子完全不同：贾岛是苦吟派，孟郊是现实派，有唐以来一直存在这两种不同创作倾向。苦吟派诗人雕章琢句，刻意求工，虽然对诗歌发展起了一定的积极作用，但难免生活贫乏、题材狭窄；现实派诗人面向生活，关注民生，诗歌有较强的社会意义，也常有诗意、诗象粗疏的毛病；当然还有更多面向个人心理现实的人，他们的诗歌更具有诗的本体意义。

如果有深切的生命感受，即使不推敲、炼字，依旧是好诗。贾岛有首《剑客》就是如此。

十年磨一剑，霜刃未曾试，
今日把示君，谁为不平事？

此诗全用口语，一气呵成，并无什么雕琢、推敲，然而诗歌表达的情感深度和生活分量，远远超过雕章琢句之作。诗歌并没有具体描写何事、何仇，也许贾岛为自己的诗歌得不到肯定而愤愤不平，但《剑客》已上升到一种生命意识。诗中我们看到一个心事苍茫、满腹不平的剑客形象。他十年生聚，十年磨炼，就为了发出一道闪亮的光，也许这光如闪电一样瞬间即逝，但毕竟是一次生命的爆发。这样的光，《世说新语》和鲁迅《铸剑》中都予以赞扬，干将、莫邪一对以生命铸就的宝剑，就为实现生命的一搏，其中的人生内容和悲剧内容在瞬间闪光中被照得雪亮。这样的诗，人生内涵要丰富得多、强烈得多。这是生命的诗，不是苦吟的诗。人生元本一首诗，贾岛如果有这样的人生，将是另一个贾岛；或者说贾岛还有人生的另一个侧面，然而被生活磨灭了。

贾岛“临死之日，家无一钱，惟病驴、古琴而已。当时谁不爱其才而惜其命薄”！（《唐才子传》）苦吟的贾岛，对诗歌作了贡献，然而只差一步，没有达到诗的人生，《剑客》达到了，但只是瞬间的闪光。他骑着瘸驴，抱着古琴，走完自己的一生，“推敲”诗人的诗歌道路，也实在值得推敲。

考官进学：韩愈（一）

吏部侍郎、国子祭酒、京兆尹这样的文坛领袖还要进学接受“再教育”，岂非咄咄怪事！这事就有，它发生在韩愈身上，韩愈为此写了《进学解》。

韩愈，字退之，河阳（今河南孟县）人，世称韩昌黎，因为他的郡望是河北昌黎。魏晋、隋唐时代，各郡显贵的世族为人仰望，时称为郡望。一些人愿意沿袭世族的家谱，将籍贯找到这个显赫的世族，于是就有以郡望代替籍贯的做法。韩愈是河北昌黎韩氏望族的后裔，人们尊称他为韩昌黎。韩愈是唐代的古文大家、文坛领袖，曾任兵部侍郎、吏部侍郎、监察御史、国子祭酒等显赫职务，还兼任过京兆尹，可谓声名显赫，然而他早年仕途不顺，“文途”亦不顺。

安史之乱平定后的第五年（768），韩愈出生于一个没落的小官僚家庭，父母早亡，他由兄嫂抚养。他刻苦学习，锐意进取，七岁诵读诗书，日背千言，13 岁能作文赋诗，初露头角。然而他三次应试不第，贞元八年（792）才考中进士。自贞元九年至十一年，韩愈又三应博学宏词科考试，屡屡落第。仕途、文途的屡屡挫折没有使韩愈灰心丧气，也没有使他自卑气馁，反倒促使他思考考试的弊端、文坛的陋习。

“三诣光范上书”成了韩愈性格的一次闪光。光范门是长安大明宫内苑的东门，中书省在此办公，三诣光范就是三次敲中书省大门，给宰相上书，可见他的坚定、执着。韩愈屡试不第，于贞元十一年(795)三次上书宰相，表达自己的不平。第一次《上宰相书》石沉大海，《后十九日复上书》，又没有音信，《后二十九日复上书》，还是没有回答。上书虽然主要是求仕，表达的却是屡试不取的不平，更主要的是指斥考试的弊端。三次上书没有回答，他回到河南写了《答崔立之书》，叙述了他看到的科考情况。崔立之是韩愈的朋友，博学宏词科已经入选。韩愈屡试不第，崔鼓励他锲而不舍，继续应试，像卞和献玉那样。韩愈回信表示了不同看法，他已经意识到屡试屡败，不是自己的责任，而是考试的弊端：

> 及来京师，见有举进士者，人多贵之。仆诚乐之，就求其术，或出礼部所试赋、诗、策等以相示，仆以为可无学而能，因诣州县求举，有司者好恶出于其心，四举而后有成，亦未即得仕；闻吏部有以博学宏词选者，人尤谓之才，且得美仕，就求其术。或出所试文章，亦礼部之类，私怪其故，然犹乐其名，因又诣州府求举。凡二试于吏部，一既得之，而又黜于中书。岁不得仕，人或谓之能焉。退自取所试读之，乃类于俳优者辞，颜忸怩而心不宁者数月。……所谓博学者，岂今之所谓者乎？所谓宏辞者，岂今之所谓者乎？诚使古之豪杰之士如屈原、孟轲、司马迁、相如、扬雄之徒于是选，必知其怀惭乃不自进而已耳。设试与夫今之善进取者竞于蒙昧之中，仆必知其辱焉。

韩愈给崔立之的这封信，讲述了自己进学、求仕的经历：我十六七岁立志读书，想踏入仕途，并且认为考中进士非常风光。到了京城，看到那些中了进士的人，都受人敬重，自己也心向往之，请教高中的诀窍。士子们拿出礼部的考卷，诗、赋、策论都有，我拿来看看，觉得这些得中的考卷也就是那样，我不用怎么学习就能达到这个水平，于是回到州县应举。哪里知道主考者以自己的好恶取舍，考了四次方才考个举人，还没有授予官职。又听说吏部举行博学宏词科的考试，得中的人更被视为奇才，而且往往授予美差。于是我又想看看他们有什么绝技，找到应试的辞赋来看，也不过礼部应考的那些东西。我暗自纳闷，但还是经不住诱惑，又到州府应试。我两次接受吏部考试，一次已经考中了又被中书省否决。这年虽然没有得官，人家都说我有这个才能。我回去拿出考卷再看，都是些歌功颂德的陈词滥调，我羞红了脸，好几个月心神不宁。我暗自发问：所谓的博学，就是这样的博学吗？所谓宏辞，就是这样的宏辞吗？假如让古代文人豪杰，如屈原、孟轲、司马迁、司马相如、扬雄等参加今天的考试，他们一定感到羞惭而不愿意参加。这等于让他们与今天积极投考进仕的人一起，在蒙昧中竞争，我认为他们一定觉得这是一种耻辱。

韩愈从自己的切身体会出发，直指应试制度的弊端。礼部出些考题，士人阿谀逢迎，不是歌功颂德，就是无病呻吟，再不就是教条八股，没有真知灼见，没有真才实学。这样的官样文章既摧残人才，又无补于世，于国于民有害无利。加之考官们又以个人的好恶取舍，有用的人才无法脱颖而出。韩愈三诣光范，批评科考，并非个人牢骚，而是指斥时弊，指斥文弊。这为他后来倡导古文运动打下了思想基础。此后他历任礼部、吏部要职，与柳宗元等倡导古文运动，提倡求真务实、言之有物的文风，成为文学史上一次有积极意义的文学思潮。韩愈的古文运动不是复古，而是倡导古人言为心声、言之有物的写作宗旨。他主张，文"以气为主""气盛，则言之短长与声之高下者皆宜"(《答李翊书》)；他主张，"不平则鸣""有不得已者而后言，其歌也有思，其哭也有怀"(《送孟东野序》)。韩愈反对的是齐梁以来、中唐以后的绮靡文风，醉心于华丽辞藻、工稳对仗、骈骊结构，实则内容空虚，无病呻吟。重内容还是重形式是古今中外文学史上的长期斗争，韩愈的古文运动也便成为古往今来人们不断提起、不断争论的一次文学运动。

时弊、文弊都已积弊深重，不易更改，韩愈的古文运动也不是容易被人理解的。《旧唐书》本传云："愈自以才高，累被摈黜，作《进学解》以自喻。"

韩愈作《进学解》时已经三度任国子监博士，后还任国子监祭酒。国子监，即太学，国家最高学府，博士即今之教授，国子监祭酒，即今之大学校长。当了大学校长，还要重新"进学"，这是为什么？他的《进学解》做了说明。他以学生反诘的方式进行回答，表明了自己对人生的思考，对学问的思考。现择其要者译介如下。

国子先生（韩愈）早晨进入太学，招呼学生立于馆舍之前，教导说：术业精于勤勉，荒于轻薄；行为成于思考，毁于随意。当今适逢圣君贤相当朝，法律制度也都齐备，去除凶邪，崇尚贤良，有小的贤德都已录用，一技之长也不遗漏，选拔人才，扬长避短，有幸的人都能获选，谁说埋没了好多人才呢！你们愁的是学问不精通，不是当权者不清明；怕的是行为没有业绩，不是当官的不公平。

先生的话还没说完，有的学生就在下边偷偷发笑了：先生骗我们呢！弟子跟随先生至今已经好几年了。六艺之文先生诵不绝口，百家之书先生披阅不停；纪事必提其要，论述必钩其玄；广泛阅读，大小不漏。晚上点着油灯，白天追着日影，终年苦读，先生的学业够勤了吧。否定异端，排斥佛老，填补空缺，探幽发微，挖掘失落的经义，钩沉散逸的史料，让阻滞的水大江东去，挽狂澜于既倒，先生对于儒学可谓功劳不小。……先生写文章，内容宏阔，文辞恣肆。少年知道苦读，敢作敢为；长大通晓事理，左右逢源，先生之于为人，可谓够成熟的了。然而我们看到你于公不被朝廷信任，于私无助于朋友，跌跌撞撞，暂时当个御史，又被贬官南夷，当了三年博士，也没见什么业绩。这是命运和你作对，使你失败了又失败。暖冬还让孩子喊冷，丰年还让妻子啼饥。如今头也秃了，牙也豁了，你做的那些有何裨益呢？你自己不加反省，还教导我们这样做。

先生说：咳，孩子啊，你过来。木头大做房梁，木头小做椽子，檩梁卯隼各得其所，建成房屋，是工匠的手艺。地榆、朱砂、天麻、灵芝(皆贵重药材)，牛溲、马勃、破旧鼓皮(皆废弃物品)，没有遗漏，皆有作用，这是名医的高超。明察公正，巧拙皆用，破绳盘出花，异彩绣为锦，较长量短，各种物件都发挥作用，这是宰相用人的良方。……今先生学虽勤而不系统，言虽多而没有击中要害，文虽奇而不能经世治用，行虽有德而不凸现于众。……如果计算财富之多寡，计较官位之高低，忘记自己几斤几两，指责前人的毛病，这就好像是质问工匠为什么不以小木桩去当门框，怪罪医生不用菖蒲代替猪苓去延年益寿一样。

《进学解》解的是人生的困惑。它以学生反问的形式概括了韩愈的人生道路，又以作答的方式评述了自己的命运遭际，表现了严于责己、宽以待人的教师品格。这不是盲目谦虚，而是以退为进、以静制动的生活哲学。它上可以安慰自己，下可以教诲学生，是一种老来更为豁达的生活态度，较之当年三次上宰相书，少了些锐气，多了些大气，经世致用的精神却一以贯之。

韩愈主持礼部、吏部、国子监这些最高文教机关，反过来重新“进学”，表明了学而不厌、学无止境的儒家精神；又以学生责问乃至嘲笑的形式出现，表明了师生平等、相互促进的学习态度。文章显示了一个成熟的教育家、文学家的坦荡情怀和求实精神，中国的师道、学道在这里得到充分体现。这是一篇大气、大度、大识、大见的文章，它结构紧凑，正反相济，论述充分，一气呵成。《进学解》文字严谨，不少词语化为成语传之后世，如爬罗剔抉，刮垢磨光；焚膏继晷，兀兀穷年；含英咀华；佶屈聱牙；闳中肆外；提要钩玄；兼收并蓄；异曲同工；动辄得咎等。韩愈的文章思想力度大，文字功夫深，古文大家的气派充分显示出来。

《进学解》虽然是文不是诗，但韩愈为人、为诗的精神尽在其中。

贫寒诗交：韩愈(二)

韩愈为文反对浮华、求真务实，为人也是如此。他所结交的诗人，多为贫寒之士、耿介之人。孟郊在穷愁潦倒、走投无路的时候，“韩愈一见为忘形交，与唱和于诗酒间”(《唐才子传》)，“忘形交”与“忘年交”一样，都是不顾交往双方的巨大差距，不过“忘形交”不计地位、身份、财富的巨大差距而成为朋友，似乎更加难得。韩愈作为文坛领袖，又是高官，能结交一些贫寒诗人，显示出他不骄不奢、不务虚名的人生态度，他与孟郊、贾岛等的交往就是例子。

如前所述，“郊寒岛瘦”都是贫寒之人，却都得到这位吏部、礼部长官的提携。孟郊一生穷愁潦倒，到了垂暮之年才得了个县尉之职，上任时难免有些抑郁不平。韩愈写了《送孟东野序》予以宽慰。韩愈知道孟郊有些“不平”，告诫他“不平”可以成为写作的动力、人生的财富，并且由此提出“不平则鸣”的创作思想，成为文学史上著名的文论。韩愈与孟郊还有一些诗文唱和，先看《醉留东野》：

昔年因读李白杜甫诗，长恨二人不相从。
吾与东野生并世，如何复蹑二子踪！
东野不得官，白首夸龙钟；韩子稍奸黠，自惭青蒿倚长松。
低头拜东野，愿得终始如駏蛩。东野不回头，有如寸莛撞巨钟。

吾愿身为云，东野变为龙。四方上下逐东野，虽有离别无由逢。

德宗贞元十四年(798)，韩愈在河南汴州(今开封)董晋幕府任推官，孟郊离开汴州南行，韩愈为他饯别。几杯下肚，两人都有些醉意，倾心长谈。韩愈说，我从前读李白杜甫的诗，长恨不能跟随二位先哲。如今我跟东野在同一个世上，怎么能踏着前贤的脚印走呢！东野你布衣一个，头发白了仍爱竹之高洁；我韩愈稍微狡猾一点，混了个官做，惭愧如同蓬蒿依靠长松。我低下头去愿意像駏蛩一样驮着你走。駏蛩(音巨穷)，是一种动物。《淮南子》的《道应训》说，北方有两种兽，一种叫蹷，前腿短，后腿长，行走不便；一种叫蛩蛩駏驉，前腿长，后腿短，能行而不能上。两种兽便相互扶持，取长补短。蹷为蛩蛩駏驉寻找甘草吃，蹷遇到危险时，蛩蛩駏驉就背着它跑，“此以其能托其所不能”。东野啊，你不必回头，就以草茎去撞巨钟，虽然身轻，也能发出巨响。我愿意化为白云，你就是游龙，我们在天上一起飞翔，上上下下相互追逐，虽然不能靠近，但也形影不离。韩愈这番话似醉，又不是醉，两人执手相看泪眼，表明生死相依、相互扶持的真情。这首诗像是醉话，颠三倒四，不讲格律，但由于情真，仍然感人，若在今天属于“自由诗”。它表明了韩愈注重内容、不计形式的文学主张，也表明韩愈与孟郊不计利害、不计身份的“忘形交”。

张籍早年生活贫苦，后来官位也不高，他曾多次批评韩愈。韩愈不以为然，倒以开玩笑的口吻写了《调张籍》：

李杜文章在，光焰万丈长。不知群儿愚，那用故谤伤！
蚍蜉撼大树，可笑不自量。伊我生其后，举颈遥相望。

夜梦多见之，昼思反微茫。徒观斧凿痕，不瞩治水航。
想当施手时，巨刃磨天扬。垠崖划崩豁，乾坤摆雷硠。
惟此两夫子，家居率荒凉。帝欲长吟哦，故遣起且僵。
剪翎送笼中，使看百鸟翔。平生千万篇，金薤垂琳琅。
仙官敕六丁，雷电下取将。流落人间者，太山一毫芒。
我愿生两翅，捕逐出八荒。精诚忽交通，百怪入我肠。
刺手拔鲸牙，举瓢酌天浆。腾身跨汗漫，不着织女襄。
顾语地上友：经营无太忙！乞君飞霞佩，与我高颉颃。

张籍与韩愈是同代著名诗人，写了许多乐府诗歌，反映民间疾苦，在注重内容方面与韩愈文学思想相通。张籍是韩愈发现并提拔的，韩愈有诗《此日足可惜一首赠张籍》记述了与张籍的交往："念昔未知子，孟君自南方。自矜有所得，言子有文章。……驱驰公事退，闻子适及城。命车载之至，引坐于中堂。开怀听其说，往往副所望。"韩愈从前还不认识张籍，听南方的孟郊说起你，说你写了不少诗文，读来都有所得。这天朝内公事完毕，听说你来到这个城市（汴州），我赶紧命车夫驾车前去接你。延至中堂就坐，敞开胸怀听你谈论，你的谈吐名副其实。写这首诗的时候，韩愈当汴州的考官，张籍来汴州赶考，韩愈录取了他。按古时的惯例，韩愈是张籍的恩师。《唐才子传》说："愈力荐（张籍）为国子博士。然性狷直，多所责讽于愈。愈亦不忌之。"这就是说，韩愈录取了他，又推荐他当太学博士，张籍性格耿直，还是多次批评韩愈。他批评韩愈学问喜欢博杂，为文也爱作杂家之论，以议论胜人；批评韩愈排斥佛老，有失偏激；批评韩愈述而不作，像孟子、扬雄那样。张籍的观点，似乎更看重文学性、创造性，与韩愈为学偏好杂家、为文偏好实质有所不同。张籍批评恩师，是性格使然；韩愈并不计较，是胸怀大度。这首《调张籍》就是以开玩笑的口气与张籍讨论诗文大事，体现了韩愈虚怀若谷又坚持己见的大家风范。

《调张籍》说李白、杜甫的诗文摆在那里，发出万丈光芒。只有轻薄无知的小辈，才故意贬低他们。这是蚍蜉撼大树，可笑不自量。你我都是李杜的后辈，想学习他们，也只能望其项背。夜里梦见他们以为得到真传，醒来想想还有许多不明白。就好像看大禹治水一样，只看到他挖掘的痕迹，看不到他疏通的坦荡航道。自己想去做的时候，两岸山峰耸立，崖壁崩塌，天地间巨石滚滚，找不到路径。李白杜甫，身处荒寒之地，那是上天故意给他们造成的磨难，使他们命途坎坷。好比鹦鹉，剪了它的羽毛丢在笼子里，让它看着百鸟飞翔。平生千万首诗篇，琳琅满目，玉帝也派下天兵天将，收取他的诗篇。留在人间的，就像泰山的一枝草木那样微乎其微。我恨不得生出两个翅膀，到天地八荒去搜集他们的遗作，心与他们相沟通，让他们的奇思妙想进入我的胸中。这样我就可以到大海去拔鲸牙，到九天去舀琼浆。腾身到汗漫无际的天空，也不需要穿织女的锦绣。回过头来对着地上的朋友说，何必那样雕章琢句、惨淡经营呢，劝你穿上彩衣张开翅膀，与我一同到云天上去飞翔。韩愈以与张籍讨论李白、杜甫为由，说明年轻人不要动辄否定别人，还是要从根本上看前人诗歌文章的好处，从侧面回答了张籍对他的批评。《调张籍》表达了韩愈对李杜的崇拜与追慕，体现了一种谦和的人生态度，也体现了他写作要有大家情怀的文学主张，不要为细枝末节所蒙蔽。这与张籍文学性的偏枯有所不同，韩愈毕竟站得更高。

韩愈与张籍虽然文学见解不同，但并未因此影响他们的友谊。他们酬唱的诗篇不少，其中有一首《早春呈水部张十八员外》：

天街小雨润如酥，草色遥看近却无。
最是一年春好处，绝胜烟柳满皇都。

张籍曾任水部员外郎，韩愈把对春天的喜悦写给他，真是喜忧同享。春雨贵如油，早春的一场小雨把都城的小街滋润得都酥软了，草还没长出来，但大地已透出绿色，这是一年最好的日子，胜过都城的繁花烟柳。诗歌体物细微，描写精到，处处洋溢着诗人的美好心境。早春的草色胜过帝都的繁华，韩愈不慕京城荣华富贵、酒绿灯红，朴实自然是他的生活态度和审美理想。

张署也是韩愈的贫寒诗友，他俩曾同为监察御史，后又同遭贬谪。韩愈在张署生前有不少诗赠给他，在他死后又为他作《墓志铭》。《答张十一》表达了他们深厚的感情：

山净江空水见沙，哀猿啼处两三家。筼筜竞长纤纤笋，踯躅闲开艳艳花。

未报恩波知死所，莫令炎瘴送生涯。吟君诗罢看双鬓，斗觉霜毛一般加。

韩愈与张署被贬谪到荒蛮的南方，但诗人心中并不荒蛮：南方山水空旷，沙滩明净，再加上几处猿猴哀叫，倒也清净幽雅。竹林长出蓬勃的新笋，野花也开得悠闲自得。我们俩被贬到南方，要想着皇恩未报，不要为南蛮瘴疠之地愁苦而死。我读到你的诗也感慨万千，顿然觉得鬓边增加了一半白发。韩愈豁达穷通，遭贬时一样心境淡泊。

孔子说“君子固穷”，儒家的这种生活态度被韩愈完全接受。他不但结交贫寒诗友，还结交穷鬼，而且由一个穷鬼变为五个穷鬼。他有一篇《送穷文》非常有趣。

古代传说，高阳氏有个儿子，喜欢穿破衣、喝稀饭，人们都称他“穷子”。“穷子”正月晦日死了，人们奔走相告，“今日送穷子”。以后每年正月最后一天（晦日），人们拿着破衣、端着稀饭祭祀他，名为“送穷”。“送穷”的故事表明民间送福的愿望。韩愈在送穷的日子里写了一篇文章《送穷文》。

元和六年正月乙丑晦日，主人与奴仆用柳条做车，野草编船，载上粗粮，准备送穷。主人给穷鬼作了三个揖说：你也到了该走的日子了，我不敢问你上哪里去，只准备下车船干粮，你吃一碗饭，喝一杯酒，带着你的朋友走吧。今逢良辰吉日，你就驾车乘风去找新的地方。不知道你愿意不愿意走？

主人说完这番祭词，屏住呼吸，仔细倾听，仿佛有细小的声音传来，好像虫子在叫，令人毛骨悚然。一会声音清晰了，隐约有人在说：我跟你一块居住了40年，你小的时候我不嫌你年幼无知，你学文，你学农，你求官，你求名，我都跟着你，没有二心。你贬官南方，潮湿闷热，我也跟着你。那里不是我的故乡，百鬼都欺负我。你在太学四年，早晚都是咸菜下饭，别人都嫌弃你了，只有我保护着你。自始至终，我没有背叛你，心里没有别的打算，嘴上也没说要走，现在你听了什么闲言碎语，硬要让我走呢？我是鬼，不是人，要走也用不着车船，干粮用鼻子闻闻味就行了。你别以为我孤身一人，没有朋友，我还有一些伙伴；如果你说出来，算你聪明；真相揭露出来，那时我敢不走！

主人说，你以为我真的不知道吗！你的伙伴不是六个也不是四个，是十个去五、七个减二，各有主张，自立名字。你们这些穷鬼，使我一动手就打翻汤，一张嘴就得罪人，让我面目可憎，语言无味，这都是你们的用心！你们哥们儿啊，第一个叫智穷，专门让我刚直不阿，恶圆喜方，羞于欺诈，不忍伤害(结果在社会上处处碰壁)；第二个叫学穷，专门让我轻视数学物理，注重细微之处，汲取杂家之说，体味神理玄机；第三个叫文穷，让我什么都写，不能专一，奇奇怪怪，不合时宜，随心所欲，自得其乐；第四个叫命穷，让我影子与形象不一样，心地善良而面目丑陋，不会在众人前争取利益，对别人还要求挺严；第五个叫交穷，让我跑断腿，累碎心，我踮着脚尖期待获得真诚的朋友，谁知道却把我陷于冤家对头的境地。你们这五个穷鬼实在是我的祸患，让我饥寒交迫，给我惹是生非，使我糊里糊涂，早晨明白了，晚上又照旧。你们这些家伙，蝇营狗苟，赶走了还回来，这回非让你们走不可。

主人还没说完，五个穷鬼挤眉弄眼，吐吐舌头，又蹦又跳，还直拍巴掌，然后笑着说：你知道我们的名字，也知道我们干的什么，可是你要赶走我们，是小聪明犯了大错。人生在世，能有多长！我们干的那些事，让你百世留名。小人与君子，是非各有不同，看似有悖于时，实则可达天道。你说了我们那么多不是，还要赶走我们，是拿着碧玉换羊皮，拿着美食换稀粥。天下人了解你的，莫过于我们了。你虽然不被社会所容，我们也不忍离开你。这其中的道理你要不信，去看看《诗》《书》这些经典。主人垂头丧气，没有话了，赶紧拱手称谢，烧掉了草编的车船，把鬼又请到上座。

老来韩愈深知自己，写了这篇《送穷文》，以反讽的手法表明了自己的人格追求，“君子固穷”“穷且益坚”的儒家精神更为自觉。穷鬼缠身，已经大半辈子了，韩愈不避自己的弱点，说身缠“五穷”，也想送走，但不能为富不仁。世间谁不追富怕穷，韩愈也是如此，但与其为富不仁、精神贫乏，不若穷且益坚，不坠清高之志。韩愈不但结交了一些贫寒诗友，也结交了一些“穷鬼”，显示出他耿介、高洁的人生追求。

人生元本一首诗。《送穷文》虽然文体是文不是诗，但它的人生内容却是诗不是文，而且是概括了韩愈一生的诗。有这样的人格力量，才能挽狂澜于既倒，纠一代之文风。《唐才子传》这样评论韩愈：“公英伟间生，才名冠世。继道德之统，明列圣之心，独济狂澜。词彩灿烂，齐梁绮艳，毫发都捐。有冠冕佩玉之气，宫商金石之音，为一代文宗，使颓纲复振，岂易言也哉？故无辞足以赞述云。”韩愈扫除绮靡文风，崇尚道德文心，于当时于后世都起了巨大的作用。他能诗能文，率先垂范，成为中唐的文坛领袖，也成为传统文学的典范。

寄情山水：柳宗元(一)

柳宗元与韩愈是唐代古文运动的代表人物，然而他们的文化思想、艺术个性又有所不同，诗文双峰并峙，气象不同。

柳宗元，字子厚，河东人，世称柳河东，河东也是柳宗元的郡望。柳宗元亦被尊称柳柳州，那是因为他贬官为柳州刺史，并死于任上。他去世后，好友刘禹锡将他的诗文汇编成集为《河东先生集》并作序，至今行于世，成为柳宗元诗文最完备的本子。

柳宗元仕途坎坷，却诗文辉煌，尤以遭受贬谪之后，诗歌、散文更加焕发出夺目的光彩。

韩愈《柳子厚墓志铭》说："子厚少精敏，无不通达。逮其父时，虽少年，已自成人，能取进士第，崭然见头角。众谓柳氏有子矣。其后以博学宏词授集贤殿正字。儁杰廉悍，议论证据古今，出入经史百子，踔厉风发，率常屈其座人，名声大振。"柳宗元少年意气风发，博学多才，又正直强悍。时评策论，广引经史百家；谈古论今，常使四座折服。贞元二十一年(805)唐顺宗即位，王叔文为相，进行政治改革，抑制豪族地主势力，柳宗元与刘禹锡是这场进步改革的核心人物。据《顺宗实录》记载，王叔文常常"引刘禹锡及柳宗元入禁中，与之图议，言无不从"。王叔文为相进行政治改革，对柳宗元言听计从，授礼部员外郎，主持文化大事。《唐才子传》说："欲大用，值叔文败，贬邵州刺史，半道有诏，贬永州司马。遍贻朝士书言情，众忌其才，无为用心者。元和十年，徙柳州刺史。时刘禹锡同谪，得播州。宗元以播非人所居，且禹锡母老，具奏以柳州让禹锡，而自往播。会大臣亦有为请者，遂改连州。”墓志铭对柳宗元盖棺论定，概括了他的主要政治经历：王叔文改革，柳宗元、刘禹锡是中坚力量，准备重用。王叔文被豪族地主集团击败，柳宗元、刘禹锡等七人俱遭贬斥。柳宗元写信给朝廷众臣，申述己见，那些人忌妒柳宗元的才能，没有一个真心为他出力。柳宗元被贬为邵州刺史，还没有到任，半路上又来了诏书，再贬为永州司马，从此开始了他10年的放逐生活。

柳宗元一贬再贬，被贬到湖南的荒凉山区，反对派要在政治上彻底击倒他，使他无法回朝中发挥作用。但有才能、有意志的人总要寻求实现自己人生价值的途径，特别是有文学才能的人，被驱逐出政治中心，他还可以融入自然，获得审美人生。边远的南方，山水奇异，柳宗元在永州流连山水，寄托深情，写了许多著名的游记，合称“永州八记”，即《始得西山宴游记》《钴鉧潭记》《钴鉧潭西小丘记》《至小丘西小石潭记》《袁家渴记》《石渠记》《石涧记》《小石城山记》。这些游记虽为散文，但感情真挚、寄托深沉、境界优美、语言精粹，具有诗的特质，以今天的概念，可以说是散文诗。假如说韩愈的诗理胜于情，有些以文为诗，那柳宗元的文则情胜于理，是以诗为文。不管怎么说，“永州八记”里面充满了诗。

柳宗元在《始得西山宴游记》中描写了自己被贬山区后的生活：

余自为戮人，居是州，恒惴慄。其隙也，则施施而行，漫漫而游，日与其徒上高山，入深林，穷回溪，幽泉怪石，无远不到；到则披草而坐，倾壶而醉；醉则更相枕以卧，卧而梦，意有所极，梦亦同趣；觉而起，起而归。

游记中活跃着柳宗元的自我形象：我成为罪人，来永州居住，整日战战兢兢。有空闲，则缓缓出行，从容漫游。每天与随从上高山，入深林，沿小溪而上，寻幽泉怪石，不管远近都要跑到。到了就扒平野草席地而坐，提起酒壶狂饮取醉，醉了以后相互枕着就睡。睡着就做梦，梦中可以畅游心中所想的地方。因为心中有追求，做梦也就做到那里。不管睡到什么时候，醒来再往回走。柳宗元过着一种忘情山水的生活，既有被贬不满的宣泄，也有政治失意的放达。他在畅游中融入自然，获得西山。奇山异水上投射了他的情感，落墨之时传达着他的情志：这座山非常奇特，是那些小土丘无法比拟的。它有悠悠的浩然之气，有洋洋的通天气概，虽小而涵盖丰富。山，成了诗人自己的人格体现。到了这里"心凝神释，与万化冥合"，排除忧烦，与自然融为一体，才知道融情于山水就是自己的性格塑造。散文的文字，却有诗的灵魂，达到了物我两忘、沉浸自然的审美情态。小山的浩然之气和诗人的任性放达，正是被贬之后柳宗元傲然性格的显现，不屈不挠的自我表白。

他又来到钴鉧潭，看到山岩阻挡的溪水顽强不息，将岩石啃噬成绝壁，绝壁下形成深湛的清潭。这不是自我命运的写照、自我形象的体现吗！于是，他写了《钴鉧潭记》：

钴鉧潭，在西山西。其始盖冉水自南奔注，抵山石，屈折东流。其颠委势峻，荡击益暴，啮其涯，故旁广而中深，毕至石乃止。流沫成轮，然后许行。其清而平者，且数十亩，有树环焉，有泉悬焉。

其上有居者，以予之亟游也，一旦款门来告曰："不胜官租、私券之委积，既芟山而更居。愿以潭上田贸财以缓祸。"

予乐而如其言。则崇其台，延其槛，行其泉于高者而坠之潭，有声潨然。尤与中秋观月为宜，于以见天之高，气之迥。孰使予乐居夷而忘故土者，非兹潭也欤？

钴鉧即熨斗，钴鉧潭在湖南永州零陵县城西，因潭形似熨斗，故名。柳宗元在这片斗方山水中发现了自己，因此写了好几篇散文。这篇《钴鉧潭记》描写了钴鉧潭的地理位置、地势地貌，然后就以自己的政治遭遇和人格理想塑造钴鉧潭：那里有一条溪流从南山上流下来，碰到山石，折向东方。因为山势险峻，水流湍急，啃噬着山崖，形成一个深而广的潭。柳宗元的人生道路也像这溪流一样，从高山上流下来，碰到阻碍，锲而不舍，山岩也要啃噬成绝壁，潭水在这里表面平静而内心泓深。

柳宗元喜爱这个地方，走到山的极顶，山上有人家。主人告诉柳宗元，官租和私债累累相加，不堪租税重负，从山下躲到深山，铲除野草，构屋居住。山民看到先生穷山尽水来访，便想卖掉此山，换点钱财以消除祸灾。柳宗元痛快地答应了，他买下此山，加以改造，堆起高台，建了亭阁，疏通泉水，让它从岩石上跌下，轰然有声。这里最适宜中秋赏月，可见天之高远，气之开阔，使人情怀豁达。柳宗元自我解嘲：是谁让我居住到这荒蛮接天的地方而乐不思蜀呢？是钴鉧潭吗？不是，朝廷把我贬斥到这里，我反而得到奇山异水，这真是因祸得福。柳宗元徜徉山水，托物寄情，塑造着自己的人格，山山水水在他心目中都成了诗。

柳宗元和苏轼是一类人，政治上受到打击，屡遭贬谪，但总能在自然中寻找生存的乐趣，写出寄情山水的诗文。不同的是，苏轼是一个彻底的乐观主义者，受道家思想的影响，任其自然，随遇而安，沉重的政治打击没有摧毁他的生活意志；柳宗元未改儒家情怀，贬谪荒地仍为民造福，寄情山水亦有不平之意。柳宗元不安于命运的安排，在诗文中有所抗争，这与他的唯物主义思想有关。他曾作《天对》，以回答屈原的《天问》，否认天地是神所创造。他挑战道家的宿命论、佛家的因果论乃至儒家的天命论，不屈服于命运、不屈服于朝廷，山势的塑造突兀奇崛，水势的描写百折不回。这些山水游记，就是柳宗元自我写照。

柳宗元随时表达着他的不屈不挠，路过衡阳看到北飞的雁行，想到自己不能与兄弟同行，写了《过衡山见新花开却寄弟》：

故国名园久别离，今朝楚树发南枝。
晴天归路好相逐，正是峰前回雁时。

柳宗元以花鸟自喻：离开北国故家，今天作为一棵落地楚湘的树向南生枝。衡山有回雁峰，南飞的大雁到此不再前进，等待春暖以后结伴回头北飞。回雁峰，一个季节变换的象征，一个人生转折的地点。柳宗元又因雁生情：我如今也到了回雁峰，但不能与兄弟比翼北飞。政治的压抑感，人生的凄惶感，尽在文字背后。此诗感情内敛，寄托深沉，虽然没有表示对朝廷的不满，但在兄弟分离的伤感中流露着不平。

南蛮荒僻之地，峡谷之中，山村平静，空气沉寂，哪里来的惊险风波呢？他想到朝内的斗争，写下《秋晓行南谷经荒村》：

杪秋霜露重，晨起行幽谷。黄叶覆溪桥，荒村唯古木。
寒花疏寂历，幽泉微断续。机心久已忘，何事惊麋鹿。

晚秋的早晨，树梢的霜露很重，走过深幽的山谷，只见黄叶覆盖着小桥，荒索的山村只有几棵古树。几点寒花显出秋日的萧索，泉水断断续续也快干枯了。早已没有射猎的心思，为什么还惊动了麋鹿呢？山村的静谧与朝廷的动荡形成强烈的对比，更显出政治的险恶。柳宗元以秋猎暗喻政治斗争，说我没有想射猎哪一个，为什么还有人惊恐、存心陷害呢？

柳宗元和历史上许多遭到贬谪的官员不同，他不感恩，不认命，不断表现着自己的抗争。这使他的诗歌不同于其他迁客骚人，有一种荒寒、冷峻的风格。柳宗元的自我形象集中体现在《江雪》里：

千山鸟飞绝，万径人踪灭。
孤舟蓑笠翁，独钓寒江雪。

这首诗选入各种唐诗选本，早已为广大读者熟知。人们赞赏它如画的意境，赞赏它精到的语言，但是有多少人深入到柳宗元的心境呢？他被贬到荒蛮的南方，荒蛮的山水产生荒寒的心境，荒寒的心境产生荒寒的意境，荒寒的意境产生荒寒的诗篇。在荒寒的山溪里有一个独钓的老翁，在"千山鸟飞绝，万径人踪灭"的大雪天，身披蓑衣，像一座小山，岿然不动。他不是在钓鱼，而是在体味人生，在透悟世事。大雪天留下一座顽强的雕塑：荒寒的雪景中，矗立着一座小山，任凭风雪交加，人烟稀少，他岿然不动。

柳宗元就是这样，在寒冷、荒索的南蛮之地，沸腾着忧愤的激情。

《河东集叙说》这样评述和比较柳宗元的诗文：

东坡云：子厚之文，发纤浓于古简，寄至味于淡泊，非余子所及。又云：诗在陶渊明下，韦苏州（应物）上。退之豪放奇险则过之，而温丽靖深不及也。

苏轼这个有同样命运的伟大诗人说，柳宗元的诗文，简约中有浓艳的情感，淡泊中有深沉的意味，是我等达不到的。诗虽然不如陶渊明那样质朴自然，但在韦应物之上。韩愈的豪放奇险胜过柳宗元，但含蓄深沉不及柳宗元。

柳宗元被逐出朝廷，客死南方，贬谪没有成就一位杰出政治家，却成就了一位杰出的文学家、思想家。永州以后，他的诗文寄托日深，情感日浓，南方的山水给了他人格的凭附，形成了他的独特的思想，独特的风格，独特的文学成就。

作为一个有志于社会改革的文人，柳宗元没有放弃自己的职责，他在南蛮之地，为官一任，造福一方，柳州的柳侯祠至今是永久的纪念碑。

边地恤民：柳宗元(二)

在广西柳州的中心城区，曲折蜿蜒的柳江边上，坐落着柳侯祠。高耸的大门呈壮瑶建筑风格，园内树木葱郁，罗池依稀可见。在祠堂的院落里，柳宗元的塑像傲然挺立。他身材消瘦，面目清癯，头颅微昂，眼睛略带忧愤地注视着远方。忧国？忧民？忧时？忧事？这眼光穿透历史，至今冲击着人心。

柳宗元在柳州刺史任上度过了人生最后的四年时光，为当地百姓做了许多好事。《唐才子传》概括说："宗元在柳，多惠政。及卒，百姓追慕，至祠祭享，血食至今。"百姓祭享的后面，有许多动人的故事。

一是让州情深。王叔文改革遭宦官、豪族集团击败以后，从者屡遭贬谪，时称"八司马"。元和九年(814)柳宗元、刘禹锡曾一度奉召回京，由于他们不屈从于大地主、大官僚的权势，再次贬斥岭南，柳宗元贬至柳州，刘禹锡贬至播州。播州地处贵州，是边远荒蛮、瘴疠弥漫的地方，发配到那里等于被置之死地。柳宗元请求以他的贬谪之地柳州交换，表达了对刘禹锡的深厚情感。"子厚泣曰：'播州非人所居，而梦得(刘禹锡)亲在堂，吾不忍梦得之穷，无词以白大人，且万无母子俱往理。'请于朝，将拜疏，愿以柳易播，虽重得罪死不恨。遇有以梦得事白上者，梦得于是改刺连州。"韩愈《柳子厚墓志铭》中记述了这段故事，新旧《唐书》中也均有记载。柳宗元冒死请求改徙一个更边远、更荒凉的地方，以使刘禹锡母子得以保全，显示了柳宗元的磊落人格和深厚友情。

二是谪居思友。柳宗元所言改徙播州的事，朝臣裴度亦陈词说情，于是刘禹锡改徙连州，柳宗元仍贬为柳州刺史。柳宗元到任以后，面临荒蛮边地，念念不忘同遭贬谪的政坛好友，写了《登柳州城楼寄漳汀封连四州》：

城上高楼接大荒，海天愁思正茫茫，惊风乱飐芙蓉水，密雨斜侵薜荔墙。

岭树重遮千里目，江流曲似九回肠。共来百越文身地，犹自音书滞一乡。

漳、汀、封、连分别为政坛旧友韩泰、韩晔、陈谏、刘禹锡贬谪的地方，柳宗元到达柳州之后很快以诗当书寄赠他们：柳州山环水绕，林郁草深。柳宗元登上城楼，极目四方，狂风吹皱落花飘荡的江水，暴雨拍打爬满薜荔的城墙。岭南的树木遮住远眺的望眼，曲折的柳江好似百结的愁肠。眼前的情景，既是岭南的荒蛮，又是政治的险恶。我们这几个人，来到纹身的少数民族地区，各自音信难通，怎不令人愁肠百结呢！岭南气象萧森，山穷水恶，民族杂居，荒蛮落后，柳宗元站在城头，临风远望，心潮起伏。

一个身体瘦弱却胸次博大的诗人站在草深林密的岭南，一个略带疲惫却傲骨铮铮的士人站在陡峭突兀的山石上，吟唱了一首大气磅礴的诗篇。

三是体恤民情。柳州虽是岭南荒蛮之地，柳宗元到任以后，不自暴自弃，不无所事事，而秉持儒家的民本思想，当官一任，造福一方。韩愈写的《墓志铭》至今碑石仍在，他说："子厚得柳州。既至，叹曰：'是岂不足为政耶！'因其土俗，为设教禁，州人顺赖。"柳宗元到了柳州，不因辖地偏远荒蛮而放弃责任，他说，这里难道不可以有所作为吗！当地少数民族有些风俗原始落后，柳宗元发布政令予以改革。当地兴卖儿卖女换取钱财，并且约定，如不及时赎回，等到本利相加够上质当的钱数，就不能赎回，没为奴婢。柳宗元发布政令，革除旧弊，尽可能让卖掉的儿女回家，家贫不能赎回的，先让他在买家干活，等到工钱能抵赎身钱，就令放回。过了一年，得免回家的人近千。观察史见这个办法好，在岭南各州推广，柳宗元定的其他法度也被边地争相效仿。柳宗元把中原的先进文化带到南方，也尊重当地少数民族的风俗，既没有皇朝的强迫性，也没有汉族的优越感，当地百姓十分折服。柳宗元对少数民族风情既好奇又尊重，他写诗《柳州峒氓》描述道：

> 郡城南下接通津，异服殊音不可亲。青箬裹盐归峒客，绿荷包饭趁虚人。
>
> 鹅毛御腊缝山罽，鸡骨占年拜水神。愁向公廷问重译，欲投章甫作文身。

柳州地区居住着壮、瑶、苗、侗等多个少数民族，柳宗元细心体察少数民族风情：郡城以南连着交通要道，那里的山民穿着不同的服装，说着不同的话语，无法和他们沟通。赶墟的时候用荷叶包着饭带去吃，用竹皮裹着盐巴回家。用鹅毛缝制毯子御寒，用鸡骨占卜祭拜水神。感到困惑的是，来到少数民族中间，却无法进入他们的群体，公庭上有事还得请人翻译，真想丢掉纱帽做一个文身的峒民(山民)。

柳宗元没有地方长官的威严，没有对少数民族的歧视，相反，对峒民风习充满兴趣，并表示愿入乡随俗成为他们中间的一员。封建时代的封疆大吏，不歧视少数民族，既是儒家民本思想的体现，又是柳宗元尊重百姓的人格魅力。

柳刺史如此亲民，淳朴的百姓倍加感动。韩愈《柳州罗池庙碑》至今还保留在柳侯祠内，上面记载："罗池庙者，故刺史柳侯庙也。柳侯为州，不鄙夷其民，动以礼法。三年，民各自矜奋，曰：'兹土虽远京师，吾等亦天氓，今天幸惠仁侯，若不化服，则我非人。'于是老小相教语，莫违侯令。凡有所为，于其乡闾，及于其家，皆曰：'吾侯闻之，得无不可于意否？'莫不忖度而后从事。凡令之期，民劝趋之，无或后先，必以其时。于是民业有经，公无负租，流逋四归，乐生兴事，宅有新屋，步有新船，池园洁修，猪牛鸭鸡，肥大蕃息，子严父诏，妇顺夫指，嫁娶丧送，各有条法，出相弟长，入相孝慈……"韩愈说，在罗池建庙，是为了纪念柳侯（宗元）。柳宗元在这里当州官，不歧视老百姓，而以礼法治州。三年，当地百姓都知道积极上进。他们说，我们这里离京城虽远，也是天朝的子民。现在碰上仁慈的刺史，若不遵从教化，那简直不成人了。于是大家互相传告不要违反刺史的政令。于乡里于家庭要做什么事情，先想想咱们这么干柳刺史知道了同意不同意，想好了再干。州府有政令，老百姓都抢着去做，唯恐耽误了时间。几年的治理，百姓各有经营，不欠公家租赋，跑出去的逃犯也回来了，乐于各种生计。州里住有新房，行有新船，园林池塘整洁，鸡鸭猪牛肥大，儿子听从父亲的教诲，妻子遵从丈夫的旨意，出门相互礼让，回家父慈子孝，婚丧嫁娶，各遵章法。刺史在位，地方大治。这样的地方官百姓满意，民族团结，生产发展，社会进步。

四是植桑种橘。柳宗元在柳州鼓励百姓植桑种橘，发展生产。宋刘斧在《青琐高议》中说："子厚不薄彼人，尽仁爱之术治之。民有斗争至于庭，子厚分别曲直使去，终不忍以法从事。于是民相告曰：'太守非怯也，乃真爱我者也。'相戒不得以讼。后又教之植木、种禾、养鸡、畜鱼，皆有条法。民益富。民歌曰：'柳州柳刺史，种柳柳江边。柳色依然在，千株绿拂天。'"

柳宗元为了倡导当地民众种植柑橘，自己身体力行，他有诗《柳州城北隅种柑树》：

手种黄柑二百株，春来新叶遍城隅。方同楚客恋皇树，不学荆州利木奴。

几岁开花闻喷雪，何人摘实见垂珠？若教坐待成林日，滋味还堪养老夫。

刺史种橘，不是只做做样子，而是亲自开辟橘林。“楚客”屈原《橘颂》说：“后皇嘉树，橘来服兮。受命不迁，生南国兮。”柳宗元学习屈原种植佳木，也学习屈原刚直品格，不学三国时的荆州太守李衡，种柑橘只为自己发家致富。柳宗元自觉有些老迈，感慨地说，几年以后才能看到满树的白花像是喷雪，珍珠一样的果实何人来摘呢，这并不重要。假如上天能假我时日，让我看到橘树成林，能尝尝橘子的滋味，我也就满足了。边地生活艰苦，柳宗元已经体力衰弱，他种橘觉得已经享受不到成果，种下的橘子能使后人享受甘甜，也是人生的满足。

柳宗元在任上勤政为民，融入百姓，得到些许安慰，但退守家中，寂寞孤独，仍然抹不去遭受贬谪、身居蛮荒的苦闷。南方天气温暖，经冬郁郁葱葱，但树木总有落叶之时，人生总有生老病死。柳宗元也有伤春之感，《柳州二月榕叶落尽偶题》：

宦情羁思共凄凄，春半如秋意转迷。

山城过雨百花尽，榕叶满庭莺乱啼。

南疆的气候不同于北方，二月理应春意融融，但常绿乔木也开始除旧布新、落叶萧萧了。柳宗元感受到的不是春意盎然的喜悦，而是秋风萧瑟的凄凉。官场打击，故乡远隔，使他忧思难忘。柳州一场春雨，百花凋谢，落叶纷纷，柳宗元心中没有春天的欢乐，反倒有秋日的萧索。柳宗元参与王叔文的改革，在政治上是进步的，遭到宦官和权臣的打击，抑郁不平难以释怀，连欣赏春色的心思都没有。荒凉落寞的心境不时袭来，只能在勤政为民的忙碌中排解，他已经感受到晚年的苍凉。

元和十一年(816)柳宗元的堂弟前去看望他，他自知此次见面，恐是永诀。在送堂弟回江陵时写了一首《别舍弟宗一》：

零落残魂倍黯然，双垂别泪越江边。一身去国六千里，万死投荒十二年。

桂岭瘴来云似墨，洞庭春尽水如天。欲知此后相思梦，长在荆门郢树烟。

这是一首绝命词。柳宗元风烛残年，身体羸弱，亲人北归，生离死别。弟兄两个，执手泪眼，不肯相放。岭南瘴疠乌云似墨，兄弟只能在黑云压顶之下分别；洞庭春水烟波浩渺，可我再也见不到了。天南地北，此是永诀，今后相见，除非梦里，你只能在郢都的烟树下寄托一缕相思了。

柳宗元享年不长，元和十四年(819)去世，才 47 岁。韩愈的《柳州罗池庙碑》记述他晚年的情况：他对部将说："吾弃于时，而寄于此，与若等好也。明年吾将死，死而为神。后三年，为庙祀我。"及期而死。部将遵照他的遗嘱，在罗池建庙祭祀他，有一个过客酒醉，辱慢祠堂，马上就得了病，扶出庙门即扑倒在地。这些传说记于韩《碑》之中，韩愈感慨地说："余谓柳侯生能泽其民，死能惊动福祸之。"这些带有传说的性质，但民间传说恰恰是口碑。至今柳侯祠内，不仅石碑俱在，百姓口碑亦在。柳侯祠内松柏参天，柳州市民，云集园内，品茶聊天，享受着贤者的福荫。柳侯祠整洁肃穆，天天有人祭扫，数通石碑，文字依稀可辨，它向人们诉说着千年以前，曾经有一位杰出的诗人、亲民的官员，在这里付出了心血，留下了足迹，也写出了诗文。柳侯祠保存完整，整洁肃穆，成为一座永久的丰碑。

一个思想进步、品格高尚、才气过人、诗文丰沛的诗人，至今还挺立在柳江边上，这不仅是诗人本身的魅力，也是当地百姓的功德。亲民者为民所亲，爱民者为民所爱。柳侯祠松柏苍郁，文物完整，文化的力量长存于世。

俚曲千古：刘禹锡(一)

杨柳青青江水平，闻郎江上唱歌声。

东边日出西边雨，道是无晴却有晴。

青溪水畔，碧绿茶山，平展田间，乃至市井闾里，人们常常听到这首民歌。少男少女们用这样的歌声朦胧地表现着爱情，含蓄地传达着爱意。这支歌唱了千余年，至今还在传唱，这是民歌俚曲的魅力。而这民歌俚曲流传至今，有赖于一个整理民歌的诗人——刘禹锡。它是民歌，但出现在刘禹锡的诗文集中。它那优美的意境、纯真的爱情、清新的诗意，被诗人的慧眼所攫取，显示了诗人(音乐家)对民歌的理解和珍视。

春日融融的江上，岸边的柳丝轻轻摇曳，怎不激起萌动的春情。初事农桑的少女，采着嫩绿的茶尖、桑芽，心里暖融融的，勃发了甜蜜的爱意。江上撑船的小伙子，露出坚实的臂膀。歌声随着他一上一下的竹篙起伏，那是撩人的情歌，少女多想与他应和。一朵乌云遮住了半边太阳，一阵小雨打湿了她的头巾，经雨的脸庞更像带露的花瓣，在春雨下还有些羞涩。她住口了，自己的心意小伙子知道吗？我有心他是否有意？怨呀，嗔呀，爱呀，羞呀，本想表达火辣辣的爱情，唱出来却是“东边日出西边雨，倒是无情还有情”。

一幅优美的农林画面，一曲优美的爱情歌唱，撩动着人们萌动的春心。何止是在江边，它也会在山间，在农田，乃至在市井，在闾巷，共通的爱情感觉和爱情心理都会拾起这支歌表达情意。“有情”“无情”的追问，最适于表达少男少女们的爱情憧憬，最适于表达他们的求爱探问。这样的歌怎能不广播大地，流传百代！

它是民歌，但署名是刘禹锡，优秀的民歌也需要文人整理、保存。在文人诗歌创作兴盛的唐代，就出了这么一个重视民间创作的诗人刘禹锡。这是历史的赐予，也是个人的素质。刘禹锡采集和整理的民歌《竹枝词》《杨柳枝词》，保存在他的诗集里，为我们留下宝贵的民间文化遗产，也为我们留下宝贵的文学经验。

刘禹锡，字梦得，唐代杰出的文学家、思想家。两《唐书》有传，《旧唐书》说：“禹锡贞元九年(793)擢进士第，又登宏辞科。禹锡精于古文，善五言诗，今体文章复多才丽。”刘禹锡是既能诗又能文的杰出文学家，同时是锐意改革的政治家、思想家。

刘禹锡入仕后参与王叔文的政治改革，成为改革的核心成员。改革被宦官、大地主击败以后，刘禹锡遭到贬斥，先被贬为朗州司马，又转任连州、夔州刺史。朗州(今湖南常德)、夔州(今四川奉节)荆楚之地，民俗文化根深叶茂。刘禹锡贬谪荆湘，政治上的打击没有使他一蹶不振、灰心气馁，相反给了他调查民俗文化、搜集民间歌谣的条件。这是历史的机遇。杰出的诗人心中总洋溢着对艺术的热爱，对生活的审美，即使贬斥到民间，他也会以优秀的诗人素质感受生活的美。刘禹锡采集民歌俚曲，加以整理提高，为后人留下许多脍炙人口的作品。《旧唐书》本传说：“蛮俗好巫，每淫祠鼓舞，必歌俚辞。禹锡或从事于其间，乃依骚人之作，为新词以教巫祝，故武陵溪洞间夷歌，率多禹锡之辞也。”荆楚之间，遍地巫风，民间祭祀，必唱民歌。刘禹锡不轻视民间文学，反而参与其间，学习民歌，又作新词，给巫师庙祝歌唱，于是洞庭湖周围老百姓唱的民歌，许多是刘禹锡整理改编的。

《刘禹锡集》收入了他的《竹枝词》，刘禹锡自己作序说："岁正月，余来建平（建平为夔州古称）。里中儿联歌《竹枝》，吹短笛，击鼓以赴节。歌者扬袂睢舞，以曲多为贤。聆其音，中黄钟之羽，卒章激讦如吴声。虽伧伫不可分，而含思宛转有淇澳之艳。昔屈原居沅、湘间，其民迎神，词多鄙陋，乃为作《九歌》，到于今荆楚鼓舞之。故余亦作《竹枝词》九篇，俾善歌者飒之。"这年正月，我来到夔州，乡间闹春唱《竹枝词》，吹着笛子敲着鼓，人们应着节拍，纵情地唱歌跳舞，谁唱得多谁是能人。我听他们的曲调，皆和黄钟大吕，结尾又像委婉的吴歌。虽然有精有粗，但情思真挚，有《诗经》的传统。昔日屈原住在湘江、沅江之间，民间迎神，歌词也粗陋，屈原吸收精髓作了《九歌》，至今荆楚之地还在演唱。我学习屈原，也作了《竹枝词》九篇，使善歌者狂歌飙舞。

刘禹锡重视民俗，整理民歌，作《竹枝词》，那首"杨柳青青江水平"就是其中之一。《竹枝词》其六也十分精彩：

> 城西门前滟滪堆，年年波浪不能摧。
> 懊恼人心不如石，少时东去复西来。

这歌讽刺朝秦暮楚心志不坚的人，可以表达爱情主题，也可以表达政治主题。搏斗在峡江激流中的船工，唱着这支号子，表达他们的生活经验和是非褒贬，劳动人们的思想情感和审美体验贯穿其中。滟滪堆是巫峡里的一块礁石，江流至此湍急凶猛，形成高江急峡雷霆斗的气势。千百年来，滟滪堆劈波斩浪，坚定不移，哪如轻薄男儿，朝秦暮楚，忘恩负义。他忘的可以是旧时情人，忘的可以是昔日恩人。民歌批评负心男儿，刘禹锡听来却别有一番滋味在心头，那些朝秦暮楚、落井下石的政治小人，从来就是东去西来、首鼠两端。刘禹锡鄙弃这样的人，民歌的价值判断，坚定了他做江中礁石，坚定不已、傲然屹立的品格。

他记下了这首民歌，整理了这首民歌，使它不仅可以表达爱情主题，也可以表达政治主题。诗人的敏感、政治的际遇，使他将民歌信手拈来，表达丰富的人生内容。

《竹枝词》其七也是这样：

> 瞿塘嘈嘈十二滩，人言道路古来难。
> 长恨人心不如水，等闲平地起波澜。

刘禹锡的人生道路不是如峡江行船吗！大江东去浩浩荡荡，但也有激流险滩，也有曲折回流。历史就是这样走的，一个有政治信念的人，就应该认清方向，不避艰险，这需要有巨大的勇气，也需要有高超的技巧。朝三暮四、随风转向的人是有的，"长恨人心不如水，等闲平地起波澜"，在爱情生活中有，在政治生活中也有。刘禹锡在江边听到船夫的歌唱，触动了他的生活经验：朝中的政治改革，也如同急流行船，前途充满礁石险滩，本来有同情者、支持者，但是一旦形势骤然变化，倒戈的，退避的，不少人为了一己的利益，放弃了政治原则，真是"人心不如水"啊！劳动人民有自己的价值标准，它与刘禹锡的人生经验相碰撞，使民歌产生了新义。刘禹锡爱这些民歌，扩展了民歌的含义，指向了那些没有政治信念、没有道德节操、朝秦暮楚、看风使舵、背信弃义、落井下石的人。劳动人民的道德判断也坚定了刘禹锡的政治信念，使他屡遭打击，屡遭贬谪，仍矢志不移，与那些朝廷奸佞进行斗争。刘禹锡既整理收集民歌，又扩充民歌内涵，这些《竹枝词》到了他手里获得了新的生命。

从刘禹锡的政治坚持和人格执着来说，他是一个典型的文人，诗歌创作也应该是典型的文人诗歌。但刘禹锡注重学习民歌，使他的诗歌创作也具有民歌意味。如《堤上行》：

江南江北望烟波，入夜行人相应歌。
桃叶传情竹枝怨，水流无限月明多。

春天，正是万物复苏、人性勃发的日子，各地常在这样的日子里举办歌节。长江两岸，少男少女们相约踏春。入夜了，对歌的声音此起彼伏，唱着《桃叶》《竹枝》表达爱情。刘禹锡对这种自然和生命的勃发无限欣喜，写诗描述歌节的盛况。听着民歌，自然也受着民歌的感染，白描、比兴顺口而出，以无限的流水象征生活的长远，以皎洁的月亮象征美好的日子，一种坚信未来的价值取向流露出来。这首短诗民歌意味和文人情感融合得天衣无缝，表明刘禹锡学习民歌的艺术成就。

《乌衣巷》也是如此：

朱雀桥边野草花，乌衣巷口夕阳斜。
旧时王谢堂前燕，飞入寻常百姓家。

这又是生活巨变、历史沧桑的深深感慨。朱雀桥在南京南门朱雀门外，乌衣巷在秦淮河边，东晋王导、王羲之、王献之和谢安、谢石、谢玄两大世族都住在这里。两大家族都曾显赫一时，但历史兴废，沧海桑田，这里已住上寻常百姓。历史兴废、荣辱变迁不以人的意志为转移，蝇营狗苟、孜孜以求显得多么渺小。刘禹锡到此有自己的感慨和发现，写出这首《乌衣巷》。诗歌对生活描写平易自然，但怀古感慨十分浓郁，人生哲理十分深沉。诗歌举重若轻，大有四两拨千斤之势。《乌衣巷》怀古是文人诗歌，表现却是民歌形态，刘禹锡将民歌表现形式融入自己的文人情怀，达到水乳交融的地步。这首《乌衣巷》像民歌一样通俗易懂，但诗人的兴废感慨和人生经验又深刻精辟。它世代流传，家喻户晓，“旧时王谢堂前燕，飞入寻常百姓家”已成为历史兴废的形象表现。

朱雀桥、乌衣巷还在南京保留，成为重要的旅游景点，在秦淮河边为刘禹锡竖起了一座“诗碑”。它没有铭文，但铭文深深地刻在人们脑子里，这就是刘禹锡的《乌衣巷》。好诗会成为历史纪念碑，它无须建筑，无须雕刻，而存在于人们口头上，成为“口碑”。

矢志不移：刘禹锡(二)

刘禹锡吸收民歌滋养，留下不少著名诗篇。但刘禹锡毕竟是文学家、政治家，政坛遭遇贯注在他诗歌之中。他屡遭贬斥，却有着坚定的政治信念，这在诗歌中不断有所流露，这就是王叔文改革。

安史之乱使唐王朝一蹶不振，藩镇拥兵割据，宦官掌握神策军，大地主盘剥农民，朝廷应付平乱的巨大军费，入不敷出。以王叔文为代表的中小地主阶级为巩固封建政权，进行政治改革。增加财政收入是当务之急，刘禹锡由监察御史擢升屯田员外郎兼管盐铁收支，协助王叔文管理财政。《旧唐书》本传载："贞元末，王叔文于东宫用事，后辈务进，多附丽之。禹锡尤为叔文知奖，以宰相器待之。顺宗即位，久疾不任政事，禁中文诰，皆出于叔文，引禹锡及柳宗元入禁中，与之图议，言无不从。转屯田员外郎、判度支盐铁案、兼崇陵使判官。颇怙威权，中伤端士。"刘禹锡作为改革集团的核心成员，出入宫禁，参与重大决策，王叔文认为他有宰相器识。改革会遇到阻力，当然要立场坚定，雷厉风行。反对派说他自恃权威，打击朝臣，上书予以弹劾。宦官、藩镇势力十分强大，王叔文改革仅百余日便告失败。王叔文被杀，改革派成员刘禹锡、韦执谊、韩泰、陈谏、柳宗元、韩晔、凌准、程异被贬到边远地区当小官，史称"八司马"，而且敕令，"纵逢恩赦，不在量移之限"，也就是说，即使遇上大赦，他们也不在宽宥的范围之内，只能在边地为官。这对刘禹锡、柳宗元等人，是个沉重的打击。

在政治打击面前，刘禹锡表现得极为坚定。不知是性格的原因，还是信念的原因，刘禹锡不屈服、不动摇，一有机会就写诗，斥责看风使舵的势利小人，表达自己的坚贞不屈。

《唐才子传》说，刘禹锡“时久落魄，郁郁不自抑。其吐辞多讽托意远，感权臣而憾不释。久之，召还，欲任南省郎，而作《玄都观看花君子诗》，语讥忿，当路不喜，又谪守播州。中丞裴度言：‘播，猿狖所宅，且其母八十余，与子死诀，恐伤陛下孝治。请稍内迁。’乃易连州。”这就是震动朝野的玄都观诗案。

宪宗元和十年(815)，距“八司马”遭贬已经十年，刘禹锡从朗州司马任上召还京城，准备另有任用。可是刘禹锡偏偏不领情，到玄都观看花，借景讽喻，写了《元和十年自朗州召至京，戏赠看花诸君子》：

紫陌红尘拂面来，无人不道看花回。
玄都观里桃千树，尽是刘郎去后栽。

“紫陌”“红尘”皆高官显宦、大红大紫之人，刘禹锡不把他们放在眼里：那些身着朱紫的当朝显贵，都来玄都观看花了，洋洋得意地车驾回府。你们知道吗，玄都观里的这些“桃花”，都是我刘禹锡被排斥后栽培起来的，你们这些大红大紫的群臣们，不是靠排挤忠良蝇营狗苟得势的吗！

刘禹锡10年后回京，发了如此感慨，对于当今炙手可热的朝臣，给予了极大的藐视。有牢骚，暗自发发也罢，偏偏要写诗，还要“赠看花诸君子”，明显是向当权者挑战，自然触怒了皇上和朝臣，连柳宗元都说他是“自取之”。这次朝廷要把他贬到最荒凉的播州(今贵州遵义辖地)，那里是蛮荒之地。这等于把刘禹锡置之死地，而且要与老母生离死别。

柳宗元上书请求以他的柳州与刘禹锡更换，以刘有老母为由，可宪宗皇帝非常固执，说“为人子者宜慎事，不贻亲忧。若禹锡望他人，尤不可赦”。宰相裴度说，陛下现在也在侍奉太后，念刘禹锡上有老母，不要因此伤害陛下的孝治。宪宗才说，还是裴度爱我心切。这样才将刘禹锡改授连州刺史。

刘禹锡、柳宗元二人再次贬往南方任地方官，上任途中走到衡阳，两人要分手了，刘禹锡写诗道别《再授连州至衡阳酬柳柳州赠别》：

去国十年同赴召，渡湘千里又分歧。重临事异黄丞相，三黜名惭柳士师。

归目并随回雁尽，愁肠正遇断猿时。桂江东过连山下，相望长吟有所思。

这首诗引用了两个典故：黄丞相，黄霸，西汉宣帝时任宰相，为相前曾两度出任颍川太守，是因为受到皇帝的重用，刘禹锡两次出任连州刺史，却因为遭到朝廷的贬斥，所以说是“事异”。柳士师，柳下惠，春秋时鲁国人，《论语·微子》讲，他因直道事人，三遭贬黜，这里也暗喻柳宗元。政坛、诗坛旧友，十年后再遭贬斥，愁肠百结，感慨万千。到了衡阳回雁峰，人不能回，故乡望眼欲穿；友人远离，山水相隔，以后的思念只能用长长的桂江水来连接了。刘禹锡表达了对柳宗元的深挚情感，也表达了对再遭罢黜贬谪的不平。

刘禹锡的郁郁不平一直没有消除，又过了14年，应召回长安任主客郎中，他又写了《再游玄都观》，并有小引说明原委：“余贞元二十一年为屯田员外郎时，此观未有花。是岁出牧连州，寻改朗州司马。居十年，召至京师，人人皆言有道士手植仙桃满观，如红霞，遂有前篇，以志一时之事。旋又出牧。今十有四年，复为主客郎中，重游玄都观。荡然无复一树，唯兔葵燕麦动摇于春风耳。因再题二十八字，以俟后游。时大和二年三月。”这个序文，说明了当年为什么写玄都观看花诗，为什么遭到贬斥，今天又为什么写《再游玄都观》。当时桃花春风得意，今天那些炫耀一时的桃花都不见了，只剩下废园荒草。世事兴废，是非自直，再次证明我当初斥责的那些势利小人，只能像桃花一样开得快，谢得也快。14年后，刘禹锡重提旧事，显然是在“秋后算账”，充分体现了他政治态度的坚定、性格气质的执着，他是个记仇又要复仇的人。这首诗是这样的：

半亩庭中半是苔，桃花净尽菜花开。
种桃道士归何处？前度刘郎今又来。

庭院不大，长满杂草，灼灼其华的桃花已经没有了，田野的菜花却生机勃勃。这使人想到黄巢的《菊花》诗：“待到秋来九月八，我花开后百花杀。冲天香阵透长安，满城尽带黄金甲。”虽然唐末起义领袖黄巢在刘禹锡之后，但这种“我花开后百花杀”的气势，一样充满了压倒对方的政治自信。

刘禹锡这种政治自信，历20多年的贬谪生活而不改变，一有机会就要表达出来。他写过一组《浪淘沙》，其中有一首是这样的：

莫道谗言如浪深，莫言迁客似沙沉。
千淘万漉虽辛苦，吹尽狂沙始到金。

他以淘金的过程比喻历史的检验。不要说谗言像浪头铺天盖地而来能把金子吞灭，也不要说贬谪远方的人就被沙子沉埋，是真金终会显现出来。经过千遍万遍的淘洗，尘沙被淘汰了，金子却放出光彩。“吹尽狂沙始到金”的信念，鼓舞着许多逆境中坚持斗争的人，成为千古名句。

唐敬宗宝历二年(826)刘禹锡罢和州刺史征召回京，在扬州遇到白居易。白居易是刘禹锡的好友，《刘禹锡集》中与白居易唱和的诗很多，他们诗歌齐名，时称“刘白”。刘禹锡从贬地回京，与诗友相遇，自然感慨万千。坎坷半生，今又召还，老友相见，诗歌酬唱，诉不完的衷情。刘禹锡写诗《酬乐天扬州初逢席上有赠》：

> 巴山楚水凄凉地，二十三年弃置身。怀旧空吟闻笛赋，到乡翻似烂柯人。
>
> 沉舟侧畔千帆过，病树前头万木春。今日听君歌一曲，暂凭酒杯长精神。

自顺宗永贞元年(805)刘禹锡被贬出京，至今已经23个年头了，其间朗州(今湖南常德)、夔州(今四川奉节)，历尽巴山楚水瘴疠荒蛮。思念故人，有的已经作古，只能低吟晋代向秀的《思旧赋》；今日回乡，如同神话中进山砍柴的人，回来斧头柄都腐朽了(山中一日，世上百年)。沉舟旁边有过千帆竞发，病树前边已是万木争荣，腐朽的东西总会沉埋，新生的事物无可阻挡。听到你赠我的诗无限感慨，我也只能凭着你的酒杯长长精神。23年，人生过半，刘禹锡也不免有些苍凉之感，但仍然坚信进步力量的历史生命力。“沉舟侧畔千帆过，病树前头万木春”，本来是生命流逝的感慨，在当代，被一位伟大革命家引用，以此表达对腐朽势力的蔑视，对新生力量的坚信，这也是对原作诗句的阐释，符合刘禹锡的性格。刘禹锡是一位矢志不渝，为自己的政治理想斗争一生，对腐朽势力给予极大蔑视的政治家、思想家、文学家。这一联诗句给后人以鼓舞力量，也就不足为奇了。

长安物贵：白居易（一）

白居易，字乐天，号香山居士，下邽（今陕西渭南境内）人。贞元十六年（800）举进士，任翰林学士、左拾遗，因诤谏，贬江州司马。后又被召至朝中，知制诰，盛年出任杭州、苏州刺史，颇多善政。晚年以太子少傅、刑部尚书终其仕途。一生作诗近三千首，汇为《白氏长庆集》。

白居易很早就上京城闯荡世界去了，如今天的北漂。《唐才子传》记载："弱冠名未振，观光上国，谒顾况。况，吴人，恃才少所推可，因谑之曰：'长安百物皆贵，居大不易！'及览诗卷，至'离离原上草，一岁一枯荣。野火烧不尽，春风吹又生'，乃叹曰：'有句如此，居天下亦不难。老夫前言戏之尔。'"这个故事广为流传，并为正史采信，形成"长安物贵，白居不易"的掌故。近代有学者考证，白居易与顾况相会的年代与他们的年龄不符，其实不必拘泥于年月的错舛，从故事的内在真实去考察，它是合乎情理的。顾况是诗人，又任著作郎，名重朝野，白居易到长安求取功名，前往拜谒他合乎情理。这个故事表明，白居易青年时代，就以自己的诗歌闯荡天下了。

这首诗全文为《赋得古原草送别》：

离离原上草，一岁一枯荣。野火烧不尽，春风吹又生。
远芳侵古道，晴翠接荒城。又送王孙去，萋萋满别情。

一次“送别”的写真，一次诗情的展现。人生元本一首诗，这首诗也预示了白居易的一生。白居易在古原上送别朋友，满眼萋萋芳草，春意盎然。年轻的白居易心中勃发了旺盛的生命意识，充满了乐观的生活信念：“野火烧不尽，春风吹又生。”这是自然现象，又是生命现象、社会现象，它构成一个生活的哲理。春草成为顽强不息的生命象征和新生事物的象征，野火成为摧残美好事物的黑恶势力，诗句表达了美好事物、正义人生无法摧毁的生活哲理。这样充满哲理内容的诗句自然受到著作郎顾况的激赏，改变了对这个来京城闯荡的青年的看法。萋萋春草萌生，远城绿意盎然，这是朋友出行的自然背景，也是白居易走向社会的心理背景。白居易年轻时候，就怀着这样光明、胜利的信念闯荡京师，自然也获得了光明、胜利的前途。

有“离离原上草”这样的诗，白居易在长安定居下来，不过白居易也不是“白居”。贞元十九年(803)白居易又以拔萃科显露头角，经吏部遴选，授校书郎，做了书籍的编校工作。《旧唐书》本传载：“居易文辞富艳，尤精于诗笔。自雠校至于缨畿甸，所著歌诗数十百篇，皆存讽赋，箴时之病，补政之缺，士君子多之，而往往流闻禁中。章武皇帝纳谏思理，渴闻谠言，二年十一月，召入翰林学士。三年五月拜左拾遗。”白居易在长安意气风发，自校订书籍到授予外官，其间写不少讽喻诗，针砭时弊，裨补政缺，在士人中间广为传诵，逐步传入宫中。唐宪宗章武皇帝比较开明，愿意纳谏，接受直言，白居易写讽喻诗不但没有惹祸，反倒升了官。这些诗分为《秦中吟》《新乐府》两组，构成白居易早期创作的主要部分。

对于白居易的讽喻诗，历来褒贬不一，这和人们的诗学观念有关，也和不同的时代要求有关。在诗学观念上，向来存在注重诗歌社会内容的现实诗派和注重诗歌抒情内容的缘情诗派，两者根据社会历史的要求此起彼伏、此消彼长。前者称赞白居易讽喻诗反映社会生活、同情劳动人民的思想价值；后者则嫌这些诗过于质实，抒情性不足。假如抛开“门户之见”，就会给这些诗以恰当的定位：一、白居易的讽喻诗是叙事诗，不能以抒情诗的个人性、意象性来衡量；二、既然是叙事诗，以叙事诗故事的情节性、感受的独特性来衡量，这些诗是好诗。

一是情节的悲剧性。白居易《秦中吟》自序说“闻见之间，有足悲者”成为他的创作素材，这些讽喻诗充分把握住了事件的悲剧性。如《上阳人》写皇上选美，获选入宫，本来以为可享富贵尊荣，乃至一门皆贵，事实并非如此。“皆云入内便承恩，脸似芙蓉胸似玉。未容君王得见面，已被杨妃遥侧目。妒令潜配上阳宫，一生遂向空房守。”本来容貌姣好，肌理细腻，但还没见到皇上的面，就被打进冷宫，独守空房。这与“入内便承恩”的期待，形成巨大反差。这不是人生的悲剧吗！“后宫佳丽三千人”，有几个得见君王面，更不要说受到宠幸。上阳宫里一天一天耗费着青春与生命，已经是巨大悲剧了，此其一。更可悲的还在后头：白发苍苍，成了后宫中年龄最大的人了，皇上赐给一个尚书的封号，徒有其名，她还受宠若惊，悲剧之上又加了一重悲剧，此其二。本来已经人老珠黄，还天天打扮，期待皇上喜欢，打扮又都是过时的装束：“小头鞋履窄衣裳，青黛点眉眉细长。外人不见见应笑，天宝末年时世妆。”这更是入木三分的悲剧，此其三。短短一首诗，写出宫女的三重悲剧，其情节的艺术性应该说是很高的。也正因为《上阳人》写出封建时代皇上选美造成的悲剧，这首诗也便成为一个典型，留下了“上阳白发人”“白发思玄宗”这样的成语。《红线毯》，写宣州这个产蚕丝的地方，每年要给宫廷织地毯。无数人缫丝，无数人拧线，无数人织毯，织出精美的丝毯，送进宫中却是专供舞女践踏：“彩丝茸茸香拂拂，线软花虚不胜物。美人踏上歌舞来，罗袜绣鞋随步没。”无数人的劳苦织成的丝毯，是专供舞女践踏的。皇上在那里享乐无度，而织毯人却身无御寒的衣服，这不是人间悲剧吗！诗歌最后感叹道：“地不知寒人要暖，少夺人衣作地衣!”强烈的悲剧内容构成强烈的社会批判。

白居易善于捕捉生活的悲剧内容,《卖炭翁》是典型的一例:

卖炭翁,伐薪烧炭南山中。满面尘灰烟火色,两鬓苍苍十指黑。

卖炭得钱何所营,身上衣裳口中食。可怜身上衣正单,心忧炭贱愿天寒。

夜来城上一尺雪,晓驾炭车辗冰辙。牛困人饥日已高,市南门外泥中歇。

翩翩两骑来是谁,黄衣使者白衫儿。手把文书口称敕,回车叱牛牵向北。

一车炭,千余斤,宫使驱将惜不得。半尺红纱一丈绫,系向牛头充炭直。

繁华的长安城,街市热闹,行走着锦衣裘服的达官贵人,也行走着衣衫褴褛的农民穷汉,卖炭的老头就是一个。他辛苦烧出的炭,自己舍不得取暖,拿去换一家的衣食。《卖炭翁》的悲剧性,在于“可怜身上衣正单,心忧炭贱愿天寒”。这反常的情态表明老汉一家的“衣食”是多么迫切,指望卖出的炭钱以解饥渴。可“饱汉不知饿汉饥”,贵人不知乞丐寒。宫廷军士掠夺了老汉的炭,倒不是不给钱,“半尺红纱一丈绫,系向牛头充炭直”,红纱和绫这等宫廷高档用品对于衣食无着的老汉有什么用呢!这个“代价”太惨重了,这种“赐予”太高贵了,既不解饥,也不挡寒,宫廷与百姓的生活落差显示出来。《卖炭翁》的几重悲剧性,显示出它的艺术价值。

二是叙述的诗意性。叙事诗不同于一般的叙事文学,就是它的叙述中有诗,白居易的《秦中吟》《新乐府》做到了这一点。比如《缭绫》,一种精工细制的丝织品，专供宫廷后妃使用。诗歌将越女缫丝织锦的艰难与宫廷后妃的挥霍形成强烈对比，从而构成作品的戏剧性，在具体描写中也运用了诗歌的表现手段。

缭绫缭绫何所似，不似罗绡与纨绮；应似天台山上月明前，四十五尺瀑布泉。

中有文章又奇绝，地铺白烟花似雪。织者何人衣者谁？越溪寒女汉宫姬。

去年中使宣口敕，天上取样人间织。织为云外秋雁行，染作江南春水色。

广裁衫袖长制裙，金斗熨波刀剪纹。异彩奇文相隐映，转侧看花花不定。

昭阳舞人恩正深，春衣一对直千金。汗沾粉污不再着，曳土踏泥无惜心。

缭绫织成费功绩，莫比寻常缯与帛。丝细缫多女手疼，扎扎千声不盈尺。

昭阳殿里歌舞人，若见织时应也惜。

对于缭绫的质地、织造，运用比喻、夸张充分显其奇特、细腻；对于宫衣的剪裁、文饰也运用比喻、夸张充分显其奢华、高贵。这些诗歌手法的运用，使《秦中吟》《新乐府》虽然是叙事，但仍然充满诗意。

白居易在长安为官，关注着社会民生。他的乐府诗题材来自生活，“如山东父老课农桑，言言皆实”(敖陶孙《诗评》)，又为老太婆所易解。相传，“白乐天每作诗，令一老妪解之，问曰：‘解否？’妪曰‘解’，则录之；不解，则易之”(释惠洪《冷斋诗话》)。白居易作诗为百姓请命，也务求为百姓理解，这种尊重百姓的创作态度值得为诗者学习。白居易叙事诗虽然直白，但不是没有诗意，生活的戏剧性就是他的诗性。

《诗经》以来，中国有叙事诗的传统，此后产生了《陌上桑》《木兰辞》《孔雀东南飞》等优秀篇章。但中国古代的叙事诗往往即时、即兴反映某一富有诗意的事件，没有西方那样长篇的叙事史诗。这样，中国古代诗学概念，也就没有将抒情诗与叙事诗明确区分。20 世纪 80 年代以后，当代诗歌观念转向突出了诗的心灵性、情感性，于是有人对古代诗人的叙事性作品的诗性特征和艺术价值予以否定，包括杜甫的《三吏》《三别》，白居易的《秦中吟》《新乐府》，觉得它们成就不高。这其中一个重要原因，是没有进行抒情诗、叙事诗的区分，以抒情诗的标准要求叙事诗，难免削足适履。其实，杜甫、白居易这样的伟大诗人，不仅写出了许多优秀的叙事诗，也写出了许多优秀的抒情诗。他们深谙诗歌的艺术特点，叙事诗充分把握其文学性，如情节的戏剧性、描写的诗意性，这些叙事诗也就具有了充分的诗性，更不要说节奏、韵律了。将叙事诗和抒情诗加以区别以后，就不能贬低杜甫、白居易的叙事诗章，而且可以看出，他们不仅是抒情诗的巨匠，也是叙事诗的巨匠。在中国文学史上，白居易更把叙事诗推向一个高峰。

浔阳迁客：白居易(二)

白居易是杰出的叙事诗诗人，他创作初期，就以《秦中吟》《新乐府》显示了他叙事诗的才能，成为继杜甫之后最为出色的关心民情、反映世事的诗人。除此之外，白居易还写了中国古代篇幅最长的叙事诗《长恨歌》、抒情性最强的叙事诗《琵琶行》。前者因其对杨贵妃与唐明皇的爱情充分铺叙而广为人知，引发了以它为蓝本的众多艺术作品，这里不拟阐述；《琵琶行》因其灌注了白居易个人经历和人生情感，成为古代最杰出的叙事诗。

白居易作为翰林学士，写诗讽喻时事，开明皇帝尚可允许，对朝廷大事要发言，就要看当政者高兴不高兴了。元和九年(814)宰相武元衡在光天化日之下被匪盗刺杀，白居易感到这是国力虚弱、朝廷无能的表现，上书急请捕贼以雪国耻。这使当政者丢了面子，烦他多嘴，借故把他赶出朝廷。《旧唐书》本传载："宰相以宫官非谏职，不当先谏官言事。会素有恶居易者，掎摭居易，言浮华无行，其母因看花堕井而死，而居易作《赏花》及《新井》诗，甚伤名教，不宜置彼周行。执政方恶其言事，贬为江表刺史。诏出，中书舍人王涯上疏论之，言居易所犯状迹，不宜治郡，追诏授江州司马。"白居易为武元衡被杀事上书，触怒了当权的宰臣，说他作为文秘官员不该越权言事。有些忌妒白居易的人，又攀扯别的事情，说他母亲赏花坠井而死，他还写诗《赏花》《新井》，是不忠不孝，当地方长官也有伤风俗,贬江表刺史他都不够格,于是朝廷再次下诏,将他贬为江州司马。

白居易这次遭贬,完全是当权者嫉贤妒能,外加无耻文人的"深文周纳",牵强附会。白居易的母亲有神经病,后来愈发严重,曾以苇刀自刎,被救了下来。白居易让两个强壮的婢女侍从护卫,以防出事,两个侍女偶一疏忽,老母坠井而死。打击白居易的人把这件事和他的诗联系起来,采用了类似后来文字狱的行径。白居易遭到贬谪,贬到九江当州里一个管武装的小官。

白居易被无端诬陷,心中郁郁不平。"不平则鸣",恰恰遇到一个契机,人生感慨一泻千里,于是有了《琵琶行》。

这天白居易在九江船上送客,碰巧听到邻船有人弹琵琶,声音凄切,幽咽动人,于是移船约见,未想是一个被遗弃的歌女,于是产生"同是天涯沦落人"的感慨。白居易与琵琶歌女的命运有共通之处,便"借他人之酒杯,浇心中之块垒",琵琶女成了他吟唱的对象。

叙事诗需要情感,《琵琶行》有着情感的真挚性。白居易遭贬的失意与歌女的人生坎坷偶然遇合,使诗人压抑的情感找到突破口,得以爆发。这就使他的创作获得了情感宣泄的机遇。白居易听到歌女的倾诉,人生的不平与歌女一拍即合,借歌女之口宣泄心中的愤懑。《琵琶行》因为灌注了白居易的深挚情感,有了其他叙事诗无法比拟的感人力量。

以上两点,白居易在《琵琶行》序中写得很清楚:"元和十年,予左迁九江郡司马。明年秋,送客湓浦口。闻舟中夜弹琵琶者,听其音,铮铮然有京都声。问其人,本长安倡女。尝学琵琶于穆、曹二善才,年长色衰,委身为贾人妇。遂命酒使快弹数曲,曲罢悯然。自叙少小时欢乐事,今漂沦憔悴,转徙于江湖间。予出官二年,恬然自安,感斯人言,是夕始觉有迁谪意。因为长句,歌以赠之,凡六百一十二言,命曰《琵琶行》。”白居易毫不掩饰与琵琶女同病相怜，于是诗中活跃起两个人物形象，成为人们感悟生活、表达情感的介质，成为叙事诗难得的文学要素。

人生充满坎坷，琵琶女的人生充满悲剧性：

> 自言本是京城女，家在蛤蟆陵下住。十三学得琵琶成，名属教坊第一部。
>
> 曲罢曾教善才伏，妆成每被秋娘妒。五陵年少争缠头，一曲红绡不知数。
>
> 钿头云篦击节碎，血色罗裙翻酒污。今年欢笑复明年，秋月春风等闲度。
>
> 弟走从军阿姨死，暮去朝来颜色故。门前冷落鞍马稀，老大嫁作商人妇。

琵琶歌女曾经红艳一时，长安的达官贵人、浮浪子弟争相猎艳，一曲轻歌数匹锦缎，一夜销魂无数金银。酒席筵上，挥霍无度，推杯换盏，酒泼衣裙。这个红极一时的歌女，渐渐年老色衰，只好“老大嫁作商人妇”。琵琶女的身世既有悲剧性，又有典型性，作为文学描写对象已经十分感人，白居易更将自己遭遇和情感附着在她的身上，两个人物命运的交织使叙事诗有了非同寻常的文学性。

叙事诗需要情节，《琵琶行》的情节曲折动人。白居易将自己与琵琶女的相识、相见、相闻、相知、相别的过程进行了艺术化的描写，情节曲折：先是送客不欢，继而偶闻管弦，三是移船相见，四是矜持寡言，五是曲调含情，六是悲怆难抑，七是诉说身世，八是同病相怜，最后表示将她的故事写成诗歌，以共同排遣心中的郁结。诗歌的叙事虽然简洁，但波澜迭起：

主人下马客在船，举酒欲饮无管弦。醉不成欢惨将别，别时茫茫江浸月。

忽闻水上琵琶声，主人忘归客不发。寻声暗问弹者谁，琵琶声停欲语迟。

移船相近邀相见，添酒回灯重开宴。千呼万唤始出来，犹抱琵琶半遮面。

转轴拨弦三两声，未成曲调先有情。弦弦掩抑声声思，似诉平生不得意。

低眉信手续续弹，说尽心中无限事。轻拢慢捻抹复挑，初为霓裳后六幺。

大弦嘈嘈如急雨，小弦切切如私语。嘈嘈切切错杂弹，大珠小珠落玉盘。

间关莺语花底滑，幽咽泉流水下滩。冰泉冷涩弦疑绝，疑绝不通声暂歇。

别有幽愁暗恨生，此时无声胜有声。银瓶乍破水浆迸，铁骑突出刀枪鸣。

曲终收拨当心画，四弦一声如裂帛。东舟西舫悄无言，唯见江心秋月白。

白居易把琵琶女的出场、见面写得曲折委婉、多姿多彩，留下“犹抱琵琶半遮面”的独特情境。白居易把琵琶女的弹奏也写得曲折委婉、多姿多彩，不是对音乐有深厚的造诣，难有那些比喻和夸张；不是对弹奏有强烈的共鸣，难有那些跌宕起伏的描写。白居易也蓄养歌妓，深谙艺术，《琵琶行》中的琵琶声成了人生和艺术的热烈抒发，于琵琶女是如此，于白居易也是如此，琵琶女拨动的就是白居易的心弦。

叙事诗需要意境，《琵琶行》的描写富于意境。白居易在诗歌开头就以“浔阳江头夜送客，枫叶荻花秋瑟瑟”，把人带进诗歌意境之中；琵琶演奏完毕又以“东舟西舫悄无言，唯见江心秋月白”，描绘出深幽的诗歌意境，余味无穷。

诗歌结尾诗人从幕后走向台前，从观众变成主角，进行自我形象的描写，抒发自己的情感：

我闻琵琶已叹息，又闻此语重唧唧。同是天涯沦落人，相逢何必曾相识。

我从去年辞帝京，谪居卧病浔阳城。浔阳地僻无音乐，终岁不闻丝竹声。

住近湓江地低湿，黄芦苦竹绕宅生。其间旦暮闻何物，杜鹃啼血猿哀鸣。

春江花朝秋月夜，往往取酒还独倾。岂无山歌与村笛，呕哑嘲哳难为听。

今夜闻君琵琶语，如听仙乐耳暂明。莫辞更坐弹一曲，为君翻作琵琶行。

感我此言良久立，却坐促弦弦转急。凄凄不似向前声，满座重闻皆掩泣。

座中泣下谁最多？江州司马青衫湿。

《琵琶行》是一首叙事诗，又是一出情景剧。其中活跃着两个主要人物——琵琶女和白居易，他们被共通的失落所勾连，被音乐的情感所沟通，演出了一场人生的戏剧。这是一出“复调”的戏剧：台前的琵琶女声声含情，演述自己悲怆的身世；背后的白居易翩翩起舞，表达自己的惆怅心理；身世不同，情感应和，使这出戏剧有了巨大的“景深”。这出戏剧，有叙事，有抒情，有歌唱，有舞蹈，有对白，有独白，有旁白，情境相生，前后呼应，两个人物，两种人生，相互碰撞，相互渗透，共同完成了一曲人生悲歌。说《琵琶行》是古代最优秀的叙事诗，当之无愧，因为它将叙事对象和诗人自我融合在一起，将叙事与抒情融合在一起，将情境与故事融合在一起，这样的叙事诗千载难逢。

苏杭宦游：白居易(三)

在唐代诗人中，没有比白居易活得更幸运更惬意的了。政治上虽有波折，但没遭受重大打击；当官在苏杭一带，简直是身居天堂；生活上舒适富足，终日游山玩水，还有众多歌姬陪伴；创作上丰厚多样，乐府诗、抒情诗、叙事诗、词兼备，还颇通音律，诗歌皆美。尤其到了晚年，政声、诗名大噪于世，生活、创作游刃有余。苏杭宦游，声名显赫，他无须在隐与显的问题上纠结，成就了一个典型的中国士人/诗人的理想生存状态。

白居易虽然官位显赫，但也不失诗人的忠贞、耿直，仕途上小有坎坷。他历任翰林学士、中书舍人、刑部尚书等职，但始终难以进入政治的核心位置，他的角色毕竟是诗人。《唐才子传》说："居易累以忠鲠遭摈，乃放纵诗酒。既复用，又皆幼君，仕情顿尔索寞。"《新唐书》本传也说："天子荒纵，宰相才下，赏罚失所宜，坐视贼，无能为。居易虽进忠，不见听，乃丐外，迁为杭州刺史。"诗人角色和宰辅角色毕竟不同，天子年幼无能，宰相嫉贤妒能，白居易政治上没有作为，不过这给他创作提供了机遇。他请求放外官，做了杭州刺史，又转苏州刺史，过上了中国士人/诗人天堂般的日子。

苏杭任上，白居易如鱼得水。他久负诗名，又是从朝中下来任地方大员，为政少有阻碍，生活自由舒展。范成大的《吴郡志》记载："居易为郡时多燕游，尝携蝉、满、容、点、茶十妓夜游西武丘山，又赋记游诗云：‘领郡时将久，游山数几何，一年十二度，非少亦非多。’”一年畅游十二次，白居易洋洋得意。后来转任苏州，更是游山玩水、诗酒唱和，过上悠闲文人的生活。范成大《吴郡志》又说：“白居易自杭转苏，首尾五年，自云‘两地江上游得遍，五年风月咏将残’。可谓极宦游之适矣。……又自太湖寄元稹诗云：‘报君一事君应羡，五宿澄波皓月中。’则是连五日夜在湖心泛舟，虽白公风格高迈，好事不窘束，亦当时文法纲疏，不以为怪，古今时异事异有如此者。”白居易苏杭五年，沿江临湖的风景都游遍了，写诗也几乎都写过了，在太湖一连五个昼夜泛舟畅游，政务世事都抛在脑后，也算得一个风流太守了，连范成大都说这是古今以来的奇闻逸事。白居易诗名、官名声震当时，朝廷也让他三分，“文法纲疏”管不了他，这个刺史当得够惬意的。白居易也洋洋得意，说是苏杭美景竭尽游遍，还有歌舞家妓一路奉陪，吟风弄月的诗歌俱已写尽，这样的风流太守世间少有。

唐朝官宦人家时兴蓄养歌妓，也算是一种盛世气象。“十万人家火烛光，门门开处是红妆”，繁华都市里的大户人家，一到晚上张灯结彩，笙歌阵阵，开得门来，尽是红妆歌女。白居易既是官宦，又是诗人，他蓄养的歌妓可以成立一个歌舞班子，蝉、满、容、点、茶个个婀娜多姿娇艳非常，小蛮、樊素更是色艺超群。唐代孟棨《本事诗》载：“白尚书姬人樊素善歌，伎人小蛮善舞，尝为诗曰：‘樱桃樊素口，杨柳小蛮腰。’年既高迈，而小蛮方艳，引为《杨柳枝》词以托意，曰：‘一丛春树万万枝，嫩于金色软于丝，永丰坊里东南角，尽日无人属阿谁？’”白居易盛赞小蛮细腰，如同春日的杨柳袅袅娜娜，在教坊班里也无人可比，爱怜之心溢于言表。

白居易游山玩水，歌妓奉陪，诗酒相从，文人雅聚。歌舞饮宴，是人生乐事，这也要看是谁来享受。贪官污吏可能加速搜刮民财，以供他挥霍无度；淫逸之徒可能加紧掠夺民女，供他荒淫无度；诗人毕竟是诗人，他享受生活，但不失良知。白居易苏杭为官，不止于浪迹山水，纵情诗酒，他还做了一些好事。《新唐书》本传说，白居易出任杭州刺史，“始筑堤捍钱塘湖，钟泄其水，溉田千顷。复浚李泌六井，民赖其汲”。他兴修水利，灌溉农田，疏浚古井，解决居民用水问题。至今杭州百姓思念两位地方官，一个是白居易，一个是苏轼，西湖上的白堤、苏堤成了永久的纪念碑。虽然白堤指白沙堤，不是白居易所修，但人们总以为是白太守所为，当地百姓对做过好事的地方官的念念不忘，也算是一个口碑了。

政事畅达，生活舒适，心情旷达，再加上有诗友唱和，白居易在杭州、苏州写了大量的抒情诗，形成一个创作的丰收季节。穆宗长庆年间，他的诗歌结集为《白氏长庆集》。

白居易前期的诗歌多为讽喻诗，以叙事为主；后期的诗歌多为抒情诗，是他寄情山水的结晶。赴杭州上任的途中，就写了《暮江吟》：

一道残阳铺水中，半江瑟瑟半江红。
可怜九月初三夜，露似真珠月似弓。

白居易出任苏杭，对他个人来说是件幸事。“天堂”的秀美山水给诗人徜徉其间的游览机会，优美景色使他诗性勃发诗歌连篇。白居易很快“进入角色”，上任路上就已经沉溺于山川的秀美：晚霞投入江水浮光耀金色彩绚丽，新月如弓皎皎朗朗，透视着秋天的白露，撒下满地珠玑。白居易进入了仙境。

江南春色美丽，风雅诗人骑马踏春，满眼莺飞草长，生机盎然。景从眼前过，诗从心中来，一首《钱塘湖春行》诞生了：

孤山寺北贾亭西，水面初平云脚低。几处早莺争暖树，谁家新燕啄春泥。

乱花渐欲迷人眼，浅草才能没马蹄。最爱湖东行不足，绿杨荫里白沙堤。

钱塘湖即西湖，孤山将内湖与外湖分隔，一山突兀于碧水之间，山光水影，相互映衬，绿柳白堤，亲近行人，这令白居易畅游不厌。他心旷神怡，吟咏着西湖的优美景色，书写着喜悦情绪：莺乃“早莺”，且不止一处，争鸣于树，且言“暖树”；燕乃“新燕”，飞回人家，筑巢于梁，乃啄“春泥”。初春景象，莺歌燕舞，一派动态，白居易徜徉于莺飞草长之间，西湖美景中行进着骑马踏春的诗人，喜悦之情溢于言表。诗歌节奏欢快，充满跃动，心底的春天和自然的春天融为一体，构成优美的意境。白居易对西湖美景的诗意感受，道他人心中有又口中难以说出的境界，对自然诗意的开掘显示了诗人独特的审美能力。至今西湖八景中“柳浪闻莺”，就是取自白诗。

西湖景色优美，文人雅集，白居易在湖边酒楼招待宾客，饮酒赋诗。他写了《江楼夕望招客》：

海天东望夕茫茫，山势川形阔复长。灯火万家城四畔，星河一道水中央。

风吹古木晴天雨，月照平沙夏夜霜。能就江楼销暑否？比君茅舍较清凉。

夏日的傍晚，白居易要在湖畔酒楼宴请宾客。他兴致盎然，激情满怀，提笔用诗写下一帖请柬：远望钱塘江口碧海连天，苍茫辽阔；近看环湖山势曲折蜿蜒，碧绿葱茏；杭州城里已燃起万家灯火，与投到湖中的银河交相辉映；夏日的古木枝叶茂密，凉风一吹晴天里下起阵雨；月光洒在沙滩上，像是夏夜里落下了秋霜。你能来这里纳凉消暑吗？这里比你的茅屋也许更加清凉。美景、佳肴、诗友、豪情，这样的日子是文人雅聚的美好时光。白居易有几分自得，几分惬意，招呼朋友前来聚会。白居易耽于安乐，不过他毕竟是诗人，自得和惬意中描绘出西湖的诗意美。白居易笔下的西湖夜景，天上地下融为一体，江山湖海连成一片，四时变化能够超越，仙境人间可以沟通，这样的人间是仙境的人间，这样的自然是审美的自然。白居易利用比喻、夸张、时空超越的诗歌技巧，描绘出西湖的独特美景，显示他的审美能力和创造能力。白居易杭州为官，得其自然资源，得其生活资源，留下众多优美诗篇。

《唐语林》载："白居易长庆二年以中书舍人为杭州刺史，时吴兴守钱徽，吴郡守李穰，皆文学士，悉生平旧友，日以诗酒寄兴。……元稹镇会稽参其酬唱，每以筒竹盛诗来往。"苏杭地区鱼米富庶，文人荟萃，白居易是地方诗坛的领袖，他与当地郡守们雅集酬唱，特别是元稹，两人经常以竹筒传递诗篇，人们将二人并称为元白。仕途畅达、生活安定、风景优美、诗友雅集，这是中国文人向往的日子，白居易得到了这种日子，这在中国古代诗人中是不多见的"幸运"。然而，到底是幸运还是不幸呢？中国有句话"国家不幸诗人幸"，外国也有句话"愤怒出诗人"，这些话虽然有点偏激，但也说出一个重要道理：诗人要与社会生活休戚相关，诗歌要在命运坎坷中获得激情，这样的诗才有社会人生的分量。白居易苏杭宦游，获得士人的理想生活，却没有获得诗人的理想生活，他无法和李白、杜甫相比。敬宗宝历元年(825)，白居易杭州任满之后，又以太子少傅左迁苏州刺史。第二年九月，因病请辞，九九重阳的前一天他写诗说："郡静官初罢，乡遥信未回。明朝是重九，谁劝菊花杯？"退休不免有些闲适，也有些寂寥。杜甫晚年也曾自我名状："名岂文章著，官应老病休。飘飘何所似，天地一沙鸥。"显然更加苍凉凄惶。白居易晚年仕途畅达，杜甫晚年漂泊流离，白居易多的是闲适、优雅，杜甫多的是忧愤、苍凉，他们给我们留下不同的生活画面，不同的人生体验。舒适的生活，使白居易晚年缺少了“新乐府”那样关心民间疾苦的现实精神。

白居易最满意杭州为官的日子，晚年他写了三首《忆江南》的词，还沉浸在美好的回忆中：

江南好，风景旧曾谙：
日出江花红胜火，春来江水绿如蓝。
能不忆江南？

江南忆，最忆是杭州：
山寺月中寻桂子，郡亭枕上看潮头。
何日更重游？

江南忆，其次是吴宫：
吴酒一杯春竹叶，吴娃双舞醉芙蓉。
早晚复相逢。

白居易一忆西湖美景，色彩斑斓，柔媚多情；二忆钱塘山水，树掩山寺，潮打亭台；三忆天堂美女，歌舞饮宴，身心俱醉。这是诗人、官员双重身份的文士向往的生活，白居易有幸得到了，晚年他时常回忆，期待旧地重游，不仅期待旧地重游，还时常在梦中相遇，当然也包括那些天堂美女、歌妓馆娃。白居易还有一首词《杨柳枝》：“苏州杨柳任君夸，更有钱塘胜馆娃。若解多情寻小小，绿杨深处是苏家。”苏杭美景胜过美人，苏杭美人深藏山水，白居易是二美并俱，生活优雅。他留恋于山光水色，沉溺于醉玉眠香，已经缺少了李白那种挥斥方遒的豪迈，缺少了杜甫那种忧国忧民的激愤，这是他的幸运，也是他的不幸，当然这有社会的原因。中唐以后，社会文化缺少了那种积极向上的豪迈精神，多了些声色犬马的现实享受。这种时代的文化精神产生了一批沉溺于歌楼妓馆的诗人，杜牧、韦庄、温庭筠都是如此，白居易那里已经显露出一点痕迹。进入晚唐以后，除了少数诗人关心民间疾苦以外，诗歌抒情的方向转入儿女私情，《花间集》就是代表。它预示着一种文化的肆虐，也预示着一个朝代的衰败，白居易只是一个信号。

行宫怀古：元稹

寥落古行宫，宫花寂寞红。
白头宫女在，闲坐说玄宗。

一个朝代的历史沧桑，一类女人的人生悲剧，被四句诗传达出来。这是元稹的绝句《行宫》。千百年来，人们以这样诗句想见宫女的悲苦，但却较少以这样的诗句思考唐朝的变迁。

皇上选美，供自己享乐，是封建制度下一项弊政，它造成无数女性的悲剧。假如说这是皇帝“人性”的表现，却是对女性“人性”的摧残。看来“人性”是不能随意泛滥的，它必须以尊重他人的“人性”为前提，这才是真正的、民主的、平等的“人性”观。社会的发展，逐步形成道德、伦理、法律等社会契约，约束肆意泛滥的“人性”，任何不受约束的“人性”泛滥，都可能是对他人“人性”的侵害。在封建社会里，皇权是至高无上没有限制的，两性关系上也形成对女性的支配权。太监在全国各地选美，三宫六院七十二嫔妃囚禁于宫苑之中，有的一生难得见皇上一面，还得感激皇恩浩荡。皇上出行时见到哪个女的长得好，也据为己有，如今戏曲《游龙戏凤》就是一个典型表现。皇上至高无上的权威，形成了对女性无限扩大的支配权、占有权，造成世世代代宫女的悲剧。于是古代一些有良知的诗人，对皇上肆意占有女性造成的悲剧进行了谴责。

元稹的《行宫》就是典型的一篇。

“三个牧童，必谈牛犊，三个女人，必谈丈夫。”世俗生活中如此，宫苑生活中也常如此，虽然有无限的威严，但宫女也有自己的无奈，她们要倾诉。老王已经去世，皇朝已经颓败，行宫里剩下几个宫女，她们说着自己的“丈夫”，她们也能够谈论自己的“丈夫”了。说些什么呢？幸福的回忆？皇上的细节？都是悲苦中的自我安慰与满足，这更显示出宫女们的悲剧性。她们满脸皱纹，寂寞一生，还期待皇上的宠幸，还做着一个美梦，至死而不觉。这种悲剧意味就更加深重。悲剧放在荒凉的行宫之中，放在白发上插朵红花的宫女身上，更令人悲哀苍凉。《行宫》截取了一个生活画断面，不加评论，而由宫女们“自说自话”，在她们对皇上的怀念中使悲剧入木三分。

《行宫》在无言之中写出宫女这类女人的悲剧，也在无言之中写出一个王朝的悲剧。盛唐是中国封建时代的辉煌时期，唐玄宗骄奢淫逸的生活，是这个辉煌王朝的“辉煌”表现。他终日歌舞饮宴，美女环绕，又是宠幸梅妃，又是宠幸贵妃，后宫里囚禁着许多美女，行宫里也囚禁着许多美女，到了哪里随时随地享乐，奢侈豪华达到顶点。也就是这种荒淫无度的生活，直接招致安史之乱，大唐王朝从此一蹶不振，成为唐朝、也成为历史的一个重要转折点。唐明皇荒淫误国，引起许多人的深思，成为唐代诗人创作的重要题材。直接描写这个历史事实的有杜甫的《丽人行》、白居易得《长恨歌》《上阳白发人》等。元稹晚于他们，当安史之乱成为历史之后，他以怀古的形式凭吊着这个王朝的悲剧。行宫变成一片废墟，荒草疯长，建筑破败，只有几个白发的宫女还在回味着往日的辉煌。一个王朝的历史沧桑显现在这里。

这是生活的真实显现，又是诗人的历史感悟，元稹特意寻访过这些行宫。

元稹生活的年代距安史之乱已经七八十年，那一代人早已过世，但战乱的伤痕还深深留在人们心上，所以它仍是诗人关心的创作题材。直接评述费力不讨好，也不符合文学创作的形象表现规律，元稹以怀古的方式寻访那些历史人物、历史遗迹。《行宫》之外，《连昌宫词》就是寻访的真实记录。

连昌宫是皇上的行宫，在河南寿安县。行宫里的现实更能表现唐明皇、杨贵妃的“本色”。这些主角已经退出历史舞台，当年的豪华帐幔已经成为凄凉的招魂幡，当年的管弦笙歌已经成为鬼魂嚎叫。元稹此时来到这里，走访一个行宫旁边的老人，记录了老人的谈话。这是一个历史记忆，也成为元稹的历史叙述。历史总是保存在人们的记忆中，保存在历史叙述中，它经过叙事者的加工，但这些记忆经过发酵、加工，有可能更符合历史真实，因为它包含讲述者、记述者的想象、创造、褒贬和评价，从而构成唐明皇、杨贵妃爱情故事及安史之乱的又一个叙事版本。《连昌宫词》是唐代这一题材的又一部叙事诗，它有着独特的视角，独特的评述。

这是一座废园，狐兔出没，草木萧森，而当年却有着显赫的繁华。“连昌宫中满宫竹，岁久无人森似束。又有墙头千叶桃，风动落花红簌簌。”萧森的竹子、纷飞的落花写出连昌废宫的荒凉，给人一种怀古的沧桑感。在这个废园里，一位老人回忆说：

上皇正在望仙楼，太真同凭阑干立。楼上楼前尽珠翠，炫转荧煌照天地。

归来如梦复如痴，何暇备言宫里事。初届寒食一百六，店舍无烟宫树绿。

夜半月高弦索鸣，贺老琵琶定场屋。力士传呼觅念奴，念奴潜伴诸郎宿。

须臾觅得又连催，特敕街中许然烛。春娇满眼睡红绡，掠削云鬟旋装束。

飞上九天歌一声，二十五郎吹管笛。逡巡大遍凉州彻，色色龟兹轰录续。

李暮按笛傍宫墙，偷得新翻数般曲。平明大驾发行宫，万人歌舞途路中。

百官队仗避岐薛，杨氏诸姨车斗风。

唐明皇、杨贵妃驾临行宫，一派热闹景象：楼上楼下满眼珠翠，炫天耀地光彩照人。此时正好赶上寒食节，商店住户都禁止烟火，以纪念烧死绵山的介子推。可是皇上无心遵守这一纪念忠良的民俗，心中只有享乐。他让高力士去找名噪一时的歌妓念奴，念奴正陪着浮浪子弟酣睡。为找念奴特许在寒食节燃起灯笼火把满街乱串。念奴睡眼惺忪，听说皇帝征召，赶紧梳头换装前往行宫。行宫里顿时歌舞又起，笙箫管弦直冲九天，又是凉州曲，又是西域乐，好不热闹，连躲在宫墙外的青年都学会吹这些曲子。天亮大驾离开行宫，歌舞仪仗挤满大路，使岐、薛等王爷赶紧让路，杨贵妃姊妹的车子风驰电掣而过。唐明皇、杨贵妃驾临行宫灯笼火把，莺歌燕舞，搅动了满街满城，把一个禁火纪念忠臣义士的寒食节，搞得胜过正月十五。

皇上的骄奢淫逸通过一个典型人物体现出来，她就是念奴。念奴是唐玄宗时的名妓。五代人王仁裕《开元天宝遗事》记载：念奴者，有姿色，善歌唱，未尝一日离帝左右。每执板当席顾眄，帝谓妃子曰："此女妖丽，眼色媚人。"每啭声歌喉，则声出于朝霞之上，虽笙竽嘈杂而莫能遏。宫妓中帝之钟爱者。念奴的娇媚艳丽，为后人留下了一支曲牌《念奴娇》。恨不得天下美女皆归己有的唐明皇，自然也把念奴作为"宫妓中帝之钟爱者"，不过并未像王仁裕记述的那样"未尝一日离帝左右"，玄宗没有把她禁于宫中，她不时在外与浮浪子弟鬼混，玄宗征召才慌忙起来伴驾。元稹《连昌宫词》对念奴做了这样的注解：念奴，天宝中名倡，善歌。每岁楼下酺宴，累日之后，万众喧碍。……玄宗不欲夺游侠之盛，未尝置在宫禁，或岁幸汤泉，时巡东洛，有司潜遣从行而已。元稹说，念奴是天宝年间的名妓，善于歌唱，每次酒楼歌舞饮宴，听众拥塞楼下，数日不散，当时的歌迷如同今日一样狂热。歌妓是江湖上的人，玄宗不愿挫伤这种云游的盛况，没有把念奴收入宫禁，只是在华清洗浴、洛阳东巡时，叫内廷把念奴悄悄召来，陪伴皇上。这次皇上驾临连昌行宫，就心急火燎地到处找念奴，终于打着火把把她找来了。“飞上九天歌一声，二十五郎吹管笛”，歌声一曲，曼妙非常，二十五郎（邠王李承宁）为之伴奏，成就了花好月圆之夜。为找歌妓念奴，惊动全城，唐明皇就是这样逍遥淫乐的。

连昌宫有着往日的辉煌与热闹，今天的景象怎么样呢？

去年敕使因斫竹，偶值门开暂相逐。荆榛栉比塞池塘，狐兔骄痴缘树木。

舞榭攲倾基尚在，文窗窈窕纱犹绿。尘埋粉壁旧花钿，乌啄风筝碎珠玉。

上皇偏爱临砌花，依然御榻临阶斜。蛇出燕巢盘斗拱，菌生香案正当衙。

寝殿相连端正楼，太真梳洗楼上头。晨光未出帘影动，至今反挂珊瑚钩。

指似傍人因恸哭，却出宫门泪相续。自从此后还闭门，夜夜狐狸上门屋。

去年宫廷的使者前来砍竹子，老人随着开门进去看了看。里面荒草野树堵塞了池塘，狐狸兔子钻进草木乱跑。蛇出没于房梁，燕子在屋檐筑巢，连正堂的几案都长了蘑菇。皇上、贵妃住的寝殿还在，太真依稀在楼上梳头，帘子被风吹得飘飘忽忽，细看还挂在珊瑚钩上。废园里似乎听到有人在恸哭，老人走出宫门也忍不住落下眼泪。行宫旁老人以亲历者的视角描绘了行宫狐兔出没、蛇鼠乱窜的荒凉，与昔日的繁华形成鲜明的对比。这既是行宫的现实，也是唐朝的现实，元稹怀古产生了强烈的悲怆感。

看到荒凉的废园，听着老人的谈话，元稹感慨万千，他与老人交换着唐朝由盛到衰的教训：唐朝初年，圣君纳谏，明相执政，阴阳和谐，稻麦丰收。后来妃子乱政，奸相弄权，社稷颠倒，四海动摇，搞得天下大乱。如今战乱平定了，愿社稷安宁，百姓安生。《连昌宫》废园翻开一页一页历史教科书，《行宫》中的白发宫女是一个一个历史教员。他们是贵妃，又不是贵妃，是念奴，又不是念奴，都从奢侈豪华转为苍凉悲怆。“白发说玄宗”，说什么呢？也许还回味往日的辉煌，但我们听到的却是人生的悲哀、国破的苍凉。

《连昌宫词》以旧行宫的见闻表现唐明皇、杨贵妃荒淫误国的历史事件，它不同于杜甫《丽人行》、白居易《长恨歌》等直接描写的叙事方式，而是拉开时间和空间距离，从一座废园的情景展开怀古的忧思。它有几个好处：一是避开了历史事件的纠缠，可以更自由地表达叙述者（老人）和记述者（元稹）的思想观点，他们都对历史进行了自己的想象和评价；二是拉开了时间、空间的距离，增加了历史的沧桑感；三是以废园今朝的景象展开描写，符合文学形象性的要求。这是在当朝（天宝）对李杨误国、安史之乱重大历史事件的直接叙述难以做到的。历史就是这样，它存在于叙述和言说之中，后人对历史的不断叙述和言说，总会流露出某些新意。

为了探索盛唐兴废的足迹，元稹选择了一个怀古的叙事角度。他专门造访过一些行宫，以抚今思昔的方式探索唐王朝的兴废，《连昌宫词》偏重叙事，《行宫》偏重抒情，感受方式、表达方式不同，却同样具有怀古的思想深度。

元稹与白居易过从甚密，唱和亦多，时称“元白”。《唐才子传》说：“微之（元稹字）与白乐天最密，虽骨肉未至。爱慕之情，可欺金石；千里神交，若合符契；唱和之多，毋逾二公者。”这里有一个例子。元和十年（815），白居易贬江州司马，元稹写诗《闻乐天授江州司马》：

残灯无焰影幢幢，此夕闻君谪九江。
垂死病中惊坐起，暗风吹雨入寒窗。

元稹病中闻白居易遭贬，震惊地坐起写诗，寒风苦雨敲打窗棂，灯影飘忽似有鬼吹，情境十分凄惶，感情则十分浓烈。白居易收到诗稿，写了《与微之书》：“平生故人，去我万里；瞥然尘念，此际暂生。余习所牵，便成之韵：‘忆昔封书与君夜，金銮殿后欲明天。今夜封书在何处？庐山庵里晓灯前。笼鸟槛猿俱未死，人间相见是何年？’微之！微之！此夕我心，君知之乎？”深夜回信，感慨万千。白居易说，当年写信给你，是在金銮殿后准备上朝的时候；今天写信是在庐山破庙里晓灯前。笼子里的鸟、栅栏里的猴虽然没有死，但要相见却不知何年何月！正如《唐才子传》所说，二人友谊情同骨肉，坚如磐石。后来白居易任杭州、苏州刺史，唱和更加频繁，常以竹筒递诗，传为美谈。两人唱和诗编成《因继集》，白居易写序说：“曩昔唱酬，近来因继，已十六卷，凡千余首矣。”从前诗歌应和，近来继续酬唱，文学史上“元白”并称，成为佳话。

闺情仕意：朱庆余

有首细腻委婉、柔美甜蜜的诗，它是爱情诗吗？

洞房昨夜停红烛，待晓堂前拜舅姑。
妆罢低声问夫婿，画眉深浅入时无？

洞房的红蜡烛明明灭灭地跳动了半夜，新郎新娘享受着新婚的甜美，天快明了要去拜见公公婆婆。新娘镜前仔细敷粉描眉，插花着钿，打扮停当，回过头来轻声问身后的丈夫：我这样画眉合乎时尚吗？诗中展现出一个温柔美丽的新娘，一个生动活泼的画面，一个甜蜜幸福的时刻。在这里，既有新娘的娇羞，又有美女的骄傲，既有媳妇的孝敬，又有获宠的期待，新媳妇复杂而美好的心理活脱脱地传达出来。它荡漾着新婚的幸福和温馨，充满了生活的情趣，人们把它当作爱情诗来读并不奇怪。但它不是爱情诗。

这首诗的作者朱庆余，两《唐书》无传，可见他不是诗坛、政坛的显赫人物。后人编纂《全唐诗》，辑录诗歌 5 万余首，诗人两千余位，朱庆余的诗也寥寥无几，而《唐诗三百首》这个精选本，还是选录了他的这首诗，足见这首诗有独到之处。

朱庆余人生没有大红大紫，宝历二年(826)他考中进士，做过校书郎,后仕途很不得意,与贾岛、张籍等一帮落拓诗人浪迹繁华的都城。张籍做水部郎中,欣赏他的诗歌,推荐他参加科考,他甚是感谢,写了上面那首诗,题目是《闺意献张水部》。诗是献给张籍的,显然不是表达爱情,而以“闺意”为题“王顾左右而言他”。此诗献给张籍,请求张籍推荐自己。朱庆余谦称自己初出茅庐,比作刚刚出嫁的新媳妇,这样的梳妆打扮,能够讨得公婆的喜欢吗?朱庆余精心写了一首诗,用隐喻的手法表示“丑媳妇也要见公婆”。不过这媳妇并不丑,那精细的描眉画眼,那温柔娇媚的情态,那含蓄俏皮的话语,完全是一个聪颖贤惠好媳妇。这首诗也是好诗。

范摅《云溪友议》说:“朱庆余校书既遇水部郎中张籍知音,遍索庆余新制篇什数通,吟改后,只留二十六章,水部置于怀抱而推赞之。清列以张公重名,无不缮录讽咏,遂登科第。朱君尚为谦退,作《闺意》一篇以献张公。公明其进退,亦和焉。……张籍郎中酬曰:‘越女新妆出镜心,自知明艳更沉吟。齐纨未足人间贵,一曲菱歌抵万金。’朱公才学,因张公一诗,名流海内矣。”看来“洞房昨夜停红烛”一诗,确系以闺意表达仕情的作品。

张籍在士人中很有名望,人们纷纷抄录自己的诗篇给他,请求得到他的推荐。朱庆余也是如此。张籍将朱庆余的诗选了二十六章,予以推荐。朱庆余写了这首“闺意”,表达对张籍的敬重,又显示自己的谦虚。由于诗写得好,激起了张籍的诗情与想象,他也回了一首,同样精彩。张籍说:越女对镜新妆罢,自知明艳更沉吟。齐国织的丝绸不足珍贵,一曲对镜梳妆的歌能抵万金。有张籍回赠的诗歌,朱庆余的诗传播得更加广泛了。

“一曲菱歌抵万金”,成为诗坛一段佳话。不仅因为张籍的名气与和诗,朱庆余的诗也确实写得巧妙。一则比喻恰切。以公婆为喻体,暗示以自己的诗篇请教前辈,本意被巧妙地隐藏在喻体之内,十分新颖。

二则细节生动。洞房的喜庆气氛，新娘的精心打扮，温柔娇羞的问话，表现得精妙传神，丝丝入扣。菱花即镜子，朱庆余深谙艺术镜像反射的表现特征，唱出的“菱歌”也就特别委婉动人。

这样细腻委婉的情致，使人想到孕育他的优美山水。朱庆余是越州（浙江）人，苏杭地区水波潋滟，女人娇娜，生长于斯的诗人也风流多情，委婉有致。朱庆余的另一首《宫词》也是如此：

寂寂花时闭院门，美人相并立琼轩。
含情欲说宫中事，鹦鹉前头不敢言。

这又是一首《宫词》，它和元稹的《宫词》不同，一个苍凉悲怆，一个花红柳绿，但诗意的内涵却一样令人心酸。朱庆余的《宫词》是春色衬托下的宫女悲情图：深宫后院，池水清幽，回廊曲折，花红柳绿，宫女并肩手扶栏杆，既有良辰美景，又有美人闲情，传达出来的却是宫女的悲情：宫门紧锁，宫女寂寞，越是春光灿烂，越无法排遣孤独的春情；想倾诉孤独寂寞的幽怨，又害怕头上的鹦鹉学舌，传到皇上那里去。这首诗同样是“菱花”折射的构思，以“鹦鹉前头不敢言”，不言寂寞，更加寂寞，欲说还休，苦情无休。艺术表现需要含蓄，而不喜欢说尽，含蓄的表达一以当十。后宫嫔妃之苦各种各样，春情苦闷更是难以言说。既然无法说尽，想极尽表现，也费力不讨好，不如另辟蹊径，欲说还休。朱庆余采取了一个巧妙的办法，在不懂人事、只会学舌的鹦鹉面前，欲说还休，构思精巧，细节生动。《宫词》本来是唐代诗歌的一个老题材，这篇《宫词》思想上也没有新奇之处，只因为巧妙的构思被人们记住。独特的构思使人们记住这些诗，记住朱庆余，这是文学表现的魅力。

弱身蹇驴：李贺

中唐有一位怪诗人，长长的指甲，瘦弱的身体，再加骑一头瘦骨伶仃的驴，口中念念有词，人们以为他是疯子。这人便是李贺，他以诗的怪异称雄于当时，也称雄于后世。

李贺之怪，也不是天生铸就。生逢乱世，仕途无望，他只好骑着瘦驴乱走。李贺字长吉，生活的贞元、元和年间，帝王昏聩，宦官专权，藩镇割据，政治混乱，再加上避讳父名，不能考进士，只好浪迹闾里。

李贺是李氏皇族，他的父亲名晋肃，与进士谐音，于是有人告李贺，说他应该避父讳，不能中进士。韩愈为此还作过一篇《讳辩》。韩愈在《讳辩》中说，“贺举进士有名，与贺争名者毁之曰：‘贺父名晋肃，贺不举进士为是，劝之举者为非。’听者不察也，和而唱之，同然一辞。皇甫湜曰：‘若不明白，子与贺且得罪。’愈曰：‘然。’”李贺本来已经进入录取名单了，和李贺竞争的人众口一词说进士与晋肃谐音，李贺不能取为进士，否则便是对父亲的不恭。韩愈为之辩解，反对的人说，那样你与李贺同罪，韩愈只好认可。仕途上的竞争太残酷了，同科进士为争名额竟然想出个避讳的理由，连当时礼部大员韩愈都无法阻挡。李贺丧失了前程，也丧失了信心。因为他是皇族出身，给了个太常寺协律郎的小官，为宫廷祭祀时的歌舞整理乐曲。

韩愈不是不欣赏李贺的才华。李贺七岁就能写诗作文，名动京师。

拿到他的诗文，韩愈、皇甫湜不相信是小孩作的，说，若是古人，咱可能见不到；若是今人，哪有不见见的道理。于是到了李贺的家。李贺扎着小抓髻出来，一股孩子气。韩愈给他出题写诗，李贺提笔思索了一下，瞬间写成。韩愈、皇甫湜为他束发：你年纪虽小，但已经成年了。

一个小神童不能通过科举走上仕途，命运遭遇重大打击，成了怪僻儿。李商隐赞赏李贺，作《李贺小传》。李商隐这样描写他："长吉细瘦，通眉，长指爪，能苦吟疾书。每旦日出，与诸公游，未尝得题然后为诗，如他人思量牵合以及程限为意。恒从小奚奴，骑距驴，背一古破锦囊，遇有所得，即书投囊中。及暮归，太夫人使婢受囊出之，见所书多，辄曰：'是儿要当呕出心乃已尔！'上灯，与食，长吉从婢取书，研墨叠纸足成之，投他囊中。非大醉及吊丧日，率如此，过亦不复省。"诗人描写诗人，既形象鲜明，又理解创作过程。李商隐说李贺，身材细瘦羸弱，指甲长长的，眉毛连在一起，这样的人心事重。他写诗苦吟疾书，数量也比较多。他不像其他诗人那样，交游的时候，出一个题目，大家一同作诗。他反对命题作文，不屑步人后尘。他坚持作诗必须有自己的发现，意必心得，言必己出，不搞官样文章，不作应景诗歌。这一点符合文学创作的要求——有自己的独特发现和感受。要做到这一点，必须深入生活，在生活中发现诗。他常带一个小书童，骑一头蹇驴，背一个锦囊，到处游走，发现诗意赶紧写下来投入囊中。天黑回家，他母亲叫奴婢接过锦囊，看见写了那么多纸条，心疼地说，我这个儿啊，非要把心吐出来才算完事！点上灯，吃过饭，李贺取出他路上记下的诗意，研墨展纸，扩充成诗。李贺就这样苦苦寻诗。但是，李贺的苦吟不同于贾岛，贾岛重雕章琢句，李贺重生活发现。李贺以自己的情感撞击生活，发现诗意赶紧记录下来，回家充实成篇，既然有了诗意的灵魂，文辞也不做太多修改。他是燃烧着自己的生命情感去作诗。李贺就这样呕心沥血写诗，年事不长，仅活了27岁，却留下240多首诗。

李贺当的太常寺协律郎，是个在庙堂里管祭祀音乐的小官。他精通音乐，对音乐有着惊人的感受力和想象力，《李凭箜篌引》就是一首描写音乐的诗：

吴丝蜀桐张高秋，空山凝云颓不流。江娥啼竹素女愁，李凭中国弹箜篌。

昆山玉碎凤凰叫，芙蓉泣露香兰笑。十二门前融冷光，二十三丝动紫皇。

女娲炼石补天处，石破天惊逗秋雨。梦入神山教神妪，老鱼跳波瘦蛟舞。

吴质不眠倚桂树，露脚斜飞湿寒兔。

箜篌是古代一种弹拨的弦乐器，类似古筝，丝、桐是它的制作原料，“吴丝蜀桐”就指代为箜篌。吴丝蜀桐在深秋的天气里弹奏起来，空山的流云也凝滞不动了，真如《列子》所说的“秦青抚节悲歌，响遏行云”。湘江的神女也曾在江边弹琴，李凭在中原弹起箜篌，勾起她情思悲切，热泪飞洒。箜篌的声音像是昆山玉碎，凤凰鸣叫，让芙蓉花哭得满身泪珠，让香兰花笑得娇娜妩媚，让长安十二城门阳光灿烂，让天上的玉皇开怀畅饮。在女娲炼石补天的地方，引起石破天惊的大雨。李凭精于弹奏，曾经梦里进入神山教神女歌舞，又曾进入大海令龙腾鱼跃。月宫的吴刚也彻夜不眠，斜倚着桂树，让露水打湿自己和身边的玉兔。

声音是无形的，但李贺充分发挥想象，用有形的事物表现无形的声音：雨骤、云凝、花哭、鸟叫、龙舞、鱼跃，天上地下无所不至，神女仙宫无所不达，音乐真正到了惊天地泣鬼神的地步。这是李凭弹琴艺术的高超，更是李贺诗歌艺术的高超。李贺充分利用想象、联想，使天上地下的神奇事物都为音乐起舞、动容，这靠的是深厚的艺术素养，非如此不能对音乐有这样的神奇感受和理解，非如此不能有这样奇诡的想象和夸张。诗歌的想象常常超越感觉形态的限制，形成通感，即感官司职的沟通。李贺这首诗就运用了通感，将诉诸听觉的音乐，用视觉、触觉、嗅觉等感觉形态表现，达到丰富想象的效果。

如果说描写音乐演奏的诗歌容易激发艺术想象，描写现实生活的诗歌将如何发挥想象呢？李贺也同样有所创造。请看《雁门太守行》：

黑云压城城欲摧，甲光向日金鳞开。角声满天秋色里，塞上燕脂凝夜紫。

半卷红旗临易水，霜重鼓声寒不起。报君黄金台上意，提携玉龙为君死。

《雁门太守行》是乐府旧题，李贺的诗也只能是一首拟边塞诗。他描写边塞的长官横刀跃马，神采飞扬。战事临近，黑云压城，甲光如同鱼鳞闪烁，秋色如同胭脂涂抹，角声震撼秋野，晚霞凝成血色；易水边上旌旗因为秋寒飘动不起，鼓声也因霜重特别沉闷。大战之前乌云压境，戍边将军却从容镇定，身负圣命皇恩，手提玉龙宝剑，准备为君战死。李贺未经沙场，战场的气氛表现得热烈凝重，靠的是充分的想象。

未经沙场的文人，知道笔墨的纤弱，是不敌军士的一刀一戈的。李贺也意识到这一点，《南园》之二是这样写的：

寻章摘句老雕虫，晓月当帘挂玉弓。
不见年年辽海上，文章何处哭秋风？

一个文人要写沙场征战，只能当个寻章摘句的老雕虫，把透过帘子的月亮当作玉弓，尽管想象奇特，说得头头是道，但到沙场上没人买账。没经历辽东战场的反复厮杀，谁信宋玉悲秋那样的无病呻吟！这是诗人的自省，也道出李贺创作的弱点：缺少生活实际，也就缺少凝重分量。李贺的诗歌，虽然刻意追求想象奇特，形象超拔，但读之总觉得“隔”，即有些奇诡，让人难以进入他的诗歌境界，原因是他与现实生活有距离，读者也难以有共同的生活感受。这自然不能与李白、杜甫相比，也难以与韩、柳、元、白相抗衡。

这是一种创作的苦闷，李贺也许已经感觉到了。他有组诗《昌谷北园新笋》，其二说：

斫取青光写楚辞，腻香春粉黑离离。
无情有恨何人见？露压烟啼千万枝。

昌谷是李贺居住的福昌县（今河南宜阳）的昌谷乡。北园有竹，竹发新笋，在造纸技术尚不发达的古代，人们常常剥取竹笋的壳写字。“斫取青光写楚辞”，即效法屈原剥取竹皮呕心沥血地进行写作，竹皮还带着幽香带着黑粉，自己的作品也是这样暗含幽香。可是尽管自己投入那么多血肉情感，谁能理解呢？白白像竹子那样，千枝万条被露压烟罩在暗中哭泣。面对故园绿竹，李贺道出了创作的苦闷。

李贺呕心沥血进行写作，也想写出伟大作品，但总是难以被人理解，他意识到这一点，觉得自己徒然向隅而泣，很是可悲。是的，李贺的冥思苦想，搜奇追异，不仅伤神，而且伤身，但要获得广大读者的共鸣，必须有与读者生活贴近的共同的“兴奋点”。李贺生活贫乏，在个人的天地里苦苦思虑，诗歌自然缺少白居易那样的生活内容，也自然缺少妇孺皆知的读者效应。在赞赏李贺的诗艺追求的时候，也不能不看到李贺诗歌脱离生活的弊病，这正是他的诗歌怪异、难于理解的原因。

李贺就这样弱身蹇驴，踽踽独行，怀着不被理解的苦闷走完短促的一生。李商隐的《李贺小传》记载了诗人临终的情景。李贺说，我 20 年不得意，一生愁苦，去如梧桐落叶一样，秋风一来，飒飒飘落。说着这些，他病情突然严重了。大白天恍惚中见一个穿紫红衣服的人驾着虬龙从天上飘然而下，手持笏板，上边写着古怪的文字。他对李贺说：天帝新建成白玉楼，召你去作一篇玉楼记，马上就走。李贺叩头辞谢，说我还有老母有病在堂，不能前往。那人说，天上比人间要欢乐一些，不苦，你跟我走吧。守候李贺的人只见他独自饮泣，一会便断了气。他住的房间的窗户，飘出袅袅的烟气，又隐隐听到车马之声。身边的人哭了起来，老夫人制止大家。过了像平时烧火做顿饭的时间，李贺再没有苏醒，就这样溘然长逝。

是神话？是迷信？不如说是民间的艺术创造。民间人士没有那么“唯物主义”，他们相信某种神秘力量，实际是对社会人生的一种“艺术概括”，它是超现实的，又是很现实的。李贺被神仙召唤升天的故事正是他人生的归宿，有祝福，也有无奈。人生元本一首诗，李贺的人生也只能是这样的。诗人理解诗人，李商隐将李贺的归宿神话化，民间将李贺的离世迷信化，都是李贺现实人生的艺术化。李贺怀才不遇，郁郁寡欢，只能到天堂上发挥自己的才能，他被天神召走了。这是李贺家人的希望，也是李贺自己的感觉，不管怎样它表达了李贺的生存状态，也表达了李商隐对诗人的理解。正值青春年华的李贺，显然不愿意离开人世，面对天神的召唤，既向往，又凄苦，只好无奈地跟着走了；老母不愿意承认他死，只能以升天来宽慰自己，民间的价值观念认可这个人间神话。对于一个生不得意的天才，这是一个“合理”结局，也是一个无可奈何的悲剧。李贺这个有着卓越诗才而又无法融入社会的人，必然期待到另一个世界施展才能，但这只是奇诡的想象而已。李贺作为梧桐落叶，轻轻飘零了，留给我们的是无尽的遐思。一个诗人，自己应该植根于社会之中，社会也应该为他提供丰厚的土壤，否则只能是一棵短命的小树，早早地枯萎了。李贺以瘦弱之身，骑着一头瘸驴，走了人生不长的路程。

山川怀古：杜牧(一)

远上寒山石径斜，白云生处有人家。
停车坐爱枫林晚，霜叶红于二月花。

还是在中学的时候，上美术课，老师在黑板上写下这首诗，让我们画画。看着诗，一幅意境深幽、层次丰富、色彩明丽、情趣优雅的国画就出现在面前。杜牧的《山行》充分体现了中国古代诗歌"诗中有画，画中有诗"的艺术特点。这首诗的作者杜牧，是一位善于描摹山川、在山川中发现诗意的诗人。

杜牧，字牧之，京兆万年人(今陕西西安)。出身于官宦世家，祖父杜佑是中唐时代的政治家、史学家。杜牧生在这样的官宦人家，自幼研读经史，颇有政治抱负，诗还是他的主要成就。

诗书继世的杜牧，少年即善属文，大和二年(828)考取进士，23岁便以《阿房宫赋》名动京师。《唐摭言》记载说："崔郾侍郎既拜命，于东都试举人，三署公卿皆祖于长乐传舍，冠盖之盛，罕有加矣。时吴武陵任太学博士，策蹇而至。郾闻其来，微讶之，乃离席与言。武陵曰：'侍郎以峻德伟望，为明天子选才俊，武陵敢不薄施尘露。向者偶见太学生十数辈，扬眉抵掌，读一卷文书，就而观之，乃进士杜牧《阿房宫赋》。若其人，真王佐才也。侍郎官重，必恐未暇披览。'于是搢笏朗宣一遍。郾大奇之。武陵曰：'请侍郎与头状。'郾曰：'已有人。'曰：'不得已，即第五人。'郾未遑对。武陵曰：'不尔，即请此赋。'郾应声曰：'敬依所教。'即席，白诸公曰：'适吴太学以第五人见惠。'或曰：'为谁？'曰：'杜牧。'众中有以牧不拘细行间之者。郾曰：'已许吴君。牧虽屠沽，不能易也。'"故事说的是，礼部侍郎崔郾于东都洛阳选进士，礼部、吏部、刑部三司官员会聚于长乐馆舍，商讨录取名单。这天车马拥塞大路，礼仪盛况空前。有个太学博士叫吴武陵，骑着一匹瘦马来了，要见考官。崔郾有些惊讶，就离开座位跟他谈话。吴博士说，侍郎以高尚的道德威望替圣明的天子选拔人才，我敢不尽绵薄之力！前些天偶然见到十来个太学生凑在一块，诵读一篇文章，个个扬眉击节，兴奋异常。我近前一看，乃本科进士杜牧的《阿房宫赋》。这个人啊，真是朝廷的辅佐人才。侍郎位重事多，恐怕无暇阅读此文。于是吴武陵就捧着笏板朗诵了一遍。崔郾也大为惊叹。吴武陵说，请求侍郎给他个头名。崔郾说，已经选中一人了。吴武陵又说，那就给他第五名吧。崔郾还没有来得及回答，吴武陵说，不这样，我收回这篇赋。崔郾说，就依你说的办。崔郾回到主考官的座位上对与会的官员说，刚才吴太学向我推荐了个第五名的人选。有人问，谁呀？回答说，杜牧。参加会试的官员有人指责杜牧生活作风不好，崔郾说，我已经答应吴太学了。杜牧虽然有些生活细节不够检点，也不必换人了。就这样杜牧中了第五名。太学博士吴武陵，也成了推荐人才的典范。

《阿房宫赋》确实显示了杜牧意气风发，英才逼人。文章开头就气势非凡："六王毕，四海一。蜀山兀，阿房出。覆压三百余里，隔离天日。骊山北构而西折，直走咸阳。二川溶溶，流入宫墙。"以撼天动地的气势写出秦王统一中国的伟业，也写出咸阳秦宫的险峻地势。接着便铺陈阿房宫建筑的宏大、豪华，达到"一日之内，一宫之间，而气候不齐"的地步。宫内嫔妃生活更加奢侈：

明星荧荧，开窗镜也；绿云扰扰，梳晓鬟也；渭流涨腻，弃脂水也；烟斜雾横，焚椒兰也；雷霆乍惊，宫车过也；辘辘远听，杳不知其所之也。一肌一容，尽态极妍，缦立远视，而望幸焉；有不见者，三十六年。燕赵之收藏，韩魏之经营，齐楚之精英，几世几年，摽掠其人，倚叠如山；一旦不能有，输来其间；鼎铛玉石，金块珠砾，弃掷逦迤，秦人视之，亦不甚惜。

青年杜牧，意气风发，激情澎湃，指点江山，激扬文字。他极尽铺陈、夸张之能事，写秦始皇宫藏天下之美人，梳妆打扮，飘香流脂，致使江河横溢，天地变色；掠夺六国之珍宝，堆积如山，弃之遍地。美人极尽娇媚艳态，瞩望宠幸；财宝堆积弃置遍地，不加珍惜。正是这种穷奢极欲，导致自身的灭亡。《阿房宫赋》最后笔锋一转，点出题旨：

呜呼！灭六国者，六国也，非秦也；族秦者，秦也，非天下也。嗟乎！使六国各爱其人，则足以拒秦。使秦复爱六国之人，则递三世可至万世而为君，谁得而族灭也？秦人不暇自哀，而后人哀之；后人哀之而不鉴之，亦使后人而复哀后人也。

年轻杜牧评点历史，议论国事，大有指点江山的气派：王朝的灭亡是自身造成的！国君不勤政爱民，而搜刮民财、穷奢极欲，必定要招致百姓的怨愤、他国的攻击，而自取灭亡。这是历史教训，“灭六国者，六国也，非秦也；族秦者，秦也，非天下也”也便成为警策的名句。这就难怪这篇文章在太学生中争相传诵，也难怪太学博士吴武陵称他有王佐之才。杜牧在这里，发挥了儒家勤政爱民、朴实尚俭的政治思想，认为这是立国之本，警示统治者不要骄奢淫逸，否则便自取灭亡。《阿房宫赋》既显示了杜牧的诗才，也显示了杜牧的史才，奠定了他的创作基调。

诗人而有史识，便有怀古佳作。诗人的眼光，使他对景物有所发现；史家的见识，使他对史实有所感发。《阿房宫赋》开了杜牧怀古诗文的先河。它以“楚人一炬，可怜焦土”的阿房宫为对象，思考历史，总结教训，发出感慨，又充分铺陈，塑造形象，虽然是赋，完全合乎怀古诗歌的特点。《阿房宫赋》表明了杜牧饱读诗书、关心政治的品格，以后他游历山川，每有所感，即抚今思夕，写出怀古诗篇。怀古诗成为杜牧诗歌成就的一个重要侧面。

请看《赤壁》：

折戟沉沙铁未销，自将磨洗认前朝。
东风不与周郎便，铜雀春深锁二乔。

赤壁之战是重要的历史事件，孙策联合刘备火烧战船，以少胜多，奠定了魏、蜀、吴三国鼎立的局面。杜牧到了古战场赤壁，寻找当年战争的遗迹，“折戟沉沙铁未销”，一草一木、一铁一石都引起他无限的遐想。“自将磨洗认前朝”，他穿越时间和空间，从一事一物中思考前朝的成败。杜牧承认历史的偶然性：假如不是诸葛亮借东风帮助周瑜烧了曹操的战船，恐怕大乔、小乔早已被曹操关进铜雀台了。大乔、小乔是吴国的绝色美女，分别嫁给孙策、周瑜。史传，曹操修铜雀台，搜罗天下美女，但赤壁之战并非为获取二乔而起，杜牧以人物（二乔）的命运言说战争的结局，符合艺术的形象思维特点。

《赤壁》的巨大影响还来自诗歌本身。开头一句有金戈铁马、雄兵百万的宏伟气势，又有穿越时空、浓缩历史的巨大张力。第二句磨洗战场兵器的残片，有诗歌的形象表现，又有诗人的形象动作和主体情感。这样的怀古诗不是抽象地发议论，而是将现场物象和实地感受融入其中。这正符合诗歌的形象思维，因而也成为怀古诗的经典手法，折戟沉沙变为成语，成了历史变迁的诗意表达。

中国士人有研读经史的传统，它包含着儒家经世致用的精神，怀古诗也便成为古代诗歌的一个家族。但怀古诗因为背后有复杂的历史事件，又要表达深沉的历史感慨，往往流于空泛。即令杜甫的《八阵图》，虽然名传千古，也难免带有这样的弊病："功盖三分国，名成八阵图。江流石不转，遗恨失吞吴。"其中除了第三句形象鲜明之外，其他三句皆抽象叙事，发表感慨，这样的诗缺少艺术的形象魅力。杜牧的怀古诗力避空泛的毛病，他总是从眼前的一事一物出发，捕捉诗歌形象，又从一事一物出发，引出历史感慨，将思考具体化，将感慨形象化。

《题宣州开元寺水阁，阁下宛溪，夹溪居人》也是怀古诗，但其中有杜牧捕捉形象的敏锐发现，标题就列出三个事物，表明了诗歌形象思维的特点。具体的描写就更加生动，它不仅有景，而且有情，使诗歌形象丰富，感情深沉：

> 六朝文物草连空，天淡云闲古今同。鸟去鸟来山色里，人歌人哭水声中。
>
> 深秋帘幕千家雨，落日楼台一笛风。惆怅无因见范蠡，参差烟树五湖东。

宣州是南朝诗人谢朓做过太守的地方，自然会引起诗人许多联想，李白等不少诗人都在此留下诗篇。开元寺为宣州名胜，水阁临宛溪而建，夹溪而居的人家环境清幽，杜牧到此随即感受到它深幽的诗歌意境。他捕捉到这些形象，又不直接描写这些形象，而是将历史感慨灌注到形象之中，使之成为情境交融的诗歌意象。杜牧漫步在宣州开元寺，六朝（吴、东晋、宋、齐、梁、陈）迅速更迭，多少人物和史迹已经难以寻觅，只剩下碧草连天。今天的云天连着古代的云天，历史的兴废就在这里上演。鸟去鸟来带走了今天和往日的多少时光，人歌人哭落入水中成为期待人们打捞的历史陈迹，有心者只能在这些飞鸟和流水中读取往日的喧嚣和人生的悲欢。杜牧将古往今来融为一炉，沸腾着丰富的人生经验和历史知识。无限感慨却用眼前的景物来传达：深秋的细雨为千家万户挂上愁苦的帘幕，黄昏中的楼台传来凄惶的笛声。迷茫的意境传达着迷茫的情绪，它们用集密的意象表现出来，有声有色，有情有景。更值得感慨的是春秋时代的范蠡，他帮助越王勾践复国以后功成身退，隐没在五湖(泛指太湖，它有支湖、滆湖、洮湖、射湖、贵湖等五个小湖相连)朦胧山水中，也算是看透了社会政治：大凡帝王可与之共患难，难与之享尊荣。杜牧赞扬范蠡成就大业，又赞成范蠡隐逸山水，怀古诗成为人生态度的选择。这样的怀古诗，无一处不形象，无一处不感慨，将眼前景物与历史兴废熔于一炉，将历史经验与人生态度熔为一炉，超越时空的艺术描写达到炉火纯青的地步。怀古诗里我们看到这样一个诗人，他人生体验深刻，历史知识丰富，诗性感觉敏锐，他就是杜牧。

杜牧写怀古诗已经驾轻就熟，《泊秦淮》更被广为传诵：

> 烟笼寒水月笼沙，夜泊秦淮近酒家。
> 商女不知亡国恨，隔江犹唱后庭花。

秦淮河是南京的繁华之处，两岸布满了花棚柳巷，是商贾文人歌舞狎妓的地方。夜间的秦淮河就更加热闹奢靡了，红灯绿酒，歌舞琵琶，掩盖着多少狂热与放纵。杜牧来到这里，既享受了一把温柔富贵，又感慨于俗世生活与国家兴亡的巨大落差：那些纵情歌舞、放荡卖笑的妓女，哪里体会亡国之恨呢！也难怪这些歌妓了，荒唐的国君不也是如此吗！《后庭花》曲名，又称《玉树后庭花》，南唐亡国之君陈叔宝，沉溺声色，终日与歌女演唱《后庭花》，终至亡国。秦淮歌妓不知《后庭花》为亡国之曲，还风情万种、娇娇娜娜地唱着《后庭花》献媚。此诗对耽于享乐、奢侈淫靡的上层人物给予了强力讽刺和抨击，怀古的感慨很是强烈，但没有一句议论，完全是即时即景的描写，寄情于事，融理于象，形象的话语包含了深刻的见识，怀古诗真正实现了诗与史的完美统一。

有趣的是，杜牧在《阿房宫赋》《泊秦淮》等不少诗文中批判荒淫、奢侈，他自己又是一个沉迷于歌舞、狎妓生活的人，这里有多少人性、伦理、社会、政治的问题需要思考，我们将在下一篇《青楼薄幸》中再说。

青楼薄幸：杜牧（二）

杜牧在《阿房宫赋》中指斥皇帝骄奢淫逸导致自身灭亡，在《泊秦淮》中指斥官吏、妓女不思亡国之恨犹唱亡国之曲，可是轮到他自己，也照样青楼狎妓，放浪形骸。

杜牧 23 岁考进士时，吴武陵以《阿房宫赋》推荐他上榜，就有人以“牧不拘细行”予以反对。“不拘细行”，就是不拘小节，生活作风不好，杜牧后来当了官，更是没有节制。《唐才子传》说：“牧美容姿，好歌舞，风情颇张，不能自遏。时淮南称繁盛，不减京华，且多名姬绝色，牧恣心赏，牛相收街吏报杜书记平安帖子至盈箧。”

《太平广记》对此做了更详细的记述：杜牧少年倜傥，舒野放荡。丞相牛僧儒镇守扬州，杜牧在牛僧儒幕府任推官，转掌书记。杜牧除了处理公事之外，就是宴游狎妓。扬州，是个繁华都市，每至傍晚，娼楼之上红灯高挂，罗列空中，多达万盏。九里长街珠翠满目，美女如云。杜牧行走于其间，流连忘返。牛僧儒怕他出事，选派戍卒 30 人，换上便服悄悄跟在他后面保护，这是丞相的秘密安排。杜牧狎妓以为人所不知，甚是得意。所至成欢，无不惬意，如是数年。等到杜牧升官拜侍御史，牛僧儒于中堂饯行，劝他说，侍御史意气风发，志向高远，自是前途无量，可是我常常担心你风情不节，会招致你身体乖和。杜牧辩解说，某庆幸尚能检点自守，不至于像丞相担忧的那样。牛僧儒笑而不答，命侍从取来一个竹书箱，当着杜牧的面打开，里边都是戍卒的密报。上面写着，某月某天晚上，杜书记夜宿某家，无恙；某月某天晚上，杜书记在某家歌舞饮宴。这样的小条有几百张。杜牧看了，惭愧不已，躬身下拜，表示终身感谢丞相爱护。这件事在唐代笔记野史中多有记载，虽有学者考证辩诬，恐怕是道学观念作怪。杜牧也写诗《遣怀》自述：

落魄江湖载酒行，楚腰纤细掌中轻。
十年一觉扬州梦，赢得青楼薄幸名。

杜牧后来这样回顾自己的生活。没有做上什么高官，总觉自己是“落魄江湖”，于是便歌舞饮宴，狎妓浪游。“楚王好细腰，宫中多饿死”（《后汉书·马廖传》），人们以细腰为美，杜牧将细腰的歌妓玩弄于股掌之间，恣情享乐。杜牧说，扬州十年为官，做了一场温柔香艳的美梦，落得一个青楼妓馆浮浪薄幸的名声。杜牧不回避他歌舞狎妓的生活，《唐诗三百首》对这首诗的“作意”这样解释：“这是牧之繁华梦醒忏悔艳游的诗。”承认事实，但何止是忏悔，是怀念，是欣赏。《遣怀》既排遣自己的忧烦，又回味自己的香艳，诗句里流露着潇洒自得。杜牧的一生就是在温柔香艳中度过的，《唐才子传》给他的结论是：“风情颇张，不能自遏。”

杜牧的《樊川别集》有首《兵部尚书席上作》，就是他风情不能自遏的记述：

华堂今日绮筵开，谁唤分司御史来？
忽发狂言惊四座，两行红袖一时回。

孟棨《本事诗》记述了这首诗背后的故事：杜牧作为侍御史，分管洛阳监察事务。兵部尚书李愿辞去军务在家闲居，让歌妓在庭前演出，招待洛阳名士。唐朝私人蓄养歌妓成为风气，官僚、贵族都以蓄养歌妓为荣，李愿蓄养的歌妓在当时数第一。李愿在家中歌舞饮宴，请文人官吏一同观赏，因为杜牧风流放诞，没有约束，一直不敢请他。这天李愿又大张宴席，杜牧悄悄让其他与会人士转达他愿意参加盛会的意思，李愿迫不得已，补发了邀请书。大家正喝得淋漓酣畅，杜牧赶来。歌妓肢体袅娜，翩翩起舞，杜牧已经心醉神迷。他满饮了三杯，便问李愿：听说有个叫紫云的，是哪个？李愿指给他。杜牧凝视良久，之后说，名不虚传，能不能惠赠与我消受。李愿低下身子笑了。众歌妓见杜牧张狂，也都回过头去窃笑，赶紧下场逃避了。这就是“忽发狂言惊四座，两行红袖一时回”。杜牧并不脸红，反倒起而朗诵了上面这首诗。杜牧就这样狂放不羁，不加约束。

杜牧还有一首《赠别》诗，说的是自己的故事：

娉娉嫋嫋十三余，豆蔻梢头二月初。
春风十里扬州路，卷上竹帘总不如。

一个13岁的少女婷婷袅袅，像初春的豆蔻花开在枝头。歌舞繁华的扬州十里长街，那些歌厅妓馆卷起竹帘任你选美，总没有一个像这个女孩儿那样动人的。他写诗《赠别》暗自抒发对这个女孩的怀恋，此中还有一段曲折的爱情故事。

杜牧任侍御史巡行江南，听说吴兴一带出美女，宛若天仙。他来到吴兴，想搜奇猎艳。杜牧既是朝官，又负诗名，当地官员盛情接待，尽量满足他的意愿。让他看官妓，杜牧说，善则善矣，然而与所传名实不符。又让他看私妓，杜牧说，美则美矣，然而未见到一个称心的。杜牧准备走，地方官员说，使君还有什么要求。杜牧说，乘上彩船，沿途纵览，若能赏心悦目，我就没有什么遗憾了。于是地方官员选择了一个好日子，准备了一艘有戏楼的大船，张灯结彩，鼓乐齐鸣，吸引沿路人们观看。两岸挤满人，像过节一样，杜牧乘船肆意搜寻，竟没有看到一个满意的。快到天黑人散了，杜牧看到河流拐弯处，有个妇女带个女孩儿，年纪似未成熟，却天真稚气，清雅可人。杜牧感叹道，真是奇色啊！于是命人把母女俩接到彩船上。母女见到官家，很是害怕。杜牧说，今天不强留你们，期待以后收纳。杜牧叫人搬来一筐绸缎，送给母亲作为聘礼。女孩的母亲说，接受了你的聘礼，就不能接受别人求婚了，岂不耽误了我家孩子吗？杜牧说，不要紧，我今乘船西去，请求朝廷派我到这里来当官。你等我十年，要是我不来你再让她出嫁。于是取来纸笔，写下这个约定，乘船离去。杜牧到了京城，还常常想起这次艳遇。过了14年，杜牧出任湖州刺史，到任三天，他便派人寻找此女。没有想到，这个女孩已经嫁人三年了，还生了两个小孩。杜牧把母女二人叫来，责问她为何背弃约定。女孩的丈夫怕官家夺了他的老婆，也带了两个孩子赶来。杜牧说，你既然接受我的聘礼，为何食言？母亲取出当年杜牧写的约定说，上面明明写着待十年不来而后出嫁。如今十又过了三年，孩子都有两个了。杜牧取过旧时的书札，低头沉吟了半晌，说，你直言陈述是对的。他只好怅惘地又写了一首诗：

自是寻春去较迟，不须惆怅怨芳时。
狂风落尽深红色，绿树成荫子满枝。

杜牧14年以后，寻找心中的村姑，也算是个有情人。但有情人也往往难成眷属，何况他这样一个到处搜奇猎艳的风流官吏。皇上、官吏自有他们搜罗美女的权力，民间少男少女自有他们的爱情生活，将二者联系起来，就更耐人寻味。杜牧既狎妓，又到民间“选美”，可算得是风流才子，他相中农村少女并在14年后继续寻找，也算得是一段爱情佳话。这是从杜牧方面来说，不过还应从村姑方面来考虑。村姑最初见官，战战兢兢，无论当时被杜牧收养，还是因年幼暂时放回家，她对杜牧都不能说有爱情。倒是后来结婚生子，有了普通人和美的爱情生活。好在杜牧没有依仗权势，拆散这个家庭，掠走村姑，否则不仅是这对农村夫妇的悲剧，也是杜牧的悲剧。杜牧写诗，自悔“寻春”来迟，“惆怅”当初相爱，往日桃花已风吹满地，今日村姑已“绿树成荫子满枝”。杜牧也还算是有点儿“人味”，虽惆怅满怀，没有强占民女、破坏家庭。杜牧的风流倜傥“长盛不衰”，于此也可见一斑了。

这里便产生一个问题：在现实生活中，人人都可以产生爱情，处处都可能产生爱情，怎样的爱情才是合理的、幸福的？既然爱情是男女双方的事情，就不能只迁就一方。在男权社会中，恰恰只是男性做主，也形成了男性中心的价值判断。于是帝王天下选美、网罗女色可以通行无阻，官吏歌舞狎妓、搜奇猎艳被视为风流倜傥，这些都被认为是人性张扬，可有谁考虑被他们占有的女色一方呢？她们可曾有爱情、幸福，可曾舒展了人性？到了现代，女权主义文学强烈反对男性中心主义，可至今把女色作为玩赏对象的“美女经济”还大行其道，看来以男性为主的爱情观念、人性观念，还深深地潜藏在人们的意识之中。

杜牧在《阿房宫赋》中猛烈抨击帝王荒淫无道，自取灭亡，在《泊秦淮》中强烈讽刺官宦歌舞狎妓，荒淫误国，到了他自己，怎么也走这条道路呢？或曰：人性。不错，食色性也，这点连孔夫子都承认。杜牧倒是不受封建礼教的束缚，放荡不羁，纵情声色，在唐代也没有那么多束缚，官宦人家蓄养私妓是常有的事。问题在于，这就是合理的、正常的两性关系吗？这在男性来说是张扬了人性，可在女性来说呢，何尝不是一种性奴役、性占有！杜牧还算开明，没有强夺民妻（封建时代的权势者经常如此），但他刚当了一个侍御史、刺史，就遍搜当地美女，这和皇帝遍搜全国美女比，不过是小巫见大巫、五十步笑百步而已。杜牧既批判皇上的荒淫无道，又放纵自己的眠花宿柳，在“人性”问题上留下多少需要思考的问题?！是的，凡是需要思考的，人们几乎都思考过，于是出现了伦理、道德、法律等，从各种范畴规范两性关系，但权力(金钱的和官位的)是难以规范的。社会权力结构往往超越人性，造成许多悲剧，特别是女性的悲剧，于是制定法律约束。道德、伦理、法律仍不断被人性所突破，至今这仍是社会的难题。人性的解放还有很长的路，应该既包括男性的解放，也包括女性的解放。

杜牧也还是从男性中心主义出发。即使他对13岁村姑一见钟情，村姑真的会爱他吗？即使十年以后他娶了村姑，那就是美满的爱情与婚姻吗？爱情不是单方面的，杜牧却要强加于对方，自恃官高爵显就有这个权力。如果两性关系建立在一方对另一方的占有和统治上，那不是合乎人性的。杜牧狎妓，好像是解放了人性，但妓女制度是男权社会的产物，为了满足男性的要求，让无权、无钱的女性做出的牺牲，它不是平等的两性关系，因此很难说是合乎人性的。杜牧的诗歌也反映了这个现实。他去狎妓，看上了某个女性，就算是有了爱情吧；女方呢，只是献身，并无爱情，所以多情总被无情恼。他写了一首《赠别》，给无情的妓女：

多情却是总无情，唯觉樽前笑不成。
蜡烛有心还惜别，替人垂泪到天明。

歌厅妓馆，面面相对，却醉不成欢。杜牧有情，为啥总碰到妓女无情。杜牧搞不明白，他发牢骚了：“蜡烛有心还惜别，替人垂泪到天明”，你怎么对我就不动心不动情呢？

这是狎妓给杜牧的回答，也是“性自由”对人性的回答。看来怎样解放人性，还是今天应该思考的课题。

杜牧的《阿房宫赋》等诗赋写出了放纵人性、荒淫无度的危害，那是从社会历史层面来反映；杜牧的《遣怀》《赠别》等诗歌也写出了青楼狎妓、歌舞饮宴的放纵，那是从个人生活层面来反映。无论从社会层面来看，还是从个人层面来看，简单的性自由、性放纵并不能给人带来幸福和安乐。这是历史的回答，也是艺术的回答。

诗歌干盗：李涉

俗话说，秀才遇到兵，有理说不清。秀才遇到盗呢？不更有理说不清吗？可是偏偏秀才说服了盗贼，盗贼放过了秀才。谁更尊重文化？谁更理解文人？晚唐诗人李涉有这样一段故事。

文人与武夫产生矛盾，可能酿成悲剧，也可能化险为夷。这要看文人处理问题的方式，也要看武夫对待文化的态度，当然还决定于特殊的政治背景。总之，文人和武夫的性格、素养决定着事态的走向。晚唐诗人皮日休被起义军杀死了，李涉却受到土匪的礼遇免于一死。

李涉两《唐书》无传，事迹散见于《唐诗纪事》。李涉曾任太子通事舍人、太学博士。李涉被皇上选中给太子当老师，可见是个有学问的人。晚唐的动乱政治，使他浪迹南方，过着漂泊生活。他的七绝写得好，在人们口头上广为流传，因此颇具诗名。如他的《再宿武关》：

> 远别秦城万里游，乱山高飞下商州。
> 关门不锁寒溪水，一夜潺潺送客愁。

漂泊的诗人，出了咸阳城，南下秦岭。渐渐地已是群山压顶，树木葱茏了。关隘锁不住清冷的溪水，就像旅人的愁苦日夜长流。诗歌不是重大题材，行人思乡也曾被多人表现，但在李涉笔下明白畅达，意境幽深，特别是“关门不锁寒溪水，一夜潺潺送客愁”，比兴恰切，情思悠长，令人过目成诵。这样明白晓畅的诗，自然为老百姓所喜欢，李涉诗名远扬。

浪迹江淮的李涉，这天去看望他的弟弟。船走到九江皖口，忽然狂风大作，客船不由自主，撞到岸边。这时，船上跳上来好几十人，个个拿着刀枪棍棒，要实施抢劫。强盗们问，船上何人？随从答道，李涉李博士。为首的强盗说，是写诗的李博士吗？随从答道，正是。强盗态度马上和气下来：如果是他，我等不动他的金银布帛，只希望他赐诗一首。李涉说，一个落拓书生，也无甚金银财宝，只有枯笔一支，求诗何难，只是一首小诗不挡饥渴，能值几何！强盗首领说，枯笔一支，描尽世间万象，倾诉人生疾苦，比金银财宝珍贵多了。李涉听了甚是欣慰，竟有这样理解诗人的强盗，想必他们饱尝了太多的人间痛苦而无法倾诉，把希望寄托给诗人。李涉命人取来纸笔，立成七绝一首，记述当时的情景，表达自己的心情：

> 暮雨潇潇江上村，绿林豪客夜知闻。
> 他时不用藏姓名，世上如今半识君。

李涉把诗赠予强盗首领，强盗首领看了很是高兴，命人下船抬来酒肉，为李博士送行。李涉观察此人，见他神情不同于常人，虽然有着武夫的凶猛，但眉宇间也荡漾着江湖义气，便以礼相待。两人满饮三杯，盗贼拱手祝诗人一帆风顺，恭敬道别。

“他时不用藏姓名，世上如今半识君”，假如抛开个人的自诩，那可是诗人的幸运，秀才与武夫关系的一段佳话。如果握有枪杆子的强势一方，能够尊重握有笔杆子的弱势一方，一般地说，双方就能和谐相处。诗人们就可以坦荡地表明自己的身份，因为世上一半人知道还有诗人这个职业是值得尊重的。

李涉以诗干盗，强盗以礼相待，二者相安无事，《唐诗纪事》记载了这个故事，并视为佳话，为人所重，因为它记述了一种相当普遍的矛盾：秀才遇到兵，有理说不清。强盗一介武夫，杀人视如草芥，但李涉遇到的强盗能怜惜文人，珍视诗歌，甚是值得称道。有的权势者就不是如此了。如黄巢者，早年考过进士，也写过诗，造反得势后请诗人皮日休写谶语，不称己意，就把他杀了。这样对待文人，显然是滥用强权。秀才遇见这样的兵，自然是有理说不清了。

矛盾总是两方面的，从文人这边说呢，也要看看他的性格和素养了。

李涉是个淡泊功名、寄情山水的人。他自号清溪子，以示山水之志。《唐才子传》说："早岁客梁园，数逢乱兵，避地南来，乐佳山水，卜隐匡庐香炉峰下石洞间。尝养一白鹿，甚驯狎，因名所居白鹿洞。"李涉与其弟李渤，躲避兵乱，隐居庐山，在岩洞读书。他们养了一头白鹿，这鹿非常驯顺、亲人，他们过着仙人一般的生活。后来李渤当了官，任江州刺史，人称白鹿先生。李涉虽被人推荐为太子通事舍人，但因敢于直言，获罪放逐。中途遇赦，他写了一首诗，《硖石遇赦》：

天网初开释楚囚，残骸已废自知羞。
荷蓑不识人间事，归去沧江有钓舟。

李涉得罪皇上，遭到放逐，他看破红尘，无意为官，说自己老迈无用了，披张蓑衣不问人间世事，一叶扁舟在江上垂钓。李涉作为"大学教授"，太子老师，定居农村，放下架子，从事农耕，"营草堂，隐少室。身自耕耘，妾能织纴，稚子供渔樵。落拓生计，伶俜酒乡，罕交人事"（《唐才子传》）。他隐居在嵩山少室山中，男耕女织，儿子渔猎，过着恬淡的农家生活。他清心寡欲，无欲则刚，既不追求功名，也不贪恋财富。“赤膊条条任去留，丈夫于世何所求”，身内身外没有什么怕失去的，还怕什么强盗！这样的诗人遇事坦然处之，与强盗也能沟通，双方没有可以激化的矛盾，也就容易达成谅解。

李涉与世无争，后来信奉道教。妻子也信奉道教，而且要离家到道观中修行。对于夫妻来说，这不是死别，却是生离。分别那天，李涉写诗《送妻入道》：

人无回意似波澜，琴有离声为一弹。
纵使空门再相见，还如秋月水中看。

李涉的感情是复杂的。妻子决意入道，如同波澜前行去意已决，琴瑟夫妻难以割舍，今天再为你弹奏一支曲子算是告别吧。从今以后你进了空门，即使我们再相见，你已断绝尘念，我们俗道相隔，见你如同水中望月。李涉表达了这种生生别离之苦，但还是支持妻子入道。在李涉看来，天道胜于人道，我们都皈依了道教，那些儿女情长就忍心割舍了吧。李涉将此诗写在妻子给自己做的一件衣服上，赠予妻子。妻子托着它，滴下两滴泪水，狠狠心送还李涉，从此人道和神道永远相隔了。

连妻子都可以送入道观的人，还有什么世间功利不能抛弃！超凡脱俗以后，就能以平常心看平常事，盗贼、官宦、文人、百姓皆作平常人观，不慌不忙，无惊无险，化解了一场世间难以化解的矛盾。

爱情绝唱：李商隐(一)

相见时难别亦难，东风无力百花残。春蚕到死丝方尽，蜡炬成灰泪始干。

晓镜但愁云鬓改，夜吟应觉月光寒。蓬山此去无多路，青鸟殷勤为探看。

多么刻骨铭心的情感，多么奇异鲜明的形象，当人们无以表达自己的心情时，往往引用这些诗句，许多句子至今流传在人们口头上，这是李商隐的《无题》诗。李商隐写了不少无题诗，《无题》说的是什么，向来人们有不同看法。何焯注李商隐诗说："义山无题，不过自伤不遇，无聊怨题，此篇(按：指"重帏深下莫愁堂"，后面再做分析)乃直露本义。"此后不少人皆以为这些无题诗乃是政治不得意的曲折隐晦的排解。依我看，这些无题诗是爱情诗，而且是爱情的绝唱。

心中有深爱的人，不能相见，偶尔相见，别时更难，"东风无力百花残"便是别时无限痛苦的情态，既无力，又无奈。这种爱情如春蚕抽丝，如蜡烛燃烧，刻骨铭心，至死不渝，又那样因不能结合而烛泪长流，至死方休。天长日久，思念亟切，早晨对镜梳妆，白发又增加了几根，晚上望月吟诗，更觉有寒气袭人。生无缘相聚，只有祝福：你在不远的蓬莱仙山，我却无法前去探望，就让王母娘娘身边的神鸟多多照看你吧。相爱而不能相聚的痛苦，分离而又刻骨铭心的思念，只有在诗中倾诉，李商隐用一系列的隐喻形象将这种爱情传达到了极致。深刻的爱情体验，强烈的思念痛苦，使之成为爱情绝唱。

封建时代知识分子以入仕为生活理想，而爱情则受到漠视。以这种文化意识解诗，就把李商隐的无题诗看成仕途不得意的愁闷宣泄。但这些诗事事隐喻爱情，句句刻骨铭心，不是仕途失意所能体验到的那种情感。就以何焯所说的那首《无题》诗来看：

重帏深下莫愁堂，卧后清宵细细长。神女生涯原是梦，小姑居处本无郎。

风波不信菱枝弱，月露谁教桂叶香？直道相思了无益，未妨惆怅是清狂。

这是一个有爱人而不能相聚的少女的痛苦思念。清宵躺下久久不能入睡，走出重重帐帏，在深深的长夜里下得堂来独自徘徊。神女幽会襄王的美丽神话是少女的渴望，如今只能是个梦，爱你的人本来就不在你身边。你是一个柔弱的花枝，寒风偏偏要欺负你柔弱；月桂飘香送来幸福的滋味，又白白增加了思念的痛苦。常说相思没有用处，相爱到了发狂的地步，思念何尝不是一种幸福呢！哪怕轻狂地愁苦一夜，也是对爱情的咀嚼和享受。诗歌表现的同样是相爱而不得相聚的惆怅，无奈而执着的思念。

那个床头辗转反侧、庭院惆怅徘徊的纯真少女，也许就是李商隐的初恋。李商隐将一首一首《无题》诗暗自写给她，有十余首。李商隐和少女一样，有相爱而不能相聚的痛苦和思念：

飒飒东风细雨来，芙蓉塘外有轻雷。金蟾啮锁烧香入，玉虎牵丝汲井回。

贾氏窥帘韩掾少，宓妃留枕魏王才。春心莫共花争发，一寸相思一寸灰。

飒飒细雨本来已令人愁苦，轻雷偏偏敲打着池塘的荷花，风雨就这样摧残着爱情。诗歌句句应和着相思：香—相、丝—思，不仅音谐，而且境也谐：金蟾的香炉香烟袅袅，相思无尽；玉虎状的辘轳井绳悠长，汲不尽相思的苦水。古代有那么多的爱情故事：晋代韩寿貌美，贾充辟他为僚属(掾)，贾充的女儿帘后私窥，爱上韩寿，二人私通，后贾充将女儿嫁给韩寿，多么令人向往的结合！宓妃洛神与曹植的爱情人神两隔，却生死不渝。甄氏曾是袁绍的儿媳，为曹植所深爱，可是曹操却将她嫁给曹丕，是为宓妃。宓妃死后曹丕将她的遗物玉枕赠给曹植，更加重了曹植刻骨铭心的思念。曹植路经洛水，与化为洛水女神的宓妃相遇。洛神说，我本托心君王，其心不遂。玉枕是我的陪嫁，前与五官中郎将(曹丕)，今与君王，就算了却多年的思念吧。曹植听了惆怅无限，柔肠百结，写了《洛神赋》。这也许就是李商隐的爱情遭遇，他引入诗中，咀嚼着这刻骨铭心的爱，慰藉自己的情感。诗歌的表达入木三分：不要让爱情与春天的鲜花一起萌发吧，见到春天的鲜花相思更令肝肠寸断，燃烧成灰。爱情之深，相思之苦，还能有过于此！

有刻骨铭心的爱情，才有入木三分的诗句。《无题》就是这样的倾诉：

昨夜星辰昨夜风，画堂西畔桂堂东。身无彩凤双飞翼，心有灵犀一点通。

隔座送钩春酒暖，分曹射覆蜡灯红。嗟余听鼓应官去，走马兰台类转蓬。

官差算什么，俗务算什么，只有那爱永远值得品味。昨夜星辰之下，画堂西侧相会，情景留在眼前。少男少女在画堂前边游玩，华灯之下做送钩、猜谜的游戏。你端着一杯春酒送给我，我端着一杯春酒送给你，唇吻不能接触，心早已合在一起。这叫“身无彩凤双飞翼，心有灵犀一点通”，眼神的相撞，已经有了千言万语。虽为官身，晨鼓召我去赴官差，这样茅蓬飞转的生活非我所愿，只盼能够和你常在一起。真挚热烈的爱情，使李商隐写出“身无彩凤双飞翼，心有灵犀一点通”，深挚的爱情体验达到高度诗意化的表现，后世的有情人都以此作为相爱而不能相聚的赤心表白。

李商隐的《无题》诗感情深挚，用语凄切，我们似乎看到他有深情挚爱的人，只是由于某种原因，有情人不能成为眷属，唯其如此才反复吟咏那亟切的相思，发出爱情的绝唱。从他的身世经历中，我们也可以找到蛛丝马迹，不，应该说是确切证据。

李商隐有奇才，幼能属文。得到宰相令狐绹之父检校尚书右仆射令狐楚的奖掖，《新唐书》本传说：“开成二年(837)，高锴知贡举，令狐绹雅善锴，奖誉甚力，故擢进士第。”高锴负责进士科考，令狐绹和高锴是朋友，经他推荐，李商隐考中进士。李商隐所处的时代宦官专权，藩镇割据，唐王朝已经腐朽。朝臣中以牛僧儒、李宗闵为首的牛党和以李德裕、郑覃为首的李党明争暗斗，李商隐做了党派斗争的牺牲品。令狐绹与其父令狐楚为牛党，令狐楚推荐李商隐为集贤院校理，收在门下做幕僚。令狐楚临终前，把李商隐叫到跟前说，“吾气魄已殚，情思俱尽，强欲自写闻天，恐词语乖舛，子当助我成之。”令狐楚临死前把李商隐叫到跟前，说他已没有心力写出自己的经历上达于天，托付李商隐为他写墓志铭。临终的托付，语重心长，李商隐自然不好违逆。然而令狐楚死后，李党的王茂元看中李商隐，把他招为女婿。《旧唐书》说：“王茂元镇河阳，辟为掌书记，得侍御史。茂元爱其才，以子妻之。”王茂元与令狐绚争夺李商隐是出于党争的要求，都想拉拢一个才名卓著的诗人。李商隐不知出于什么目的还是迫不得已，接受了这个封疆大吏的女儿。这桩政治婚姻，成为李商隐悲剧的开始：既是爱情的悲剧，又是仕途的悲剧。娶了王茂元的女儿，与原来挚爱的人便"相见时难别亦难""身无彩凤双飞翼"了。苦苦相思，难以言说，只好写诗排遣那刻骨铭心的爱情；儿女之情，不便明言，只好不写标题。李商隐娶了高官的女儿，旧情难以忘却，真情无法言说，只能梦绕魂牵、曲折隐晦地加以表达。政治上陷入党争，无法明言，爱情上屈从高官，难以实现，只能以《无题》倾诉他的苦衷。

李商隐的情人是谁呢？在封建时代他自己不好说，也史无记载，成为历史留下的一个谜。但我们可以从他的诗歌中找到她的影子。七言的无题诗，当是李商隐中年以后写的，他已经备尝分离的相思之苦，所以才写得那样隐晦、凄婉、寓意深长。李商隐还有几首五言的无题诗，写得生动活泼，是年轻时的爱情记忆：

八岁偷照镜，长眉已能画。十岁去踏青，芙蓉作裙衩。
十二学弹筝，银甲不曾卸。十四藏六亲，悬知犹未嫁。
十五泣春风，背面秋千下。

她是一个天真活泼的少女。八岁少小无邪，已经懂得描眉画眼；十岁郊野踏青，裙子与春花一起飘舞。12岁学弹琴，弹拨的银甲不肯卸下，成了一个小艺术家。到了14岁就藏于深闺，虽然爱情萌动，但不知命运如何。到了懂得爱情的时候，爱情不得实现，只能在春风里，背着秋千流泪。她是李商隐青梅竹马的情人，恐怕是合乎逻辑的。何必非说是作者珍视自己的才华，而伤感得不到赏识呢！前人将爱情诗附会成政治诗，恰恰是封建时代漠视人性的表现。

年轻时代的爱情得不到实现，只好用诗来排遣，也只好以无题言其难言之隐，而且越藏越深：

照梁初有情，出水旧知名。裙衩芙蓉小，钗茸翡翠轻。
锦长书郑重，眉细恨分明。莫近弹棋局，心中最不平。

诗中活跃着一个少女形象，和前一首《无题》诗紧密相连：长眉细目、芙蓉裙衩、经常做弹棋与藏钩的游戏。只是这些游戏都成为往日的记忆，少小无猜的爱情无法实现，只能眉目含恨，诗书寄情。李商隐将爱情记忆深藏于古代事典，在隐晦表现中咀嚼它的甜蜜与苦涩。《神女赋》有语“其始来也，耀乎如白日初出照屋梁”，心中的情人一来，马上光彩照人，眼睛豁朗，如同出水芙蓉一样。那少女像洛神一样，见到情人仪态生辉，令芙蓉失色，珍珠翡翠的装饰都显得微不足道。前秦将领窦滔之妻苏蕙，因思念丈夫在丝带上绣回文诗寄赠以表爱情，李商隐也借这个典故说明他们也以诗书表达深挚的爱情。爱情无由实现，怨愤藏在眉间，最怕饮宴中看到弹棋的游戏，因为那会勾起相恋的过去，触到心中的伤疤。

两首五言的《无题》诗，前一首描写一个天真活泼的少女，爱情受到挫折；后一首描写少女纯真热烈的爱情和压倒粉黛的姿容，爱情同样无由实现。两首诗合起来，李商隐为我们描写了他年轻时候恋人的形象。他们的爱情无法实现，背后潜藏着凄婉的爱情悲剧。爱的悲剧困扰了李商隐大半生，爱之愈深，思之愈切，发酵愈久，愈加醇厚，终于凝成一首一首凄婉的爱情绝唱，凝成一个一个精辟的千古名句。

李商隐的《无题》诗是个谜，谜也就更加有诱惑力，它让人们细细品味，更觉那爱情深挚热烈，刻骨铭心。

生命体验：李商隐(二)

好诗是在深切的生命体验中写出来的，李商隐是个用生命写诗的人。在爱情生活中，李商隐体验生命，发出了爱情的绝唱；在社会生活中，李商隐也体验生命，唱出了人生的壮歌。诗人的情感、诗人的价值也体现在这里，这是李商隐在诗歌史上有独特位置的原因。

从无题诗中看出，李商隐曾经有一个年轻、活泼、聪颖的恋人，后来因为娶了节度使的女儿，不得不与恋人分离，忍受着相思的痛苦。政治的婚姻给他带来无尽的爱情悲剧，婚姻的政治也给他的仕途带来严重挫折。社会就是这样捉弄着诗人，也让诗人体验着社会、体验着生命。

李商隐是牛党令狐楚、令狐绹父子提拔起来的，后来却娶了李党王茂元的女儿，从此陷入党争不能自拔。《旧唐书》本传云："茂元虽读书为儒，然本将家子，李德裕素遇之。时德裕秉政，用为河阳帅，德裕与李宗闵、杨嗣复、令狐楚大相仇怨。商隐既为茂元从事，宗闵党大薄之。时令狐楚已卒，子绹为员外郎，以商隐背恩，尤恶其无行。俄而茂元卒，来游京师，久之不调。"李商隐娶了王茂元的女儿，牛党憎恶他，认为他背信弃义；李党鄙弃他，认为他寡义无行；士人嗤之以鼻，认为他首鼠两端。这样李商隐久久得不到升迁，政治上一直处于被压抑的地位。娶王茂元的女儿，李商隐付出了爱情、政治双重牺牲的代价。

一次官员饮宴，菜中有新笋，李商隐托物寄情，写了《初食笋呈座中》：

> 嫩箨香苞初出林，於陵论价重如金。
> 皇都海陆应无数，忍剪凌云一寸心？

李商隐以新笋自喻，说它刚刚长出新芽，本来可以直冲云霄。竹笋在产地於陵，价格贵若金子，京城里山珍海味不可胜数，你吃什么不行啊，干吗偏要把有凌云壮志的新竹给砍了呢？即席为诗，设喻巧妙，但寓意明显，李商隐压抑不住强烈的不平，在酒席筵上发出如此的感慨，且公开“呈座中”。李商隐口占此诗，座中面面相觑，惊讶之至。

唐初的骆宾王曾经以蝉自喻，蝉饮清露以自高，放声歌唱以警世人，传达了诗人的生命体验。李商隐也咏《蝉》表达自己的处境：

> 本以高难饱，徒劳恨费声。五更疏欲断，一树碧无情。
> 宦薄梗犹泛，故园芜已平。烦君最相警，我亦举家清。

蝉在高高的树上餐饮清露，本来就难以填饱肚子，还在那里整天呼喊更是白费力气。叫到深夜才慢慢停息，可是那一树绿叶并不领你的情。仕途不顺利，河里泛滥着许多木头作梗，想回家吧，家园已经颓败荒芜。感谢蝉不断提醒我，我也和你一样举家清贫。李商隐以蝉自喻、自励，生存境况十分凄凉。

李商隐还以贾谊自比，痛斥皇上政治腐败，抛弃贤才。《史记·屈原贾生列传》记载，贾谊是汉代初年的贤能之士，贬为长沙王太傅，长期不用。后来文帝将他召回，在皇宫“虚前席”接见，好像是礼贤下士，听取意见，可是问的不是百姓生计，而是“鬼神之本”。这是对知识分子角色的巨大讽刺。李商隐根据自己身世，有感于此，写了《贾生》：

宣室求贤访逐臣，贾生才调更无伦。
可怜夜半虚前席，不问苍生问鬼神。

李商隐在政治上受到牛李两党的遗弃，没有什么官职，大部分时间是在他人幕府做幕僚，过着寄人篱下的日子。空虚寂寞，更加思念那不能相聚的恋人，写了大量的无题诗，以慰藉心灵慰藉恋人。空虚寂寞，他深深体验生命，将人生道路的坎坷遭遇转化为诗意的生命感受，写了许多好诗，至今还有不少流传在人们的口头上，成为不同时代人的共通的生命体验。

诗人出行四川，一个凄风苦雨的日子，李商隐长夜难眠，提笔写了一封家书《夜雨寄北》：

君问归期未有期，巴山夜雨涨秋池。
何当共剪西窗烛，却话巴山夜雨时。

以诗当信，更能体现作者的情感。诗即情即景，朴素自然，带着家人的温馨：你问我何时回家，还没有时间，这里巴山的夜雨使池塘涨满了水。我也期待着，什么时候回到家里，对着窗前的蜡烛述说起今天的夜雨。游子思亲是人之常情，当代的流行歌曲也有这样的生活体验："你问我何时归故里，我也轻轻地问自己。不是在此时，不知在何时，我想大约会是在冬季"，这样与亲人之间的交流亲切温暖，不过李商隐的诗较流行歌曲更多了诗的意境美，"巴山夜雨"成为一个典型环境的代名词。

诗人的清高、孤独，使李商隐生活在城市的夹缝中、官宦的冷眼中，独特的生活境遇使他写了《晚晴》：

深居俯夹城，春去夏犹清。天意怜幽草，人间重晚晴。
并添高阁迥，微注小窗明。越鸟巢干后，归飞体更轻。

长安城里，深宅大院，高墙壁垒，那是达官贵人的宅邸。李商隐不是达官显宦，在长安城里没有显赫的居处，只能在豪宅、宫阙的夹缝里求生，是谓“深居俯夹城”。在人家的高屋大厦之下，只好煊赫中求个幽静，忙碌中得个清雅。人家的高楼使巷子更加狭窄，小窗户尚可投进一线光明。鸟巢简陋，小鸟出壳，待羽毛干了以后，会飞得更高更远。寄人篱下，生活无奈，诗人以大自然宽慰自己：春去夏来小草长得更加茂盛了，那是天意怜惜它；蹉跎岁月使我年事已高，但大器晚成更受人们敬重。李商隐在蜗居里面自怜、自励，政治不得意磨砺出他的生活意志和人生哲学。人总会遭遇逆境，人也总要充满希望，所以古今不少人把“天意怜幽草，人间重晚晴”当作座右铭，李商隐的生活体验激励着后世的人们。

乐游原是长安西南的名园，自汉宣帝建成以后，便是历代皇家的游乐场所。唐明皇、杨贵妃在此歌舞饮宴，极尽奢靡豪华之能事，杜甫曾有诗予以讽喻，那是社会批判的创作。李商隐登乐游原是什么感觉呢？看他的《乐游原》：

向晚意不适，驱车登古原。
夕阳无限好，只是近黄昏。

李商隐与杜甫不一样：杜甫视角向外，进行现实批判；李商隐视角向内，传达心灵体验。他总把现实情景变成诗歌意境，把个人境遇变成人生哲理。乐游原有昔日的繁华，更有今日的萧索，这是大唐的晚景；李商隐有诗人的感受，倍觉现实的冷落；两者构成了内外结合的心境与意境，“夕阳无限好，只是近黄昏”便是这心境与意境的概括。他既珍惜“晚晴”，又感叹“日短”，诗人的生命体验转化为普遍的人生哲理，至今为人们所吟诵。

李商隐不信鬼神，又不局限于现实，而将生存境遇上升为哲理高度。《马嵬》一诗也是如此，面对杨贵妃赐死的结局，他不相信去了海外仙山的愿望，不相信找人替死的传说，而以直面现实态度总结荒淫误国的历史教训，发出“海外徒闻更九州，他生未卜此生休”的感叹，这与“可怜夜半虚前席，不问苍生问鬼神”的感叹一样，是对迷信的彻底批判，又是对人生的深刻思考。李商隐的这些人生哲理至今鼓舞着人，已经成为人类宝贵的文化财富。

李商隐的生命体验，晚年凝聚在《锦瑟》一诗里：

锦瑟无端五十弦，一弦一柱思华年。庄生晓梦迷蝴蝶，望帝春心托杜鹃。

沧海月明珠有泪，蓝田日暖玉生烟。此情可待成追忆，只是当时已惘然。

李商隐公元813至858年在世，活了46岁。他生活的年代，外有藩镇割据，内有宦官专权，朝廷之内又有牛李党争。李商隐生存的日子基本与牛李党争相伴，身陷党争，无力自拔。他政治上遭遇谗毁，备受压抑，爱情上生离死别，痛苦惆怅，“一生襟抱未尝开”，诗歌不能不伤感、隐晦。《锦瑟》几乎是他晚年的绝命之作。锦瑟是一种古琴，它“无端”五十根弦，与他的生年46岁基本相应。李商隐抚弄着这五十根琴弦，想到自己近50年的人生，“一弦一柱思华年”，每一根琴弦上颤动着爱情的苦涩，每一根弦柱上弹跳着生活的坎坷！自己这大半辈子就像庄子说的，做了一个蝴蝶梦，又像古蜀国的望帝壮志难酬，死后只能化为杜鹃哀鸣，直至啼血而死。人生苍茫，如同大海，眼泪凝聚成一颗珍珠，人间无法闪射光彩，只能夜间与月亮对话。白天烈日炎炎，照着蓝田名玉发出缕缕光彩，但那只是过去的日子香烟袅袅，难以捕捉。多少深情挚爱，多少苦乐酸甜，只能成为记忆，在心中慢慢品味，当时的情景再也无法拉回到眼前。李商隐发出深沉的人生悲歌！人生不可逆转，往事无法追回，爱情甜蜜苦涩，奋斗成败得失，一切的一切，都只能在咀嚼中回味，当时就很迷惘，现在更加惆怅。这悲剧是生命的悲剧，这哀歌是人生的哀歌，悲剧还不在于爱情没有实现，事业没有成功，悲剧更在于往事历历在目，却已无法追回，想咀嚼那些悲剧都难以回到以往，只能萦绕于怀，肝肠寸断。

李商隐一生都在唱爱情悲歌、生命悲歌，最后又以悲歌总结一生，令人扼腕叹息。不过，能够留下这样深切人生体验的，只有杰出诗人。这也正是诗人的价值。人间的苦辣酸辛许多人都可能遇到，但未必品尝得到，更未必品尝出诗意。只有诗人能够体味到，而且能以诗歌艺术的独特美感把它表述出来，化为人类的生命体验。这可以说是“诗人不幸诗歌幸，诗人不幸人类幸”了。李商隐的悲剧一生，凝聚了那么多的爱情体验、生活体验，这些体验为后人不断体验着，成为人类共同的精神财富。这是李商隐的价值，也是诗歌的价值。

寻花问柳：温庭筠

杜牧扬州任职，整日里妓院酒楼，寻花问柳，他的上司牛僧儒不但没有责问，反而指派兵丁暗中予以保护。这已经可以看出晚唐诗人歌舞狎妓、纵情声色是习以为常的事。末世的文人已经没有那么强烈的入世精神，“达则兼善天下”已无太多可能；“穷则独善其身”也难全身自保；“个人主义”有了社会文化土壤。王朝末年，社会思潮和文学思潮香艳化、人性化成为时尚。温庭筠和花间派的诗词，便是这种时尚的文学表现。

温庭筠，字飞卿，太原人。少聪敏，善诗词，天才雄赡，能走笔成万言。尤善鼓琴吹笛，简直到了有弦即弹、有孔即吹的地步，也不必烤桐木做琴、洞穿竹子做箫。他的诗词温柔香艳，深入肌肤。因其情诗柔美，与李商隐齐名，时称“温、李”。但两人又有不同，李商隐爱情深挚，刻骨铭心；温庭筠风流香艳，寻花问柳。

温庭筠是个风流才子，终日徜徉于歌厅舞榭，轻薄无行，放荡不羁，常与贵族子弟裴诚、令狐滈饮酒赌博，酒后便到歌厅妓院放荡，后来被巡逻的士卒打断牙齿，没地方说理。

故事是这样的。温庭筠作为风流才子，吹拉弹唱无所不能，在妓院与歌妓饮酒弹唱，眠花醉柳，是家常便饭。不过他可没有杜牧那样幸运，有人派兵暗自保护。一次温庭筠从妓院里出来，时间太晚了，被巡逻的军士碰到，他醉语昏言，犹沉溺温柔香艳之中，惹怒了巡逻士卒，抽他的嘴巴，竟将牙齿打断。温庭筠出身豪门，恃强不服，告到宰相令狐绹那里。令狐绹叫来巡逻的军士问怎么回事，官兵们“极言庭筠狭邪丑迹”，宰相听了也不能保护他，他只能“打落门牙吞在肚子里”。温庭筠嫖娼宿妓的笑话被广为传播，“自是污行闻于京师”。晚唐诗人沉溺于酒色，从温庭筠那里得到反映。

温庭筠对科举考试没有兴趣，到了考场，也不起草，只是揣着袖子趴在桌上，一联一联地轻轻吟诵，一会就成律诗一首，科场上人称“温八吟”。他自己写诗很快还不算，又替邻座的人写，人们又称他“温八叉”。场屋即科场，他的“搅扰场屋”，在京城广为传播。温庭筠自恃才华横溢，下笔千言，场屋科考哪放在眼里。博学宏词科取士以诗赋为考试内容，对温庭筠来说这是他的长项。到了考场，他不执笔起草，只是抄着手趴在几案上想，一会就吟成一首。当时出题要求一诗八韵，他很快作出。不知是他的诗赋不合封建规范，还是由于他玩世不恭，反正他是“数举进士不中第”。温庭筠屡试不中，牢骚满腹，就扰乱考场。唐宣宗大中年末，又进行科考，考官为表示清廉，监考非常严格。温庭筠和考官作对，自己很快写完，就偷偷帮助旁边的人答卷，即所谓“为邻铺假手”，为此他被贬斥到一个县里当县尉。

温庭筠便是这样一个玩世不恭、沉溺酒色的诗人，他的诗词充满香艳气息。请看这首《菩萨蛮》：

> 小山重叠金明灭，鬓云欲度香腮雪。懒起画蛾眉，弄装梳洗迟。
>
> 照花前后镜，花面交相映。新帖绣罗襦，双双金鹧鸪。

温庭筠欣赏这样的女人：浓密的头发像小山重叠，满头的首饰闪闪烁烁，一缕黑发遮住雪白的香腮，更显出女人的放荡慵懒。慵懒的女人是风骚的女人，风骚的女人是不计何时起居的。起来也不及时梳妆，梳妆又不计时间，镜前镜后反复照，得意自己的姿色。贴鬓插花，人面绒花交相辉映，绣花长衫凸出了身体的曲线，罗裙上成双成对的鹧鸪激起她无限春情。一个慵懒、放浪、娇柔、思春的女性形象活脱脱地站到人们眼前。在词里，女人是绝对的主角，但词的后面还有一个未出场的主角——诗人，他在那里对这慵懒、放荡的女人欣赏着，描摹着，暴露出晚唐诗人的生活情趣和审美心理，这就是温庭筠。这种生活情趣和审美心理使晚唐五代出现一个诗词流派——“花间派”，温庭筠是这个词派的始作俑者和代表人物，这首《菩萨蛮》也成为《花间词》的首篇。

温庭筠徜徉“花间”，沉溺于温柔富贵之乡，流连于花前月下之境，极尽男欢女爱，也历尽离愁别恨。红窗香艳，毕竟是露水之情，分手之后，形单影只，难耐五更，于是温庭筠写了《更漏子》：

玉炉香，红烛泪，偏照画堂秋思。眉翠薄，鬓云残，长夜衾枕寒。

梧桐树，三更雨，不道离情正苦。一夜夜，一声声，空阶滴到明。

一幅娇娜、慵懒的思春画面。词中写了一个富贵香艳的女人，是如何思春难眠。桐叶飒飒，夜雨滴答，怎遣春愁绵绵相思悠悠！于是浓妆卸去，长发横斜，被薄枕寒，更有寂寞难耐。温庭筠深知歌妓生活，画堂事物样样典型，歌妓形象毫发毕现，春愁心绪丝丝入扣，这样细致的描写反映了晚唐诗人的生活情趣和审美心理。他们歌舞狎妓，沉溺于女人的温柔香艳的怀抱之中，虽然也算是对传统道德的突破，但早已胸无大志，淫靡奢侈。唐明皇沉溺酒色，荒淫误国，杜甫、白居易等诗人写诗讽喻。到了晚唐，这种骄奢淫逸之风，已经渗透到士人阶层的生活之中，也渗透到诗人的审美心理之中，成为他们艳羡的生活方式。这是人性的解放，还是人性的颓败？反正繁荣昌盛的大唐在这种奢靡之风中一蹶不振，晚唐朝野也在这种奢靡之风中慢慢腐烂。杜牧年轻时候写《阿房宫赋》指出灭秦者是秦王自己的骄奢淫逸，此后杜牧也陷入骄奢淫逸的泥沼，杜牧以后的晚唐文人更在“花间”眠花醉柳，大唐的春日繁花渐渐成为败柳。一个时代的诗词反映着一个时代的文化，一个时代的文化预示着一个时代的走向，人们又怎能小看这文化呢！

词的兴起原为演唱，它产生于歌堂、画屋，所以多温柔、香艳之辞；诗曾经伴着金戈铁马、和着世事民情走过来，一时还难以变得如此绮靡。温庭筠的诗没有他的词那么香艳、绮靡，有的怀古，尚有吊古伤今的感慨；有的记行，充满游子羁旅的哀愁。如《经五丈原》：

铁马云雕共绝尘，柳营高压汉宫春。天清杀气屯左右，夜半妖星照渭滨。

下国卧龙空寤主，中原得鹿不由人。象床宝帐无言语，从此谯周是老臣。

五丈原在陕西眉县，渭水南岸。诸葛亮领兵伐魏，与司马懿对峙百余日，突见将星陨落，不日便死于军中。一生辅佐两朝、鞠躬尽瘁的诸葛亮“出师未捷身先死”，五丈原成为一个充满悲剧的象征。温庭筠路过这里自然也有悲剧性的感怀，写了这首怀古诗。

对于诸葛亮这个历史人物，许多诗人写过怀古诗篇，杜甫最有代表性。他的《蜀相》说：“蜀相祠堂何处寻？锦官城外柏森森。映阶碧草自春色，隔叶黄鹂空好音。三顾频烦天下计，两朝开济老臣心。出师未捷身先死，长使英雄泪满襟！”杜甫站在儒家的立场上，对诸葛亮鞠躬尽瘁死而后已的人格给予了热烈的赞扬，对蜀国的灭亡表示了深深的哀叹。这是儒家知识分子对三国历史的评价。儒家重道德，重精神，诸葛亮六出岐山，北伐中原，是从维护汉室正统，实践老臣忠义出发的。作为政治家、军事家的诸葛亮，未必不知道他难于与强大的魏国抗衡，他是知其不可为而为之，北伐的本身和失败的结局都有强烈的悲剧色彩。

温庭筠的评价似乎有些不同。他不以精神论英雄，而以成败看历史。这首诗前半部写战争环境，充满悲剧气氛；下半部写战争结局，暗含褒贬深意。诸葛亮死后，蜀国谯周极力主和，在邓艾率兵攻蜀时，说服刘禅投降魏国，谯周因此也得到魏国的封赏。诸葛亮白白向蜀主贡献三国鼎立的大计，也白白多年征战维系蜀国政权，最终决定历史走向的是谯周，他成为老臣。这个评价标准，似乎是“胜者王侯败者贼”，以成败论英雄，不以精神论英雄。温庭筠对历史的评价，体现了诗人的价值观。温庭筠是放纵性情，恣意享乐的人，生命享乐成为至高的价值标准，哪里管什么精神价值！这在他的花间词里有充分的表现。突出个人生命本位的价值观念，是轻蔑道德、漠视伦理等精神价值取向的，对突出生命本位价值观的人来说，这也是必然。轻蔑精神价值使一个时代失去信仰，失去精神支柱，导致享乐主义、实用主义盛行，这是朝代大厦颓败的先声。晚唐时代，从皇帝到诗人，许多人沉溺于声色犬马之中，心灵大厦已经崩溃，政权大厦的崩溃也为时不远。温庭筠的《经五丈原》虽然是首怀古诗，也反映了晚唐诗人文化意识的悄然改变，精神价值原则遭到消解。

精神价值的消解，在温庭筠的记游诗中也有反映。请看《商山早行》：

晨起动征铎，客行悲故乡。鸡声茅店月，人迹板桥霜。
槲叶落山路，枳花明驿墙。因思杜陵梦，凫雁满回塘。

羁旅怀乡的诗，历代都有。以前这类诗歌，男多思乡，女多怀春，虽然是个人情感，但其中既有人文关怀，也有社会批判。温庭筠这首游子羁旅的诗似乎有所不同。他在陕西商山，起早离开驿站，也有悲苦的思乡之情，更有一些怀古的感慨。杜甫安史之乱中在长安城南的杜陵，曾有"杜陵野老吞声哭"的诗句，哀叹战乱造成的国家破败、生灵涂炭，有着强烈的忧患意识。温庭筠显然想起了杜甫，他有什么感慨呢？诗歌没有明说，只以"凫雁满回塘"的形象加以表达，这里有怅惘、有无奈：你杜甫慷慨激昂地大放悲声管什么用呢，至今还不是野鸭在池塘中无所事事地浮游。温庭筠对杜甫那样感怀社会现实似乎并不认同，他眼前只有槲叶飘落、枳花开放这样的自然情景，春去秋来、万物更迭是不以人的意志为转移的。和杜甫的入世精神不同，晚唐诗人关注的不是社会现实，而是自身生存。"鸡声茅店月，人迹板桥霜"这样的生存状态，到了没有社会情感的冷漠程度，如当今有人主张的"零度写作"那样。超越社会情感的"零度写作"出现在温庭筠的笔下，只有"存在"，而无社会评价；只有温柔香艳的生命体验，而无精神价值的追求。精神价值的消解预示了社会文化的颓败和国家意识的消沉，到了韦庄，诗人更变得无家可归。

无家可归：韦庄

盛唐时期诗人雄心勃勃，晚唐时期诗人无家可归。从社会层面来说，农民起义，藩镇割据，宦官争斗，战乱连年不断，诗人人身无家可归；从精神层面来说，当官无路，退隐无聊，狎妓麻醉，缺少价值支撑，诗人心灵漂泊无依。韦庄可算得上是个代表。

韦庄，字端己，京兆杜陵（陕西西安）人，韦应物的四世孙。他出生于诗书簪缨之家，取的名字意为端庄方正，而韦庄身不由己陷入不端不庄不仁不义的境地。早年屡试不中，不是因为韦庄没有才能，而是因为战乱频仍。《唐才子传》说："庄应举，正黄巢犯阙，兵火交作，遂著《秦妇吟》，有云'内库烧为锦绣灰，天街踏尽又重回'。乱定，公卿多讶之，号为'秦妇吟秀才'。"

黄巢起义军先攻占洛阳，又于公元881年攻占长安，登基皇位，国号大齐。起义军将宫廷的锦缎珍宝化为灰烬，在皇宫前面的御街上来回践踏，后来御驾光复，回到长安，韦庄此前的诗句"内库烧为锦绣灰，天街踏尽又重回"成了谶语，完全应验，大臣们都称赞韦庄有预见。这哪里是预见，不过是一种真实写照，由韦庄言中了而已。公卿们赞扬的这一联诗句，韦庄也颇为得意，亲自手书，悬挂于堂，但是后来撤下来，并且讳提此事。到底是为什么？忠于唐室、又有预见，受到朝臣的称赞，这不是很光彩的事吗？为什么不愿意让人提起呢？陈寅恪先生在

《韦庄〈秦妇吟〉校》中说："庄所惮者，并非唐朝廷中的公卿，而是后来蜀中新贵。"原来韦庄后来投靠西蜀国王建，并积极促成王建称帝，就不敢再保留怀念唐朝的诗句了。又想忠于唐朝的皇室，又要推举地方大员称帝，二者是矛盾的，便不敢把赞誉皇室中兴的诗句再悬于壁上。韦庄的尴尬境地，反映了唐朝士人穷途末路的现实：李唐王朝已经无力维持国家统一，忠于唐朝也没什么希望；支持西蜀王建称帝，又违背士人的名节。韦庄作为一个封建知识分子处于末世，政治上无家可归。

唐昭宗乾宁元年(894)，韦庄花甲之年才获得个进士。乾宁四年(897)，四川节度使王建起兵东进，"昭宗遣谏议大夫李洵、判官韦庄宣谕两川，诏建罢兵"(《新五代史・王建世家》)。藩镇割据、宦官专权是唐末朝廷的两大心腹之患，也是末世王朝的政治弊端。昭宗命韦庄宣诏，招安反叛的王建。韦庄既未完命，又未守节，却当了王建的心腹，被授予起居郎、掌书记，后来策划、辅助王建当了皇帝。

公元900年唐室发生了宦官废唐昭宗的政变。朱全忠与李茂贞为争夺对昭宗的挟制权，在凤翔一带进行了两年多的战争。公元904年朱全忠控制了唐昭宗，把昭宗和百官迁至洛阳，实现了"挟天子以令诸侯"，此时唐朝已名存实亡。公元907年王建召集将佐讨论称帝的事情，他的部属都大加称颂说，大王虽然忠于唐朝，但现在唐朝已名存实亡，此时称帝是天命，天与之而不取，非明亦非智。韦庄作为唐朝的安抚使、王建的秘书官，忠于前朝与推举新帝的矛盾在他身上更为突出。他向王建献计：率领官吏百姓痛哭三日，悼亡唐朝，然后登基当皇帝。韦庄是既要当婊子，又要立牌坊，他的主意既合封建礼仪，又合政治利益，表面上全了忠，实际上夺了权。晚唐的诗人已无政治操守，亦无心灵皈依，变得随风使舵。韦庄为王建当皇上立了大功，王建授予他左散骑常侍、判中书门下事，也就是说，他当了五代十国中蜀国的宰相。

韦庄在成都住进杜甫的浣花溪，命人芟除荒草，建立茅屋。他以杜甫自居，却无杜甫的品格，政治上春风得意，心灵上却不安妥。他写诗《闲卧》说：“谁知闲卧意，非病亦非眠。”草堂没有给韦庄舒适安闲的心境，相反使他痛苦不安。他闲卧厅堂，内心焦灼，受着两朝重臣地位的煎熬，既不忠也不义。韦庄做着西蜀的宰相，权重一时，“手从雕扇落，头任漉巾偏”，以诸葛亮自比，志得意满，但既没有杜甫忠君爱国的节操、忧国忧民的情怀，也没了诸葛亮鞠躬尽瘁的忠诚、殚精竭虑的勤奋。

韦庄当了西蜀宰相，又住上杜甫故居，他成了政坛领袖、文坛领袖。唐五代词中有个“花间词派”，韦庄和温庭筠就是这个词派的代表人物。

“花间词派”是唐末、五代重要的文学流派，也是当时文化意识的重要体现。它以香艳、纤秾为特点，表现末世文人精神无所依托、歌舞狎妓的生活内容，甚至连男女私通也极尽细微描写之能事。南唐小皇帝李煜与周后的妹妹私通，一首《菩萨蛮》专写幽会情景：

花明月暗笼轻雾，今宵好向郎边去。刬袜步香阶，手提金缕鞋。

画堂南畔见，一晌偎人颤。奴为出来难，教郎恣意怜。

周后的妹妹才15岁，就与李煜私通，后纳为小周后。花季少女，情窦初开，月夜花夕，前往偷情，风流韵事写得香艳至极、娇娜至极。花月良宵，春情难耐，便平穿袜子，手提绣鞋，蹑手蹑脚地前去幽会。画堂南边相见，才投入怀抱便浑身乱颤，说因为出来不容易，让你恣意地怜爱。身为皇上的李煜都不避与妻妹私通，“一晌贪欢”，且极尽香艳描写之能事，其他文人也把眠花醉柳当成风流雅事，写成诗词。诗人们留恋于花间月下、酒楼歌厅，成就了“花间词”。

韦庄作为“花间词派”的领军人物之一，没有温庭筠那样香艳、纤秾，却依然以情色为嗜好，两首《菩萨蛮》写了与歌妓的缠绵：

红楼别夜堪惆怅，香灯半掩流苏帐。残月出门时，美人和泪辞。

琵琶金翠羽，弦上黄莺语。劝我早归家，绿窗人似花。

狎妓的一幕宛若眼前：红窗、香灯的妓院，别夜、华帐的缠绵。狎妓虽然销魂，毕竟相聚时短。月残时分要分别了，美人含泪再给你弹一曲琵琶，声声柔媚，有似黄莺，但充满幽怨。歌妓说你早点回家吧，家里的妻子还倚在绿窗前等待你呢。既是无奈，又是娇嗔。歌妓让他快点回家，他真能找到家吗？就眼前现实来讲，他处于青楼和家庭的矛盾中，既无法舍弃青楼女子，也无法舍弃绿窗妻子；就心灵皈依来讲，他找不到精神支柱，只好到青楼买醉，麻痹灵魂。一夜忘忧，忧愁难却，未到天明就已无限惆怅了。唐末的文人，狎妓成风也是一种“无家可归”的表现，沉溺于漂浮在水面的残花败柳，身心漂泊无依。韦庄的另一首《菩萨蛮》写出了这种无家可归的漂泊感：

人人尽说江南好，游人只合江南老。春水碧于天，画船听雨眠。

垆边人似月，皓腕凝双雪。未老莫还乡，还乡须断肠。

韦庄为官蜀中，那里山明水秀，风景优美，佳人香艳，歌厅华丽，这也算是江南之好了。春天碧水连天，楼船上轻歌曼舞，对于官宦、士人来说，是个享受的好地方。春水，既是自然，又是春情；画船，既是游船，又是青楼。江南春水涟漪，画船华丽销魂，有卓文君似的美人当垆卖酒，明眸皓腕，令人心驰神往，但是总觉是在漂泊，没有归宿感。回家呢，家在哪里？只好醉生梦死，老死江南。以韦庄而论，他祖籍长安，为官长安，又被长安的朝廷派出安抚、制止蜀中割据，他却成了西蜀王建称帝的头号策划者，就封建意识来讲，他回不了家。从现实层面来讲，唐朝灭亡之后，北方战乱纷起，家乡凋敝，他也回不了家，只好漂泊江南。“未老莫还乡，还乡须断肠”的感叹透彻骨髓，深深传达出末世诗人无家可归的荒凉感、空虚感。

心灵无所依傍的空虚感，在《台城》一诗中表现得更为真实和真切：

江雨霏霏江草齐，六朝如梦鸟空啼。
无情最是台城柳，依旧烟笼十里堤。

台城是古代建康的宫殿，在南京宣武湖边。南京的秦淮河有过六朝脂粉香浓的繁华，如杜牧诗所言“商女不知亡国恨，隔墙犹唱后庭花”，李煜就是在这温柔富贵之乡当了俘虏，日夜怀念旧情旧景的。唐朝末年，贵族们物质丰富，精神空虚，沉溺于香艳浮浪生活之中，“台城”成了一个典型环境。韦庄对“台城”有切身感受，江南春雨霏霏，莺飞草长，本来是一派生机勃勃的景象。春日有情，韦庄心里“无情”，他感到的是淫雨霏霏，哀鸟空啼，平添了丝丝愁绪。温柔富贵之乡的秦淮河给予诗人的只是孤独、惆怅。

诗人是情绪最为敏感的人，诗人又是最具精神追求的人。李白有“仰天长笑出门去，我辈岂是蒿莱人”的自由追求，杜甫有“致君尧舜上，再使风俗淳”的政治理想，他们体现了盛唐积极向上的文化精神。进入晚唐，这种文化精神不复存在，温庭筠在温柔富贵之乡寻找暂时的麻醉，韦庄在漂泊无依中感受失落信念的空虚。虽然他们各自反映了当时部分的社会现实和人性现实，但末世文化的空虚、腐朽也隐藏在字里行间。

稼穑之苦：聂夷中

锄禾日当午，汗滴禾下土，
谁知盘中餐，粒粒皆辛苦。

识字的人也好，不识字的人也好，都会背这首诗，并且用它来教育孩子爱惜粮食、体恤农民。一首诗能被不同时代、不同人群传诵，也算了不起了。尽管它简单、浅显，但说出一个朴素真理：人人要吃饭，人人要生存，吃饭生存的基本需求是粮食；粮食来之不易，人人应该爱惜；农民种地辛苦，人人应该敬重。

此诗一般版本都标为李绅作，李绅有一些悯农诗确实是这样的题材、这样的风格。《唐才子传》说此诗是聂夷中作，也有它的道理，因为聂夷中也有不少悯农诗是这样的题材、这样的风格。我们姑且以此诗将唐末诗人聂夷中引入。

聂夷中，河东（今山西永济）人，字坦之。咸通十二年（871）进士，但他考中进士以后，没有通过吏部面试，久久未得到确认和授予官职。按着《新唐书·选举志》记录的唐代科举制度，考中进士以后，还要经过部级考核、注册才能确认"职称"，然后再授予官职，名为"铨注"。铨注文官由吏部主持，铨注武官由兵部主持。"已试而铨，察其身、言；已铨而注，询其便利而拟；已注而唱，不厌者得反通其辞，三唱而不厌，听冬集。”中进士以后，还要经过反复考核：初步考核，察其言、观其行，合格者予以登记，确认为进士；登记以后，征询个人意见，想当什么差事；听取个人意见之后，再由官府反馈；如此三次，就等待冬天的人事安排，授予官职。科举入仕，是封建时代知识分子的常规道路，聂夷中也惯性地走着这条道路。唐末地方纷纷起兵，战乱连续不断，聂夷中通过考试，但无法注册授官。《唐才子传》说：“时兵革多务，不暇铨注，夷中滞长安久，皂裘已弊，黄粮如珠，始得调华阴县尉，之官惟琴书而已。”唐朝末年，朝廷连战事都应付不过来，没有精力进行进士铨注，聂夷中在长安等得黑色的长袍都穿破了，都城的粮食又贵如珍珠，衣食困窘，穷愁潦倒，最后等来个华阴县尉的小官。上任的时候，行囊简单，只有一张琴几卷书。

聂夷中经历了自身的生活困窘，更加体会百姓的艰难困苦，写诗悯农，讥刺权贵。作为一个朴实正直的知识分子，求显难以闻达，求隐于心不忍，无力通过为官救民于水火，尚可写诗为民鼓呼。《唐才子传》这样描写聂夷中的性格、身世及诗歌成就：“性俭，盖奋身草泽，备尝辛楚，卒多伤俗闵时之举，哀稼穑之艰难。适值险阻，进退维谷，才足而命屯，有志卒爽，含蓄讽刺，亦有谓焉。古乐府犹得体，皆警省之辞，裨补政治，乐而不淫，哀而不伤，正国风之义也。”聂夷中出身寒微，备尝生活艰辛，所以养成节俭的性格。他的诗歌多感叹时俗，哀怜民生，咏叹稼穑艰难，劳动辛苦，沿袭诗经以来乐府诗歌的传统，说“锄禾日当午”是他的作品，合乎逻辑。聂夷中这样的悯农诗歌有不少，如《伤田家》：

二月卖新丝，五月粜新谷。医得眼前疮，剜却心头肉。
我愿君王心，化为光明烛。不照绮罗筵，只照逃亡屋。

聂夷中深知农民日子的艰苦，新丝、新谷一收下来，赶紧拿去出卖，缴租税，还债务，自己还得受冻挨饿，真是“医得眼前疮，剜却心头肉”。秉承乐府诗歌的传统，聂夷中把悯农与刺奢联系起来，劝诫皇上不要只看到豪华盛宴，多看看贫民小屋，这样你才算个圣明君主。

聂夷中提倡简朴务实，反对骄奢淫逸，《公子》一诗说：

种花于西园，花发青楼道。
花下一禾生，去之为恶草。

王公贵族只知玩花弄草，花下生出一棵庄稼，却当作恶草拔掉。草苗的颠倒，是生活的颠倒：辛辛苦苦种出粮食的人终年挨饿，酒肉满堂餍足肥腻的人却不劳而获。聂夷中朴实、尚俭，以农为本，期待统治者怜惜农民，减少盘剥，“不照绮罗筵，偏照逃亡屋”。儒家的民本思想、仁政思想主导着聂夷中，假如碰上开明君主，还能接受他的诗歌讽喻。唐明宗问大臣冯道：天下丰收了，农民的日子好过了吧？冯道说：谷贵饿农，谷贱伤农，已经成了生活的常规。我听说近人有个举子聂夷中写过一首诗《伤田家》，语言虽然俚俗，说的确是实情。接着冯道念了一遍“二月卖新丝”。明宗说，这首诗写得很好，侍臣你且记下，待寡人用以警戒百官。皇上用聂夷中的诗宣喻百官，自然流传甚广，如“锄禾日当午”这样的悯农诗视为聂夷中作就不足为奇了。

聂夷中的诗歌继承了《诗经》、乐府、元白以来的传统，讽喻现实，裨补时政，哀而不伤，乐而不淫，正是国风的本义。碰上唐明宗这样信奉儒家亲民思想的皇帝，可以接受，但王公贵族奢侈淫靡的生活是改变不了的，他们照样穷奢极欲。当时有个郑遨，他写的《富贵曲》这样说：“美人梳洗时，满头建珠翠。岂知两片云，戴却数乡税。”贵妇头上的几片装饰，就是农村几个乡的赋税。唐末诗人杜荀鹤的《山中寡妇》也这样描写当时的农民生活：“时挑野菜和根煮，旋斫生柴带叶烧。任是深山更深处，也应无计避征徭。”杜荀鹤、聂夷中、郑遨都是唐末诗人，他们的诗歌揭示了当时的社会凋敝，民生艰难。在社会危机之下，统治者依旧加重对农民的盘剥，农民愈加贫穷艰难，爆发农民起义已势在必然。王仙芝、黄巢等纷纷起兵，大唐王朝从此分崩离析，结束了 290 年的统治。

末世归隐：陆龟蒙

《红楼梦》中有支曲子："才自清明志自高，生于末世运偏消；清明泣涕江边望，千里东风一梦遥。"是说那探春，有才有志，想力挽狂澜，整顿家风，但挽救不了贾府呼拉拉大厦倾的颓势，最后只得远嫁他乡，涕泗横流。面对王朝的末世，才子的命运往往如此，诗人也是。诗人是才智聪颖的一群，诗人又多是积极入世的一群，他们往往以天下为己任，但末世的社会混乱他们无法改变，"生于末世运偏消"，不得不重新选择自己的道路。隐与显是中国诗人/士人两极徘徊的生活道路，唐末诗人在两极之间更加无奈，有的选择隐，于心不安；有的选择显，难以全身。陆龟蒙、皮日休、司空图的人生，就颇具典型意义。他们选择了不同的道路，实现了不同的文化人格，但结局都很凄凉。先说陆龟蒙。

陆龟蒙，《新唐书》把他放在《隐逸传》里，《唐才子传》这样描述他："陆龟蒙，字鲁望，姑苏人，幼而聪悟，有高致，明《春秋》，善属文，尤能谈笑。诗体江、谢，名震全吴。家藏书万卷，无少声色之欲。"他出身于书香人家，父亲陆宾虞，以文学官至侍御史。陆龟蒙是典型的儒雅知识分子，幼年时便批读《春秋》，能诗善文，不好声色。他有才有艺，品行端方，祖上六代，王朝为官，这样的知识分子本应仕途畅达，他却屡考进士而不中。没办法啊，碰上乱世，一切不按规矩办事。唐朝末年，农民起义蜂起，地方官吏造反，社会动荡不安，科考不能正常进行。

咸通九年(868)陆龟蒙应贡举，碰到庞勋造反，未能如愿。他给皮日休的诗《苦雨一百韵》说，“寻闻天子诏，赫怒诛叛卒。宵旰悯烝黎，谟明问征伐。王师虽继下，贼垒未即拔。此时淮海波，半是生人血……射策亦何为，春卿遂聊辍。”听说天子下诏，愤怒讨伐叛贼。皇上宵衣旰食怜惜百姓，殚精竭虑筹划讨贼，虽然王师相继征伐，叛军的据点还是没有拿下。淮海里的波浪，有一半是人血。在这个时候，空谈一些策论有什么用呢，所以取消了春天的考试。乾符四年(877)秋天又举行贡举，皮日休任太常博士，将主持这次科考，力促陆龟蒙应考。陆龟蒙写诗回答，《秋赋有期，因寄袭美，时将主试贡试》：

云似无心水似闲，忽思名在贡书间。烟霞鹿弁聊悬著，邻里渔棹暂解还。

文章病来犹满箧，药苗衰后即离山。广寒宫树知多少，风送高低便可攀。

袭美是皮日休的字，他主持科考，劝陆龟蒙参加，这不是大好的事情吗！陆龟蒙以诗做答，讲述自己的心境：我已在太湖边定居，捕鱼、耕种，已是闲云野鹤了，心似飘忽的云朵，又似无意的流水。你促我参加贡举，又不得不想起功名的事。凌烟阁题名，乌纱帽加身，这些事情暂且悬置吧，还是与邻里共划渔船回家也许更好。虽然身体多病，文章还有一大筐，上山采药，等到冬天草木枯了就卖往山外。期待蟾宫折桂的人很多，有了机遇便可折得桂枝。诗歌中流露出对于科考的矛盾心情，一方面觉得士人应该有个功名，另一方面已习惯于渔樵生活，不愿意再孜孜以求。此次秋闱，据上次春试已经十年，又逢王仙芝、黄巢起义，路途多兵燹之灾，他又未能成行。

乱世的陆龟蒙已过上隐居生活，他作《甫里先生传》自我描述：“先生之居，有池数亩，有屋三十楹，有田畸十万步，有牛不减四十蹄，有耕夫百余指，而田污下，暑雨一昼夜，则与江通，别无已田他田也，先生由是苦饥，囷仓无升斗蓄积。乃躬负畚，率耕夫以为具。由是岁波虽狂，不能跳吾防，溺吾稼也。”在甫里这个地方，陆龟蒙这个官宦世家也算是个大地主了，但土地地势低洼，一下雨就被水淹，不管你地多地少。陆龟蒙这样的地主也仓无存粮，经常挨饿。于是他就背上铁锹畚箕，带耕夫们治水。陆龟蒙修起堤坝，洪水再暴涨，也不能跨越堤防淹没庄稼。当地人开他的玩笑说，你可以比尧、舜、大禹了。他说，我不过布衣一个而已，不勤劳苦干，怎么能成为妻子儿女的顶梁柱呢。陆龟蒙又开辟茶园，种茶、品茶，召远处高僧逸人前来品茗，不愿意与俗人交往，虽上门也不接见。无论冬夏，身体好时，划一小乌篷船，带上书籍、笔墨、钓具、茶炊，划船畅游，到了哪个地方稍不如意，就径自回家，连水鸟山鹿都没他走得快。陆龟蒙成了一个率性的隐士，他自称江湖散人、甫里先生、天随子、渔夫，朝廷以高士征召，也不前往。陆龟蒙写《甫里先生传》效法陶渊明写《五柳先生传》，表达他隐居的生活情趣。

中国古代不乏隐士，有的仕途失意，有的不满现实，有的自命清高，有的以退为进。陆龟蒙不同，他是相门之后，祖上五六代都是高官，光宗耀祖、继承门风应该是这类人的生活追求。他自己也曾应进士考试，后来皮日休又促进他参加贡举，他推辞了。陆龟蒙早年也有一些文章如《田舍赋》《后虱赋》《登高文》，讥刺现实，愤世嫉俗，也有匡世济时之心，但乱世末世的混乱使他失去了干预生活的信心。此时，王仙芝、黄巢起义军在长江中游征战，唐王朝本身宦官掌权，皇祚已气息奄奄。陆龟蒙虽然出身官宦人家，也对封建政权失去信心。退隐是陆龟蒙的个人行为，也反映了晚唐诗人的文化心态。李白那样积极入世的情怀没有了，杜甫那样忧国忧民的精神没有了，甚至连杜牧那样寻花问柳的劲头也没有了，他们退居山乡水域，以散淡的农牧生活聊以自慰。《甫里先生传》说："先生无大过，亦无出入人事，不传姓名，世无有得之者。"隐姓埋名，不求闻达，一种末世士人的文化心态。晚唐的诗人的颓败心理，预示了唐王朝的末日。

陆龟蒙与皮日休交往最久、唱和最多，一些诗篇反映了他以渔樵为生、诗酒为乐的生活。如《和袭美钓侣》：

雨后沙虚古岸崩，鱼梁移入乱云层。
归时月堕汀州暗，认得妻儿结网灯。

皮日休是他钓鱼的朋友，偶然造访，陆龟蒙最好的接待是与他一起去捕鱼。捕鱼的情景是那样令人陶醉：雨后溪水狂流，沙岸崩塌，捕鱼的笼子也就往上游移动了。得鱼忘筌，不觉天色已晚，月亮都跑到西山后面去了。夜色朦胧，流水潺潺，此时已看不清村庄，所喜的是"认得妻儿结网灯"，表现了和悦、亲切的农村生活，倒真有隐士情趣。

捕鱼有趣，喝酒有情，与皮日休酒醉酣睡，醒来开怀畅笑，作诗《和袭美春夕酒醒》：

几年无事傍江湖，醉倒黄公旧酒垆。
觉后不知明月上，满身花影倩人扶。

陆龟蒙在松江甫里已经隐居好几年了，老友来访定当一醉。在村中的酒馆里推杯换盏，醉倒在花丛之中。醒来已经明月高挂，踉踉跄跄满身月影让人搀扶而归。黄公酒垆为晋代竹林七贤饮酒处，陆龟蒙、皮日休以竹林七贤自喻，表现了隐士的旷达。

陆龟蒙晚年多病，整理诗文，题为《笠泽丛书》，取"孤舟蓑笠翁，独钓寒江雪"之意，表达的是江湖隐士的生活情趣。中和二年(882)卒于乡里，成为晚唐诗人的一个缩影。

出身于官宦世家的陆龟蒙决意隐居江湖，是全身的无奈，也是末世的无情。唐末的诗人，退隐者多以自保，仕进者命运不佳：有的落入起义军中，有的落入战乱中形成的小朝廷中，既不能全忠，也不能取义，成为“无家可归”的漂泊者。末世诗人实在难以自处。

三休避乱：司空图

文人遭遇末世，比普通人更加尴尬。如果是普通百姓，尽管生活遇到困难，但还可以在浪涛中浮沉。文人有信念，有知识，随波逐流有悖于自己的内心追求，坚持信念又可能成为遗老遗少，乃至招致杀身之祸。末世知识分子选择着各自的道路，有着不同的结局，如文天祥、史可法、李香君、王国维等。末世尤其考验人们的性格、品质，末世也尤其可能出现人生悲剧。司空图也是一位末世诗人，他急流勇退，采取了全身之策。

司空图，唐末诗人、诗歌评论家，他的《二十四诗品》影响巨大，至今仍盛行于世。他出身官宦人家，自己也进士及第，做过高官，然而生于乱世，他不迷恋官场，终得正果。司空图的父亲司空舆管过盐铁，整饬法度，抑制贪污，是个有名的理财官员。司空图的家风使他不贪恋钱财，也不贪恋名分。

咸通十年(869)司空图参加科考，主考官为王凝。司空图得中，选为第四名。同年参加考试的有人不服，觉得他初出茅庐，名气不够，就拿他的姓名开涮，叫他司徒空：司空图，司徒空，司徒空得其一名。主考官王凝听说了，召集上榜的门生开宴，当众宣布：我王某忝为主考官掌握这次考试，我看今年的榜帖，好像是专为司空氏一人而设的。那意思是说，今年的生员，只有司空氏一人名副其实。众考生的议论被压下去，司空图名声大振。王凝力排众议，提携司空图，司空图也不忘恩师。此后王凝到下边当地方官，司空图做他的幕僚，就是朝廷征召他回朝当侍御史，他也坚辞不就。

司空图的品格为朝士所重，宰相卢携离职后前去拜访，写诗称赞说："氏族司空贵，官班御史雄。老夫如且在，未可叹途穷。"他称司空图为高士，在御史班中是佼佼者。如果我还在朝为政，还怕有什么难事呢！后卢携再次为相，召司空图做了礼部员外郎，后迁礼部郎中。

司空图秉承儒家传统，师长在，敬奉师长；皇上在，忠于皇上。黄巢起兵攻陷长安，僖宗逃到凤翔，司空图不离不弃，被皇上任命为中书舍人，知制诰，侍奉在皇上左右，成了晚唐朝廷的核心人物。但是司空图看出唐王朝的衰败命运，既不愚忠，也不殉葬。50岁生日他写诗道：

闲身事少只题诗，五十今来觉陡衰。
清秩偶叨非养望，丹方频试更堪疑。

五十在古代已过人生大半，生日之际，司空图总结他的人生经验：当个闲官没有多少公务，兴趣只在写诗，岁月增长担任要职倍觉年迈力衰。逢上清明盛世得到皇上赏识，我也不期待名高权重，如今在丹陛底下起草文书更难说自己有学问。司空图有了这个自知之明，他急流勇退看中时机。僖宗躲避起义军仓皇逃亡宝鸡，朝中大臣包括宰相都未及扈从，司空图却紧跟皇上，成为中书舍人。后来他见皇祚已尽，就托故避开，朝廷征召他做谏议大夫，他称病不赴。昭宗即位，任命他为兵部侍郎，位高权重，他仍极力逃避。司空图看出唐王朝必定灭亡的趋势，坚持不再为官，故意在朝上装老迈糊涂。新旧《唐书》都有记载：昭宗即位，迁都洛阳，欲恢复旧业。柳灿把持朝政，陷害老臣，召司空图晋见朝廷。司空图拖着病体来到洛阳，那天上朝晋见，他蹒跚趔趄地连笏板都掉到地下，一副老残村野的丑态，演出了一场辞官的闹剧。柳灿看出司空图有意逃避，非常生气：这不是藐视我的权威吗！于是奏了一本《请黜司空图李敬义奏》："今年浮薄相扇，趋竞成风，乃有卧邀轩冕，视主爵如土梗者。司空图、李敬义三度除官，养望不至，咸宜并黜，以观事君者。"人家不当官就罢了，柳灿还专门写了一道奏折说：这两年轻薄之风蔓延，竟然有人隐逸不受朝封，视皇上的恩宠如粪土，不肯就职。司空图、李敬义就是代表，应该发一道诏书，罢他们的官，以警示在朝的人。皇上也果然发了诏书，可见此事颇为得罪皇上和重臣。即使有皇上训诫，司空图还是坚持称病还乡，未来形势他已心知肚明，不愿再当末世王朝的殉葬品。

司空图辞官以后，归居乡里，家在中条山王官谷。官宦家庭早有田产房屋，他回到家里又修了厅堂楼台，"堂曰三诏之堂，室曰九籥之室，缟其壁以模玉川于其间，备列国朝至行清节、文学英特之士，庶存耸激耳"（司空图《山居记》）。他修建厅堂，粉刷墙壁，悬挂唐代以来贤臣名士的画像，下书赞语，激励自己保持文人的节操和信念。一派儒家知识分子的人格体现，一派封建士人的生活方式。司空图为自己修的亭台题名"三休"，并作《休休亭记》予以解释："休，休也美也，既休而其美在焉。司空氏祯贻溪休休亭，本濯缨也。濯缨为陕军所焚，……然更其名者，非以为奇，盖谓量其才，一宜休也；揣其分，二宜休也；且耄而聩，三宜休也。而又少而惰，长而率，老而迂，是三者皆非救时之用，又宜休也。"司空图说三休亭是祖传的产业，原名濯缨亭，效法屈原以清高自守，所谓"沧浪之水清兮可以濯吾缨，沧浪之水浊兮可以濯吾足"。旧亭毁于战火，新建亭台更名三休，不是标新立异，实乃切合自身状况：度量自己的才分，应该休了；揣摩自己的福分，也该休了；年老而且昏聩，三该休了。况且，年轻时候就懒惰，成年以后又任性，老来愈加迂阔，如此三者皆非救时补世之才，我是非休不可了。司空图一再解释三休，表明他辞官的原因，处处谦虚，实际是休以避乱。生于末世，他看透了官场，看透了唐朝，看透了时代，也看透了自己，坚决退隐，虽然态度消极，但也是全身之计。他的《退栖》诗说：

宦游萧索为无能，移住中条最上层。得剑乍如添健仆，亡书久似失良朋。

燕昭不是空怜马，支遁何妨亦爱鹰。自此致身绳检外，肯教世路日兢兢。

司空图自谦说官运萧索是因为自己无能，所以居住在中条山的最上层。退隐以后与书剑为伍，得到一把好剑就像添了一个强健的仆人，没有书读就像失去了好朋友。战国时燕昭王求贤访士，郭隗给他讲了一个故事：古代有个国君爱马，有个士人用重金为国君买了个千里马的马头，国君生气了：你给我买个死马头不是戏耍我吗？这位士人说：不对。天下人知道国君肯出高价买千里马马头，何愁没有人把千里马送上门来。不出一年，果然得到三匹千里马。支遁是东晋时山林隐修的和尚，他爱鹰爱马，却不放不骑，有人问他怎么回事，他说“爱其神骏”。司空图引用这两个典故，意思是在说，人才好坏不在地位如何、用途如何，关键在于其“神骏”。自己现在是退隐了，不受尘世生活原则的约束，怎能让那些功名利禄的考虑把人搞得终日战战兢兢呢！生于末世，无力补天，司空图退避三舍，读书以安妥内心世界，舞剑以健全自身体魄，这是一个儒家知识分子的道德坚守和人格实现。

《新唐书》本传说，司空图“豫为冢棺，遇胜日，引客坐圹中赋诗，酌酒裴回。客或难之，图曰：‘君何不广耶？生死一致，吾宁暂游此中哉！’”司空图事先为自己准备下棺椁墓地，碰到好日子，约上几个朋友坐到墓穴里饮酒赋诗。客人中有人批评他，早早地进入墓地，这多别扭。司空图说，你何不放宽眼界呢！生死是一个统一的过程，我宁愿先在墓穴里畅游一番。每年乡里进行祭祀，司空图与一帮老人歌舞相从，饮酒聚会。司空图的旷达远近闻名，当时流寇盗匪往来不绝，杀人抢劫非常残暴，只是不进司空图住的王官谷骚扰，当地一些士人也常跑到他那里避难。后来听说唐朝最后一个皇帝被杀，司空图扼腕叹息，吐血数升而卒，时年七十有二。

唐室委以重任，他坚辞不受；哀帝最后被杀，他吐血而死。司空图是遗老而未做遗老，是忠臣而未尽愚忠；他看清唐朝必然灭亡的趋势，虽然心向唐祚，而又顺应时势；他三休避世，乃至早进坟墓，参透人生，而又不违心趋附乱兵。这真是一个复杂局势下的艰难选择，一个复杂内心的士人的痛苦选择。司空图的经历体现了末世知识分子的困境，他没有以舍生取义的形式出现，也没有以死无葬身之地的结局出现。司空图得以保全自己，是一种生活智慧，也是一种无奈之举。生于末世的知识分子其内心是复杂的，价值观念与生存本能之间存在着冲突，选择殉葬，选择生存，选择历史，选择逃避，各有自己的道理，不同的选择演出不同的戏剧，后人也会用不同的价值观念进行评说，然而作为文学更看重的是“性格”，它提供了吸引人的题材和主题。

司空图在“三休亭”避世，但身避而心不避。濯缨亭里有一个窗户，他题名“一鸣窗”，在《山居记》里自己解释说：“西南之亭曰濯缨，濯缨之窗曰一鸣，皆有所警。”虽然濯缨退隐，洁身自好，但心并未麻木灰死，打开一扇窗子看世界，打开一扇窗子窥内心，有所感就“一鸣”。他著《一鸣集》30 卷，《中条王官谷序》说：“知非子雅嗜奇，以为文墨之伎不足曝其名也，盖欲揣机穷变，角功利于古豪；及遭乱窜伏，又顾无有忧天下而访于我者，曷以自见平生之志哉？因拾摭诗笔，残缺亡几，乃以中条别业一鸣，以目其前集，庶警子孙耳。”司空图以“知非子”的别号反思人生，以前追求新奇，以为诗文乃雕虫小技，不足使名声大振，于是挖空心思出奇求新，和古代圣贤一比高低。后来遭遇战乱，潜居乡间，又怕没有忧虑天下而没人关注，怎么才能显示自己的平生之志呢？于是收拾旧作，但已残缺不全，便借中条别墅，权做一鸣。收集这些诗文，也许能为子孙后代提供些警示。司空图作《一鸣集》目的在于回顾人生，思考进退，认识功利，解释变通，这是他生活道路的反思，也提供给后人思考。通过这一窗口，我们可以窥见司空图复杂的内心世界。可惜，唐亡以后，司空图没有子嗣，家书散失，《一鸣集》没有留下来，他的那些生活经验和历史思考只有通过其他著作窥见一斑了。

祸福文字：皮日休

唐代诗人大都应进士科举踏上仕途，也有应博学宏词科考试而成名，诗文铺平了他们仕进的道路。这是在盛世，盛世注重文治；到了乱世，诗文不但不值钱，甚至招来杀身之祸。皮日休就是一个例子。皮日休与陆龟蒙是好朋友，两个人走了不同的道路，一个隐，一个显，也有不同的结局。

皮日休，晚唐著名诗人，唐懿宗咸通八年(867)进士。本来他的诗文已经相当老到，且有一种积极干预时政的精神，但他考取进士也颇不容易，仅以榜末录取，因为他长得丑。主考官吏部侍郎郑愚说："子之才学甚富，如一目何？"那意思是说，你的才学丰富，可是只有一只眼睛，那怎么办呢？皮日休回答："侍郎不可以一目废二目。"你不能因为我一只眼睛不好，连另一只眼睛也抹杀了，不能以貌取人！他终于被录取了，参加庆祝宴会后他写诗给同科进士宋垂文《登第后寒食杏园有宴，因寄录事宋垂文同年》：

雨洗清明万象鲜，满城车马簇红筵。恩荣虽得陪高会，科禁惟忧犯列仙。

当醉不知开火日，正贫那似看花年。纵来恐被青娥笑，未纳春风一宴钱。

春闱结束，正逢清明前的寒食节，朝廷照例设宴招待新科进士。皮日休以一目之丑参加宴会，他自我解嘲说：雨后清明的大地格外清爽洁净，满城车马簇拥着披红挂彩的新科进士参加宴会。我虽然得到皇帝的恩荣，能参加新科进士的盛宴，但我相貌丑陋唯恐冒犯诸位贤人。该醉的时候也不管它寒食禁火了，本来穷困落拓的书生已不是那看花的好岁数。我虽然来了，恐怕惹那些美女耻笑，因为我没交一分钱向那些青楼女子买笑。皮日休掩抑不住考中进士的兴奋，掩抑不住皇恩浩荡的感念。他还是抱着踏入仕途、参与时政的积极精神对待科举的。皮日休得中后曾任著作郎、太常博士、毗陵副使。

皮日休积极入世，唐朝政权却已腐朽。《唐才子传》记述说："时值末年，虎狼放纵，百姓手足无措，上下所行，皆大乱之道，遂作《鹿门隐书》六十篇，多讥切谬政。有云：'毁人者自毁之，誉人者自誉之。'又曰：'不思而立言，不知而定交，吾其惮也。'又曰：'古之杀人也怒，今之杀人也笑。'又曰：'古之置吏也将以逐盗，今之置吏也将以为盗'等，皆有所指云尔。"处于唐朝末日的皮日休愤世嫉俗，他坚守自己的人生格言：毁誉别人的人，就是毁誉自己，赞扬别人的人，就是赞扬自己；不思考就写文章，不彼此了解就交朋友，这是我不愿意做的事。他批判末世社会言辞激烈：古代设官是为了驱逐盗贼，现在设官就是要当盗贼；从前杀人因为愤怒，今天杀人还哈哈大笑。皮日休批判现实，又严于律己，许多言论非常犀利，非常精辟，但乱世的严酷现实他无法改变，终于被人笑着砍了头。

皮日休继承白居易"新乐府"的传统，写了《正乐府十篇》，想以诗歌干预生活。如《橡媪叹》描写一个山区老妇的凄凉生活：

深秋橡子熟，散落榛芜冈。伛偻黄发媪，拾之践晨霜。
移时始盈掬，尽日方满筐。几曝复几蒸，用作三冬粮。

山前有熟稻，紫穗袭人香。细获又精舂，粒粒如玉珰。
持之纳于官，私室无仓箱。如何一石余，只作五斗量！
狡吏不畏刑，贪官不避脏。典时作私债，农毕归官仓。
自冬及于春，橡实诳饥肠。吾闻田成子，诈仁犹自王。
吁嗟逢橡媪，不觉泪沾裳。

皮日休在山区遇到一个头发枯黄、身体佝偻的老太太，在荒草遍地的山冈上捡橡子。橡子是一种吃时难以下咽、吃下又难以排出的野果，就这东西老太太一颗一颗捡起来几蒸几晒，留作冬天的食粮。老人不是没地，也不是不会种粮，山前就有稻米将熟，稻穗飘香，精收细打，米粒如颗颗白玉。可是这些粮食早已经属于官家，自己家无储藏。青黄不接的时候借债，粮食一收下来就进了官仓，一石粮食只作五斗。当官的不避贪赃枉法，衙役们又肆无忌惮，致使老太太从冬到春只用橡子面糊弄饥饿的肠胃。诗人感慨地说，春秋时代齐国的宰相田成子，大斗出，小斗进，就算是为了收买人心争夺王室大权，现在的官吏连这点假仁假义也没有。这恰恰是"古之置吏也将以逐盗，今之置吏也将以为盗"的形象表现，官吏都成了搜刮民脂民膏的强盗，这样的政权已经快到倒台的时候了。皮日休将其农村见闻写成诗篇，关怀着农民的生计。

皮日休评价封建统治者，并不苛责，只要在历史上做过一点好事，他就给以肯定。他的《汴河怀古》对隋炀帝开凿大运河，就有独到的见解：

尽道隋亡为此河，至今千里赖通波。
若无水殿龙舟事，共禹论功不较多。

人们都说隋朝的灭亡是因为开凿大运河，过度征召徭役，可是大运河至今还浩浩荡荡地千里通行,沟通着南北货物。隋朝的灭亡,是由于隋炀帝的奢侈腐化。他打造水殿龙舟,满载嫔妃歌妓供自己享乐,还征召美女,半裸衣裳沿河拉船。这样的荒淫无道导致自身的灭亡,这怪不得运河;如果不是这样荒淫无道,运河作为一项水利工程和大禹的功劳也不相上下。关于“水殿龙舟”,《资治通鉴》有记载:隋炀帝命宦官王弘到江南修造龙舟,高45尺,长200尺,计有四层,内设正殿、内殿、东西朝堂,中有120间房,皆饰以金玉,供其享乐,还造了九艘三层高的浮景船,此即为“水殿龙舟”。隋朝的灭亡,完全由于自身的奢侈腐败,这与杜牧的结论是一样的,皮日休评价历史事件、历史人物,采取具体分析的方法,功归功,过归过,应该说是很有见识的。怀古诗关键在于有新的见解,《汴河怀古》就以新见而胜出。

皮日休肯定历史建树,自己也想建功立业,但生于末世他无所作为,只好在太湖边上垂钓。他与陆龟蒙乡村渔猎,诗酒唱和,获得片刻的宁静、忘忧。他这样描写这一对《钓侣》:

严陵滩势似云崩,钓具归来放石层。
烟波溅篷寒不睡,更将枯蚌点渔灯。

险峻的河滩水势像飞云崩裂,两个诗人钓鱼回来把渔具放在石头上。波浪溅湿了乌篷,无法入睡,将蚌壳做油灯点起来,享受山水的清幽和黑夜的寂静。险恶的乱世和腐朽的官场,皮日休已经身心俱疲,他向往山水明丽、清幽静雅、农耕垂钓的野趣、闲趣。这是乱世之中诗人心灵的防空洞。中国士人动摇在隐显之间,这也是儒家的“滑头”之处,所谓“达则兼善天下,穷则独善其身”。士人需依附权力阶层,达的时候并不多,穷的时候则不少;一穷则失去锐气,便以隐退自慰、自娱。中国士人/诗人缺少轰轰烈烈的壮举,缺少可歌可泣的悲剧,儒家的文化意识起了重要作用。他们竭力回避悲剧人生，而又往往难以逃过悲剧人生。

皮日休也是如此。

黄巢起义，皮日休陷入起义军中。黄巢爱其文才，授翰林学士。农民起义超越不了封建迷信，他们往往利用谶语、天象来观看吉凶，动员百姓。黄巢收留了皮日休，让他为自己作谶语。皮日休写了这样四句话："欲知圣人姓，田八二十一；欲知圣人名，果头三屈律。"谶语正应黄巢二字，且称之为"圣人"，应该说是适应黄巢的需要了，可是触犯了圣讳：黄巢头发蜷曲，胡子连鬓，谶语说"果头三屈律"，正应黄巢外貌。黄巢以为皮日休讥诮自己貌丑，将他杀了。

诗人/士人靠的是一副笔墨，皮日休以文字入仕，以文字干政，最后也以文字罹难，真是福亦文字、祸亦文字。这使诗人/士人处于两难境地。积极入世，干预时政，以天下为己任，是士人自我价值实现的途径。但士人积极入世，需要依附掌权者，符合掌权者的要求，可能违心；不合掌权者的要求，可能遇害。皮日休这两条都占了。他曾积极入世，干预生活，无人理睬；他想退隐渔猎，又难逃乱世的漩涡，以致招来杀身之祸。皮日休是个积极入仕的诗人，荒乱世道还劝陆龟蒙参加科考，在乱世的洪流中他无所作为，自己也被吞没。当然，还有另一类诗人，他们不以参与政治斗争为己任，虽陷政治漩涡，却转向个人内心，以自己的审美感受和人生体验去写诗。这类诗文是审美的，也更具文学的生命力，李商隐就是一个例子。皮日休雄心勃勃想干预时政，最后被时政所干预，陷入文字祸福之中。诗人如何参与社会变革，如何实现自我价值，如何创造精神价值，是个十分见功力的事情。诗人的思想力量、人格力量、艺术力量，在这中间显示出来，诗人的生活戏剧也在这中间演述出来。

唐风余韵：杜荀鹤

诗歌到了晚唐，已经缺少了盛唐的恢宏大气，缺少了中唐的天然情趣，先是传染着温柔香艳之气，后又增长着消极避世之风，只有少数几个诗人，秉承着《诗经》以来的传统，关心民间疾苦，上达社会民情，这是杜甫、白居易等的唐风余韵，杜荀鹤就是一个。诗坛曾期待他“中兴诗宗”，但他生于末世，不得不趋附于梁朝新皇帝，过着屈辱的日子。杜荀鹤可以说是唐末诗歌的一个缩影，末世诗人的生存状况也在他那里得到典型体现。

唐代末期藩镇割据，宦官专权，天子已经只是个摆设，成为权臣争夺皇位的一个筹码。朱全忠、李茂贞就曾经为争夺唐昭宗的挟制权而进行了三四年的争斗。公元 907 年朱温灭唐，宣布自己当皇帝，国号为梁，史称后梁。此后北方又相继出现了后唐、后晋、后汉、后周等政权，南方及山西的军阀也纷纷割据称帝，出现了吴、南唐、吴越、楚、闽、南汉、前蜀、后蜀、荆南、北汉等政权，史称“五代十国”，中国出现了地方割据、政治混乱的局面。杜荀鹤就生活在这个混乱的时代里，人生的价值观念和诗歌的表现形态也十分混乱。一个末世诗人的形象，出现在我们面前。到了末世，隐无处可隐，显无力彰显，只能寄生于新皇屋檐下，战战兢兢，苟且偷生。

《唐才子传》记载：“荀鹤，字彦之，杜牧之微子也。牧会昌末自齐安移守秋浦时，妾有妊，出嫁长林乡正杜筠，生荀鹤。”微，一义为隐秘。微子，即隐秘的儿子，或曰私生子。此事虽然隐秘难考，但唐代以后多种文献都有记载，似乎人们承认这种看法。从情理上推断，这也不是妄说。“十年一觉扬州梦，赢得青楼薄幸名”的杜牧是个风流才子，狎妓、纳妾在他来说是家常便饭。他在齐安做州官，娶了个美女做小老婆，离任到秋浦去做州官，把这个侍妾丢下，嫁给当地的乡正杜筠，这合乎逻辑。要说巧的话，是这个侍妾又嫁了个姓杜的，生下个儿子虽姓杜，但他是杜牧的儿子。前人不但有文记载，也有诗讽咏，余过池有诗曰：“千古风流杜牧之，诗才犹及杜筠儿。向来稍喜唐风集，今悟樊川是父师。”《唐风集》是杜荀鹤的诗集，《樊川集》是杜牧的诗集。余过池说，风流才子杜牧，诗才传给杜筠的儿子杜荀鹤。我比较喜欢他的《唐风集》，原来杜牧是杜荀鹤的父亲和老师。杜荀鹤继承了杜牧的诗才，却无法继承杜牧的时运。

杜荀鹤早有诗名，且善草书。《宣和书谱》说，杜荀鹤“善作诗，词句切理，有‘举鞭挥柳色，随手失蝉声’之句，为时所称”。虽然只是一联诗句，但对仗工整，写景巧妙，特别是运用了通感，流水属对，诗意很浓，亦属苦吟派做法。又有“一春新酒兴，四海旧诗声”为人称道，同样以对仗工稳见长，但也是“歌德派”：一年的春酒开坛了，天下到处是旧时的诗声。

乱世诗才视若草，一代文宗难全身。此时朱全忠已称梁王，这个乱世起家的军阀非常残暴，杀人如草芥。闻杜荀鹤有诗名，他也附庸风雅，接见了杜荀鹤，但这接见是一场煎熬。《洛阳缙绅旧闻记》有这样的记载：“梁祖之初兼四镇也，英威刚狠，视之若乳虎，左右小忤其旨，立杀之。梁之职吏，每日先与家人辞诀而入，归必相贺；宾客对之，不寒而栗。进士杜荀鹤以所业投之，且乞一见。掌客以事闻于梁祖，梁祖默无所报。杜荀鹤住大梁数月。先是凡有求谒梁祖，如已通姓名而未得见者，虽逾年困踬于逆旅中，寒饿殊甚，主者留之，不令私去。不尔，即公人辈及祸矣。荀鹤逐日诣客次，一旦，梁祖在便厅，谓左右曰：杜荀鹤何在？左右以现在客次为对。未见间，有驰骑至者，梁祖见之，至巳午间方退，梁祖遽起归宅。荀鹤谓掌客者曰：某饥甚，欲告归。公人辈为设食，且曰：乞命。若大王出要见秀才，言已归馆舍，即某等求死不暇。至未申间，梁祖果出。复坐于便厅，令取骰子来。既至，梁祖掷，意似有所卜。掷既久，终不惬旨，甚怒，屡顾左右。左右怖惧，缩颈重足，若蹈汤火。须臾梁祖取骰子在手，大呼曰：杜荀鹤！掷之，六只俱赤，乃连声命屈秀才。荀鹤为主客者引入，令趋骤至阶陛下。梁祖言曰：秀才不合趋阶。荀鹤声喏，恐惧流汗，再拜叙谢讫。命坐，荀鹤惨悴战栗，神不主体。梁祖言曰：知秀才久矣。荀鹤欲降陛拜谢，梁祖曰：不可。于是再拜复坐。梁祖顾陛下谓左右曰：似有雨点下。令视之，实雨也。然仰首视之，天无片云，雨点甚大，沾陛檐有声。梁祖自起，熟视之，复坐，谓杜曰：秀才曾见无云雨否？荀鹤答言未曾见。梁祖笑曰：此所谓无云而雨，谓之天泣。不知是何祥也。又大笑，命左右将纸笔来，请杜秀才题一篇无云雨诗。……杜不敢辞，即令座上赋诗。杜立成一绝，献之。梁祖览之，大喜，立召宾席共饮，极欢而散。且曰：来日特为杜秀才开一筵。复拜谢而退。杜绝句云：同是乾坤事不同，雨丝飞洒日轮中。若教阴朗都相似，争表梁王造化功。由是大获见知。杜既归，惊惧成疾，水泻数十度，气貌羸绝，几不能起。客司守之，供侍汤药，若事慈父母。明晨，再有主客者督之，且曰：大王欲见秀才，请速上马。杜不获已，巾栉上马。比至，凡促召者五七辈。杜困顿无力，忧趋进迟缓。梁祖自起，大声曰：杜秀才争表梁王造化功！杜顿忘其病，趋步如飞，连拜叙谢数四。自是梁祖特帐设宾馆，赐之衣服钱物，待之甚厚。”

梁王李全忠是个凶狠、残忍、暴戾无常的君主，杜荀鹤还要去求见，以获得仕进。此时杜荀鹤屡试不第，一个废了唐王割据洛阳的小君主，也成了他趋附的对象，你说可怜不可怜？求见的过程简直如丧家犬寻主，甚至如猪进屠宰场。许多诗人都依附封建王朝，成为应制诗人，盛唐有宋之问、沈佺期。那时君王有纳贤气派，武则天招了不少"北门学士"，他们得到武后的垂青，或为"面首"，或侍奉左右，显示了皇上的"富贵气象"，诗人也享受了一阵"富贵尊荣"；唐玄宗礼让李白，亲为摆酒设宴，李白傲慢无礼，唐玄宗也只是来了个"赐金放还"。王朝强大，还有容纳士人的胸怀。到了末世，士人成了摇尾乞怜的哈巴狗。梁王李全忠对待士人、对待下属，如同犬马一样驱使。他暴戾无常，凶残无比，要会见的人被甩在外边，饿了连口饭都不给吃，还不能离开，离开了就可能被杀，包括管接待的礼宾官员。好在杜荀鹤碰上个好彩头，李全忠掷骰子讨了个红点，高兴了接见他；好在杜荀鹤碰到个吉兆，大晴天下雨，他作了一首阿谀逢迎的诗，李全忠算是赏识了他。不然的话，像皮日休一样，说被砍头也就被砍头了。李全忠完全是个兵痞、流氓、暴君，眼中毫无士人，更不懂什么仁政。杜荀鹤吓得屁滚尿流，第二天还得应召到廷。杜荀鹤总算苟活了一条性命，但末世的士人/诗人实在是有点可悲。杜荀鹤明知如此，还委曲求全，低三下四，充分显示了唐代末年诗人的生存状态，也充分显示了杜荀鹤的性格特征。

杜荀鹤巴结上梁王，才赐了个春官，后获得功名。《唐才子传》说："荀鹤寒峻，连败文场，甚苦。至是遣送名春官，大顺二年裴贽侍郎下第八人登科。正月十日放榜，正荀鹤生朝也。王希羽献诗曰：金榜晓悬生世日，玉书潜记上昇时。九华山色高千尺，未必高于第八枝。"杜荀鹤得中已经四十五六岁，又逢生日，真可算是"再生"，只是这样的"再生"无异于"苟活"。杜荀鹤醉心于功名，此前屡试不第，有多首诗抒怀，如《下第东归道中作》：

一回落第一宁亲，多是途中过却春。心火不销双鬓雪，眼泉难濯衣满尘。

苦吟风月唯添病，遍识公卿未免贫。马壮金多有官者，荣归却笑读书人。

一次落榜一次回家省亲，途中多逢春色消退，更觉时不我待。满腔怒火烧不尽鬓边白发，眼泪如泉洗不净衣上征尘。刻苦作诗，只添些心病；拜谒公卿，改变不了穷愁潦倒的命运。有官的人马壮金多，落第的人白让人家耻笑。诗歌描绘了知识分子的可怜状态，低三下四，摇尾乞怜，忍受着落第的痛苦，还继续追求着功名。这是封建社会士人长期依附统治者造成的奴才性格，到了末世这种奴才性格遭际就更加可悲。

多方钻营，醉心当官，当官以后就玩弄权术，傲视他人，因为他的成本代价太高了。杜荀鹤得中以后，经人举荐，得到梁王重用，授翰林学士、主客员外郎，成了皇上身边的"第一秘书"。《新五代史》本传记载，杜荀鹤得官，"既而恃太祖之势，凡缙绅间己所不悦者，日屈指怒数，将谋尽杀之。苞蓄未及泄，丁重疾，旬日而卒"。杜荀鹤自己受够梁王的窝囊气，也以这样的态度对待僚属，简直成了心理变态的迫害狂。这个"第一秘书"依靠皇上的威势，迫害同僚，凡自己不喜欢的人，天天掐算，个个谋害。不能包容他人，心中积郁仇恨，无法宣泄，郁郁寡欢，杜荀鹤终于得了重病，没有多久就死去了。受到梁王的鄙视，心怀不平；得到梁王的宠信，打击异己。杜荀鹤的心灵已经被扭曲，他以害人开始，以害己告终，唐朝末年的诗人是这样可悲，中国士人的劣根性也越坐越深。

杜荀鹤的心理扭曲，是末世政治造成的。他有士人醉心功名、热衷权势的一面，也有诗人匡时济世、救补时弊的一面。早年他写诗《自叙》，表明心志："宁为宇宙闲吟客，怕作乾坤窃禄人；诗旨未能忘救物，世情奈值不容真！"宁愿做天地间闲吟的诗人，也不做尸位素餐的官员，写诗不忘救补时弊，怎奈世情容不得说真话。早年他刺贪、斥邪，想继承张籍、白居易的传统，写乐府诗，《山中寡妇》即是一首：

夫因兵死守蓬茅，麻苎衣衫鬓发焦。桑柘废来犹纳税，田园荒后尚征苗。

时挑野菜和根煮，旋斫生柴带叶烧。任是深山更深处，也应无计避征徭。

诗中的寡妇，丈夫死在战场上，自己独守茅屋，破衣烂衫，鬓发焦枯，经常挖野菜连根一起煮着吃，砍来的不等晒干的柴禾烧起来直冒烟，熏得眼泪直流。田园荒芜，桑麻废止，还要缴纳赋税。人们即使躲进深山，也难逃赋税的催逼。

寡妇生活如此凄凉，鳏夫日子也不好过，《乱后逢村叟》：

经乱衰翁居破村，村中何事不伤魂！因供寨木无桑柘，为点乡兵绝子孙。

还似平宁征赋税，未尝州县略安存。至今鸡犬皆星散，日落前山独倚门。

乱世英雄起四方，各路兵痞皆称王。战乱连年，因修寨栅把村里的树都砍光了，为征兵役让人们绝了子孙。可是还像太平年间一样征税，没有哪个州县可得安宁。村子里连鸡犬都寥落无几了，只有佝偻着腰的老头子望着破蔽的房舍发呆。杜甫《石壕吏》《无家别》曾经出现过这样的景象，那时还有战后复兴的希望，而今只有萧索的荒山、山边的落日，一片破败。

杜荀鹤晚年，他的朋友顾云整理他的诗歌三百篇，名为《唐风集》。

杜荀鹤先期的诗歌也曾为豪言壮语，想以这样的乐府诗使“贪夫廉，邪臣正”，时人期待他“中兴诗宗”。他的诗歌也确实有些唐风余韵，奈何生逢末世，诗歌的大唐气象已不再出现，诗人的阔大情怀已不再有。乱世的人性之恶大为暴露，皇帝权臣如此，乱兵暴民如此，社会已没有共同的价值观念和道德理想。直如杜荀鹤这样的儒家思想熏陶成长起来的知识分子，也不再坚守自己的道德理想，拿暴君对待他的方式对待下属，成为一个人性恶泛滥的官吏。人格的扭曲显示了思想文化的重要性，好的文化意识培育好的社会风气，坏的思想文学泛滥恶浊人性，杜荀鹤无力自拔。

杜荀鹤以自己的一生终结了唐代诗人与政治、诗人与朝廷、诗人与文化的关系，那是一个悲怆的结局。

人生的诗：黄巢

诗言志，歌咏言，这是中国最早的诗歌观念。它从发生学上表述了诗歌的形成，又从功能学上表述了诗歌的作用。人们最早就是将自己所感、所叹、所喜、所悲、所爱、所恶的事物和情绪表达出来，成为诗歌。诗歌原来是人生的呐喊，生命的体验，后来才演变为一门独立的艺术。最有力度的诗歌，是生命的体现；最有戏剧性的人生，是诗的人生，人生元本一首诗。

诗歌变成一门独立的艺术以后，有的人毕生致力于写诗，便成为诗人；有的人并不致力于写诗，但在生命的关键时刻也会奋力一呼，成为生命的绝唱。这些诗不是为写诗而写诗，是关键时刻的生命绽放，是更有力度的诗。生命的紧急关头，有的人用自己的全部生命在写一首诗，它展现出生命的光彩，所以也就应该倍加珍视。

项羽是盖世英雄，起兵反秦，纵横天下，可是被刘邦围在垓下，四面楚歌，溃不成军。他悲怆地唱道：

力拔山兮气盖世，时不利兮骓不逝。
骓不逝兮可奈何，虞兮虞兮奈若何！

项羽勇武无比，天下无敌，却被沛县发迹的小痞子刘邦逼得走投无路，他无论如何也想不通这是怎么回事。在兵败如山倒的时刻，他发出如上的生命哀叹，连呼奈若何、可奈何，此后便退至乌江自刎。这首《垓下歌》凝聚了项羽一生的历史，是他的人生总结，也是他的生命呐喊，因此是最有分量的诗。

刘邦当了皇上，志得意满，衣锦还乡，将父老乡亲二百余人召集起来，饮酒庆贺。酒席宴上他高声唱道：

大风起兮云飞扬，威加海内兮归故乡。安得猛士兮守四方。

风起云涌既是对秦末四处起兵形势的概括，又是自己衣锦还乡威势的描写，凝聚了刘邦戎马半生。刘邦得了天下，威加海内，衣锦还乡，是何等地荣耀。志得意满之际，呼唤人们帮他守天下，呼唤乡亲为他效力，流露着宗亲的封建意识，也是对乡亲的一种笼络。《大风歌》既是刘邦的人生总结，又是刘邦的心灵呼唤。刘邦出身乡里小官，不通文墨，关键时刻唱出了《大风歌》，也是一次人生的呼喊。

人生元本一首诗，诗元本也是人生。人的情感、秉性、身世、遭际、理想、追求等全在诗中，诗如其人，论诗也如其人。著名学者启功先生说：诗品论诗之语，吾将持以观人。

农民起义领袖黄巢的诗，也是人生的诗。

唐朝末年，统治集团奢侈腐败达到极点，宦官专权愈演愈烈。中原地区连年大旱，官吏为满足他们的贪欲，加重对农民的盘剥，如杜荀鹤诗歌所言，“任是深山更深处，也应无计避征徭”，“还似平宁征赋税，未尝州县略安存”。统治集团奢侈荒淫，平民百姓无以为生，于是爆发了农民起义。

乾符元年(874)，王仙芝率众在河南长垣起义，次年曹州人黄巢起兵响应，“民之困于重敛者争归之，数月之间，众至数万”，无以为生的农民一呼百应，踊跃参加起义军。朝廷派宦官收买王仙芝，黄巢不满王仙芝被招安，统率起义军继续转战，于公元881年进占长安，昭告天下："黄王起兵，专为百姓，非如李氏不爱汝曹，汝曹但安居无恐。"（《资治通鉴》卷254）起义军把钱帛分给穷人，杀掉一些贪暴官吏，得到民众的拥护。是年黄巢在长安称帝，国号大齐，年号金统。唐室分化起义军，朱温叛变，后又重贿沙陀贵族李克用，让他率兵从代州南下，镇压起义军。公元884年，起义军兵败，退至泰山脚下，黄巢在狼虎谷自杀。

黄巢领导了轰轰烈烈的农民起义，是位有雄才大略的人物。他不是诗人，却留下了精彩的诗篇，这些诗是用生命写的诗。

飒飒西风满院栽，蕊寒香冷蝶难来。
他年我若为青帝，报与桃花一处开。

这首《题菊花》传说是黄巢年轻时的作品。黄巢偏爱黄菊，那是秋日的灿烂，霜后的辉煌。秋风瑟瑟，寒意袭来，菊花不仅不凋谢，反而更加耀眼。唐朝已是秋风落叶，菊花正值崛起之时，菊花的诗意，正与黄巢的理想和人生相对应。黄巢赞扬菊花在飒飒秋风中蓬勃成长，它不争春色满园的热闹，也忍受蜂蝶不来的冷落，菊花这种飒飒秋风中傲然挺立的品格，正是黄巢的人生写照。菊花诗也表明了黄巢的雄心壮志：我要成为天神，要让菊花在春天与桃花一起灿烂。《题菊花》虽为咏物，更是抒怀。它是唐末社会颓败形势之下诗人对社会形势和自身使命的形象展现。可以说这是一首"反诗"，在天为"青帝"，在地为"皇帝"，黄巢已经有了争夺天下的雄心。诗歌不是谶语，它显出黄巢年轻时的宏图大志。这样的诗，是生命的诗。

争取末世辉煌的心理，使黄巢偏爱菊花。他还有一首菊花诗：

待到秋来九月八，我花开后百花杀。
冲天香阵透长安，满城尽带黄金甲。

这更是一首“反诗”。萧瑟的秋风已经使百花凋零，唯我黄菊，长势正盛，大有统治天下之势。待到占领长安，满城皆我黄巢士兵，夺取天下的胜利是何等地辉煌！此诗一说是黄巢科考落第后所作，即或如此，也表明他争夺天下、创造辉煌的决心。说是落第后的牢骚，不尽合理：前去京城赶考，朝廷官员能准许这样明显的“反诗”存在？它倒是应了起义后的形势：秋天到了，唐朝到了衰败的时候了，且看我菊花开放的灿烂。到那时，王侯公卿、各路兵将一一退出舞台，我的起义军攻占长安，菊花飘香，满城都是我起义军的甲兵。这几乎成为黄巢起义的谶语，所以此诗可能经过修改或篡改。封建时代农民起义，为了争取民众，往往用一些迷信征兆进行宣传，包括谶语、民谣、天象、灾异等。黄巢曾经命皮日休写谶语，他也会修改自己的诗作为谶语。尽管诗如谶语，但它还是体现了黄巢的雄心壮志、豪迈气概，具有非凡的力度。不管如何，它是黄巢的诗，是他生命的诗，也是他期待一生轰轰烈烈事业的诗。作为诗来说，它情绪激昂，色彩灿烂，隐喻恰切，意境优美，是一首好诗；作为生命来说，他雄心勃勃，信心十足，气势宏伟，眼界开阔，是灿烂人生的绽放。“诗内”“诗外”完美融合，成就了一首人生的诗。

黄巢姓黄，偏爱菊花，菊花诗是他生命的象征；黄巢雄心勃勃，驰骋沙场，事业辉煌，菊花诗是他人生的体现。人生元本一首诗，在他身上得到集中的体现。我们以菊花诗作为本书的结尾，它是黄巢诗歌写作的起点，又是黄巢诗歌写作的终点；它是唐代诗人评价的起点，又是唐代诗人评价的终点。这本讲述唐代诗人故事的书，本来题名《人之诗》，就是这个意思。我们以诗来看人，以人来看诗。不仅对唐代诗人是如此，对当代诗人也是如此；不仅对诗人来说是如此，对于非诗人来说也是如此。诗是艺术的集中体现，艺术是人生的集中体现。我们通过对唐代诗人的观照，期待人们创造诗意的人生，人生获得诗意的栖居。

是为结束语。

图书在版编目（CIP）数据

人生元本一首诗：唐诗故事 / 鲁原著. —上海：东方出版中心，2016.11（2020.5 重印）
ISBN 978-7-5473-1019-9

Ⅰ.①人… Ⅱ.①鲁… Ⅲ.①唐诗—通俗读物 Ⅳ.①I222.742

中国版本图书馆CIP数据核字（2016）第218905号

人生元本一首诗：唐诗故事

出版发行 东方出版中心
地　　址 上海市仙霞路345号
邮政编码 200336
电　　话 021-62417400
印 刷 者 三河市德鑫印刷有限公司

开　　本 890mm × 1240mm 1/32
印　　张 13
字　　数 319千字
版　　次 2016年11月第1版
印　　次 2020年5月第3次印刷
定　　价 45.00元